Adalbert Stifters Novelle *Bergkristall* gehört in den Zusammenhang des Novellenbuches *Bunte Steine. Ein Festgeschenk,* das 1853 erschien. Das Werk Adalbert Stifters, insbesondere seine Erzählungen waren stets ein Stein des Anstoßes und gaben Anlaß zu den heftigsten Auseinandersetzungen. Während Autoren wie Arno Schmidt Stifter als »sanften Unmensch« bezeichneten, schrieb Walter Benjamin »Stifter hat eine Doppelnatur, er hat zwei Gesichter. In ihm hat sich der Impuls der Reinheit von der Sehnsucht nach Gerechtigkeit zuzeiten losgelöst, sich im Kleinen verloren, um dann im Großen hypertrophisch (das ist möglich!) als ununterscheidbare Reinheit und Unreinheit gespenstisch aufzutauchen.«

Uwe Japp, der Mitherausgeber der Stifter-Ausgabe des Insel Verlages, schreibt dazu: »Es tritt hier unübersehbar etwas Neues in der Sicht auf Stifter hinzu. Von diesen beiden Gesichtern jedenfalls war bisher nur das eine zu erkennen; das gilt für Stifters Selbstdeutung, für die affirmative und die polemische Rezeption ... Die Dichtung der Einfachheit ließ sich unter wechselnder Perspektive als erhaben oder aber als langweilig verstehen – unter der schweigend gemachten Voraussetzung, daß es Dichtung der Einfachheit sei. Zur Übereinstimmung in dieser Voraussetzung führt eine allzu wörtliche Lektüre der Leseanweisungen und Signale, die der Autor in sein Werk eingeschrieben und über es hat verlautbaren lassen.« Uwe Japp fährt fort, daß Thomas Mann die Problematik des Dämonischen in Stifters Werk sehr gut erkannt hat. Thomas Mann schreibt über Stifter: »Man hat oft den Gegensatz hervorgekehrt zwischen Stifters blutig-selbstmörderischem Ende und der edlen Sanftmut seines Dichtertums. Seltener ist beobachtet worden, daß hinter der stillen, innigen Genauigkeit gerade seiner Naturbetrachtung eine Neigung zum Exzessiven, Elementar-Katastrophalen, Pathologischen wirksam ist.«

insel taschenbuch 438

Stifter

Bergkristall

ADALBERT STIFTER

BERGKRISTALL

UND ANDERE ERZÄHLUNGEN

INSEL

11. Auflage 2017

Erste Auflage 1980
insel taschenbuch 438

Satz: LibroSatz, Kriftel
Printed in Germany
Umschlag: hißmann, heilmann, hamburg
ISBN 978-3-458-32138-5

BUNTE STEINE
EIN FESTGESCHENK
1852

VORREDE

Es ist einmal gegen mich bemerkt worden, daß ich nur das Kleine bilde, und daß meine Menschen stets gewöhnliche Menschen seien. Wenn das wahr ist, bin ich heute in der Lage, den Lesern ein noch Kleineres und Unbedeutenderes anzubieten, nämlich allerlei Spielereien für junge Herzen. Es soll sogar in denselben nicht einmal Tugend und Sitte gepredigt werden, wie es gebräuchlich ist, sondern sie sollen nur durch das wirken, was sie sind. Wenn etwas Edles und Gutes in mir ist, so wird es von selber in meinen Schriften liegen; wenn aber dasselbe nicht in meinem Gemüte ist, so werde ich mich vergeblich bemühen, Hohes und Schönes darzustellen, es wird doch immer das Niedrige und Unedle durchscheinen. Großes oder Kleines zu bilden, hatte ich bei meinen Schriften überhaupt nie im Sinne, ich wurde von ganz anderen Gesetzen geleitet. Die Kunst ist mir ein so Hohes und Erhabenes, sie ist mir, wie ich schon einmal an einem anderen Orte gesagt habe, nach der Religion das Höchste auf Erden, so daß ich meine Schriften nie für Dichtungen gehalten habe, noch mich je vermessen werde, sie für Dichtungen zu halten. Dichter gibt es sehr wenige auf der Welt, sie sind die hohen Priester, sie sind die Wohltäter des menschlichen Geschlechtes; falsche Propheten aber gibt es sehr viele. Allein wenn auch nicht jede gesprochenen Worte Dichtung sein können, so können sie doch etwas anderes sein, dem nicht alle Berechtigung des Daseins abgeht. Gleichgestimmten Freunden eine vergnügte Stunde zu machen, ihnen allen, bekannten wie unbekannten, einen Gruß zu schicken, und ein Körnlein Gutes zu dem Baue des Ewigen beizutragen, das war die Absicht bei meinen Schriften, und wird auch die Absicht bleiben. Ich wäre sehr glücklich, wenn ich mit Gewißheit wüßte, daß ich nur diese Absicht erreicht hätte. Weil wir aber schon einmal von dem Großen und Kleinen reden, so will ich meine Ansichten darlegen, die wahrscheinlich von denen vieler anderer Menschen abweichen. Das Wehen der Luft, das Rieseln des Wassers, das Wachsen der Getreide, das Wogen des Meeres, das Grünen der Erde, das Glänzen des Himmels, das Schimmern der Gestirne halte ich für groß: das prächtig einherziehende Gewitter, den Blitz, welcher Häuser spaltet, den Sturm, der die Brandung treibt, den feuerspeienden Berg, das Erdbeben, welches Länder verschüttet, halte ich nicht für größer als obige Erscheinungen, ja ich halte sie für kleiner, weil sie nur Wirkungen viel höherer Gesetze sind. Sie kommen auf einzelnen Stellen vor, und sind die Ergebnisse einseitiger Ursachen. Die Kraft, welche die Milch im Töpfchen der armen Frau empor schwellen und übergehen macht, ist es auch, die die Lava in dem feuerspeienden Berge empor treibt und auf den Flächen der Berge hinab gleiten läßt. Nur augenfälliger sind diese Erscheinungen und reißen den Blick des Unkundigen und Unaufmerksamen mehr an sich, während der Geisteszug des Forschers vorzüglich auf das Ganze und Allgemeine geht und nur in ihm allein Großartigkeit zu erkennen vermag, weil es allein das Welterhaltende ist. Die Einzelheiten gehen vorüber, und ihre Wirkungen sind nach kurzem kaum noch erkennbar. Wir wollen das Gesagte durch ein Beispiel erläutern. Wenn ein Mann durch Jahre hindurch die Magnetnadel, deren eine Spitze immer nach Norden weist, tagtäglich zu festgesetzten Stunden beobachtete und sich die Veränderungen, wie die Nadel bald mehr bald weniger klar nach Norden zeigt, in einem Buche aufschriebe, so würde gewiß ein Unkundiger dieses Beginnen für ein kleines und für Spielerei ansehen: aber wie ehrfurchterregend wird dieses Kleine und wie begeisterungerweckend diese Spielerei, wenn wir nun erfahren, daß diese Beobachtungen wirklich auf dem ganzen Erdboden angestellt werden, und daß aus den daraus zusammengestellten Tafeln ersichtlich wird, daß manche kleine Veränderungen an der Magnetnadel oft auf allen Punkten der Erde gleichzeitig und in gleichem Maße vor sich gehen, daß also ein magnetisches Gewitter über die ganze Erde geht, daß die ganze Erdoberfläche gleichzeitig gleichsam ein magnetisches Schauern empfindet. Wenn wir, so wie wir für das Licht die Augen haben, auch für die Elektrizität und den aus ihr kommenden Magnetismus ein Sinneswerkzeug hätten, welche große Welt, welche Fülle von unermeßlichen Erscheinungen würde uns da aufgetan sein. Wenn wir aber auch dieses leibliche Auge nicht haben, so haben wir dafür das geistige der Wissenschaft, und diese lehrt uns, daß die elektrische und magnetische Kraft auf einem ungeheuren Schauplatze wirke, daß sie auf der ganzen Erde und durch den ganzen Himmel verbreitet sei, daß sie alles umfließe und sanft und unablässig verändernd, bildend und lebenerzeugend sich darstelle. Der Blitz ist nur ein ganz kleines Merkmal dieser Kraft, sie selber aber ist ein Großes in der Natur. Weil aber die Wissenschaft nur Körnchen nach Körnchen erringt, nur Beobachtung nach Beobachtung macht, nur aus Einzelnem das Allgemeine zusammen trägt, und weil endlich die Menge der Erscheinungen und das Feld des Gegebenen unendlich groß ist, Gott also die Freude und die Glückseligkeit des Forschens unversieglich gemacht hat, wir auch in unseren Werkstätten immer nur das Einzelne darstellen können, nie das Allgemeine, denn dies wäre die Schöpfung; so ist auch die Geschichte des in der Natur Großen in einer immerwährenden Umwandlung der Ansichten über dieses Große bestanden. Da die Menschen in der Kindheit waren, ihr geistiges Auge von der Wissenschaft noch nicht berührt war, wurden sie von dem Nahestehenden und Auffälligen ergriffen und zu Furcht und Bewunderung hingerissen: aber als ihr Sinn geöffnet wurde, da der Blick sich auf den Zusammenhang zu richten begann, so sanken die einzelnen Erscheinungen immer tiefer, und es erhob sich das Gesetz immer höher, die Wunderbarkeiten hörten auf, das Wunder nahm zu.

So wie es in der äußeren Natur ist, so ist es auch in der inneren, in der des menschlichen Geschlechtes. Ein ganzes Leben voll Gerechtigkeit, Einfachheit, Bezwingung seiner selbst, Verstandesgemäßigkeit, Wirksamkeit in seinem Kreise, Bewunderung des Schönen, verbunden mit einem heiteren, gelassenen Sterben, halte ich für groß: mächtige Bewegungen des Gemütes, furchtbar einherrollenden Zorn, die Begier nach Rache, den entzündeten Geist, der nach Tätigkeit strebt, umreißt, ändert, zerstört, und in der Erregung oft das eigene Leben hinwirft, halte ich nicht für größer, sondern für kleiner, da diese Dinge so gut nur Hervorbringungen einzelner und einseitiger Kräfte sind, wie Stürme, feuerspeiende Berge, Erdbeben. Wir wollen das sanfte Gesetz zu erblicken suchen, wodurch das menschliche Geschlecht geleitet wird. Es gibt Kräfte, die nach dem Bestehen des Einzelnen zielen. Sie nehmen alles und verwenden es, was zum Bestehen und zum Entwickeln desselben notwendig ist. Sie sichern den Bestand des Einen und dadurch den aller. Wenn aber jemand jedes Ding unbedingt an sich reißt, was sein Wesen braucht, wenn er die Bedingungen des Daseins eines anderen zerstört, so ergrimmt etwas Höheres in uns, wir helfen dem Schwachen und Unterdrückten, wir stellen den Stand wieder her, daß er ein Mensch neben dem andern bestehe und seine menschliche Bahn gehen könne, und wenn wir das getan haben, so fühlen wir uns befriediget, wir fühlen uns noch viel höher und inniger, als wir uns als Einzelne fühlen, wir fühlen uns als ganze Menschheit. Es gibt daher Kräfte, die nach dem Bestehen der gesamten Menschheit hinwirken, die durch die Einzelkräfte nicht beschränkt werden dürfen, ja im Gegenteile beschränkend auf sie selber einwirken. Es ist das Gesetz dieser Kräfte, das Gesetz der Gerechtigkeit, das Gesetz der Sitte, das Gesetz, das will, daß jeder geachtet, geehrt, ungefährdet neben dem anderen bestehe, daß er seine höhere menschliche Laufbahn gehen könne, sich Liebe und Bewunderung seiner Mitmenschen erwerbe, daß er als Kleinod gehütet werde, wie jeder Mensch ein Kleinod für alle andern Menschen ist. Dieses

Gesetz liegt überall, wo Menschen neben Menschen wohnen, und es zeigt sich, wenn Menschen gegen Menschen wirken. Es liegt in der Liebe der Ehegatten zu einander, in der Liebe der Eltern zu den Kindern, der Kinder zu den Eltern, in der Liebe der Geschwister, der Freunde zu einander, in der süßen Neigung beider Geschlechter, in der Arbeitsamkeit, wodurch wir erhalten werden, in der Tätigkeit, wodurch man für seinen Kreis, für die Ferne, für die Menschheit wirkt, und endlich in der Ordnung und Gestalt, womit ganze Gesellschaften und Staaten ihr Dasein umgeben und zum Abschlusse bringen. Darum haben alte und neue Dichter vielfach diese Gegenstände benützt, um ihre Dichtungen dem Mitgefühle naher und ferner Geschlechter anheim zu geben. Darum sieht der Menschenforscher, wohin er seinen Fuß setzt, überall nur dieses Gesetz allein, weil es das einzige Allgemeine, das einzige Erhaltende und nie Endende ist. Er sieht es eben so gut in der niedersten Hütte wie in dem höchsten Palaste, er sieht es in der Hingabe eines armen Weibes und in der ruhigen Todesverachtung des Helden für das Vaterland und die Menschheit. Es hat Bewegungen in dem menschlichen Geschlechte gegeben, wodurch den Gemütern eine Richtung nach einem Ziele hin eingeprägt worden ist, wodurch ganze Zeiträume auf die Dauer eine andere Gestalt gewonnen haben. Wenn in diesen Bewegungen das Gesetz der Gerechtigkeit und Sitte erkennbar ist, wenn sie von demselben eingeleitet und fortgeführt worden sind, so fühlen wir uns in der ganzen Menschheit erhoben, wir fühlen uns menschlich verallgemeinert, wir empfinden das Erhabene, wie es sich überall in die Seele senkt, wo durch unmeßbar große Kräfte in der Zeit oder im Raume auf ein gestaltvolles, vernunftgemäßes Ganzes zusammen gewirkt wird. Wenn aber in diesen Bewegungen das Gesetz des Rechtes und der Sitte nicht ersichtlich ist, wenn sie nach einseitigen und selbstsüchtigen Zwecken ringen, dann wendet sich der Menschenforscher, wie gewaltig und furchtbar sie auch sein mögen, mit Ekel von ihnen ab, und betrachtet sie als ein

Kleines, als ein des Menschen Unwürdiges. So groß ist die Gewalt dieses Rechts- und Sittengesetzes, daß es überall, wo es immer bekämpft worden ist, doch endlich allezeit siegreich und herrlich aus dem Kampfe hervorgegangen ist. Ja wenn sogar der einzelne oder ganze Geschlechter für Recht und Sitte untergegangen sind, so fühlen wir sie nicht als besiegt, wir fühlen sie als triumphierend, in unser Mitleid mischt sich ein Jauchzen und Entzücken, weil das Ganze höher steht als der Teil, weil das Gute größer ist als der Tod, wir sagen da, wir empfinden das Tragische, und werden mit Schauern in den reineren Äther des Sittengesetzes emporgehoben. Wenn wir die Menschheit in der Geschichte wie einen ruhigen Silberstrom einem großen, ewigen Ziele entgegen gehen sehen, so empfinden wir das Erhabene, das vorzugsweise Epische. Aber wie gewaltig und in großen Zügen auch das Tragische und Epische wirken, wie ausgezeichnete Hebel sie auch in der Kunst sind, so sind es hauptsächlich doch immer die gewöhnlichen, alltäglichen, in Unzahl wiederkehrenden Handlungen der Menschen, in denen dieses Gesetz am sichersten als Schwerpunkt liegt, weil diese Handlungen die dauernden, die gründenden sind, gleichsam die Millionen Wurzelfasern des Baumes des Lebens. So wie in der Natur die allgemeinen Gesetze still und unaufhörlich wirken, und das Auffällige nur eine einzelne Äußerung dieser Gesetze ist, so wirkt das Sittengesetz still und seelenbelebend durch den unendlichen Verkehr der Menschen mit Menschen, und die Wunder des Augenblickes bei vorgefallenen Taten sind nur kleine Merkmale dieser allgemeinen Kraft. So ist dieses Gesetz, so wie das der Natur das welterhaltende ist, das menschenerhaltende.

Wie in der Geschichte der Natur die Ansichten über das Große sich stets geändert haben, so ist es auch in der sittlichen Geschichte der Menschen gewesen. Anfangs wurden sie von dem Nächstliegenden berührt, körperliche Stärke und ihre Siege im Ringkampfe wurden gepriesen, dann kamen Tapferkeit und Kriegesmut, dahin zielend, heftige Empfindungen

und Leidenschaften gegen feindselige Haufen und Verbindungen auszudrücken und auszuführen, dann wurde Stammeshoheit und Familienherrschaft besungen, inzwischen auch Schönheit und Liebe so wie Freundschaft und Aufopferung gefeiert, dann aber erschien ein Überblick über ein Größeres: ganze menschliche Abteilungen und Verhältnisse wurden geordnet, das Recht des Ganzen vereint mit dem des Teiles, und Großmut gegen den Feind und Unterdrückung seiner Empfindungen und Leidenschaften zum Besten der Gerechtigkeit hoch und herrlich gehalten, wie ja Mäßigung schon den Alten als die erste männliche Tugend galt, und endlich wurde ein völkerumschlingendes Band als ein Wünschenswertes gedacht, ein Band, das alle Gaben des einen Volkes mit denen des andern vertauscht, die Wissenschaft fördert, ihre Schätze für alle Menschen darlegt, und in der Kunst und Religion zu dem einfach Hohen und Himmlischen leitet.
Wie es mit dem Aufwärtssteigen des menschlichen Geschlechtes ist, so ist es auch mit seinem Abwärtssteigen. Untergehenden Völkern verschwindet zuerst das Maß. Sie gehen nach Einzelnem aus, sie werfen sich mit kurzem Blicke auf das Beschränkte und Unbedeutende, sie setzen das Bedingte über das Allgemeine; dann suchen sie den Genuß und das Sinnliche, sie suchen Befriedigung ihres Hasses und Neides gegen den Nachbar, in ihrer Kunst wird das Einseitige geschildert, das nur von einem Standpunkte Gültige, dann das Zerfahrene, Unstimmende, Abenteuerliche, endlich das Sinnenreizende, Aufregende und zuletzt die Unsitte und das Laster, in der Religion sinkt das Innere zur bloßen Gestalt oder zur üppigen Schwärmerei herab, der Unterschied zwischen Gut und Böse verliert sich, der einzelne verachtet das Ganze und geht seiner Lust und seinem Verderben nach, und so wird das Volk eine Beute seiner inneren Zerwirrung oder die eines äußeren, wilderen, aber kräftigeren Feindes. – –
Da ich in dieser Vorrede in meinen Ansichten über Großes und Kleines so weit gegangen bin, so sei es mir auch erlaubt zu

sagen, daß ich in der Geschichte des menschlichen Geschlechtes manche Erfahrungen zu sammeln bemüht gewesen bin, und daß ich einzelnes aus diesen Erfahrungen zu dichtenden Versuchen zusammengestellt habe; aber meine eben entwickelten Ansichten und die Erlebnisse der letztvergangenen Jahre lehrten mich, meiner Kraft zu mißtrauen, daher jene Versuche liegen bleiben mögen, bis sie besser ausgearbeitet oder als unerheblich vernichtet werden.

Diejenigen aber, die mir durch diese keineswegs für junge Zuhörer passende Vorrede gefolgt sind, mögen es auch nicht verschmähen, die Hervorbringungen bescheidenerer Kräfte zu genießen, und mit mir zu den harmlosen folgenden Dingen übergehen.

Im Herbste 1852 Adalbert Stifter

EINLEITUNG

Als Knabe trug ich außer Ruten, Gesträuchen und Blüten, die mich ergötzten, auch noch andere Dinge nach Hause, die mich fast noch mehr freuten, weil sie nicht so schnell Farbe und Bestand verloren wie die Pflanzen, nämlich allerlei Steine und Erddinge. Auf Feldern, an Rainen, auf Haiden und Hutweiden, ja sogar auf Wiesen, auf denen doch nur das hohe Gras steht, liegen die mannigfaltigsten dieser Dinge herum. Da ich nun viel im Freien herum schweifen durfte, konnte es nicht fehlen, daß ich bald die Plätze entdeckte, auf denen die Dinge zu treffen waren, und daß ich die, welche ich fand, mit nach Hause nahm.

Da ist an dem Wege, der von Oberplan nach Hossenreuth führt, ein geräumiges Stück Rasen, welches in die Felder hinein geht und mit einer Mauer aus losen Steinen eingefaßt ist. In diesen Steinen stecken kleine Blättchen, die wie Silber und Diamanten funkeln, und die man mit einem Messer oder mit einer Ahle herausbrechen kann. Wir Kinder hießen diese Blättchen Katzensilber, und hatten eine sehr große Freude an ihnen.

Auf dem Berglein des Altrichters befindet sich ein Stein, der so fein und weich ist, daß man ihn mit einem Messer schneiden kann. Die Bewohner unserer Gegend nennen ihn Taufstein. Ich machte Täfelchen, Würfel, Ringe und Petschafte aus dem Steine, bis mir ein Mann, der Uhren, Barometer und Stammbäume verfertigte und Bilder lackierte, zeigte, daß man den Stein mit einem zarten Firnisse anstreichen müsse, und daß dann die schönsten blauen, grünen und rötlichen Linien zum Vorscheine kämen.

Wenn ich Zeit hatte, legte ich meine Schätze in eine Reihe, betrachtete sie, und hatte mein Vergnügen an ihnen. Besonders hatte die Verwunderung kein Ende, wenn es auf einem Steine so geheimnisvoll glänzte und leuchtete und äugelte, daß man es gar nicht ergründen konnte, woher denn das käme. Freilich war manchmal auch ein Stück Glas darunter, das ich auf den Feldern gefunden hatte, und das in allerlei Regenbogenfarben schimmerte. Wenn sie dann sagten, das sei ja nur ein Glas, und noch dazu ein verwitterndes, wodurch es eben diese schimmernden Farben erhalten habe, so dachte ich: Ei, wenn es auch nur ein Glas ist, so hat es doch die schönen Farben, und es ist zum Staunen, wie es in der kühlen, feuchten Erde diese Farben empfangen konnte, und ich ließ es unter den Steinen liegen.

Dieser Sammelgeist nun ist noch immer nicht von mir gewichen. Nicht nur trage ich noch heut zu Tage buchstäblich Steine in der Tasche nach Hause, um sie zu zeichnen oder zu malen, und ihre Abbilder dann weiter zu verwenden, sondern ich lege ja auch hier eine Sammlung von allerlei Spielereien und Kram für die Jugend an, an dem sie eine Freude haben, und den sie sich zur Betrachtung zurecht richten möge. Freilich müssen meine jungen Freunde zu dieser Sammlung bedeutend älter sein als ich, da ich mir meine seltsamen Feldsteine zur Ergötzung nach Hause trug. Es wird der Fall nicht eintreten, daß ein Juwel in der Sammlung sei, so wie kaum die Gefahr vorhanden ist, daß ich unter meinen Steinen einstens etwa einen ungeschliffenen Diamant oder Rubin gehabt habe und ohne mein Wissen unermeßlich reich gewesen sei. Wenn aber manches Glasstück unter diesen Dingen ist, so bitte ich meine Freunde, zu denken, wie ich bei meinem Glase gedacht habe: es hat doch allerlei Farben, und mag bei den Steinen belassen bleiben.

Wenn man einem Verstorbenen eine Sammlung widmen könnte, würde ich diese meinem verstorbenen jungen Freunde Gustav widmen. Ich hatte ihn zufällig kennen gelernt, ihn lieb gewonnen, und er hatte mir wie einem Vater vertraut. Er hatte Freude an Spielereien, so wie er auch gleich einem Mädchen noch immer gelegentlich ein Stückchen Naschwerk liebte, und, wenn er bei mir zu Tische war, auch stets bekam. Möge er in seiner lichteren Heimat manchmal an den älteren Freund denken, der noch immer in dieser Welt ist, und noch ein Stückchen Zeit da zu bleiben wünscht.

Weil es unermeßlich viele Steine gibt, so kann ich gar nicht voraus sagen, wie groß diese Sammlung werden wird.

Im Herbste 1852 Der Verfasser

GRANIT

Vor meinem väterlichen Geburtshause, dicht neben der Eingangstür in dasselbe, liegt ein großer achteckiger Stein von der Gestalt eines sehr in die Länge gezogenen Würfels. Seine Seitenflächen sind roh ausgehauen, seine obere Fläche aber ist von dem vielen Sitzen so fein und glatt geworden, als wäre sie mit der kunstreichsten Glasur überzogen. Der Stein ist sehr alt, und niemand erinnert sich, von einer Zeit gehört zu haben, wann er gelegt worden sei. Die urältesten Greise unsers Hauses waren auf dem Steine gesessen, so wie jene, welche in zarter Jugend hinweggestorben waren und nebst all den andern in dem Kirchhofe schlummern. Das Alter beweist auch der Umstand, daß die Sandsteinplatten, welche dem Steine zur Unterlage dienen, schon ganz ausgetreten, und dort, wo sie unter die Dachtraufe hinaus ragen, mit tiefen Löchern von den herabfallenden Tropfen versehen sind.

Eines der jüngsten Mitglieder unseres Hauses, welche auf dem Steine gesessen waren, war in meiner Knabenzeit ich. Ich saß gerne auf dem Steine, weil man wenigstens dazumal eine große Umsicht von demselben hatte. Jetzt ist sie etwas verbaut worden. Ich saß gerne im ersten Frühlinge dort, wenn die milder werdenden Sonnenstrahlen die erste Wärme an der Wand des Hauses erzeugten. Ich sah auf die geackerten, aber noch nicht bebauten Felder hinaus, ich sah dort manchmal ein Glas wie einen weißen feurigen Funken schimmern und glänzen, oder ich sah einen Geier vorüber fliegen, oder ich sah auf den fernen blaulichen Wald, der mit seinen Zacken an dem Himmel dahin geht, an dem die Gewitter und Wolkenbrüche hinabziehen, und der so hoch ist, daß ich meinte, wenn man auf den höchsten Baum desselben hinauf stiege, müßte man den Himmel angreifen können. Zu andern Zeiten sah ich auf der Straße, die nahe an dem Hause vorübergeht, bald einen Erntewagen, bald eine Herde, bald einen Hausierer vorüber ziehen.

Im Sommer saß gerne am Abende auch der Großvater auf dem Steine und rauchte sein Pfeifchen, und manchmal, wenn ich schon lange schlief oder in den beginnenden Schlummer nur noch gebrochen die Töne hinein hörte, saßen auch teils auf dem Steine, teils auf dem daneben befindlichen Holzbänkchen oder auf der Lage von Baubrettern junge Bursche und Mädchen und sangen anmutige Lieder in die finstere Nacht.

Unter den Dingen, die ich von dem Steine aus sah, war öfter auch ein Mann von seltsamer Art. Er kam zuweilen auf der Hossenreuther Straße mit einem glänzenden schwarzen Schubkarren herauf gefahren. Auf dem Schubkarren hatte er ein glänzendes schwarzes Fäßchen. Seine Kleider waren zwar vom Anfange an nicht schwarz gewesen, allein sie waren mit der Zeit sehr dunkel geworden und glänzten ebenfalls. Wenn die Sonne auf ihn schien, so sah er aus, als wäre er mit Öl eingeschmiert worden. Er hatte einen breiten Hut auf dem Haupte, unter dem die langen Haare auf den Nacken hinabwallten. Er hatte ein braunes Angesicht, freundliche Augen, und seine Haare hatten bereits die gelblich weiße Farbe, die sie bei Leuten unterer Stände, die hart arbeiten müssen, gerne bekommen. In der Nähe der Häuser schrie er gewöhnlich etwas, was ich nicht verstand. In Folge dieses Schreiens kamen unsere Nachbarn aus ihren Häusern heraus, hatten Gefäße in der Hand, die meistens schwarze hölzerne Kannen waren, und begaben sich auf unsere Gasse. Während dies geschah, war der Mann vollends näher gekommen, und schob seinen Schubkarren auf unsere Gasse herzu. Da hielt er stille, drehte den Hahn in dem Zapfen seines Fasses, und ließ einem jeden, der unterhielt, eine braune zähe Flüssigkeit in sein Gefäß rinnen, die ich recht gut als Wagenschmiere erkannte, und wofür sie ihm eine Anzahl Kreuzer oder Groschen gaben. Wenn alles vorüber war und die Nachbarn sich mit ihrem Kaufe entfernt hatten, richtete er sein Faß wieder zusammen, strich alles gut hinein, was hervor gequollen war, und fuhr weiter. Ich war bei dem Vorfalle schier alle Male zugegen; denn wenn ich auch eben nicht auf der Gasse war, da der Mann kam, so hörte ich doch so gut wie die Nachbarn sein Schreien, und war gewiß eher auf dem Platze als alle andern.

Eines Tages, da die Lenzsonne sehr freundlich schien und alle Menschen heiter und schelmisch machte, sah ich ihn wieder die Hossenreuther Straße herauffahren. Er schrie in der Nähe der Häuser seinen gewöhnlichen Gesang, die Nachbarn kamen herbei, er gab ihnen ihren Bedarf, und sie entfernten sich. Als dieses geschehen war, brachte er sein Faß wie zu sonstigen Zeiten in Ordnung. Zum Hineinstreichen dessen, was sich etwa an dem Hahne oder durch das Lockern des Zapfens an den untern Faßdauben angesammelt hatte, hatte er einen langen, schmalen, flachen Löffel mit kurzem Stiele. Er nahm mit dem Löffel geschickt jedes Restchen Flüssigkeit, das sich in einer Fuge oder in einem Winkel versteckt hatte, heraus und strich es bei den scharfen Rändern des Spundloches hinein. Ich saß, da er dieses tat, auf dem Steine und sah ihm zu. Aus Zufall hatte ich bloße Füße, wie es öfter geschah, und hatte Höschen an, die mit der Zeit zu kurz geworden waren. Plötzlich sah er von seiner Arbeit zu mir herzu und sagte: »Willst du die Füße eingeschmiert haben?«

Ich hatte den Mann stets für eine große Merkwürdigkeit gehalten, fühlte mich durch seine Vertraulichkeit geehrt, und hielt beide Füße hin. Er fuhr mit seinem Löffel in das Spundloch, langte damit herzu und tat einen langsamen Strich auf jeden der beiden Füße. Die Flüssigkeit breitete sich schön auf der Haut aus, hatte eine außerordentlich klare, goldbraune Farbe und sandte die angenehmen Harzdüfte zu mir empor. Sie zog sich ihrer Natur nach allmählich um die Rundung meiner Füße herum und an ihnen hinab. Der Mann fuhr indessen in seinem Geschäfte fort, er hatte ein paar Male lächelnd auf mich herzu geblickt, dann steckte er seinen Löffel in eine Scheide neben das Faß, schlug oben das Spundloch zu, nahm die Tragbänder des Schubkarrens auf sich, hob letzteren empor, und fuhr damit davon. Da ich nun allein war, und ein zwar halb angenehmes, aber deßungeachtet auch nicht ganz beruhigtes Gefühl hatte, wollte ich mich doch auch der Mutter zeigen. Mit vorsichtig in die Höhe gehaltenen Höschen ging ich in die Stube hinein. Es war eben Samstag, und an jedem Samstage mußte die Stube sehr schön gewaschen und gescheuert werden, was auch heute am Morgen geschehen war, so wie der Wagenschmiermann gerne an Samstagen kam, um am Sonntage dazubleiben und in die Kirche zu gehen. Die gut ausgelaugte und wieder getrocknete Holzfaser des Fußbodens nahm die Wagenschmiere meiner Füße sehr begierig auf, so daß hinter jedem meiner Tritte eine starke Tappe auf dem Boden blieb. Die Mutter saß eben, da ich herein kam, an dem Fenstertische vorne und nähte. Da sie mich so kommen und vorwärts schreiten sah, sprang sie auf. Sie blieb einen Augenblick in der Schwebe, entweder weil sie mich so bewunderte, oder weil sie sich nach einem Werkzeuge umsah, mich zu empfangen. Endlich aber rief sie: »Was hat denn dieser heillose, eingefleischte Sohn heute für Dinge an sich?«

Und damit ich nicht noch weiter vorwärts ginge, eilte sie mir entgegen, hob mich empor und trug mich, meines Schreckes und ihrer Schürze nicht achtend, in das Vorhaus hinaus. Dort ließ sie mich nieder, nahm unter der Bodenstiege, wohin wir, weil es an einem andern Orte nicht erlaubt war, alle nach Hause gebrachten Ruten und Zweige legen mußten, und wo ich selber in den letzten Tagen eine große Menge dieser Dinge angesammelt hatte, heraus, was sie nur immer erwischen konnte, und schlug damit so lange und so heftig gegen meine Füße, bis das ganze Laubwerk der Ruten, meine Höschen, ihre Schürze, die Steine des Fußbodens und die Umgebung voll Pech waren. Dann ließ sie mich los, und ging wieder in die Stube hinein.

Ich war, obwohl es mir schon von Anfange bei der Sache immer nicht so ganz vollkommen geheuer gewesen war, doch über diese fürchterliche Wendung der Dinge, und weil ich mit meiner teuersten Verwandten dieser Erde in dieses Zerwürfnis geraten war, gleichsam vernichtet. In dem Vorhause befindet sich in einer Ecke ein großer Steinwürfel, der den Zweck hat, daß auf ihm das Garn zu den Hausweben mit einem hölzernen Schlägel geklopft wird. Auf diesen Stein wankte ich zu und ließ mich auf ihn nieder. Ich konnte nicht einmal weinen, das Herz war mir gepreßt, und die Kehle wie mit Schnüren zugeschnürt. Drinnen hörte ich die Mutter und die Magd beratschlagen, was zu tun sei, und fürchtete, daß, wenn die Pechspuren nicht weg gingen, sie wieder herauskommen und mich weiter züchtigen würden.

In diesem Augenblicke ging der Großvater bei der hintern Tür, die zu dem Brunnen und auf die Gartenwiese führt, herein, und ging gegen mich hervor. Er war immer der Gütige gewesen, und hatte, wenn was immer für ein Unglück gegen uns Kinder herein gebrochen war, nie nach dem Schuldigen gefragt, sondern nur stets geholfen. Da er nun zu dem Platze, auf dem ich saß, hervor gekommen war, blieb er stehen, und sah mich an. Als er den Zustand, in welchem ich mich befand, begriffen hatte, fragte er, was es denn gegeben habe, und wie es mit mir so geworden sei. Ich wollte mich nun erleichtern, allein ich konnte auch jetzt wieder nichts erzählen, denn nun brachen bei dem Anblicke seiner gütigen und wohlmeinenden Augen alle Tränen, die früher nicht hervor zu kommen vermocht hatten, mit Gewalt heraus und rannen in Strömen herab, so daß ich vor Weinen und Schluchzen nur gebrochene und verstümmelte Laute hervorbringen, und nichts tun konnte, als die Füßchen empor heben, auf denen jetzt auch aus dem Peche noch das häßliche Rot der Züchtigung hervor sah. Er aber lächelte und sagte: »So komme nur her zu mir, komme mit mir.«

Bei diesen Worten nahm er mich bei der Hand, zog mich sanft von dem Steine herab, und führte mich, der ich ihm vor Ergriffenheit kaum folgen konnte, durch die Länge des Vorhauses zurück und in den Hof hinaus. In dem Hofe ist ein breiter, mit Steinen gepflasterter Gang, der rings an den Bauwerken herum läuft. Auf diesem Gange stehen unter dem Überdache des Hauses gewöhnlich einige Schemel oder derlei Dinge, die dazu dienen, daß sich die Mägde beim Hecheln des Flachses oder andern ähnlichen Arbeiten darauf nieder setzen können, um vor dem Unwetter geschützt zu sein. Zu einem solchen Schemel führte er mich hinzu und sagte: »Setze dich da nieder und warte ein wenig, ich werde gleich wieder kommen.«

Mit diesen Worten ging er in das Haus, und nachdem ich ein Weilchen gewartet hatte, kam er wieder heraus, indem er eine große, grünglasierte Schüssel, einen Topf mit Wasser und Seife und Tücher in den Händen trug. Diese Dinge stellte er neben mir auf das Steinpflaster nieder, zog mir, der ich auf dem Schemel saß, meine Höschen aus, warf sie seitwärts, goß warmes Wasser in die Schüssel, stellte meine Füße hinein, und wusch sie so lange mit Seife und Wasser, bis ein großer weiß und braun gefleckter Schaumberg auf der Schüssel stand, die Wagenschmiere, weil sie noch frisch war, ganz weggegangen, und keine Spur mehr von Pech auf der Haut zu erblicken war. Dann trocknete er mit den Tüchern die Füße ab und fragte: »Ist es nun gut?«

Ich lachte fast unter den Tränen, ein Stein nach dem andern war mir während des Waschens von dem Herzen gefallen, und waren die Tränen schon linder geflossen, so drangen sie jetzt nur mehr einzeln aus den Augen hervor. Er holte mir nun auch andere Höschen und zog sie mir an. Dann nahm er das trocken gebliebene Ende der Tücher, wischte mir damit das verweinte Angesicht ab und sagte: »Nun gehe da über den Hof bei dem großen Einfahrtstore auf die Gasse hinaus, daß dich niemand sehe, und daß du niemanden in die Hände fallest. Auf der Gasse warte auf mich, ich werde dir andere Kleider bringen und mich auch ein wenig umkleiden. Ich gehe heute in das Dorf Melm, da darfst du mitgehen, und da wirst du mir erzählen, wie sich dein Unglück ereignet hat, und wie du in diese Wagenschmiere geraten bist. Die Sachen lassen wir da liegen, es wird sie schon jemand hinweg räumen.«

Mit diesen Worten schob er mich gegen den Hof, und ging in das Haus zurück. Ich schritt leise über den Hof, und eilte bei dem Einfahrtstore hinaus. Auf der Gasse ging ich sehr weit von dem großen Steine und von der Haustür weg, damit ich sicher wäre, und stellte mich auf eine Stelle, von welcher ich von ferne in die Haustür hinein sehen konnte. Ich sah, daß auf dem Platze, auf welchem ich gezüchtigt worden war, zwei Mägde beschäftigt waren, welche auf dem Boden knieten und mit den Händen auf ihm hin und her fuhren. Wahrscheinlich waren sie bemüht, die Pechspuren, die von meiner Züchtigung entstanden waren, weg zu bringen. Die Hausschwalbe flog kreischend bei der Tür aus und ein, weil heute unter ihrem Neste immer Störung war, erst durch meine Züchtigung und nun durch die arbeitenden Mägde. An der äußersten Grenze unserer Gasse, sehr weit von der Haustür entfernt, wo der kleine Hügel, auf dem unser Haus steht, schon gegen die vorbeigehende Straße abzufallen beginnt, lagen einige ausgehauene Stämme, die zu einem Baue oder zu einem anderen ähnlichen Werke bestimmt waren. Auf diese setzte ich mich nieder, und wartete.

Endlich kam der Großvater heraus. Er hatte seinen breiten Hut auf dem Haupte, hatte seinen langen Rock an, den er gerne an Sonntagen nahm, und trug seinen Stock in der Hand. In der andern hatte er aber auch mein blaugestreiftes Jäckchen, weiße Strümpfe, schwarze Schnürstiefelchen und mein graues Filzhütchen. Das alles half er mir anziehen, und sagte: »So, jetzt gehen wir.«

Wir gingen auf dem schmalen Fußwege durch das Grün unsers Hügels auf die Straße hinab, und gingen auf der Straße fort, erst durch die Häuser der Nachbarn, auf denen die Frühlingssonne lag, und von denen die Leute uns grüßten, und dann in das Freie hinaus. Dort streckte sich ein weites Feld und schö-

ner grüner Rasen vor uns hin, und heller, freundlicher Sonnenschein breitete sich über alle Dinge der Welt. Wir gingen auf einem weißen Wege zwischen dem grünen Rasen dahin. Mein Schmerz und mein Kummer war schon beinahe verschwunden, ich wußte, daß ein guter Ausgang nicht fehlen konnte, da der Großvater sich der Sache annahm und mich beschützte; die freie Luft und die scheinende Sonne übten einen beruhigenden Einfluß, und ich empfand das Jäckchen sehr angenehm auf meinen Schultern und die Stiefelchen an den Füßen, und die Luft floß sanft durch meine Haare.
Als wir eine Weile auf der Wiese gegangen waren, wie wir gewöhnlich gingen, wenn er mich mit nahm, nämlich daß er seine großen Schritte milderte, aber noch immer große Schritte machte, und ich teilweise neben ihm trippeln mußte, sagte der Großvater: »Nun, sage mir doch auch einmal, wie es denn geschehen ist, daß du mit so vieler Wagenschmiere zusammen geraten bist, daß nicht nur deine ganzen Höschen voll Pech sind, daß deine Füße voll waren, daß ein Pechfleck in dem Vorhause ist, mit Pech besudelte Ruten herum liegen, sondern daß auch im ganzen Hause, wo man nur immer hin kömmt, Flecken von Wagenschmiere anzutreffen sind. Ich habe deiner Mutter schon gesagt, daß du mit mir gehest, du darfst nicht mehr besorgt sein, es wird dich keine Strafe mehr treffen.«
Ich erzählte ihm nun, wie ich auf dem Steine gesessen sei, wie der Wagenschmiermann gekommen sei, wie er mich gefragt habe, ob ich meine Füße eingeschmiert haben wolle, wie ich sie ihm hingehalten, und wie er auf jeden einen Strich getan habe, wie ich in die Stube gegangen sei, um mich der Mutter zu zeigen, wie sie aufgesprungen sei, wie sie mich genommen, in das Vorhaus getragen, mich mit meinen eigenen Ruten gezüchtiget habe, und wie ich darnach auf dem Steine sitzen geblieben sei.
»Du bist ein kleines Närrlein,« sagte der Großvater, »und der alte Andreas ist ein arger Schalk, er hat immer solche Streiche ausgeführt, und wird jetzt heimlich und wiederholt bei sich

lachen, daß er den Einfall gehabt hat. Dieser Hergang bessert deine Sache sehr. Aber siehst du, auch der alte Andreas, so übel wir seine Sache ansehen mögen, ist nicht so schuldig, als wir andern uns denken; denn woher soll denn der alte Andreas wissen, daß die Wagenschmiere für die Leute eine so schreckende Sache ist, und daß sie in einem Hause eine solche Unordnung anrichten kann; denn für ihn ist sie eine Ware, mit der er immer umgeht, die ihm seine Nahrung gibt, die er liebt, und die er sich immer frisch holt, wenn sie ihm ausgeht. Und wie soll er von gewaschenen Fußböden etwas wissen, da er Jahr aus, Jahr ein bei Regen und Sonnenschein mit seinem Fasse auf der Straße ist, bei der Nacht oder an Feiertagen in einer Scheune schläft, und an seinen Kleidern Heu oder Halme kleben hat. Aber auch deine Mutter hat recht; sie mußte glauben, daß du dir leichtsinniger Weise die Füße selber mit so vieler Wagenschmiere beschmiert habest, und daß du in die Stube gegangen seiest, den schönen Boden zu besudeln. Aber lasse nur Zeit, sie wird schon zur Einsicht kommen, sie wird alles verstehen, und alles wird gut werden. Wenn wir dort auf jene Höhe hinauf gelangen, von der wir weit herum sehen, werde ich dir eine Geschichte von solchen Pechmännern erzählen, wie der alte Andreas ist, die sich lange vorher zugetragen hat, ehe du geboren wurdest, und ehe ich geboren wurde, und aus der du ersehen wirst, welche wunderbare Schicksale die Menschen auf der Welt des lieben Gottes haben können. Und wenn du stark genug bist und gehen kannst, so lasse ich dich in der nächsten Woche nach Spitzenberg und in die Hirschberge mitgehen, und da wirst du am Wege im Fichtengrunde eine solche Brennerei sehen, wo sie die Wagenschmiere machen, wo sich der alte Andreas seinen Vorrat immer holt, und wo also das Pech her ist, womit dir heute die Füße eingeschmiert worden sind.«

»Ja, Großvater,« sagte ich, »ich werde recht stark sein.«

»Nun, das wird gut sein,« antwortete er, »und du darfst mitgehen.«

Bei diesen Worten waren wir zu einer Mauer aus losen Steinen gelangt, jenseits welcher eine grüne Wiese mit dem weißen Fußpfade war. Der Großvater stieg über den Steigstein, indem er seinen Stock und seinen Rock nach sich zog, und mir, der ich zu klein war, hinüber half; und wir gingen dann auf dem reinen Pfade weiter. Ungefähr in der Mitte der Wiese blieb er stehen und zeigte auf die Erde, wo unter einem flachen Steine ein klares Wässerlein hervor quoll und durch die Wiese fortrann.
»Das ist das Behringer Brünnlein,« sagte er, »welches das beste Wasser in der Gegend hat, ausgenommen das wundertätige Wasser, welches auf dem Brunnberge in dem überbauten Brünnlein ist, in dessen Nähe die Gnadenkapelle zum guten Wasser steht. Manche Menschen holen sich aus diesem Brünnlein da ihr Trinkwasser, mancher Feldarbeiter geht weit herzu, um da zu trinken, und mancher Kranke hat schon aus entfernten Gegenden mit einem Kruge hierher geschickt, damit man ihm Wasser bringe. Merke dir den Brunnen recht gut.«
»Ja, Großvater«, sagte ich.
Nach diesen Worten gingen wir wieder weiter. Wir gingen auf dem Fußpfade durch die Wiese, wir gingen auf einem Wege zwischen Feldern empor, und kamen zu einem Grunde, der mit dichtem, kurzem, fast grauem Rasen bedeckt war, und auf dem nach allen Richtungen hin in gewissen Entfernungen von einander Föhren standen.
»Das, worauf wir jetzt gehen,« sagte der Großvater, »sind die Dürrschnäbel, es ist ein seltsamer Name, entweder kömmt er von dem trockenen, dürren Boden, oder von dem mageren Kräutlein, das tausendfältig auf dem Boden sitzt, und dessen Blüte ein weißes Schnäblein hat mit einem gelben Zünglein darin. Siehe, die mächtigen Föhren gehören den Bürgern zu Oberplan je nach der Steuerbarkeit, sie haben die Nadeln nicht in zwei Zeilen, sondern in Scheiden wie grüne Borstbüschel, sie haben das geschmeidige, fette Holz, sie haben das gelbe Pech, sie streuen sparsamen Schatten, und wenn ein schwaches Lüftchen geht, so hört man die Nadeln ruhig und langsam sausen.«

Ich hatte Gelegenheit, als wir weiter gingen, die Wahrheit dessen zu beobachten, was der Großvater gesagt hatte. Ich sah eine Menge der weißgelben Blümlein auf dem Boden, ich sah den grauen Rasen, ich sah auf manchem Stamme das Pech wie goldene Tropfen stehen, ich sah die unzähligen Nadelbüschel auf den unzähligen Zweigen gleichsam aus winzigen dunkeln Stiefelchen heraus ragen, und ich hörte, obgleich kaum ein Lüftchen zu verspüren war, das ruhige Sausen in den Nadeln.
Wir gingen immer weiter, und der Weg wurde ziemlich steil. Auf einer etwas höheren und freieren Stelle blieb der Großvater stehen und sagte: »So, da warten wir ein wenig.«
Er wendete sich um, und nachdem wir uns von der Bewegung des Aufwärtsgehens ein wenig ausgeatmet hatten, hob er seinen Stock empor und zeigte auf einen entfernten mächtigen Waldrücken in der Richtung, aus der wir gekommen waren, und fragte: »Kannst du mir sagen, was das dort ist?«
»Ja, Großvater,« antwortete ich, »das ist die Alpe, auf welcher sich im Sommer eine Viehherde befindet, die im Herbste wieder herabgetrieben wird.«
»Und was ist das, das sich weiter vorwärts von der Alpe befindet?« fragte er wieder.
»Das ist der Hüttenwald«, antwortete ich.
»Und rechts von der Alpe und dem Hüttenwalde?«
»Das ist der Philippgeorgsberg.«
»Und rechts von dem Philippgeorgsberge?«
»Das ist der Seewald, in welchem sich das dunkle und tiefe Seewasser befindet.«
»Und wieder rechts von dem Seewalde?«
»Das ist der Blockenstein und der Sesselwald.«
»Und wieder rechts?«
»Das ist der Tussetwald.«
»Und weiter kannst du sie nicht kennen; aber da ist noch mancher Waldrücken mit manchem Namen, sie gehen viele Meilen weit in die Länder fort. Einst waren die Wälder noch viel größer als jetzt. Da ich ein Knabe war, reichten sie bis

Spitzenberg und die vordern Stiftshäuser, es gab noch Wölfe darin, und die Hirsche konnten wir in der Nacht, wenn eben die Zeit war, bis in unser Bette hinein brüllen hören. Siehst du die Rauchsäule dort, die aus dem Hüttenwalde aufsteigt?«

»Ja, Großvater, ich sehe sie.«

»Und weiter zurück wieder eine aus dem Walde der Alpe?«

»Ja, Großvater.«

»Und aus den Niederungen des Philippgeorgsberges wieder eine?«

»Ich sehe sie, Großvater.«

»Und weit hinten im Kessel des Seewaldes, den man kaum erblicken kann, noch eine, die so schwach ist, als wäre sie nur ein blaues Wölklein?«

»Ich sehe sie auch, Großvater.«

»Siehst du, diese Rauchsäulen kommen alle von den Menschen, die in dem Walde ihre Geschäfte treiben. Da sind zuerst die Holzknechte, die an Stellen die Bäume des Waldes umsägen, daß nichts übrig ist als Strünke und Strauchwerk. Sie zünden ein Feuer an, um ihre Speisen daran zu kochen, und um auch das unnötige Reisig und die Äste zu verbrennen. Dann sind die Kohlenbrenner, die einen großen Meiler türmen, ihn mit Erde und Reisern bedecken und in ihm aus Scheitern die Kohlen brennen, die du oft in großen Säcken an unserem Hause vorbei in die ferneren Gegenden hinaus führen siehst, die nichts zu brennen haben. Dann sind die Heusucher, die in den kleinen Wiesen und in den von Wald entblößten Stellen das Heu machen, oder es auch mit Sicheln zwischen dem Gesteine schneiden. Sie machen ein Feuer, um ebenfalls daran zu kochen, oder daß sich ihr Zugvieh in den Rauch lege und dort weniger von den Fliegen geplagt werde. Dann sind die Sammler, welche Holzschwämme, Arzneidinge, Beeren und andere Sachen suchen, und auch gerne ein Feuer machen, sich daran zu laben. Endlich sind die Pechbrenner, die sich aus Walderde Öfen bauen, oder Löcher mit Lehm überwölben, und daneben sich Hütten aus Waldbäumen aufrichten, um in den Hütten zu wohnen, und in den Öfen und Löchern die Wagenschmiere zu brennen, aber auch den Teer, den Terpentin und andere Geister. Wo ein ganz dünnes Rauchfädlein aufsteigt, mag es auch ein Jäger sein, der sich sein Stücklein Fleisch bratet oder der Ruhe pflegt. Alle diese Leute haben keine bleibende Stätte in dem Walde; denn sie gehen bald hierhin, bald dorthin, je nachdem sie ihre Arbeit getan haben oder ihre Gegenstände nicht mehr finden. Darum haben auch die Rauchsäulen keine bleibende Stelle, und heute siehest du sie hier und ein anderes Mal an einem anderen Platze.«

»Ja, Großvater.«

»Das ist das Leben der Wälder. Aber laß uns nun auch das außerhalb betrachten. Kannst du mir sagen, was das für weiße Gebäude sind, die wir da durch die Doppelföhre hin sehen?«

»Ja, Großvater, das sind die Pranghöfe.«

»Und weiter von den Pranghöfen links?«

»Das sind die Häuser von Vorder- und Hinterstift.«

»Und wieder weiter links?«

»Das ist Glöckelberg.«

»Und weiter gegen uns her am Wasser?«

»Das ist die Hammermühle und der Bauer David.«

»Und die vielen Häuser ganz in unserer Nähe, aus denen die Kirche emporragt, und hinter denen ein Berg ist, auf welchem wieder ein Kirchlein steht?«

»Aber, Großvater, das ist ja unser Marktflecken Oberplan, und das Kirchlein auf dem Berge ist das Kirchlein zum guten Wasser.«

»Und wenn die Berge nicht wären und die Anhöhen, die uns umgeben, so würdest du noch viel mehr Häuser und Ortschaften sehen: die Karlshöfe, Stuben, Schwarzbach, Langenbruck, Melm, Honnetschlag, und auf der entgegengesetzten Seite Pichlern, Pernek, Salnau und mehrere andere. Das wirst du einsehen, daß in diesen Ortschaften viel Leben ist, daß dort viele Menschen Tag und Nacht um ihren Lebensunterhalt sich abmühen und die Freude genießen, die uns hienieden gegeben ist. Ich habe dir darum die Wälder gezeigt und die Ortschaften, weil sich in ihnen die Geschichte zugetragen hat, welche ich dir im Heraufgehen zu erzählen versprochen habe. Aber laß uns weiter gehen, daß wir bald unser Ziel erreichen, ich werde dir die Geschichte im Gehen erzählen.«

Der Großvater wendete sich um, ich auch, er setzte die Spitze seines Stockes in die magere Rasenerde, wir gingen weiter, und er erzählte: »In allen diesen Wäldern und in allen diesen Ortschaften hat sich einst eine merkwürdige Tatsache ereignet, und es ist ein großes Ungemach über sie gekommen. Mein Großvater, dein Ururgroßvater, der zu damaliger Zeit gelebt hat, hat es uns oft erzählt. Es war einmal in einem Frühlinge, da die Bäume kaum ausgeschlagen hatten, da die Blütenblätter kaum abgefallen waren, daß eine schwere Krankheit über diese Gegend kam und in allen Ortschaften, die du gesehen hast, und auch in jenen, die du wegen vorstehender Berge nicht hast sehen können, ja sogar in den Wäldern, die du mir gezeigt hast, ausgebrochen ist. Sie ist lange vorher in entfernten Ländern gewesen und hat dort unglaublich viele Menschen dahin gerafft. Plötzlich ist sie zu uns herein gekommen. Man weiß nicht, wie sie gekommen ist: haben sie die Menschen gebracht, ist sie in der milden Frühlingsluft gekommen, oder haben sie Winde und Regenwolken daher getragen: genug, sie ist gekommen und hat sich über alle Orte ausgebreitet, die um uns herum liegen. Über die weißen Blütenblätter, die noch auf dem Wege lagen, trug man die Toten dahin, und in dem Kämmerlein, in das die Frühlingsblätter hineinschauten, lag ein Kranker, und es pflegte ihn einer, der selbst schon krankte. Die Seuche wurde die Pest geheißen, und in fünf bis sechs Stunden war der Mensch gesund und tot, und selbst die, welche von dem Übel genasen, waren nicht mehr recht gesund und recht krank, und konnten ihren Geschäften nicht nachgehen. Man hatte vorher in Winterabenden erzählt, wie in andern Ländern eine Krankheit sei, und die Leute an ihr wie an einem Strafgerichte dahin sterben; aber niemand hatte geglaubt, daß sie in unsere Wälder herein kommen werde, weil nie etwas Fremdes zu uns herein kömmt, bis sie kam. In den Ratschlägerhäusern ist sie zuerst ausgebrochen, und es starben gleich alle, die an ihr erkrankten. Die Nachricht verbreitete sich in der Gegend, die Menschen erschraken und rannten gegen einander. Einige warteten, ob es weiter greifen würde, andere flohen und trafen die Krankheit in den Gegenden, in welche sie sich gewendet hatten. Nach einigen Tagen brachte man schon die Toten auf den Oberplaner Kirchhof, um sie zu begraben, gleich darauf von nahen und fernen Dörfern und von dem Marktflecken selbst. Man hörte fast den ganzen Tag die Zügenglocke läuten, und das Totengeläute konnte man nicht mehr jedem einzelnen Toten verschaffen, sondern man läutete es allgemein für alle. Bald konnte man sie auch nicht mehr in dem Kirchhofe begraben, sondern man machte große Gruben auf dem freien Felde, tat die Toten hinein und scharrte sie mit Erde zu. Von manchem Hause ging kein Rauch empor, in manchem hörte man das Vieh brüllen, weil man es zu füttern vergessen hatte, und manches Rind ging verwildert herum, weil niemand war, es von der Weide in den Stall zu bringen. Die Kinder liebten ihre Eltern nicht mehr und die Eltern die Kinder nicht, man warf nur die Toten in die Grube und ging davon. Es reiften die roten Kirschen, aber niemand dachte an sie, und niemand nahm sie von den Bäumen, es reiften die Getreide, aber sie wurden nicht in der Ordnung und Reinlichkeit nach Hause gebracht wie sonst, ja manche wären gar nicht nach Hause gekommen, wenn nicht doch noch ein mitleidiger Mann sie einem Büblein oder Mütterlein, die allein in einem Hause gesund geblieben waren, einbringen geholfen hätte. Eines Sonntages, da der Pfarrer von Oberplan die Kanzel bestieg, um die Predigt zu halten, waren mit ihm sieben Personen in der Kirche; die andern waren gestorben, oder waren krank oder bei der Krankenpflege, oder aus Wirrnis und Starrsinn nicht gekommen. Als sie dieses sahen, brachen sie in ein lautes Weinen aus, der Pfarrer konnte keine Predigt halten, sondern las eine stille Messe, und man ging auseinander. Als die Krankheit ihren Gipfel erreicht hatte, als die Menschen nicht mehr wußten, sollten sie in dem Himmel oder auf der Erde Hilfe suchen, geschah es, daß ein Bauer aus dem Amischhause von Melm nach Oberplan ging. Auf der Drillingsföhre saß ein Vöglein und sang:

> Eßt Enzian und Pimpinell,
> Steht auf, sterbt nicht so schnell.
> Eßt Enzian und Pimpinell,
> Steht auf, sterbt nicht so schnell.

Der Bauer entfloh, er lief zu dem Pfarrer nach Oberplan und sagte ihm die Worte, und der Pfarrer sagte sie den Leuten. Diese taten, wie das Vöglein gesungen hatte, und die Krankheit minderte sich immer mehr und mehr, und noch ehe der Haber in die Stoppeln gegangen war, und ehe die braunen Haselnüsse an den Büschen der Zäune reiften, war sie nicht mehr vorhanden. Die Menschen getrauten sich wieder hervor, in den Dörfern ging der Rauch empor, wie man die Betten und die andern Dinge der Kranken verbrannte, weil die Krankheit sehr ansteckend gewesen war; viele Häuser wurden neu getüncht und gescheuert, und die Kirchenglocken tönten wieder friedfertige Töne, wenn sie entweder zu dem Gebete riefen oder zu den heiligen Festen der Kirche.«

In dem Augenblicke, gleichsam wie durch die Worte hervor gerufen, tönte hell, klar und rein mit ihren deutlichen tiefen Tönen die große Glocke von dem Turme zu Oberplan, und die Klänge kamen zu uns unter die Föhren herauf.

»Siehe,« sagte der Großvater, »ist es schon vier Uhr, und schon Feierabendläuten; siehst du, Kind, diese Zunge sagt uns beinahe mit vernehmlichen Worten, wie gut und wie glücklich und wie befriedigt wieder alles in dieser Gegend ist.«

Wir hatten uns bei diesen Worten umgekehrt, und schauten nach der Kirche zurück. Sie ragte mit ihrem dunkeln Ziegeldache und mit ihrem dunkeln Turme, von dem die Töne kamen, empor, und die Häuser drängten sich wie eine graue Taubenschar um sie.

»Weil es Feierabend ist,« sagte der Großvater, »müssen wir ein kurzes Gebet tun.«

Er nahm seinen Hut von dem Haupte, machte ein Kreuz und betete. Ich nahm auch mein Hütchen ab, und betete ebenfalls. Als wir geendet, die Kreuze gemacht und unsere Kopfbedeckungen wieder aufgesetzt hatten, sagte der Großvater: »Es ist ein schöner Gebrauch, daß am Samstage nachmittags mit der Glocke dieses Zeichen gegeben wird, daß nun der Vorabend des Festes des Herrn beginne, und daß alles strenge Irdische ruhen müsse, wie ich ja auch an Samstagen nachmittags keine ernste Arbeit vornehme, sondern höchstens einen Gang in benachbarte Dörfer mache. Der Gebrauch stammt von den Heiden her, die früher in den Gegenden waren, denen jeder Tag gleich war, und denen man, als sie zum Christentume bekehrt waren, ein Zeichen geben mußte, daß der Gottestag im Anbrechen sei. Einstens wurde dieses Zeichen sehr beachtet; denn wenn die Glocke klang, beteten die Menschen und setzten ihre harte Arbeit zu Hause oder auf dem Felde aus. Deine Großmutter, als sie noch ein junges Mädchen war, kniete jederzeit bei dem Feierabendläuten nieder und tat ein kurzes Gebet. Wenn ich damals an Samstagabenden, so wie ich jetzt in andere Gegenden gehe, nach Glöckelberg ging, denn deine Großmutter ist von dem vordern Glöckelberg zu Hause, so kniete sie oft bei dem Klange des Dorfglöckleins mit ihrem roten Leibchen und schneeweißen Röckchen neben dem Gehege nieder, und die Blüten des Geheges waren eben so weiß und rot wie ihre Kleider.«

»Großvater, sie betet jetzt auch noch immer, wenn Feierabend geläutet wird, in der Kammer neben dem blauen Schreine, der die roten Blumen hat«, sagte ich.

»Ja, das tut sie,« erwiderte er, »aber die andern Leute beachten das Zeichen nicht, sie arbeiten fort auf dem Felde, und arbeiten fort in der Stube, wie ja auch die Schlage unsers Nachbars, des

Webers, selbst an Samstagabenden forttönt, bis es Nacht wird und die Sterne am Himmel stehen.«

»Ja, Großvater.«

»Das wirst du aber nicht wissen, daß Oberplan das schönste Geläute in der ganzen Gegend hat. Die Glocken sind gestimmt, wie man die Saiten einer Geige stimmt, daß sie gut zusammen tönen. Darum kann man auch keine mehr dazu machen, wenn eine bräche oder einen Sprung bekäme, und mit der Schönheit des Geläutes wäre es vorüber. Als dein Oheim Simon einmal vor dem Feinde im Felde lag und krank war, sagte er, da ich ihn besuchte: ›Vater, wenn ich nur noch einmal das Oberplaner Glöcklein hören könnte!‹ aber er konnte es nicht mehr hören und mußte sterben.«

In diesem Augenblicke hörte die Glocke zu tönen auf, und es war wieder nichts mehr auf den Feldern als das freundliche Licht der Sonne.

»Komme, lasse uns weiter gehen«, sagte der Großvater.

Wir gingen auf dem grauen Rasen zwischen den Stämmen weiter, immer von einem Stamme zum andern. Es wäre wohl ein ausgetretener Weg gewesen, aber auf dem Rasen war es weicher und schöner zu gehen. Allein die Sohlen meiner Stiefel waren von dem kurzen Grase schon so glatt geworden, daß ich kaum einen Schritt mehr zu tun vermochte und beim Gehen nach allen Richtungen ausglitt. Da der Großvater diesen Zustand bemerkt hatte, sagte er: »Du mußt mit den Füßen nicht so schleifen; auf diesem Grase muß man den Tritt gleich hinstellen, daß er gilt, sonst bohnt man die Sohlen glatt, und es ist kein sicherer Halt möglich. Siehst du, alles muß man lernen, selbst das Gehen. Aber komme, reiche mir die Hand, ich werde dich führen, daß du ohne Mühsal fort kömmst.«

Er reichte mir die Hand, ich faßte sie, und ging nun gestützt und gesicherter weiter.

Der Großvater zeigte nach einer Weile auf einen Baum und sagte: »Das ist die Drillingsföhre.«

Ein großer Stamm ging in die Höhe und trug drei schlanke

Bäume, welche in den Lüften ihre Äste und Zweige vermischten. Zu seinen Füßen lag eine Menge herabgefallener Nadeln. »Ich weiß es nicht,« sagte der Großvater, »hatte das Vöglein die Worte gesungen, oder hat sie Gott dem Manne in das Herz gegeben: aber die Drillingsföhre darf nicht umgehauen werden, und ihrem Stamme und ihren Ästen darf kein Schaden geschehen.«

Ich sah mir den Baum recht an, dann gingen wir weiter, und kamen nach einiger Zeit allmählich aus den Dürrschnäbeln hinaus. Die Stämme wurden dünner, sie wurden seltener, hörten endlich ganz auf, und wir gingen auf einem sehr steinigen Wege zwischen Feldern, die jetzt wieder erschienen, hinauf. Hier zeigte mir der Großvater wieder einen Baum, und sagte: »Siehe, das ist die Machtbuche, das ist der bedeutsamste Baum in der Gegend, er wächst aus dem steinigsten Grunde empor, den es gibt. Siehe, darum ist sein Holz auch so fest wie Stein, darum ist sein Stamm so kurz, die Zweige stehen so dicht und halten die Blätter fest, daß die Krone gleichsam eine Kugel bildet, durch die nicht ein einziges Äuglein des Himmels hindurch schauen kann. Wenn es Winter werden will, sehen die Leute auf diesen Baum und sagen: Wenn einmal die Herbstwinde durch das dürre Laub der Machtbuche sausen, und ihre Blätter auf dem Boden dahin treiben, dann kömmt bald der Winter. Und wirklich hüllen sich in kurzer Zeit die Hügel und Felder in die weiße Decke des Schnees. Merke dir den Baum, und denke in späten Jahren, wenn ich längst im Grabe liege, daß es dein Großvater gewesen ist, der ihn dir zuerst gezeigt hat.«

Von dieser Buche gingen wir noch eine kleine Zeit aufwärts, und kamen dann auf die Schneidelinie der Anhöhe, von der wir auf die jenseitigen Gegenden hinüber sahen und das Dorf Melm in einer Menge von Bäumen zu unsern Füßen erblickten.

Der Großvater blieb hier stehen, zeigte mit seinem Stocke auf einen entfernten Wald und sagte: »Siehst du, dort rechts hin-

über der dunkle Wald ist der Rindlesberg, hinter dem das Dorf Rindles liegt, das wir nicht sehen können. Weiter links, wenn der Nadelwald nicht wäre, würdest du den großen Alschhof erblicken. Zur Zeit der Pest ist in dem Alschhofe alles ausgestorben bis auf eine einzige Magd, welche das Vieh, das in dem Alschhofe ist, pflegen mußte, zwei Reihen Kühe, von denen die Milch zu dem Käse kömmt, den man in dem Hofe bereitet, dann die Stiere und das Jungvieh. Diese mußte sie viele Wochen lang nähren und warten, weil die Seuche den Tieren nichts anhaben konnte, und sie fröhlich und munter blieben, bis ihre Herrschaft Kenntnis von dem Ereignisse erhielt, und von den übrig gebliebenen Menschen ihr einige zu Hilfe sendete. In der großen Hammermühle, die du mir im Heraufgehen gezeigt hast, sind ebenfalls alle Personen gestorben bis auf einen einzigen krummen Mann, der alle Geschäfte zu tun hatte und die Leute befriedigen mußte, die nach der Pest das Getreide zur Mühle brachten und ihr Mehl haben wollten; daher noch heute das Sprichwort kömmt: ›Ich habe mehr Arbeit als der Krumme im Hammer.‹ Von den Priestern in Oberplan ist nur der alte Pfarrer übrig geblieben, um der Seelsorge zu pflegen, die zwei Kapläne sind gestorben, auch der Küster ist gestorben und sein Sohn, der schon die Priesterweihe hatte. Von den Badhäusern, die neben der kurzen Zeile des Marktes die gebogene Gasse machen, sind drei gänzlich ausgestorben.«
Nach diesen Worten gingen wir in dem Hohlwege und unter allerlei lieblichen Spielen von Licht und Farben, welche die Sonne in den grünen Blättern der Gesträuche verursachte, in das Dorf Melm hinunter.
Der Großvater hatte in dem ersten Hause desselben, im Machthofe, zu tun. Wir gingen deshalb durch den großen Schwibbogen desselben hinein. Der Machtbauer stand in dem Hofe, hatte bloße Hemdärmel an den Armen und viele hochgipflige Metallknöpfe auf der Weste. Er grüßte den Großvater, als er ihn sah, und führte ihn in die Stube; mich aber ließen sie auf einem kleinen hölzernen Bänklein neben der Tür im Hofe

sitzen, und schickten mir ein Butterbrod, das ich verzehrte. Ich rastete, betrachtete die Dinge, die da waren, als: die Wägen, welche abgeladen unter dem Schoppendache ineinander geschoben standen, die Pflüge und Eggen, welche, um Platz zu machen, in einen Winkel zusammengedrängt waren, die Knechte und Mägde, die hin und her gingen, ihre Samstagsarbeit taten und sich zur Feier des Sonntages rüsteten; und die Dinge gesellten sich zu denen, mit denen ohnehin mein Haupt angefüllt war, zu Drillingsföhren, Toten und Sterbenden und singenden Vöglein.

Nach einer Zeit kam der Großvater wieder heraus und sagte: »So, jetzt bin ich fertig, und wir treten unsern Rückweg wieder an.«

Ich stand von meinem Bänklein auf, wir gingen dem Schwibbogen zu, der Bauer und die Bäurin begleiteten uns bis dahin, nahmen bei dem Schwibbogen Abschied und wünschten uns glückliche Heimkehr.

Da wir wieder allein waren und auf unserem Rückwege den Hohlweg hinan schritten, fuhr der Großvater fort: »Als es tief in den Herbst ging, wo die Preißelbeeren reifen und die Nebel sich schon auf den Mooswiesen zeigen, wandten sich die Menschen wieder derjenigen Erde zu, in welcher man die Toten ohne Einweihung und Gepränge begraben hatte. Viele Menschen gingen hinaus und betrachteten den frischen Aufwurf, andere wollten die Namen derer wissen, die da begraben lagen, und als die Seelsorge in Oberplan wieder vollkommen hergestellt war, wurde die Stelle wie ein ordentlicher Kirchhof eingeweiht, es wurde feierlicher Gottesdienst unter freiem Himmel gehalten, und alle Gebete und Segnungen nachgetragen, die man früher versäumt hatte. Dann wurde um den Ort eine Planke gemacht, und ungelöschter Kalk auf denselben gestreut. Von da an bewahrte man das Gedächtnis an die Vergangenheit in allerlei Dingen. Du wirst wissen, daß manche Stellen unserer Gegend noch den Beinamen Pest tragen, zum Beispiel Pestwiese, Peststeig, Pesthang; und wenn du nicht so jung wärest, so würdest du auch die Säule noch gesehen haben, die jetzt nicht mehr vorhanden ist, die auf dem Marktplatze von Oberplan gestanden war, und auf welcher man lesen konnte, wann die Pest gekommen ist, und wann sie aufgehört hat, und auf welcher ein Dankgebet zu dem Gekreuzigten stand, der auf dem Gipfel der Säule prangte.«

»Die Großmutter hat uns von der Pestsäule erzählt«, sagte ich.

»Seitdem aber sind andere Geschlechter gekommen,« fuhr er fort, »die von der Sache nichts wissen und die die Vergangenheit verachten, die Einhegungen sind verloren gegangen, die Stellen haben sich mit gewöhnlichem Grase überzogen. Die Menschen vergessen gerne die alte Not, und halten die Gesundheit für ein Gut, das ihnen Gott schuldig sei, und das sie in blühenden Tagen verschleudern. Sie achten nicht der Plätze, wo die Toten ruhen, und sagen den Beinamen Pest mit leichtfertiger Zunge, als ob sie einen andern Namen sagten, wie etwa Hagedorn oder Eiben.«

Wir waren unterdessen wieder durch den Hohlweg auf den Kamm der Anhöhe gekommen, und hatten die Wälder, zu denen wir uns im Heraufgehen umwenden mußten, um sie zu sehen, jetzt in unserem Angesichte, und die Sonne neigte sich in großem Gepränge über ihnen dem Untergange zu.

»Wenn nicht so die Abendsonne gegen uns schiene,« sagte der Großvater, »und alles in einem feurigen Rauche schwebte, würde ich dir die Stelle zeigen können, von der ich jetzt reden werde, und die in unsere Erzählung gehört. Sie ist viele Wegestunden von hier, sie ist uns gerade gegenüber, wo die Sonne untersinkt, und dort sind erst die rechten Wälder. Dort stehen die Tannen und Fichten, es stehen die Erlen und Ahorne, die Buchen und andere Bäume wie die Könige, und das Volk der Gebüsche und das dichte Gedränge der Gräser und Kräuter, der Blumen, der Beeren und Moose steht unter ihnen. Die Quellen gehen von allen Höhen herab, und rauschen, und murmeln, und erzählen, was sie immer erzählt haben, sie gehen über Kiesel wie leichtes Glas, und vereinigen sich zu Bächen, um hinaus in die Länder zu kommen, oben singen die Vögel, es leuchten die weißen Wolken, die Regen stürzen nieder, und wenn es Nacht wird, scheint der Mond auf alles, daß es wie ein genetztes Tuch aus silbernen Fäden ist. In diesem Walde ist ein sehr dunkler See, hinter ihm ist eine graue Felsenwand, die sich in ihm spiegelt, an seinen Seiten stehen dunkle Bäume, die in das Wasser schauen, und vorne sind Himbeer- und Brombeergehege, die einen Verhau machen. An der Felsenwand liegt ein weißes Gewirre herabgestürzter Bäume, aus den Brombeeren sieht mancher weiße Stamm empor, der von dem Blitze zerstört ist, und schaut auf den See, große graue Steine liegen hundert Jahre herum, und die Vögel und das Gewild kommen zu dem See, um zu trinken.«

»Das ist der See, Großvater, den ich im Heraufgehen genannt habe,« sagte ich, »die Großmutter hat uns von seinem Wasser erzählt, und den seltsamen Fischen, die darin sind, und wenn ein weißes Wölklein über ihm steht, so kömmt ein Gewitter.«

»Und wenn ein weißes Wölklein über ihm steht,« fuhr der Großvater fort, »und sonst heiterer Himmel ist, so gesellen sich immer mehrere dazu, es wird ein Wolkenheer, und das löst sich von dem Walde los, und zieht zu uns mit dem Gewitter heraus, das uns den schweren Regen bringt und auch öfter den Hagel. Am Rande dieses Waldes, wo heut zu Tage schon Felder sind, wo aber dazumal noch dichtes Geholze war, befand sich zur Zeit der Pest eine Pechbrennerhütte. In derselben wohnte der Mann, von dem ich dir erzählen will. Mein Großvater hat sie noch gekannt, und er hat gesagt, daß man zeitweilig von dem Walde den Rauch habe aufsteigen sehen, wie du heute die Rauchfäden hast aufsteigen gesehen, da wir heraufgegangen sind.«

»Ja, Großvater«, sagte ich.

»Dieser Pechbrenner«, fuhr er fort, »wollte sich in der Pest der allgemeinen Heimsuchung entziehen, die Gott über die Menschen verhängt hatte. Er wollte in den höchsten Wald hinauf gehen, wo nie ein Besuch von Menschen hinkömmt, wo nie eine Luft von Menschen hinkömmt, wo alles anders ist als unten, und wo er gesund zu bleiben gedachte. Wenn aber doch einer zu ihm gelangte, so wollte er ihn eher mit einem Schürbaume erschlagen, als daß er ihn näher kommen und die Seuche bringen ließe. Wenn aber die Krankheit lange vorüber wäre, dann wollte er wieder zurückkehren und weiter leben. Als daher die schwarzen Schubkarrenführer, die von ihm die Wagenschmiere holten, die Kunde brachten, daß in den angrenzenden Ländern schon die Pest entstanden sei, machte er sich auf und ging in den hohen Wald hinauf. Er ging aber noch weiter, als wo der See ist, er ging dahin, wo der Wald noch ist, wie er bei der Schöpfung gewesen war, wo noch keine Menschen gearbeitet haben, wo kein Baum umbricht, als wenn er vom Blitze getroffen ist oder von dem Winde umgestürzt wird; dann bleibt er liegen, und aus seinem Leibe wachsen neue Bäumchen und Kräuter empor; die Stämme stehen in die Höhe, und zwischen ihnen sind die unangesehenen und unangetasteten Blumen und Gräser und Kräuter.«

Während der Großvater dieses sagte, war die Sonne untergegangen. Der feurige Rauch war plötzlich verschwunden, der Himmel, an welchem keine einzige Wolke stand, war ein goldener Grund geworden, wie man in alten Gemälden sieht, und der Wald ging nun deutlich und dunkelblau in diesem Grunde dahin.

»Siehe, Kind, jetzt können wir die Stelle sehen, von der ich rede,« sagte der Großvater, »blicke da gerade gegen den Wald, und da wirst du eine tiefere blaue Färbung sehen, das ist das Becken, in welchem der See ist. Ich weiß nicht, ob du es siehst.«

»Ich sehe es,« antwortete ich, »ich sehe auch die schwachen grauen Streifen, welche die Seewand bedeuten.«

»Da hast du schärfere Augen als ich«, erwiderte der Großvater; »gehe jetzt mit den Augen von der Seewand rechts und gegen den Rand empor, dann hast du jene höheren großen Waldungen. Es soll ein Fels dort sein, der wie ein Hut überhängende

Krempen hat und wie ein kleiner Auswuchs an dem Waldrande zu sehen ist.«

»Großvater, ich sehe den kleinen Auswuchs.«

»Er heißt der Hutfels, und ist noch weit oberhalb des Sees im Hochwalde, wo kaum ein Mensch gewesen ist. An dem See soll aber schon eine hölzerne Wohnung gestanden sein. Der Ritter von Wittinghausen hat sie als Zufluchtsort für seine zwei Töchter im Schwedenkriege erbaut. Seine Burg ist damals verbrannt worden, die Ruinen stehen noch wie ein blauer Würfel aus dem Thomaswalde empor.«

»Ich kenne die Ruine, Großvater.«

»Das Haus war hinter dem See, wo die Wand es beschützte, und ein alter Jäger hat die Mädchen bewacht. Heut zu Tage ist von alle dem keine Spur mehr vorhanden. Von diesem See ging der Pechbrenner bis zum Hutfels hinan und suchte sich einen geeigneten Platz aus. Er war aber nicht allein, sondern es waren sein Weib und seine Kinder mit ihm, es waren seine Brüder, Vettern, Muhmen und Knechte mit, er hatte sein Vieh und seine Geräte mitgenommen. Er hatte auch allerlei Sämereien und Getreide mit geführt, um in der aufgelockerten Erde anbauen zu können, daß er sich Vorrat für die künftigen Zeiten sammle. Nun baute man die Hütten für Menschen und Tiere, man baute die Öfen zum Brennen der Ware, und man säte die Samen in die aufgegrabenen Felder. Unter den Leuten im Walde war auch ein Bruder des Pechbrenners, der nicht in dem Walde bleiben, sondern wieder zu der Hütte zurückkehren wollte. Da sagte der Pechbrenner, daß er ihnen ein Zeichen geben solle, wenn die Pest ausgebrochen sei. Er solle auf dem Hausberge in der Mittagsstunde eine Rauchsäule aufsteigen lassen, solle dieselbe eine Stunde gleichartig dauern lassen, und solle dann das Feuer dämpfen, daß sie aufhöre. Dies solle er zur Gewißheit drei Tage hinter einander tun, daß die Waldbewohner daran ein Zeichen erkennen, das ihnen gegeben worden sei. Wenn aber die Seuche aufgehört habe, solle er ihnen auch eine Nachricht geben, daß sie hinabgehen könnten und die

Krankheit nicht bekämen. Er solle eine Rauchsäule um die Mittagsstunde von dem Hausberge aufsteigen lassen, solle sie eine Stunde gleichartig erhalten, und dann das Feuer löschen. Dies solle er vier Tage hintereinander tun, aber an jedem Tage eine Stunde später; an diesem besonderen Vorgange würden sie erkennen, daß nun alle Gefahr vorüber sei. Wenn er aber erkranke, so solle er den Auftrag einem Freunde oder Bekannten als Testament hinterlassen und dieser ihn wieder einem Freunde oder Bekannten, so daß einmal einer eine Rauchsäule errege, und von dem Pechbrenner eine Belohnung zu erwarten habe. Kennst du den Hausberg?«

»Ja, Großvater,« antwortete ich, »es ist der schwarze spitzige Wald, der hinter Pernek empor steigt und auf dessen Gipfel ein Felsklumpen ist.«

»Ja,« sagte der Großvater, »der ist es. Es sollen einmal drei Brüder gelebt haben, einer auf der Alpe, einer auf dem Hausberge und einer auf dem Thomaswalde. Sie sollen sich Zeichen gegeben haben, wenn einem eine Gefahr drohte, bei Tage einen Rauch, bei Nacht ein Feuer, daß es gesehen würde, und daß die andern zu Hilfe kämen. Ich weiß nicht, ob die Brüder gelebt haben. In dem hohen Walde wohnten nun die Ausgewanderten fort, und als die Pest in unsern Gegenden ausgebrochen war, stieg um die Mittagsstunde eine Rauchsäule von dem Hausberge empor, dauerte eine Stunde gleichartig fort, und hörte dann auf. Dies geschah drei Tage hinter einander, und die Leute in dem Walde wußten, was sich begeben hatte. – Aber siehe, wie es schon kühl geworden ist, und wie bereits der Tau auf die Gräser fällt, komme, ich werde dir dein Jäckchen zumachen, daß du nicht frierst, und werde dir dann die Geschichte weiter erzählen.«

Wir waren während der Erzählung des Großvaters in die Dürrschnäbel gekommen, wir waren an der Drillingsföhre vorüber gegangen, und unter den dunklen Stämmen auf dem fast farblosen Grase bis zu den Feldern von Oberplan gekommen. Der Großvater legte seinen Stock auf den Boden, beugte sich zu mir herab, nestelte mir das Halstuch fester, richtete mir das Westchen zurecht und knöpfte mir das Jäckchen zu. Hierauf knöpfte er sich auch seinen Rock zu, nahm seinen Stab, und wir gingen wieder weiter.

»Siehst du, mein liebes Kind,« fuhr er fort, »es hat aber alles nichts geholfen, und es war nur eine Versuchung Gottes. Da die Büsche des Waldes ihre Blüten bekommen hatten, weiße und rote, wie die Natur will, da aus den Blüten Beeren geworden waren, da die Dinge, welche der Pechbrenner in die Walderde gebaut hatte, aufgegangen und gewachsen waren, da die Gerste die goldenen Barthaare bekommen hatte, da das Korn schon weißlich wurde, da die Haberflocken an den kleinen Fädlein hingen, und das Kartoffelkraut seine grünen Kugeln und blaulichen Blüten trug: waren alle Leute des Pechbrenners, er selber und seine Frau bis auf einen einzigen kleinen Knaben, den Sohn des Pechbrenners, gestorben. Der Pechbrenner und sein Weib waren die letzten gewesen, und da die Überlebenden immer die Toten begraben hatten, der Pechbrenner und sein Weib aber niemand hinter sich hatten, und der Knabe zu schwach war, sie zu begraben, blieben sie als Tote in ihrer Hütte liegen. Der Knabe war nun allein in dem fürchterlichen, großen Walde. Er ließ die Tiere aus, welche in den Ställen waren, weil er sie nicht füttern konnte, er dachte, daß sie an den Gräsern des Waldes eine Nahrung finden würden, und dann lief er selber von der Hütte weg, weil er den toten Mann und das tote Weib entsetzlich fürchtete. Er ging auf eine freie Stelle des Waldes, und da war jetzt überall niemand, niemand als der Tod. Wenn er in der Mitte von Blumen und Gesträuchen nieder kniete und betete, oder wenn er um Vater und Mutter und um die andern Leute weinte und jammerte, und wenn er dann wieder aufstand, so war nichts um ihn als die Blumen und Gesträuche und das Vieh, welches unter die Bäume des Waldes hinein weidete und mit den Glocken läutete. Siehst du, so war es mit dem Knaben, der vielleicht gerade so groß war wie du. Aber siehe, die Pechbrennerknaben sind nicht wie die in den Marktflecken oder in den Städten, sie sind schon unterrichteter in den Dingen der Natur, sie wachsen in dem Walde auf, sie können mit dem Feuer umgehen, sie fürchten die Gewitter nicht, und haben wenig Kleider, im Sommer keine Schuhe und auf dem Haupte statt eines Hutes die berußten Haare. Am Abende nahm der Knabe Stahl, Stein und Schwamm aus seiner Tasche und machte sich ein Feuer; das in den Öfen der Pechbrenner war längst ausgegangen und erloschen. Als ihn hungerte, grub er mit der Hand Kartoffeln aus, die unter den emporwachsenden Reben waren, und briet sie in der Glut des Feuers. Zu trinken gaben ihm Quellen und Bäche. Am anderen Tage suchte er einen Ausweg aus dem Walde. Er wußte nicht mehr, wie sie in den Wald hinauf gekommen waren. Er ging auf die höchste Stelle des Berges, er kletterte auf einen Baum und spähte, aber er sah nichts als Wald und lauter Wald. Er gedachte nun zu immer höhern und höhern Stellen des Waldes zu gehen, bis er einmal hinaus sähe und das Ende des Waldes erblickte. Zur Nahrung nahm er jetzt auch noch die Körner der Gerste und des Kornes, welche er samt den Ähren auf einem Steine über dem Feuer röstete, wodurch sich die Haare und Hülsen verbrannten, oder er löste die rohen, zarten Kornkörner aus den Hülsen, oder er schälte Rüben, die in den Kohlbeeten wuchsen. In den Nächten hüllte er sich in Blätter und Zweige und deckte sich mit Reisig. Die Tiere, welche er ausgelassen hatte, waren fortgegangen, entweder weil sie sich in dem Walde verirrt hatten, oder weil sie auch die Totenhütte scheuten und von ihr flohen; er hörte das Läuten nicht mehr, und sie kamen nicht zum Vorscheine. Eines Tages, da er die Tiere suchte, fand er auf einem Hügel, auf welchem Brombeeren und Steine waren, mitten in einem Brombeerengestrippe ein kleines Mädchen liegen. Dem Knaben klopfte das Herz außerordentlich, er ging näher, das Mädchen lebte, aber es hatte die Krankheit und lag ohne Bewußtsein da. Er ging noch näher, das Mädchen hatte weiße Kleider und ein schwarzes Mäntelchen an, es hatte wirre

Haare, und lag so ungefüg in dem Gestrippe, als wäre es hinein geworfen worden. Er rief, aber er bekam keine Antwort, er nahm das Mädchen bei der Hand, aber die Hand konnte nichts fassen und war ohne Leben. Er lief in das Tal, schöpfte mit seinem alten Hute, den er aus der Hütte mitgenommen hatte, Wasser, brachte es zu dem Mädchen zurück und befeuchtete ihm die Lippen. Dies tat er nun öfter. Er wußte nicht, womit dem Kinde zu helfen wäre, und wenn er es auch gewußt hätte, so hätte er nichts gehabt, um es ihm zu geben. Weil er durch das verworrene Gestrippe nicht leicht zu dem Platze gelangen konnte, auf welchem das Mädchen lag, so nahm er nun einen großen Stein, legte ihn auf die kriechenden Ranken der Brombeeren, und wiederholte das so lange, bis er die Brombeeren bedeckt hatte, bis sie niedergehalten wurden, und die Steine ein Pflaster bildeten. Auf dieses Pflaster kniete er nieder, rückte das Kind, sah es an, strich ihm die Haare zurecht, und weil er keinen Kamm hatte, so wischte er die nassen Locken mit seinen Händen ab, daß sie wieder schönen, feinen menschlichen Haaren glichen. Weil er aber das Mädchen nicht heben konnte, um es auf einen besseren Platz zu tragen, so lief er auf den Hügel, riß dort das dürre Gras ab, riß die Halme ab, die hoch an dem Gesteine wachsen, sammelte das trockene Laub, das von dem vorigen Herbste übrig war, und das entweder unter Gestrippen hing, oder von dem Winde in Steinklüfte zusammen geweht worden war, und tat alles auf einen Haufen. Da es genug war, trug er es zu dem Mädchen, und machte ihm ein weicheres Lager. Er tat die Dinge an jene Stellen unter ihrem Körper, wo sie am meisten not taten. Dann schnitt er mit seinem Messer Zweige von den Gesträuchen, steckte sie um das Kind in die Erde, band sie an den Spitzen mit Gras und Halmen zusammen, und legte noch leichte Äste darauf, daß sie ein Dach bildeten. Auf den Körper des Mädchens legte er Zweige, und bedeckte sie mit breitblättrigen Kräutern, zum Beispiele mit Huflattig, daß sie eine Decke bildeten. Für sich holte er dann Nahrung aus den Feldern des toten Vaters. Bei der Nacht machte er ein Feuer aus zusammen getragenem Holze und Moder. So saß er bei Tage bei dem bewußtlosen Kinde, hütete es und schützte es vor Tieren und Fliegen, bei Nacht unterhielt er ein glänzendes Feuer. Siehe, das Kind starb aber nicht, sondern die Krankheit besserte sich immer mehr und mehr, die Wänglein wurden wieder lieblicher und schöner, die Lippen bekamen die Rosenfarbe und waren nicht mehr so bleich und gelblich, und die Äuglein öffneten sich und schauten herum. Es fing auch an zu essen, es aß die Erdbeeren, die noch zu finden waren, es aß Himbeeren, die schon reiften, es aß die Kerne der Haselnüsse, die zwar nicht reif, aber süß und weich waren, es aß endlich sogar das weiße Mehl der gebratenen Kartoffeln und die zarten Körner des Kornes, was ihm alles der Knabe brachte und reichte; und wenn es schlief, so lief er auf den Hügel und erkletterte einen Felsen, um überall herum zu spähen, auch suchte er wieder die Tiere, weil die Milch jetzt recht gut gewesen wäre. Aber er konnte nichts erspähen, und konnte die Tiere nicht finden. Da das Mädchen schon stärker war und mithelfen konnte, brachte er es an einen Platz, wo überhängende Äste es schützten, aber da er dachte, daß ein Gewitter kommen, und der Regen durch die Äste schlagen könnte, so suchte er eine Höhle, die trocken war, dort machte er ein Lager, und brachte das Mädchen hin. Eine Steinplatte stand oben über die Stätte, und sie konnten schön auf den Wald hinaussehen. Ich habe dir gesagt, daß jene Krankheit sehr heftig war, daß die Menschen in fünf bis sechs Stunden gesund und tot waren; aber ich sage dir auch: wer die Krankheit überstand, der war sehr bald gesund, nur daß er lange Zeit schwach blieb, und lange Zeit sich pflegen mußte. In dieser Höhle blieben nun die Kinder, und der Knabe ernährte das Mädchen, und tat ihm alles und jedes Gute, was es notwendig hatte. Nun erzählte ihm auch das Mädchen, wie es in den Wald gekommen sei. Vater und Mutter und mehrere Leute hätten ihre ferne Heimat verlassen, als sich die Krankheit genähert habe, um höhere Orte zu suchen, wo sie von dem

Übel nicht erreicht werden würden. In dem großen Walde seien sie irre gegangen, der Vater und die Mutter seien gestorben, und das Mädchen sei allein übrig geblieben. Wo Vater und Mutter gestorben seien, wo die andern Leute hingekommen, wie es selber in die Brombeeren geraten sei, wußte es nicht. Auch konnte es nicht sagen, wo die Heimat sei. Der Knabe erzählte dem Mädchen auch, wie sie ihre Hütte verlassen hätten, wie alle in den Wald gegangen wären, und wie sie gestorben seien, und er allein nur am Leben geblieben wäre. Siehst du, so saßen die Kinder in der Höhle, wenn der Tag über den Wald hinüber zog und das Grüne beleuchtete, die Vöglein sangen, die Bäume glänzten, und die Bergspitzen leuchteten; oder sie schlummerten, wenn es Nacht war, wenn es finster und still war, oder der Schrei eines wilden Tieres tönte, oder der Mond am Himmel stand und seine Strahlen über die Wipfel goß. Du kannst dir denken, wie es war, wenn du betrachtest, wie schon hier die Nacht ist, wie der Mond so schauerlich in den Wolken steht, wo wir doch schon so nahe an den Häusern sind, und wie er auf die schwarzen Vogelbeerbäume unsers Nachbars hernieder scheint.«

Wir waren, während der Großvater erzählte, durch die Felder von Oberplan herab gegangen, wir waren über die Wiese gegangen, in welcher das Behringer Brünnlein ist, wir waren über die Steinwand gestiegen, wir waren über den weichen Rasen gegangen, und näherten uns bereits den Häusern von Oberplan. Es war indessen völlig Nacht geworden, der halbe Mond stand am Himmel, viele Wolken hatten sich aufgetürmt, die er beglänzte, und seine Strahlen fielen gerade auf die Vogelbeerbäume, die in dem Garten unsers Nachbars standen.

»Nachdem das Mädchen sehr stark geworden war,« fuhr der Großvater fort, »dachten die Kinder daran, aus dem Walde zu gehen. Sie beratschlagten unter sich, wie sie das anstellen sollten. Das Mädchen wußte gar nichts; der Knabe aber sagte, daß alle Wässer abwärts rinnen, daß sie fort und fort rinnen, ohne stille zu stehen, daß der Wald sehr hoch sei, und daß die

Wohnungen der Menschen sehr tief liegen, daß bei ihrer Hütte selber ein breites rinnendes Wasser vorbeigegangen wäre, daß sie von dieser Hütte in den Wald gestiegen seien, daß sie immer aufwärts und aufwärts gegangen und mehreren herabfließenden Wassern begegnet seien; wenn man daher an einem rinnenden Wasser immer abwärts gehe, so müsse man aus dem Walde hinaus und zu Menschen gelangen. Das Mädchen sah das ein, und mit Freuden beschlossen sie so zu tun. Sie rüsteten sich zur Abreise. Von den Feldern nahmen sie Kartoffeln, so viel sie tragen konnten, und viele zusammen gebundene Büschel von Ähren. Der Knabe hatte aus seiner Jacke einen Sack gemacht, und für Erdbeeren und Himbeeren machte er schöne Täschchen aus Birkenrinde. Dann brachen sie auf. Sie suchten zuerst den Bach in dem Tale, aus dem sie bisher getrunken hatten, und gingen dann an seinem Wasser fort. Siehst du, der Knabe leitete das Mädchen, weil es schwach war, und weil er in dem Wald erfahrener war; er zeigte ihm die Steine, auf die es treten, er zeigte ihm die Dornen und spitzigen Hölzer, die es vermeiden sollte, er führte es an schmalen Stellen, und wenn große Felsen oder Dickichte und Sümpfe kamen, so wichen sie seitwärts aus, und lenkten dann klug immer wieder der Richtung des Baches zu. So gingen sie immer fort. Wenn sie müde waren, setzten sie sich nieder und rasteten, wenn sie ausgerastet hatten, gingen sie weiter. Am Mittag machte er ein Feuer, und sie brieten Kartoffeln und rösteten sich ihre Getreideähren. Das Wasser suchte er in einer Quelle oder in einem kalten Bächlein, die winzig über weißen Sand aus der schwarzen Walderde oder aus Gebüsch und Steinen hervorrannen. Wenn sie Stellen trafen, wo Beeren und Nüsse sind, so sammelten sie diese. Bei der Nacht machte er ein Feuer, machte dem Mädchen ein Lager, und bettete sich selber, wie er sich in den ersten Tagen im Walde gebettet hatte. So wanderten sie weiter. Sie gingen an vielen Bäumen vorüber, an der Tanne mit dem herabhängenden Bartmoose, an der zerrissenen Fichte, an dem langarmigen Ahorne, an dem weißgefleckten Buchenstamme mit den lichtgrünen Blättern, sie gingen an Blumen, Gewächsen und Steinen vorüber, sie gingen unter dem Singen der Vögel dahin, sie gingen an hüpfenden Eichhörnchen vorüber oder an einem weidenden Reh. Der Bach ging um Hügel herum, oder er ging in gerader Richtung, oder er wand sich um die Stämme der Bäume. Er wurde immer größer, unzählige Seitenbächlein kamen aus den Tälern heraus, und zogen mit ihm, von dem Laube der Bäume und von den Gräsern tropften ihm Tropfen zu, und zogen mit ihm. Er rauschte über die Kiesel, und erzählte gleichsam den Kindern. Nach und nach kamen andere Bäume, an denen der Knabe recht gut erkannte, daß sie nach auswärts gelangten; die Zackentanne, die Fichte mit dem rauhen Stamme, die Ahorne mit den großen Ästen und die knollige Buche hörten auf, die Bäume waren kleiner, frischer, reiner und zierlicher. An dem Wasser standen Erlengebüsche, mehrere Weiden standen da, der wilde Apfelbaum zeigte seine Früchte, und der Waldkirschenbaum gab ihnen seine kleinen, schwarzen, süßen Kirschen. Nach und nach kamen Wiesen, es kamen Hutweiden, die Bäume lichteten sich, es standen nur mehr Gruppen, und mit einem Male, da der Bach schon als ein breites, ruhiges Wasser ging, sahen sie die Felder und Wohnungen der Menschen. Die Kinder jubelten, und gingen zu einem Hause. Sie waren nicht in die Heimat des Knaben hinaus gekommen, sie wußten nicht, wo sie hingekommen waren, aber sie wurden recht freundlich aufgenommen, und von den Leuten in die Pflege genommen. Inzwischen stieg wieder eine Rauchsäule von dem Hausberge empor, sie stieg in der Mittagsstunde auf, blieb eine Stunde gleichartig, und hörte dann auf. Dies geschah vier Tage hinter einander, an jedem Tage um eine Stunde später: aber es war niemand da, das Zeichen verstehen zu können.«

Als der Großvater bis hieher erzählt hatte, waren wir an unserem Hause angekommen.

Er sagte: »Da wir müde sind, und da es so warm ist, so setzen wir uns ein wenig auf den Stein, ich werde dir die Geschichte zu Ende erzählen.«

Wir setzten uns auf den Stein, und der Großvater fuhr fort: »Als man in Erfahrung gebracht hatte, wer der Knabe sei, und wohin er gehöre, wurde er samt dem Mädchen in die Pechbrennerhütte zu dem Oheim gebracht. Der Oheim ging in den Wald hinauf, und verbrannte vor Entsetzen die Waldhütte, in welcher der tote Pechbrenner mit seinem Weibe lag. Auch das Mädchen wurde von seinen Verwandten ausgekundschaftet und in der Pechbrennerhütte abgeholt. Siehst du, es ist in jenen Zeiten auch in andern Teilen der Wälder die Pest ausgebrochen, und es sind viele Menschen an ihr gestorben; aber es kamen wieder andere Tage, und die Gesundheit war wieder in unsern Gegenden. Der Knabe blieb nun bei dem Oheime in der Hütte, wurde dort größer und größer, und sie betrieben das Geschäft des Brennens von Wagenschmiere, Terpentin und andern Dingen. Als schon viele Jahre vergangen waren, als der Knabe schon beinahe ein Mann geworden war, kam einmal ein Wägelchen vor die Pechbrennerhütte gefahren. In dem Wägelchen saß eine schöne Jungfrau, die ein weißes Kleid und ein schwarzes Mäntelchen an hatte und an der Brust ein Brombeersträußlein trug. Sie hatte die Wangen, die Augen und die feinen Haare des Waldmädchens. Sie war gekommen, den Knaben zu sehen, der sie gerettet und aus dem Walde geführt hatte. Sie und der alte Vetter, der sie begleitete, baten den Jüngling, er möchte mit ihnen in das Schloß des Mädchens gehen und dort leben. Der Jüngling, der das Mädchen auch recht liebte, ging mit. Er lernte dort allerlei Dinge, wurde immer geschickter, und wurde endlich der Gemahl des Mädchens, das er zur Zeit der Pest in dem Walde gefunden hatte. Siehst du, da bekam er ein Schloß, er bekam Felder, Wiesen, Wälder, Wirtschaften und Gesinde, und wie er schon in der Jugend verständig und aufmerksam gewesen war, so vermehrte und verbesserte er alles, und wurde von seinen Untergebenen, von seinen Nachbarn und Freunden und von seinem Weibe geachtet und geliebt. Er starb als ein angesehener Mann, der im ganzen Lande geehrt war. Wie verschieden die

Schicksale der Menschen sind. Seinen Oheim hat er oft eingeladen zu kommen, bei ihm zu wohnen und zu leben, dieser aber blieb in der Pechbrennerhütte, und betrieb das Brenngeschäft fort und fort, und als der Wald immer kleiner wurde, als die Felder und Wiesen bis zu seiner Hütte vorgerückt waren, ging er tiefer in das Gehölze, und trieb dort das Brennen der Wagenschmiere weiter. Seine Nachkommen, die er erhielt, als er in den Ehestand getreten war, blieben bei der nämlichen Beschäftigung und von ihm stammt der alte Andreas ab, der auch nur ein Wagenschmierfuhrmann ist, und nichts kann, als im Lande mit seinem schwarzen Fasse herum ziehen, und törichten Knaben, die es nicht besser verstehen, die Füße mit Wagenschmiere anstreichen.«

Mit diesen Worten hörte der Großvater zu erzählen auf. Wir blieben aber noch immer auf dem Steine sitzen. Der Mond hatte immer heller und heller geschienen, die Wolken hatten sich immer länger und länger gestreckt, und ich schaute stets auf den schwarzen Vogelbeerbaum des Nachbars.

Da streckte sich das Antlitz der Großmutter aus der Tür heraus, und sie fragte, ob wir denn nicht zum Essen gehen wollten. Wir gingen nun in die Stube der Großeltern, die Großmutter tat ein schönes, aus braun- und weißgestreiftem Pflaumenholze verfertigtes Hängetischchen von der Wand herab, überdeckte es mit weißen Linnen, gab uns Teller und Eßgeräte, und stellte ein Huhn mit Reis auf. Da wir aßen, sagte sie mit böser Miene, daß der Großvater noch törichter und unbesonnener sei als der Enkel, weil er zum Waschen von Wagenschmierfüßen eine grünglasierte Schüssel genommen habe, so daß man sie jetzt aus Ekel zu nichts mehr verwenden könne.

Der Großvater lächelte und sagte: »So zerbrechen wir die Schüssel, daß sie nicht einmal aus Unachtsamkeit doch genommen wird, und kaufen eine neue; es ist doch besser, als wenn der Schelm länger in der Angst geblieben wäre. Du nimmst dich ja auch um ihn an.«

Bei diesen Worten zeigte er gegen den Ofen, wo in einem kleinen Wännchen meine Pechhöschen eingeweicht waren.
Als wir gegessen hatten, sagte der Großvater, daß ich nun schlafen gehen solle, und er geleitete mich selber in meine Schlafkammer. Als wir durch das Vorhaus gingen, wo ich in solche Strafe gekommen war, zwitscherten die jungen Schwalben leise in ihrem Neste wie schlaftrunken, in der großen Stube brannte ein Lämpchen auf dem Tische, das alle Samstagsnächte die ganze Nacht zu Ehren der heiligen Jungfrau brannte, in dem Schlafgemache der Eltern lag der Vater in dem Bette, hatte ein Licht neben sich, und las, wie er gewöhnlich zu tun pflegte; die Mutter war nicht zu Hause, weil sie bei einer kranken Muhme war. Da wir den Vater gegrüßt hatten, und er freundlich geantwortet hatte, gingen wir in das Schlafzimmer der Kinder. Die Schwester und die kleinen Brüderchen schlummerten schon. Der Großvater half mir mich entkleiden, und er blieb bei mir, bis ich gebetet und das Deckchen über mich gezogen hatte. Dann ging er fort. Aber ich konnte nicht schlafen, sondern dachte immer an die Geschichte, die mir der Großvater erzählt hatte, ich dachte an diesen Umstand und an jenen, und es fiel mir mehreres ein, um was ich fragen müsse. Endlich machte doch die Müdigkeit ihr Recht gelten, und der Schlaf senkte sich auf die Augen. Als ich noch im halben Entschlummern war, sah ich bei dem Scheine des Lichtes, das aus dem Schlafzimmer der Eltern herein fiel, daß die Mutter herein ging, ohne daß ich mich zu vollen Bewußtsein empor richten konnte. Sie ging zu dem Gefäße des Weihbrunnens, netzte sich die Finger, ging zu mir, bespritzte mich, und machte mir das Kreuzzeichen auf Stirn, Mund und Brust, ich erkannte, daß alles verziehen sei, und schlief nun plötzlich mit Versöhnungsfreuden, ich kann sagen, beseligt ein.
Aber der erste Schlaf ist doch kein ruhiger gewesen. Ich hatte viele Sachen bei mir, Tote, Sterbende, Pestkranke, Drillingsföhren, das Waldmädchen, den Machtbauer, des Nachbars Vogelbeerbaum, und der alte Andreas strich mir schon wieder

die Füße an. Aber der Verlauf des Schlafes muß gut gewesen sein; denn als man mich erweckte, schien die Sonne durch die Fenster herein, es war ein lieblicher Sonntag, alles war festlich, wir bekamen nach dem Gebete das Festtagsfrühstück, bekamen die Festtagskleider, und als ich auf die Gasse ging, war alles rein, frisch und klar, die Dinge der Nacht waren dahin, und der Vogelbeerbaum des Nachbars war nicht halb so groß als gestern. Wir erhielten unsere Gebetbücher, und gingen in die Kirche, wo wir den Vater und Großvater auf ihren Plätzen in dem Bürgerstuhle sahen.

Seitdem sind viele Jahre vergangen, der Stein liegt noch vor dem Vaterhause, aber jetzt spielen die Kinder der Schwester darauf, und oft mag das alte Mütterlein auf ihm sitzen und nach den Weltgegenden ausschauen, in welche ihre Söhne zerstreut sind.

Wie es aber auch seltsame Dinge in der Welt gibt, die ganze Geschichte des Großvaters weiß ich, ja durch lange Jahre, wenn man von schönen Mädchen redete, fielen mir immer die feinen Haare des Waldmädchens ein: aber von den Pechspuren, die alles einleiteten, weiß ich nichts mehr, ob sie durch Waschen oder durch Abhobeln weggegangen sind, und oft, wenn ich eine Heimreise beabsichtigte, nahm ich mir vor, die Mutter zu fragen, aber auch das vergaß ich jedes Mal wieder.

KALKSTEIN

Ich erzähle hier eine Geschichte, die uns einmal ein Freund erzählt hat, in der nichts Ungewöhnliches vorkömmt, und die ich doch nicht habe vergessen können. Unter zehn Zuhörern werden neun den Mann, der in der Geschichte vorkömmt, tadeln, der zehnte wird oft an ihn denken. Die Gelegenheit zu der Geschichte kam von einem Streite, der sich in der Gesellschaft von uns Freunden darüber entspann, wie die Geistesgaben an einem Menschen verteilt sein können. Einige behaupten, es könne ein Mensch mit einer gewissen Gabe außerordentlich bedacht sein, und die andern doch nur in einem geringen Maße besitzen. Man wies dabei auf die sogenannten Virtuosen hin. Andere sagten, die Gaben der Seele seien immer im gleichen Maße vorhanden, entweder alle gleich groß oder gleich mittelmäßig oder gleich klein, nur hänge es von dem Geschicke ab, welche Gabe vorzüglich ausgebildet wurde, und dies rufe den Anschein einer Ungleichheit hervor. Raphael hätte unter andern Jugendeindrücken und Zeitverhältnissen statt eines großen Malers ein großer Feldherr werden können. Wieder andere meinten, wo die Vernunft als das übersinnliche Vermögen und als das höchste Vermögen des Menschen überhaupt in großer Fülle vorhanden sei, da seien es auch die übrigen, untergeordneten Fähigkeiten. Das Umgekehrte gelte jedoch nicht; es könne eine niedere Fähigkeit besonders hervorragen, die höhern aber nicht. Wohl aber, wenn was immer für eine Begabung, sie sei selber hoch oder niedrig, bedeutend ist, müssen es auch die ihr untergeordneten sein. Als Grund gaben sie an, daß die niedere Fähigkeit immer die Dienerin der höhern sei, und daß es ein Widersinn wäre, die höhere, gebietende Gabe zu besitzen und die niedere, dienende nicht. Endlich waren noch einige, die sagten, Gott habe die Menschen erschaffen, wie er sie erschaffen habe, man könne nicht wissen, wie er die Gaben verteilt habe, und könne darüber nicht hadern, weil es ungewiß sei, was in der Zukunft in dieser Beziehung noch zum Vorschein kommen könne. Da erzählte mein Freund seine Geschichte.

Ihr wißt alle, sagte er, daß ich mich schon seit vielen Jahren mit der Meßkunst beschäftige, daß ich in Staatsdiensten bin, und daß ich mit Aufträgen dieser Art von der Regierung bald hierhin, bald dorthin gesendet wurde. Da habe ich verschiedene Landesteile und verschiedene Menschen kennen gelernt. Einmal war ich in der kleinen Stadt Wengen, und hatte die Aussicht, noch recht lange dort bleiben zu müssen, weil sich die Geschäfte in die Länge zogen, und noch dazu mehrten. Da kam ich öfter in das nahe gelegene Dorf Schauendorf, und lernte dessen Pfarrer kennen, einen vortrefflichen Mann, der die Obstbaumzucht eingeführt, und gemacht hatte, daß das Dorf, das früher mit Hecken, Dickicht und Geniste umgeben war, jetzt einem Garten glich, und in einer Fülle freundlicher Obstbäume da lag. Einmal war ich von ihm zu einer Kirchenfeierlichkeit geladen, und ich sagte, daß ich später kommen würde, da ich einige notwendige Arbeiten abzutun hätte. Als ich mit meinen Arbeiten fertig war, begab ich mich auf den Weg nach Schauendorf. Ich ging über die Feldhöhen hin, ich ging durch die Obstbäume, und da ich mich dem Pfarrhofe näherte, sah ich, daß das Mittagsmahl bereits begonnen haben müsse. In dem Garten, der wie bei vielen katholischen Pfarrhöfen vor dem Hause lag, war kein Mensch, die gegen den Garten gehenden Fenster waren offen, in der Küche, in die mir ein Einblick gegönnt war, waren die Mägde um das Feuer vollauf beschäftigt, und aus der Stube drang einzelnes Klappern der Teller und Klirren der Eßgeräte. Da ich eintrat, sah ich die Gäste um den Tisch sitzen, und ein unberührtes Gedecke für mich aufbewahrt. Der Pfarrer führte mich zu demselben hin, und nötigte mich zum Sitzen. Er sagte, er wolle mir die anwesenden Mitglieder nicht vorstellen und ihren Namen nicht nennen, einige seien mir ohnehin bekannt, andere würde ich im Verlaufe des Essens schon kennen lernen, und die übrigen würde er mir, wenn wir aufgestanden wären, nennen. Ich setzte mich also nieder, und was der Pfarrer vorausgesagt hatte, geschah. Ich wurde mit manchem Anwesenden bekannt, von manchem erfuhr ich Namen und Verhältnisse, und da die Gerichte sich ablöseten, und der Wein die Zungen öffnete, war manche junge Bekanntschaft schon wie eine alte. Nur ein einziger Gast war nicht zu erkennen. Lächelnd und freundlich saß er da, er hörte aufmerksam alles an, er wandte immer das Angesicht der Gegend, wo eifrig gesprochen wurde, zu, als ob ihn eine Pflicht dazu antriebe, seine Mienen gaben allen Redenden recht, und wenn an einem andern Orte das Gespräch wieder lebhafter wurde, wandte er sich dorthin, und hörte zu. Selber aber sprach er kein Wort. Er saß ziemlich weit unten, und seine schwarze Gestalt ragte über das weiße Linnengedecke der Tafel empor, und obwohl er nicht groß war, so richtete er sich nie vollends auf, als hielte er das für unschicklich. Er hatte den Anzug eines armen Landgeistlichen. Sein Rock war sehr abgetragen, die Fäden waren daran sichtbar, er glänzte an manchen Stellen, und an andern hatte er die schwarze Farbe verloren und war rötlich oder fahl. Die Knöpfe daran waren von starkem Bein. Die schwarze Weste war sehr lang, und hatte ebenfalls beinerne Knöpfe. Die zwei winzig kleinen Läppchen von weißer Farbe – das einzige Weiße, das er an sich hatte –, die über sein schwarzes Halstuch herabgingen, bezeugten seine Würde. Bei den Ärmeln gingen, wie er so saß, manchmal ein ganz klein wenig eine Art Handkrausen hervor, die er immer bemüht war wieder heimlich zurück zu schieben. Vielleicht waren sie in einem Zustande, daß er sich ihrer ein wenig hätte schämen müssen. Ich sah, daß er von keiner Speise viel nahm und dem Aufwärter, der sie darreichte, immer höflich dankte. Als der Nachtisch kam, nippte er kaum von dem besseren Weine, nahm von dem Zuckerwerke nur kleine Stückchen, und legte nichts auf seinen

Teller heraus, wie doch die andern taten, um nach der Sitte ihren Angehörigen eine kleine Erinnerung zu bringen.
Dieser Eigenheiten willen fiel mir der Mann auf.
Als das Mahl vorüber war, und die Gäste sich erhoben hatten, konnte ich auch den übrigen Teil seines Körpers betrachten. Die Beinkleider waren von demselben Stoffe und demselben Zustande wie der Rock, sie reichten bis unter die Knie, und waren dort durch Schnallen zusammen gehalten. Dann folgten schwarze Strümpfe, die aber fast grau waren. Die Füße standen in weiten Schuhen, die große Schnallen hatten. Sie waren von starkem Leder, und hatten dicke Sohlen. So angezogen stand der Mann, als sich Gruppen zu Gesprächen gebildet hatten, fast allein da, und sein Rücken berührte beinahe den Fensterpfeiler. Sein körperliches Aussehen stimmte zu seinem Anzuge. Er hatte ein längliches, sanftes, fast eingeschüchtertes Angesicht mit sehr schönen, klaren blauen Augen. Die braunen Haare gingen schlicht gegen hinten zusammen, es zogen sich schon weiße Fäden durch sie, die anzeigten, daß er sich bereits den fünzig Jahren nähere, oder daß er Sorge und Kummer gehabt haben müsse.
Nach kurzer Zeit suchte er aus einem Winkel ein spanisches Rohr hervor, das einen schwarzen Beinknopf hatte, wie die an seinen Kleidern waren, näherte sich dem Hausherrn, und begann Abschied zu nehmen. Der Hausherr fragte ihn, ob er denn schon gehen wolle, worauf er antwortete, es sei für ihn schon Zeit, er habe vier Stunden nach seinem Pfarrhofe zu gehen, und seine Füße seien nicht mehr so gut wie in jüngeren Jahren. Der Pfarrer hielt ihn nicht auf. Er empfahl sich allseitig, ging zur Tür hinaus, und gleich darauf sahen wir ihn durch die Kornfelder dahin wandeln, den Hügel, der das Dorf gegen Sonnenuntergang begrenzte, hinan steigen, und dort gleichsam in die glänzende Nachmittagsluft verschwinden.
Ich fragte, wer der Mann wäre, und erfuhr, daß er schon sehr lange dort sei, daß er nicht weg verlange, und daß er selten das Haus verlasse, außer bei einer sehr dringenden Veranlassung. –

Es waren seit jenem Gastmahle viele Jahre vergangen, und ich hatte den Mann vollständig vergessen, als mich mein Beruf einmal in eine fürchterliche Gegend rief. Nicht daß Wildnisse, Schlünde, Abgründe, Felsen und stürzende Wässer dort gewesen wären – das alles zieht mich eigentlich an –, sondern es waren nur sehr viele kleine Hügel da, jeder Hügel bestand aus nacktem grauem Kalksteine, der aber nicht, wie es oft bei diesem Gesteine der Fall ist, zerissen war oder steil abfiel, sondern in rundlichen, breiten Gestalten auseinander ging, und an seinem Fuß eine lange gestreckte Sandbank um sich herum hatte. Durch diese Hügel ging in großen Windungen ein kleiner Fluß namens Zirder. Das Wasser des Flusses, das in der grauen und gelben Farbe des Steines und Sandes durch den Widerschein des Himmels oft dunkelblau erschien, dann die schmalen grünen Streifen, die oft am Saume des Wassers hingingen, und die andern einzelnen Rasenflecke, die in dem Gesteine hie und da lagen, bildeten die ganze Abwechslung und Erquickung in dieser Gegend.

Ich wohnte in einem Gasthofe, der in einem etwas besseren und darum sehr entfernten Teile der Gegend lag. Es ging dort eine Straße über eine Anhöhe, und führte, wie das in manchen Gegenden der Fall ist, den Namen Hochstraße, welchen Namen auch der Gasthof hatte. Um nicht durch Hin- und Hergehen zu viele Zeit zu verlieren, nahm ich mir immer kalte Speisen und Wein auf meinen Arbeitsplatz mit, und aß erst am Abende mein Mittagsmahl. Einige meiner Leute wohnten auch in dem Gasthofe, die andern richteten sich ein, wie es ging, und bauten sich kleine hölzerne Hüttchen in dem Steinlande.

Die Gegend namens Steinkar, obwohl sie im Grunde nicht außerordentlich abgelegen ist, wird doch wenigen Menschen bekannt sein, weil keine Veranlassung ist, dorthin zu reisen.

Eines Abends, als ich von meinen Arbeiten allein nach Hause ging, weil ich meine Leute vorausgeschickt hatte, sah ich meinen armen Pfarrer auf einem Sandhaufen sitzen. Er hatte seine großen Schuhe fast in den Sand vergraben, und auf den

Schößen seines Rockes lag Sand. Ich erkannte ihn in dem Augenblicke. Er war ungefähr so gekleidet wie damals, als ich ihn zum ersten Male gesehen hatte. Seine Haare waren jetzt viel grauer, als hätten sie sich beeilt, diese Farbe anzunehmen, sein längliches Angesicht hatte deutliche Falten bekommen, und nur die Augen waren blau und klar wie früher. An seiner Seite lehnte das Rohr mit dem schwarzen Beinknopfe.

Ich hielt in meinem Gange inne, trat näher zu ihm, und grüßte ihn.

Er hatte keinen Gruß erwartet, daher stand er eilfertig auf und bedankte sich. In seinen Mienen war keine Spur vorhanden, daß er mich erkenne; es konnte auch nicht sein; denn bei jenem Gastmahle hat er mich gewiß viel weniger betrachtet als ich ihn. Er blieb nur so vor mir stehen, und sah mich an. Ich sagte daher, um ein Gespräch einzuleiten: »Euer Ehrwürden werden mich nicht mehr kennen.«

»Ich bin nicht der Ehre teilhaftig«, antwortete er.

»Aber ich habe die Ehre gehabt,« sagte ich, auf den Ton seiner Höflichkeit eingehend, »mit Euer Ehrwürden an ein und derselben Tafel zu speisen.«

»Ich kann mich nicht mehr erinnern«, erwiderte er.

»Euer Ehrwürden sind doch derselbe Mann,« sagte ich, »der einmal vor mehreren Jahren auf einem Kirchenfeste bei dem Pfarrer zu Schauendorf war, und nach dem Speisen der erste fortging, weil er, wie er sagte, vier Stunden bis zu seinem Pfarrhofe zu gehen hätte?«

»Ja, ich bin derselbe Mann,« antwortete er, »ich bin vor acht Jahren zu der hundertjährigen Jubelfeier der Kircheneinweihung nach Schauendorf gegangen, weil es sich gebührt hat, ich bin bei dem Mittagsessen geblieben, weil mich der Pfarrer eingeladen hat, und bin der erste nach dem Essen fortgegangen, weil ich vier Stunden nach Hause zurück zu legen hatte. Ich bin seither nicht mehr nach Schauendorf gekommen.«

»Nun, an jener Tafel bin ich auch gesessen,« sagte ich, »und habe Euer Ehrwürden heute sogleich erkannt.«

»Das ist zu verwundern – nach so vielen Jahren«, sagte er.
»Mein Beruf bringt es mit sich,« erwiderte ich, »daß ich mit vielen Menschen verkehre, und sie mir merke, und da habe ich denn im Merken eine solche Fertigkeit erlangt, daß ich auch Menschen wieder erkenne, die ich vor Jahren und auch nur ein einziges Mal gesehen habe. Und in dieser abscheulichen Gegend haben wir uns wieder gefunden.«
»Sie ist, wie sie Gott erschaffen hat,« antwortete er, »es wachsen hier nicht so viele Bäume wie in Schauendorf, aber manches Mal ist sie auch schön, und zuweilen ist sie schöner als alle andern in der Welt.«
Ich fragte ihn, ob er in der Gegend ansässig sei, und er antwortete, daß er siebenundzwanzig Jahre Pfarrer in dem Kar sei. Ich erzählte ihm, daß ich hieher gesendet worden sei, um die Gegend zu vermessen, daß ich die Hügel und Täler aufnehme, um sie auf dem Papiere verkleinert darzustellen, und daß ich in der Hochstraße draußen wohne. Als ich ihn fragte, ob er oft hieher komme, erwiderte er: »Ich gehe gerne heraus, um meine Füße zu üben, und sitze dann auf einem Stein, um die Dinge zu betrachten.«
Wir waren während dieses Gespräches ins Gehen gekommen, er ging an meiner Seite, und wir redeten noch von manchen gleichgültigen Dingen, vom Wetter, von der Jahreszeit, wie diese Steine besonders geeignet seien, die Sonnenstrahlen einzusaugen, und von anderem.
Waren seine Kleider schon bei jenem Gastmahle schlecht gewesen, so waren sie jetzt wo möglich noch schlechter. Ich konnte mich nicht erinnern, seinen Hut damals gesehen zu haben, jetzt aber mußte ich wiederholt auf ihn hin blicken; denn es war nicht ein einziges Härchen auf ihm.
Als wir an die Stelle gelangt waren, wo sein Weg sich von dem meinigen trennte und zu seinem Pfarrhofe in das Kar hinab führte, nahmen wir Abschied, und sprachen die Hoffnung aus, daß wir uns nun öfter treffen würden.
Ich ging auf meinem Wege nach der Hochstraße dahin, und

dachte immer an den Pfarrer. Die ungemeine Armut, wie ich sie noch niemals bei einem Menschen oberhalb des Bettlerstandes angetroffen habe, namentlich nicht bei solchen, die andern als Muster der Reinlichkeit und Ordnung vorzuleuchten haben, schwebte mir beständig vor. Zwar war der Pfarrer beinahe ängstlich reinlich, aber gerade diese Reinlichkeit hob die Armut noch peinlicher hervor, und zeigte die Lockerheit der Fäden, das Unhaltbare und Wesenlose dieser Kleidung. Ich sah noch auf die Hügel, welche nur mit Stein bedeckt waren, ich sah noch auf die Täler, in welchen sich nur die langen Sandbänke dahin zogen, und ging dann in meinen Gasthof, um den Ziegenbraten zu verzehren, den sie mir dort öfter vorsetzten. Ich fragte nicht um den Pfarrer, um keine rohe Antwort zu bekommen.

Von nun an kam ich öfter mit dem Pfarrer zusammen. Da ich den ganzen Tag in dem Steinkar war, und abends noch öfter in demselben herum schlenderte, um verschiedene Richtungen und Abteilungen kennen zu lernen, da er auch zuweilen herauskam, so konnte es nicht fehlen, daß wir uns trafen. Wir kamen auch einige Male zu Gesprächen. Er schien nicht ungerne mit mir zusammen zu treffen, und ich sah es auch gerne, wenn ich mit ihm zusammen kam. Wir gingen später öfter mit einander in den Steinen herum, oder saßen auf einem und betrachteten die andern. Er zeigte mir manches Tierchen, manche Pflanze, die der Gegend eigentümlich waren, er zeigte mir die Besonderheiten der Gegend, und machte mich auf die Verschiedenheiten mancher Steinhügel aufmerksam, die der sorgfältigste Beobachter für ganz gleich gebildet angesehen haben würde. Ich erzählte ihm von meinen Reisen, zeigte ihm unsere Werkzeuge, und erklärte ihm bei Gelegenheit unserer Arbeiten manchmal deren Gebrauch.

Ich kam nach der Zeit auch einige Male mit ihm in seinen Pfarrhof hinunter. Wo das stärkste Gestein sich ein wenig auflöset, gingen wir über eine sanftere Abdachung gegen das Kar hinab. An dem Rande der Gesteine lag eine Wiese, es standen mehrere Bäume darauf, unter ihnen eine schöne, große Linde, und hinter der Linde stand der Pfarrhof. Er war damals ein weißes Gebäude mit einem Stockwerke, das sich von dem freundlicheren Grün der Wiese, von den Bäumen und von dem Grau der Steine schön abhob. Das Dach war mit Schindeln gedeckt. Die Dachfenster waren mit Türchen versehen, und die Fenster des Hauses waren mit grünen Flügelbalken zu schließen. Weiter zurück, wo die Landschaft einen Winkel macht, stand gleichsam in die Felsen versteckt die Kirche mit dem rot angestrichenen Kirchturmdache. In einem anderen Teile des Kar stand in einem dürftigen Garten die Schule. Diese drei einzigen Gebäude waren das ganze Kar. Die übrigen Behausungen waren in der Gegend zerstreut. An manchem Stein gleichsam angeklebt lag eine Hütte mit einem Gärtchen mit Kartoffeln oder Ziegenfutter. Weit draußen gegen das Land hin lag auch ein fruchtbarerer Teil, der zu der Gemeinde gehörte, und der auch Acker-, Wiesen- und Kleegrund hatte.

Im Angesichte der Fenster des Pfarrhofes ging am Rande der Wiese die Zirder vorüber, und über den Fluß führte ein hoher Steg, der sich gegen die Wiese herab senkte. Die Wiesenfläche war nicht viel höher als das Flußbett. Dieses Bild des hohen Steges über den einsamen Fluß war nebst der Steingegend das einzige, das man von dem Pfarrhofe sehen konnte.

Wenn ich mit dem Pfarrer in sein Haus ging, führte er mich nie in das obere Stockwerk, sondern er geleitete mich stets durch ein geräumiges Vorhaus in ein kleines Stüblein. Das Vorhaus war ganz leer, nur in einer Mauervertiefung, die sehr breit, aber seicht war, stand eine lange hölzerne Bank. Auf der Bank lag immer, so oft ich den Pfarrhof besuchte, eine Bibel, ein großes, in starkes Leder gebundenes Buch. In dem Stüblein war nur ein weicher, unangestrichener Tisch, um ihn einige Sesseln derselben Art, dann an der Wand eine hölzerne Bank und zwei gelbangestrichene Schreine. Sonst war nichts vorhanden, man müßte nur ein kleines, sehr schön aus Birnholz geschnitztes mittelalterliches Kruzifix hieher rechnen, das über dem ebenfalls kleinen Weihbrunnenkessel an dem Türpfosten hing.

Bei diesen Besuchen machte ich eine seltsame Entdeckung. Ich hatte schon in Schauendorf bemerkt, daß der arme Pfarrer immer heimlich die Handkrausen seines Hemdes in die Rockärmel zurück schiebe, als hätte er sich ihrer zu schämen. Dasselbe tat er auch jetzt immer. Ich machte daher genauere Beobachtungen, und kam darauf, daß er sich seiner Handkrausen keineswegs zu schämen habe, sondern daß er, wie mich auch andere Einblicke in seine Kleidung belehrten, die feinste und schönste Wäsche trug, welche ich jemals auf Erden gesehen hatte. Diese Wäsche war auch immer in der untadelhaftesten Weiße und Reinheit, wie man es nach dem Zustande seiner Kleider nie vermutet hätte. Er mußte also auf die Besorgung dieses Teiles die größte Sorgfalt verwenden. Da er nie davon sprach, schwieg ich auch darüber, wie sich wohl von selber versteht.

Unter diesem Verkehre ging ein Teil des Sommers dahin.

Eines Tages war in den Steinen eine besondere Hitze. Die Sonne hatte zwar den ganzen Tag nicht ausgeschienen, aber dennoch hatte sie den matten Schleier, der den ganzen Himmel bedeckte, so weit durchdrungen, daß man ihr blasses Bild immer sehen konnte, daß um alle Gegenstände des Steinlandes ein wesenloses Licht lag, dem kein Schatten beigegeben war, und daß die Blätter der wenigen Gewächse, die zu sehen waren, herab hingen; denn obgleich kaum ein halbes Sonnenlicht durch die Nebelschichte der Kuppel drang, war doch eine Hitze, als wären drei Tropensonnen an heiterem Himmel, und brennten alle drei nieder. Wir hatten sehr viel gelitten, so daß ich meine Leute kurz nach zwei Uhr entließ. Ich setzte mich unter einen Steinüberhang, der eine Art Höhle bildete, in welcher es bedeutend kühler war als draußen in der freien Luft. Ich verzehrte dort mein Mittagmahl, trank meinen eingekühlten Wein, und las dann. Gegen Abend wurde die Wolkenschichte nicht zerrissen, wie es doch an solchen Tagen sehr häufig geschieht, sie wurde auch nicht dichter, sondern lag in derselben gleichmäßigen Art wie den ganzen Tag über den Himmel. Ich ging daher sehr spät aus der Höhle; denn so wie die Schleierdecke am Himmel sich nicht geändert hatte, so war die Hitze auch kaum minder geworden, und man hatte in der Nacht keinen Tau zu erwarten. Ich wandelte sehr langsam durch die Hügel dahin, da sah ich den Pfarrer in den Sandlehnen daher kommen und den Himmel betrachten. Wir näherten uns, und grüßten uns. Er fragte mich, wo wir heute gearbeitet hätten, und ich sagte es ihm. Ich erzählte ihm auch, daß ich in der Höhle gelesen habe, und zeigte ihm das Buch. Hierauf gingen wir mit einander in dem Sande weiter.

Nach einer Weile sagte er: »Es wird nicht mehr möglich sein, daß Sie die Hochstraße erreichen.«

»Wie so?« fragte ich.

»Weil das Gewitter ausbrechen wird«, antwortete er.

Ich sah nach dem Himmel. Die Wolkendecke war eher dichter geworden, und auf allen kahlen Steinflächen, die wir sehen konnten, lag ein sehr sonderbares bleifarbenes Licht.

»Daß ein Gewitter kommen wird,« sagte ich, »war wohl den ganzen Tag zu erwarten, allein wie bald die Dunstschichte sich verdichten, erkühlen, den Wind und die Elektrizität erzeugen und sich herabschütten wird, kann man, glaube ich, nicht ermessen.«

»Man kann es wohl nicht genau sagen,« antwortete er, »allein ich habe siebenundzwanzig Jahre in der Gegend gelebt, habe Erfahrungen gesammelt, und nach ihnen wird das Gewitter eher ausbrechen, als man denkt, und wird sehr stark sein. Ich glaube daher, daß es das Beste wäre, wenn Sie mit mir in meinen Pfarrhof gingen und die Nacht heute dort zubrächten. Der Pfarrhof ist so nahe, daß wir ihn noch leicht erreichen, wenn wir auch das Gewitter schon deutlich an dem Himmel sehen, dort sind Sie sicher, und können morgen an Ihre Geschäfte gehen, sobald es Ihnen beliebt.«

Ich erwiderte, daß es deßohngeachtet nicht unmöglich sei, daß aus der Dunstschichte sich auch nur ein Landregen entwickle. In diesem Falle sei ich geborgen; ich habe ein Mäntelchen aus Wachstaffet bei mir, das dürfe ich nur aus der Tasche ziehen und umhängen, und der Regen könne mir nichts anhaben. Ja, wenn ich auch ohne diesen Schutz wäre, so sei ich in meinem Amte schon so oft von Regen durchnäßt worden, daß ich, um ein derartiges Ereignis zu vermeiden, nicht jemanden zur Last sein und Unordnung in sein Hauswesen bringen möchte. Sollte aber wirklich ein Gewitter bevorstehen, das Platzregen oder Hagel oder gar einen Wolkenbruch bringen könnte, dann nähme ich sein Anerbieten dankbar an, und bitte um einen Unterstand für die Nacht, aber ich mache die Bedingung, daß es wirklich nichts weiter sei als ein Unterstand, daß er sich in seinem Hause nicht beirren lasse, und sich weiter keine Last auferlege, als daß er mir ein Plätzchen unter Dach und Fach gäbe; denn ich bedürfe nichts als ein solches Plätzchen. Übrigens führe unser Weg noch ein gutes Stück auf demselben gemeinschaftlichen Pfade fort, da könnten wir die Frage verschieben, indessen den Himmel betrachten, und zuletzt nach der Gestalt der Sache entscheiden.
Er willigte ein, und sagte, daß, wenn ich bei ihm bliebe, ich nicht zu fürchten hätte, daß er sich eine Last auflege, ich wisse, daß es bei ihm einfach sei, und es werde keine andere Anstalt gemacht werden, als die notwendig sei, daß ich die Nacht bei ihm zubringen könnte.
Nachdem wir diesen Vertrag geschlossen hatten, gingen wir auf unserem Wege weiter. Wir gingen sehr langsam, teils der Hitze wegen, teils weil es von jeher schon so unsere Gewohnheit war.
Plötzlich flog ein schwacher Schein um uns, unter dem die Felsen erröteten.
Es war der erste Blitz gewesen, der aber stumm war, und dem kein Donner folgte.
Wir gingen weiter. Nach einer Weile folgten mehrere Blitze,

und da der Abend bereits ziemlich dunkel geworden war, und da die Wolkenschichte auch einen dämmernden Einfluß ausübte, stand unter jedem Blitze der Kalkstein in rosenroter Farbe vor uns.

Als wir zu der Stelle gelangt waren, an welcher unsere Wege sich teilten, blieb der Pfarrer stehen, und sah mich an. Ich gab zu, daß ein Gewitter komme, und sagte, daß ich mit ihm in seinen Pfarrhof gehen wolle.

Wir schlugen also den Weg in das Kar ein, und gingen über den sanften Steinabhang in die Wiese hinunter.

Als wir bei dem Pfarrhofe angelangt waren, setzten wir uns noch ein wenig auf das hölzerne Bänklein, das vor dem Hause stand. Das Gewitter hatte sich nun vollständig entwickelt, und stand als dunkle Mauer an dem Himmel. Nach einer Weile entstanden auf der gleichmäßigen dunkelfarbigen Gewitterwand weiße, laufende Nebel, die in langen, wulstigen Streifen die untern Teile der Wolkenwand säumten. Dort war also vielleicht schon Sturm, während bei uns sich noch kein Gräschen und kein Laub rührte. Solche laufende, gedunsene Nebel sind bei Gewittern oft schlimme Anzeichen, sie verkünden immer Windausbrüche, oft Hagel und Wasserstürze. Den Blitzen folgten nun auch schon deutliche Donner.

Endlich gingen wir in das Haus.

Der Pfarrer sagte, daß es seine Gewohnheit sei, bei nächtlichen Gewittern ein Kerzenlicht auf den Tisch zu stellen, und bei dem Lichte ruhig sitzen zu bleiben, so lange das Gewitter dauerte. Bei Tage sitze er ohne Licht bei dem Tische. Er fragte mich, ob er auch heute seiner Sitte treu bleiben dürfe. Ich erinnerte ihn an sein Versprechen, sich meinetwegen nicht die geringste Last aufzulegen. Er führte mich also durch das Vorhaus in das bekannte Stüblein, und sagte, daß ich meine Sachen ablegen möchte.

Ich trug gewöhnlich an einem ledernen Riemen ein Fach über die Schulter, in welchem Werkzeuge zum Zeichnen, Zeichnungen und zum Teil auch Meßwerkzeuge waren. Neben dem

Fache war eine Tasche befestigt, in der sich meine kalten Speisen, mein Wein, mein Trinkglas und meine Vorrichtung zum Einkühlen des Weines befanden. Diese Dinge legte ich ab, und hing sie über die Lehne eines in einer Ecke stehenden Stuhles. Meinen langen Meßstab lehnte ich an einen der gelben Schreine. Der Pfarrer war indessen hinaus gegangen, und kam nun mit einem Lichte in der Hand herein. Es war ein Talglicht, welches in einem messingenen Leuchter stak. Er stellte den Leuchter auf den Tisch und legte eine messingene Lichtschere dazu. Dann setzten wir uns beide an den Tisch, blieben sitzen, und erwarteten das Gewitter.

Dasselbe schien nicht mehr lange ausbleiben zu wollen. Als der Pfarrer das Licht gebracht hatte, war die wenige Helle, die von draußen noch durch die Fenster herein gekommen war, verschwunden, die Fenster standen wie schwarze Tafeln da, und die völlige Nacht war hereingebrochen. Die Blitze waren schärfer, und erleuchteten trotz des Kerzenlichtes bei jedem Aufflammen die Winkel des Stübleins. Die Donner wurden ernster und dringender. So blieb es eine lange Weile. Endlich kam der erste Stoß des Gewitterwindes. Der Baum, welcher vor dem Hause stand, schauerte einen Augenblick leise, wie von einem kurz abgebrochenen Lüftchen getroffen, dann war es wieder stille. Über ein kleines kam das Schauern abermals, jedoch länger und tiefer. Nach einem kurzen Zeitraume geschah ein starker Stoß, alle Blätter rauschten, die Äste mochten zittern, nach der Art zu urteilen, wie wir den Schall herein vernahmen, und nun hörte das Tönen gar nicht mehr auf. Der Baum des Hauses, die Hecken um dasselbe und alle Gebüsche und Bäume der Nachbarschaft waren in einem einzigen Brausen befangen, das nur abwechselnd abnahm und schwoll. Dazwischen schallten die Donner. Sie schallten immer schneller und immer heller. Doch war das Gewitter noch nicht da. Zwischen Blitz und Donner war noch eine Zeit, und die Blitze, so hell sie waren, waren doch keine Schlangen, sondern nur ein ausgebreitetes allgemeines Aufleuchten.

Endlich schlugen die ersten Tropfen an die Fenster. Sie schlugen stark und einzeln gegen das Glas, aber bald kamen Genossen, und in kurzem strömte der Regen in Fülle herunter. Er wuchs schnell, gleichsam rauschend und jagend, und wurde endlich dergestalt, daß man meinte, ganze zusammenhängende Wassermengen fielen auf das Haus hernieder, das Haus dröhne unter dem Gewichte, und man empfinde das Dröhnen und Ächzen herein. Kaum das Rollen des Donners konnte man vor dem Strömen des Wassers hören, das Strömen des Wassers wurde ein zweites Donnern. Das Gewitter war endlich über unserem Haupte. Die Blitze fuhren wie feurige Schnüre hernieder, und den Blitzen folgten schnell und heiser die Donner, die jetzt alles andere Brüllen besiegten, und in ihren tieferen Enden und Ausläufen das Fensterglas erzittern und klirren machten.

Ich war nun froh, daß ich dem Rate des Pfarrers gefolgt hatte. Ich hatte selten ein solches Gewitter erlebt. Der Pfarrer saß ruhig und einfach an dem Tische des Stübleins, und das Licht der Talgkerze beleuchtete seine Gestalt.

Zuletzt geschah ein Schlag, als ob er das ganze Haus aus seinen Fugen heben und niederstürzen wollte, und gleich darauf wieder einer. Dann war ein Weilchen Anhalten, wie es oft bei solchen Erscheinungen der Fall ist, der Regen zuckte einen Augenblick ab, als ob er erschrocken wäre, selbst der Wind hielt inne. Aber es wurde bald wieder wie früher; allein die Hauptmacht war doch gebrochen, und alles ging gleichmäßiger fort. Nach und nach milderte sich das Gewitter, der Sturm war nur mehr ein gleichartiger Wind, der Regen war schwächer, die Blitze leuchteten blässer, und der Donner rollte matter, gleichsam landauswärts gehend.

Als endlich das Regnen nur ein einfaches Niederrinnen war, und das Blitzen ein Nachleuchten, stand der Pfarrer auf und sagte: »Es ist vorüber.«

Er zündete sich ein Stümpfchen Licht an, und ging hinaus. Nach einer Weile kam er wieder herein, und trug auf einem

Eßbrette mehrere Dinge, die zu dem Abendmahle bestimmt waren. Er setzte von dem Eßbrette ein Krüglein mit Milch auf den Tisch, und goß aus demselben zwei Gläser voll. Dann setzte er auf einem grünglasierten Schüsselchen Erdbeeren auf und auf einem Teller mehrere Stücke schwarzen Brotes. Als Bestecke legte er auf jeden Platz ein Messer und ein kleines Löffelchen, dann trug er das Eßbrett wieder hinaus.

Als er hereingekommen war, sagte er: »Das ist unser Abendmahl, lassen Sie es sich genügen.«

Er trat zu dem Tisch, faltete die Hände und sprach bei sich einen Segen, ich tat desgleichen, und nun setzten wir uns zu unserem Abendessen nieder. Die Milch tranken wir aus den Gläsern, von dem schwarzen Brote schnitten wir uns Stückchen mit dem Messer, und aßen die Erdbeeren mit dem Löffelchen. Da wir fertig waren, sprach er wieder mit gefalteten Händen ein Dankgebet, holte das Eßbrett, und trug die Reste wieder fort.

Ich hatte in meiner Tasche noch Teile von meinem Mittagmahle und in meiner Flasche noch Wein. Ich sagte daher: »Wenn Euer Ehrwürden erlauben, so nehme ich die Überbleibsel meines heutigen Mittagessens aus meinem Ränzchen heraus, weil sie sonst verderben würden.«

»Tun Sie nur nach Ihrem Gefallen«, antwortete er.

Ich nahm daher meine Tasche und sagte: »Da sehen Euer Ehrwürden auch zugleich, wie ich bei meinem Wanderleben Tafel halte, und wie mein Trink- und Eßgeschirr beschaffen ist.« »Sie müssen wissen,« fuhr ich fort, »daß, so sehr man das Wasser und insbesonders das Gebirgswasser lobt, und so nützlich und herrlich dieser Stoff auch in dem großen Haushalte der Natur ist, dennoch, wenn man tagelang auf offenem Felde im Sonnenscheine arbeitet, oder in heißen Steinen und heißem Sande herum geht, oder in Klippen klettert, ein Trunk Wein mit Wasser ungleich mehr labt und Kraft gibt als das lautere, auserlesenste Wasser der Welt. Das lernte ich bei meinem Amte bald kennen, und versah mich daher stets bei allen meinen Reisen mit Wein. Aber nur guter Wein ist es, der gute Dienste leistet. Ich hatte mir daher auch auf die Hochstraße einen reinen, guten Wein kommen lassen, und nehme täglich einen Teil mit in meine Steinhügel.«

Der arme Pfarrer sah mir zu, wie ich meine Vorrichtungen auseinander packte. Er betrachtete die kleinen blechernen Tellerchen, deren mehrere in eine unbedeutende flache Scheibe zusammen zu packen waren. Ich stellte die Tellerchen auf den Tisch. Dazu tat ich von meinem Fache Messer und Gabeln. Dann schnitt ich Scheibchen von feinem weißen Weizenbrote, das ich wöchentlich zwei Mal kommen ließ, dann Scheibchen von Schinken, von kaltem Braten und Käse. Das breitete ich auf den Tellern aus. Hierauf bat ich ihn um eine Flasche Wassers; denn das allein, sagte ich, führe ich nicht mit mir, da ich es in der Natur überall finden müsse. Als er in einem Kruge Wasser gebracht hatte, legte ich meine Trinkvorrichtungen auseinander. Ich tat die Flasche, die noch halb voll Wein war, heraus, ich stellte die zwei Gläser – eines habe ich immer zum Vorrate – auf den Tisch, und dann zeigte ich ihm, wie ich den Wein kühle. Das Glas wird in ein Fach von sehr lockerem Stoffe gestellt, der Stoff mit einer sehr dünnen Flüssigkeit, die Äther heißt, und die ich in einem Fläschchen immer mit führe, befeuchtet, welche Flüssigkeit sehr schnell und heftig verdünstet, und dabei eine Kälte erzeugt, daß der Wein frischer wird, als wenn er eben von dem Keller käme, ja als ob er sogar in Eis stünde. Da ich auf diese Weise zwei Gläser Wein aufgefrischt, mit Wasser vermischt, und eins auf seinen Platz gestellt hatte, lud ich ihn ein, mit mir zu speisen.

Er nahm, gleichsam um meiner Einladung die Ehre anzutun, ein winziges Bischen von den Dingen, nippte an dem Glase, und war nicht mehr zu bewegen, etwas Weiteres zu nehmen.

Ich aß von den aufgestellten Speisen nun auch nur sehr weniges, und packte dann alles wieder zusammen, indem ich mich der Unhöflichkeit, die ich eigentlich in der Übereilung begangen hatte, schämte.

Ich tat schnell einen Blick in das Angesicht des Pfarrers; aber es sprach sich nicht der kleinste Zug von Unfreundlichkeit aus. Da der Tisch leer war, saßen wir noch eine Zeit bei der Talgkerze und sprachen. Dann schritt der Pfarrer daran, mein Bett zu bereiten. Er trug eine große wollene Decke herein, legte sie vierfach zusammen, und tat sie auf die Bank, die an der Mauer stand. Aus einer ähnlichen Decke machte er ein Kissen. Dann öffnete er einen der gelben Schreine, nahm ein Leintuch von außerordentlicher Schönheit, Feinheit und Weiße heraus, tat es auseinander, und breitete es über mein Lager. Als ich bei dem schwachen Scheine der Kerze die ungemeine Trefflichkeit des Linnenstückes gesehen, und dann unwillkürlich meine Augen auf ihn gewendet hatte, errötete er in seinem Angesichte.

Als Hülle für meinen Körper legte er eine dritte Wolldecke auf das Lager.

»Das ist Ihr Bett, so gut ich es machen kann,« sagte er, »Sie dürfen nur sagen, wann Sie bereitet sind, die Ruhe zu suchen.«

»Das lasse ich Euer Ehrwürden über,« antwortete ich, »wann Sie zum Schlafen Ihre Zeit haben, richten Sie sich nach derselben. Ich bin an keine Stunde gebunden, meine Lebensweise bringt es mit sich, daß ich bald kurz, bald lang schlafe, bald früher, bald später mein Lager suche.«

»Auch ich bin keiner Zeit untertan,« erwiderte er, »und kann den Schlummer nach meinen Pflichten einrichten; aber da es wegen des Gewitters heute später geworden ist als sonst, da Sie morgen gewiß sehr bald aufstehen und wahrscheinlich in die Hochstraße gehen werden, um manches zu holen, so dächte ich, wäre Ruhe das Beste, und wir sollten sie suchen.«

»Ich stimme Ihnen vollständig bei, Herr Pfarrer«, sagte ich.

Nach diesem Gespräche verließ er das Stüblein, und ich dachte, er habe sich nach seiner Schlafkammer begeben. Ich entkleidete mich daher, so weit ich es immer gewohnt bin, und legte mich auf mein Bett. Eben wollte ich das Licht, das ich auf einen Stuhl neben meinem Bette gestellt hatte, auslöschen, als der Pfarrer wieder herein trat. Er hatte sich umgekleidet, und trug jetzt grauwollene Strümpfe, grauwollene Beinkleider und eine grauwollene Jacke. Schuhe hatte er nicht, sondern er ging auf den Strümpfen. So trat er in das Stüblein.

»Sie haben sich schon zur Ruhe gelegt,« sagte er, »ich bin gekommen, Ihnen eine gute Nacht zu sagen, und dann auch den Schlaf zu suchen. Also schlummern Sie wohl, wie es auf dem Bette möglich ist.«

»Ich werde gut schlafen,« erwiderte ich, »und wünsche Ihnen ein gleiches.«

Nach diesen Worten ging er zu dem Weihbrunnenkessel, der unter dem kleinen, schön geschnitzten Kruzifixe hing, besprengte sich mit Tropfen des Wassers, und verließ das Stüblein.

Ich sah bei dem Lichte meiner Kerze, wie er in dem geräumigen Vorhause sich auf die hölzerne Bank, die in der flachen Nische stand, legte, und die Bibel sich als Kissen unter das Haupt tat.

Als ich dieses gesehen hatte, sprang ich von meinem Lager auf, ging in den Nachtkleidern in das Vorhaus hinaus, und sagte: »Mit nichten, Euer Ehrwürden, so ist es nicht gemeint, Sie dürfen nicht auf dieser nackten Bank schlafen, während Sie mir das bessere Bett einräumen. Ich bin gewohnt, auf allen Lagern zu schlafen, selbst im Freien unter einem Baume, lassen Sie mich diese Bank benützen, und begeben Sie sich in das Bett, das Sie mir abtreten wollten.«

»Nein, lieber Herr,« antwortete er, »ich habe Ihnen kein Bett abgetreten, wo das Ihrige ist, wird sonst nie eines gemacht, und wo ich jetzt liege, schlafe ich alle Nächte.«

»Auf dieser harten Bank und mit diesem Buche als Kissen schlafen Sie alle Nächte?« fragte ich.

»Wie Sie durch Ihren Stand an alle Lager gewohnt sind, selbst an eines im Freien,« erwiderte er, »so bin ich auch durch meinen Stand gewohnt, auf dieser Bank zu schlafen, und dieses Buch als Kissen zu haben.«

»Ist das wirklich möglich?« fragte ich.

»Ja, es ist so,« antwortete er, »ich sage keine Lüge. Ich hätte mir ja auch auf dieser Bank ein Bett machen können, wie ich Ihnen eines auf der Ihrigen gemacht habe; allein ich habe schon seit sehr langer Zeit her angefangen, in diesen Kleidern und auf dieser Bank hier, wie Sie mich sehen, zu schlafen, und tue es auch heute.« Da ich noch immer mißtrauisch zögerte, sagte er: »Sie können in Ihrem Herzen ganz beruhigt sein, ganz beruhigt.«

Ich wendete gegen dieses nichts mehr ein, namentlich war der Grund, daß er sich ja auch ein Bett hätte machen können, überzeugend.

Nach einer Weile, während welcher ich noch immer dagestanden war, sagte ich: »Wenn es eine alte Gewohnheit ist, hochwürdiger Herr, so habe ich freilich nichts mehr einzuwenden; aber Sie werden es auch begreifen, daß ich anfänglich dagegen sprach, weil man gewöhnlich überall ein gebettetes Lager hat.«

»Ja, man hat es,« sagte er, »und gewöhnt sich daran, und meint, es müsse so sein. Aber es kann auch anders sein. An alles gewöhnt sich der Mensch, und die Gewohnheit wird dann sehr leicht, sehr leicht.«

Nach diesen Worten ging ich wieder, nachdem ich ihm zum zweiten Male eine gute Nacht gewünscht hatte, in mein Stüblein, und legte mich wieder in mein Bett. Ich erinnerte mich nun auch, daß ich wirklich nie ein Bett gesehen habe, so oft ich früher in der Behausung des Pfarrers gewesen war. Ich dachte noch eine Zeit lang an die Sache, und konnte nicht umhin, die äußerste Feinheit des Linnens des Pfarrers sehr wohltätig an meinem Körper zu empfinden. Nach einer kurzen Zeit lieferte der Pfarrer den tatsächlichen Beweis, daß er an sein Lager gewohnt sei; denn ich hörte aus dem sanften, regelmäßigen Atmen, daß er bereits in tiefen Schlummer gesunken sei.

Da ich nun auch ruhig war, da alles in dem Pfarrhause totenstille war, da der Wind aufgehört hatte, der Regen kaum nur leise zu vernehmen war, und die Blitze wie verloren nur mehr selten mit mattem Scheine das Fenster berührten, senkte sich auch auf meine Augen der Schlummer, und nachdem ich die Kerze ausgelöscht hatte, vernahm ich noch einige Male das Fallen eines Tropfens an das Fenster, dann war mirs, als ob daran der schwache Aufblick eines Leuchtens geschähe, und dann war nichts mehr. –

Ich schlief sehr gut, erwachte spät, und es war schon völliger Tag, als ich die Augen öffnete. Es war, als ob es ein zartes Geräusch gewesen wäre, das mein völliges Aufwachen veranlaßt hatte. Als ich die Augen vollkommen öffnete und herum sah, erblickte ich in dem Vorhause den Pfarrer in seinen grauen Nachtkleidern, wie er eben beschäftigt war, meine Kleider mit einer Bürste vom Staube zu reinigen. Ich erhob mich schnell von meinem Lager, ging hinaus, und störte ihn in seinem Beginnen, indem ich sagte, das dürfe nicht sein, so etwas könne ich von ihm nicht annehmen, es liege nicht in seinem Stande, es mache der Staub nichts, und wenn ich ihn fort wollte, so könnte ich ihn ja selber mit einer Bürste schnell abstreifen.

»Es liegt nicht in meinem Stande als Priester, aber es liegt in meinem Stande als Gastfreund,« sagte er, »ich habe nur eine einzige alte Dienerin, die nicht in dem Hause wohnt, sie kömmt zu gewissen Stunden, um meine kleinen Dienste zu verrichten, und ist heute noch nicht da.«

»Nein, nein, das tut nichts,« antwortete ich, »ich erinnere Sie an Ihr Versprechen, sich keine Last aufzulegen.«

»Ich lege mir keine Last auf,« erwiderte er, »und es ist schon bald gut.«

Mit diesen Worten tat er noch ein paar Striche mit der Bürste auf dem Rocke, und ließ sich dann beides, Bürste und Kleider, nehmen. Er ging aus dem Vorhause in ein anderes, mir bis dahin unbekanntes Gemach. Ich kleidete mich indessen an. Nach einer Zeit kam auch er vollständig angekleidet herein. Er hatte die alten schwarzen Kleider an, die er am Tage und alle vorhergehenden Tage angehabt hatte. Wir traten an das Fenster. Der Schauplatz hatte sich vollkommen geändert. Es war ein durchaus schöner Tag, und die Sonne erhob sich strahlend in einem unermeßlichen Blau. Was doch so ein Gewitter ist! Das Zarteste, das Weichste der Natur ist es, wodurch ein solcher Aufruhr veranlaßt wird. Die feinen, unsichtbaren Dünste des Himmels, die in der Hitze des Tages oder in der Hitze mehrerer Tage unschädlich in dem unermeßlichen Raume aufgehängt sind, mehren sich immer, bis die Luft an der Erde so erhitzt und verdünnt ist, daß die oberen Lasten derselben niedersinken, daß die tieferen Dünste durch sie erkühlt werden, oder daß sie auch von einem andern kalten Hauche angeweht werden, wodurch sie sich sogleich zu Nebelballen bilden, das elektrische Feuer erzeugen und den Sturm wachrufen, neue Kälte bewirken, neue Nebel erregen, sodann mit dem Sturme daher fahren, und ihre Mengen, die zusammenschießen, sei es in Eis, sei es in geschlossenen Tropfen, auf die Erde niederschütten. Und haben sie sie nieder geschüttet, und hat die Luft sich gemischt, so steht sie bald wieder in ihrer Reinheit und Klarheit oft schon am andern Tage da, um wieder die Dünste aufzunehmen, die in der Hitze erzeugt werden, wieder allmählich dasselbe Spiel zu beginnen, und so die Abwechslung von Regen und Sonnenschein zu bewirken, welche die Freude und das Gedeihen von Menschen, Tieren und Gewächsen ist.

Der unermeßliche Regen der Nacht hatte die Kalksteinhügel glatt gewaschen, und sie standen weiß und glänzend unter dem Blau des Himmels und unter den Strahlen der Sonne da. Wie sie hinter einander zurück wichen, wiesen sie in zarten Abstufungen ihre gebrochenen Glanzfarben in Grau, Gelblich, Rötlich, Rosenfarbig, und dazwischen lagen die länglichen, nach rückwärts immer schöneren luftblauen Schatten. Die Wiese vor dem Pfarrhofe war frisch und grün, die Linde, die ihre älteren und schwächeren Blätter durch den Sturm verloren hatte, stand neugeboren da, und die andern Bäume und die Büsche um den Pfarrhof hoben ihre nassen, glänzenden Äste und Zweige gegen die Sonne. Nur in der Nähe des Steges war auch ein anderes, minder angenehmes Schauspiel des Gewitters. Die Zirder war ausgetreten, und setzte einen Teil der Wiese, von der ich gesagt habe, daß sie um wenig höher liegt als das Flußbett, unter Wasser. Der hohe Steg senkte sich mit seinem abwärts gehenden Teile unmittelbar in dieses Wasser. Allein, wenn man von dem Schaden absieht, den die Überschwemmung durch Anführung von Sand auf der Wiese verursacht haben mochte, so war auch diese Erscheinung schön. Die große Wasserfläche glänzte unter den Strahlen der Sonne, sie machte zu dem Grün der Wiese und dem Grau der Steine den dritten, stimmenden und schimmernden Klang, und der Steg stand abenteuerlich wie eine dunkle Linie über dem silbernen Spiegel.

Der Pfarrer zeigte mir mehrere Stellen sehr entfernter Gegenden, die man sonst nicht sehen konnte, die aber heute deutlich in der gereinigten Luft wie klare Bilder zu erblicken waren.

Nachdem wir eine kleine Zeit das Morgenschauspiel, das die Augen unwillkürlich auf sich gezogen hatte, betrachtet hatten, brachte der Pfarrer kalte Milch und schwarzes Brot zum Frühmahle. Wir verzehrten beides, und ich schickte mich dann zum Fortgehen an. Ich nahm mein Fach und meine Tasche mit dem Lederriemen über die Schulter, nahm meinen Stab von der Ecke neben dem gelben Schreine, nahm meinen weißen Wanderhut, und sagte dem Pfarrer herzlichen Dank für meine Beherbergung während des starken Gewitters.

»Wenn es nur nicht zu schlecht gewesen ist«, sagte er.

»Nein, nein, Euer Ehrwürden,« erwiderte ich, »es war alles lieb und gut von Ihnen, ich bedaure nur, daß ich Ihnen Störung und Unruhe verursacht habe, ich werde künftig genau auf das Wetter und den Himmel sehen, daß meine Unvorsichtigkeit nicht wieder ein anderer büßen muß.«

»Ich habe gegeben, was ich gehabt habe«, sagte er.

»Und ich wünsche sehr, einen Gegendienst leisten zu können«, erwiderte ich.

»Menschen leben neben einander, und können sich manchen Gefallen tun«, sagte er.

Mit diesen Worten waren wir in das Vorhaus hinaus gelangt.
»Ich muß Ihnen noch meine dritte Stube zeigen,« sagte er, »hier habe ich ein Gemach, in welchem ich mich auskleide und ankleide, daß mich niemand sieht, und in welchem ich noch mancherlei Sachen aufbewahrt habe.«
Mit diesen Worten führte er mich aus dem Vorhause in ein Seitenzimmer oder eigentlich in ein Gewölbe, dessen Tür ich früher nicht beachtet hatte. In dem Gewölbe waren wieder sehr schlechte Geräte. Ein großer weicher, stehender Schrein, in dem Kleider und andere solche Dinge, wahrscheinlich auch die Wolldecken meines Lagers, aufbewahrt wurden, ein paar Stühle, und ein Brett, auf dem schwarze Brote lagen und ein Topf mit Milch stand: das war die ganze Gerätschaft. Als wir wieder aus dem Zimmer heraus getreten waren, schloß er es zu, wir nahmen Abschied, und versprachen, uns bald wieder zu sehen.
Ich trat in die kühle, reine Luft und auf die nasse Wiese hinaus. Ich hatte wohl noch den Gedanken, wie es sonderbar sei, daß wir immer nur in dem Erdgeschosse gewesen seien, und daß ich doch in der Nacht und am Morgen deutlich Tritte oberhalb unser in dem Pfarrhofe vernommen hatte; allein ich ließ mich den Gedanken nicht weiter anfechten, und schritt vorwärts.
Ich ging nicht auf meinem eigentlichen Wege, sondern ich schlug die Richtung gegen die Zirder ein. Wenn man ein Land vermißt, wenn man viele Jahre lang Länder und ihre Gestalten auf Papier zeichnet, so nimmt man auch Anteil an der Beschaffenheit der Länder, und gewinnt sie lieb. Ich ging gegen die Zirder, weil ich sehen wollte, welche Wirkungen ihr Austritt hervorgebracht hatte, und welche Veränderungen er in der unmittelbaren Nähe eingeleitet haben möge. Als ich eine Weile vor dem Wasser stand und sein Walten betrachtete, ohne daß ich eben andere Wirkungen als den bloßen Austritt wahrnehmen konnte, so erlebte ich plötzlich ein Schauspiel, welches ich bisher nicht gehabt hatte, und bekam eine Gesellschaft, die mir bisher in dem Steinlande nicht zu Teil geworden war. Außer

meinen Arbeitern, mit denen ich so bekannt war, und die mit mir so bekannt waren, daß wir uns wechselweise wie Werkzeuge vorkommen mußten, hatte ich nur einige Menschen in meinem Gasthause, manchen Wanderer auf dem Wege und den armen Pfarrer in den Gesteinen gesehen. Jetzt sollte es anders werden. Als ich hinblickte, sah ich von dem jenseitigen Ufer, welches höher und nicht überschwemmt war, einen lustigen, fröhlichen Knaben über den Steg daher laufen. Als er gegen das Ende des Steges kam, welches sich in das Überschwemmungswasser der Zirder hinab senkte, kauerte er sich nieder, und so viel ich durch mein Handfernrohr wahrnehmen konnte, nestelte er sich die Schuhriemen auf, und zog Schuhe und Strümpfe aus. Allein nachdem er beides ausgezogen hatte, ging er nicht in das Wasser herab, wie ich vermutet hatte, sondern blieb an der Stelle. Gleich darauf kam ein zweiter Knabe, und tat dasselbe. Dann kam ein barfüßiger, der auch stehen blieb, dann mehrere andere. Endlich kam ein ganzer Schwarm Kinder über den Steg gelaufen, und als sie gegen das Ende desselben gekommen waren, duckten sie sich nieder, gleichsam wie ein Schwarm Vögel, der durch die Luft geflogen kömmt und an einer kleinen Stelle einfällt, und ich konnte unschwer wahrnehmen, daß sie sämtlich damit beschäftiget waren, Schuhe und Strümpfe auszuziehen.

Als sie damit fertig waren, ging ein Knabe über den Steg herab, und behutsam in das Wasser. Ihm folgten die andern. Sie nahmen auf ihre Höschen keine Rücksicht, sondern gingen damit tief in das Wasser, und die Röckchen der Mädchen schwammen um ihre Füße in dem Wasser herum. Zu meinem Erstaunen erblickte ich jetzt auch mitten im Wasser eine größere schwarze Gestalt, die niemand anderer als der arme Pfarrer im Kar war. Er stand bis auf die Hüften im Wasser. Ich hatte ihn früher nicht gesehen, und auch nicht wahrgenommen, wie er hinein gekommen war, weil ich mit meinen Augen immer weiterhin gegen den Steg geblickt hatte, und sie erst jetzt mehr nach vorn richtete, wie die Kinder gegen meinen

Standpunkt heran schritten. Alle Kinder gingen gegen den Pfarrer zu, und nachdem sie eine Weile bei ihm verweilt und mit ihm gesprochen hatten, traten sie den Weg gegen das Ufer an, an dem ich stand. Da sie ungleich vorsichtig auftraten, so zerstreuten sie sich im Hergehen durch das Wasser, erschienen wie schwarze Punkte auf der glänzenden Fläche, und kamen einzeln bei mir an. Da ich sah, daß keine Gefahr in dem überall seichten Überschwemmungswasser vorhanden sei, blieb ich auf meiner Stelle stehen, und ließ sie ankommen. Die Kinder kamen heran, und blieben bei mir stehen. Sie sahen mich anfangs mit trotzigen und scheuen Angesichtern an; aber da ich von Jugend auf ein Kinderfreund gewesen bin, da ich stets die Kinder als Knospen der Menschheit außerordentlich geliebt habe, und seit meiner Verehlichung selbst mit einer Anzahl davon gesegnet worden bin, da zuletzt auch keine Art von Geschöpfen so schnell erkennt, wer ihnen gut ist, und auf diesem Boden eben so schnell Vertrauen gewinnt, als Kinder: so war ich bald von einem Kreise plaudernder und rühriger Kinder umringt, die sich bemühten, Fragen zu geben und Fragen zu beantworten. Es war leicht zu erraten, auf welchem Wege sie sich befanden, da sie sämtlich an ledernen oder leinenen Bändern ihre Schultaschen um die Schultern gehängt hatten. Weil aber auch ich meine Tasche und mein Fach an einem ledernen Riemen um meine Schultern trug, so mochte es ein lächerlicher Anblick gewesen sein, mich gleichsam wie ein großes Schulkind unter den kleinen stehen zu sehen. Einige bückten sich und waren bemüht, ihre Schuhe und Strümpfe wieder anzuziehen, andere hielten sie noch in den Händen, sahen zu mir auf, und redeten mit mir.

Ich fragte sie, woher sie kämen, und erhielt zur Antwort, daß sie aus den Karhäusern und Steinhäusern seien, und daß sie in die Schule in das Kar gehen.

Als ich sie fragte, warum sie auf dem Stege zusammen gewartet hätten, und nicht einzeln, wie sie gekommen wären, in das Wasser gestiegen seien, sagten sie, weil die Eltern befohlen

hätten, sie sollten sehr vorsichtig sein, und nicht allein, sondern alle zusammen in das Wasser gehen, wenn ein solches jenseits des Steges auf der Zirderwiese sei.
»Wenn aber das Wasser auf der Wiese so tief wäre, daß es über das Haupt eines großen Menschen hinaus ginge?« fragte ich.
»So kehren wir wieder um«, antworteten sie.
»Wenn aber erst das Wasser mit Gewalt daher käme, wenn ihr bereits über den Steg gegangen wäret und euch auf der Wiese befändet, was tätet ihr dann?«
»Das wissen wir nicht.«
Ich fragte sie, wie lange sie von den Steinhäusern und Karhäusern hieher brauchten, und erhielt die Antwort: eine Stunde. So weit mochten auch die genannten Häuser wirklich entfernt sein. Sie liegen jenseits der Zirder in einem eben so unfruchtbaren Boden wie das Kar, aber ihre Bewohner treiben viele Geschäfte, namentlich brennen sie Kalk aus ihren Steinen, und verführen ihn weit.
Ich fragte sie, ob ihnen die Eltern auch aufgetragen hätten, die Schuhe und Strümpfe zu schonen, erhielt die Antwort ja, und bewunderte die Unfolgerichtigkeit, indem sie die trockenen Schuhe und Strümpfe in den Händen hielten und mit bitterlich nassen Höschen und Röckchen vor mir standen.
Ich fragte, was sie in dem Winter täten.
»Da gehen wir auch herüber«, sagten sie.
»Wenn aber Schneewasser auf der Wiese ist?«
»Da ziehen wir die Schuhe nicht aus, sondern gehen mit ihnen durch.«
»Und wenn der Steg eisig ist?«
»Da müssen wir acht geben.«
»Und wenn außerordentliches Schneegestöber ist?«
»Das macht nichts.«
»Und wenn ungeheuer viel Schnee liegt und kein Weg ist?«
»Dann bleiben wir zu Hause.«
In diesem Augenblicke kam der Pfarrer mit den letzten Kindern gegen mich heran. Es war auch Zeit; denn die Kinder

waren bereits so zutraulich geworden, daß mir ein winzig kleiner Knabe, der den Grund und Anfang aller Wissenschaften auf einem kleinen Papptäfelchen trug, seine Buchstaben aufsagen wollte.

Da mich der Pfarrer in der Mitte der Kinder ansichtig wurde, grüßte er sehr freundlich, und sagte, das sei schön von mir, daß ich auch zur Hilfe herbei geeilt wäre.

Ich erschrak über diese Zumutung, sagte aber gleich, ich sei eben nicht zur Hilfe herbei geeilt, da ich nicht gewußt hätte, daß Kinder über den Steg kommen würden, aber wenn Hilfe nötig geworden wäre, so würde ich sie gewiß auch geleistet haben.

Bei dieser Gelegenheit, als ich ihn so unter den Kindern stehen sah, bemerkte ich, daß er bei weitem tiefer im Wasser gewesen sein müsse als die Kinder; denn er war bis über die Hüften naß, und dies hätte bei manchem Kinde beinahe an den Hals gereicht. Ich begriff den Widerspruch nicht, und fragte ihn deshalb. Er sagte, das sei leicht zu erklären. Der Wennerbauer, dem das überschwemmte Stück Wiese gehöre, auf dem er eben im Wasser gestanden sei, habe vorgestern Steine aus der Wiese graben und wegführen lassen. Die Grube sei geblieben. Da er nun heute die Wiese gegen die Zirder mit Wasser überdeckt gesehen hätte, habe er geglaubt, daß der Weg der Kinder etwa nahe an dieser Grube vorbeigehen, und daß eines in derselben verunglücken könnte. Deshalb habe er sich zu der Grube stellen wollen, um alle Gefahr zu verhindern. Da sie aber abschüssig war, sei er selber in die Grube geglitten, und einmal darin stehend, sei er auch darin stehen geblieben. Eines der kleineren Kinder hätte in der Grube sogar ertrinken können, so tief sei sie gegraben worden. Man müsse Sorge tragen, daß die Wiese wieder abgeebnet werde; denn das Wasser bei Überschwemmungen sei trüb, und lasse die Tiefe und Ungleichheit des Bodens unter sich nicht bemerken.

Die nassen Kinder drängten sich um den nassen Pfarrer, sie küßten ihm die Hand, sie redeten mit ihm, er redete mit ihnen, oder sie standen da, und sahen zutraulich zu ihm hinauf.

Er aber sagte endlich, sie sollten jetzt die nassen Röckchen auswinden, das Wasser aus allen Kleidern drücken oder abstreifen, und wer Schuhe und Strümpfe habe, solle sie anziehen, dann sollen sie gehen, daß sie sich nicht erkühlen, sie sollen sich in die Sonne stellen, daß sie eher trocken würden, und sollen dann in die Schule gehen und dort sehr sittsam sein.
»Ja, das werden wir tun«, sagten sie.
Sie folgten der Weisung auch sogleich, sie duckten oder kauerten sich nieder, sie wanden die Röckchen aus, sie drückten das Wasser aus den Füßen der Höschen, oder sie drängten und streiften es aus Falten und Läppchen, und ich sah, daß sie darin eine große Geschicklichkeit hatten. Auch war die Sache nicht so bedeutend; denn sie hatten alle entweder ungebleichte oder rot- oder blaugestreifte leinene Kleidchen an, die bald trocken werden würden, und denen man dann kaum ansehen würde, daß sie naß gewesen seien; und in Hinsicht der Gesundheit, dachte ich, würde der jugendliche Körper leicht die Feuchtigkeit überwinden. Da sie mit dem Auspressen des Wassers fertig waren, gingen sie an das Anziehen der Schuhe und Strümpfe. Als sie auch dieses Geschäft beendigt hatten, nahm der Pfarrer wieder von mir Abschied, dankte mir noch einmal, daß ich hieher gekommen sei, und begab sich mit den Kindern auf den Weg in das Kar.
Ich rief den Kindern zu, sie sollten recht fleißig sein, sie riefen zurück: »ja, ja«, und gingen mit dem Pfarrer davon.
Ich sah die Gestalt des Pfarrers unter dem Kinderhaufen über die nasse Wiese der Karschule zugehen, wendete mich dann auch, und schlug den Weg in meine Steine ein. Ich wollte nicht mehr in die Hochstraße gehen, sondern gleich meine Leute und meinen Arbeitsplatz aufsuchen, teils weil ich keine Zeit zu verlieren hatte, teils weil ich ohnedem noch mit den Resten von Lebensmitteln versehen war, die der Pfarrer gestern abends verschmäht hatte. Auch wollte ich meine Leute beruhigen, die gewiß erfahren haben würden, daß ich in der Nacht nicht in der Hochstraße gewesen sei, und deshalb meinetwillen

besorgt sein könnten. Als ich in die Höhe der Kalksteinhügel hinauf stieg, dachte ich an die Kinder. Wie groß doch die Unerfahrenheit und Unschuld ist. Sie gehen auf das Ansehn der Eltern dahin, wo sie den Tod haben können; denn die Gefahr ist bei den Überschwemmungen der Zirder sehr groß, und kann bei der Unwissenheit der Kinder unberechenbar groß werden. Aber sie kennen den Tod nicht. Wenn sie auch seinen Namen auf den Lippen führen, so kennen sie seine Wesenheit nicht, und ihr emporstrebendes Leben hat keine Empfindung von Vernichtung. Wenn sie selbst in den Tod gerieten, würden sie es nicht wissen, und sie würden eher sterben, ehe sie es erführen.

Als ich so dachte, hörte ich das Glöcklein von dem Turme der Karkirche in meine Steine herein klingen, das eben zu der Morgenmesse rief, die der Pfarrer abhalten, und der die Kinder beiwohnen würden.

Ich ging tiefer in die Steine hinein, und fand meine Leute, die sich freuten, mich zu sehen, und die mir Lebensmittel gebracht hatten. –

Da ich lange in der Gegend verweilte, konnte ich es nicht vermeiden, auch aus dem Munde der Menschen manches über den Pfarrer zu hören. Da erfuhr ich, daß es wirklich wahr sei, woran ich vermöge seiner Aussage ohnehin nicht mehr gezweifelt hatte, daß er schon seit vielen Jahren in seinem Vorhause auf der hölzernen Bank schlafe und die Bibel unter dem Kopfe habe; daß er hiebei im Sommer nur die grauen Wollkleider anhabe, und im Winter sich auch einer Decke bediene. Seine Kleider trage er so lange und erhalte sie so beisammen, daß sich niemand erinnern könne, wann er sich einmal neue angeschafft hätte. Das obere Stockwerk seines Pfarrhofes habe er vermietet. Es sei ein Mann gekommen, der in einem Amte gestanden, dann in den Ruhestand versetzt worden war, und der seinen Gehalt nun in der Gegend verzehre, in welcher er geboren worden sei. Er habe den Umstand, daß der Pfarrer seine Zimmer vermiete, benützt, um sich mit seiner Tochter da einzumieten, daß er immer den Schauplatz vor Augen habe, in dem er seine Kindheit zugebracht hatte. Es war mir diese Tatsache wieder ein Beweis, wie süß uns nach den Worten des Dichters der Geburtsboden zieht, und seiner nicht vergessen läßt, daß hier ein Mann eine Gegend als ein Labsal und als eine Erheiterung seines Alters aufsucht, aus der jeder andere fortzukommen trachten würde. Der Pfarrer, sagte man, esse zum Frühmahle und am Abende nur ein Stück schwarzen Brotes, und sein Mittagessen bereite ihm seine Dienerin Sabine, welche es in ihrer Wohnung koche und es ihm in den Pfarrhof bringe. Es bestehe häufig aus warmer Milch oder einer Suppe oder im Sommer selbst aus kalten Dingen. Wenn er krank sei, lasse er keinen Arzt und keine Arznei kommen, sondern liege und enthalte sich der Speisen, bis er gesund werde. Von den Einkünften seiner Miete und seines Amtes tue er Gutes, und zwar an Leute, die er sorgsam aussuche. Er habe keine Verwandten und Bekannten. Seit den Jahren, seit denen er da sei, sei niemand bei ihm auf Besuch gewesen. Alle seine Vorgänger seien nur kurze Zeit Pfarrer in dem Kar gewesen, und seien dann fortgekommen; er aber sei schon sehr lange da, und es habe den Anschein, daß er bis zu seinem Lebensende da bleiben werde. Er gehe auch nicht auf Besuche in die Nachbarschaft, ja er gehe nicht viel mit Menschen um, und wenn er nicht in seinen Amtsgeschäften oder in der Schule sei, so lese er in seinem Stüblein, oder er gehe über die Wiese in das Steinkar, gehe dort im Sande herum, oder sitze dort einsam mit seinen Gedanken.

Es hatte sich in der Gegend der Ruf verbreitet, daß er wegen seiner Lebensweise Geld habe, und er ist deshalb schon dreimal beraubt worden.

Ich konnte von diesen Dingen weder wissen, was wahr sei, noch was nicht wahr sei. So oft ich zu ihm kam, sah ich die ruhigen, klaren blauen Augen, das einfache Wesen, und die bittere, ungeheuchelte Armut. Was seine Vergangenheit gewesen sei, in das drang ich nicht ein, und mochte nicht eindringen.

Ich hatte auch mehrere Predigten von ihm gehört. Sie waren einfach christlich, und wenn auch von Seite der Beredsamkeit manches einzuwenden gewesen wäre, so waren sie doch klar und ruhig, und es war eine solche Güte in ihnen, daß sie in das Herz gingen.

Die Zeit meiner Arbeiten in jener Gegend zog sich in die Länge. Die Steinnester jener unwirtlichen Landschaften setzten uns solche Hindernisse entgegen, daß wir Aussicht hatten, doppelt so viele Zeit zu brauchen, als auf einem gleichen Flächenraume einer gezähmten und fruchtbaren Gegend. Dazu kam noch, daß uns von den Behörden gleichsam eine Frist gesetzt wurde, in der wir fertig sein sollten, indem wir die Bestimmung bekamen, zu einer gewissen Zeit in einem anderen Teile des Reiches beschäftigt zu werden. Ich wollte mir die Schande nicht antun, mich saumselig finden zu lassen. Ich bot daher alles auf, das Geschäft in einen lebhaften Gang zu bringen. Ich verließ die Hochstraße, ich ließ mir in dem Teile des Steinkars, in dem wir arbeiteten, eine Bretterhütte als Wohnung aufschlagen, ich wohnte dort, und ließ mir mit meinen Leuten gemeinschaftlich an einem Feuer kochen. Ich zog auch alle Leute zu mir, daß sie auf dem Arbeitsschauplatze oder in der Nähe in errichteten Hüttchen wohnten, und ich nahm noch mehrere fremde Menschen als Handlanger auf, um nun alles recht tüchtig und lebendig zu fördern.

Da ging es nun an ein Hämmern, Messen, Pflöckeschlagen, Kettenziehen, an ein Aufstellen der Meßtische, an ein Absehen durch die Gläser, an ein Bestimmen der Linien, Winkelmessen, Rechnen und dergleichen. Wir rückten durch die Steinhügel vor, und unsere Zeichen verbreiteten sich auf dem Kalkgebiete. Da es eine Auszeichnung war, diesen schwierigen Erdwinkel aufzunehmen, so war ich stolz darauf, es recht schön und ansehnlich zu tun, und arbeitete oft noch bis tief in die Nacht hinein in meiner Hütte. Ich zeichnete manche Blätter doppelt, und verwarf die minder gelungenen. Der Stoff wurde sachgemäß eingereiht.

Daß mir bei diesen Arbeiten der Pfarrer in den Hintergrund trat, ist begreiflich. Allein da ich ihn einmal schon längere Zeit nicht im Steinkar sah, wurde ich unruhig. Ich war gewöhnt, seine schwarze Gestalt in den Steinen zu sehen, von weitem sichtbar, weil er der einzige dunkle Punkt in der graulich dämmernden oder unter dem Strahle der hinabsinkenden Sonne rötlich beleuchteten Kalkflur war. Ich fragte deshab nach ihm, und erfuhr, daß er krank sei. Sogleich beschloß ich, ihn zu besuchen. Ich benutzte die erste freie Zeit dazu, oder vielmehr, ich machte mir den ersten Abend frei, und ging zu ihm.

Ich fand ihn nicht auf seinem gewöhnlichen Lager in dem Vorhause, sondern in dem Stüblein auf der hölzernen Bank, auf welcher er mir in der Gewitternacht ein Bett gemacht hatte. Man hatte ihm die Wolldecken unter den Leib gegeben, die ich damals gehabt hatte, und er hatte es zugelassen, weil er krank war. Man hatte ihm auch eine Hülle gegeben, um seinen Körper zudecken zu können, und man hatte den fichtenen Tisch an sein Bett gerückt, daß er Bücher darauf legen und andere Dinge darauf stellen konnte.

So fand ich ihn.

Er lag ruhig dahin, und war auch jetzt nicht zu bewegen gewesen, einen Arzt oder eine Arznei anzunehmen, selbst nicht die einfachsten Mittel zuzulassen, die man ihm in sein Zimmer brachte. Er hatte den seltsamen Grund, daß es eher eine Versuchung Gottes sei, eingreifen zu wollen, da Gott die Krankheit sende, da Gott sie entferne, oder den beschlossenen Tod folgen lasse. Endlich glaubte er auch nicht so sehr an die gute Wirkung der Arzneien und an das Geschick der Ärzte.

Da er mich sah, zeigte er eine sehr heitere Miene, es war offenbar, daß er darüber erfreut war, daß ich gekommen sei. Ich sagte ihm, daß er verzeihen möge, daß ich erst jetzt komme, ich hätte es nicht gewußt, daß er krank sei, ich wäre wegen der vielen Arbeiten nicht von meiner Hütte in dem Steinkar heraus gekommen, ich hätte ihn aber vermißt, hätte ihm nachgefragt, und sei nun gekommen.

»Das ist schön, das ist recht schön«, sagte er.

Ich versprach, daß ich nun schon öfter kommen werde.

Ich erkannte bei näheren Fragen über seinen Zustand, daß seine Krankheit weniger eine bedenkliche, als vielmehr eine längere sein dürfte, und ging daher mit Beruhigung weg. Deßohngeachtet fuhr ich eines Tages mit herein bestellten Postpferden in die Stadt hinaus, und beriet mich mit einem mir bekannten Arzte daselbst, indem ich ihm alle Zustände, die ich dem Pfarrer in mehreren Besuchen abgefragt hatte, darlegte. Er gab mir die Versicherung, daß ich recht gesehen hätte, daß das Übel kein gefährliches sei, daß die Natur da mehr tun könne als der Mensch, und daß der Pfarrer in etwas längerer Zeit schon genesen werde.

Da ich nun öfter zu dem Pfarrer kam, so wurde ich es so gewöhnt, abends ein wenig auf dem Stuhle neben seinem Bette zu sitzen und mit ihm zu plaudern, daß ich es nach und nach alle Tage tat. Ich ging nach meiner Tagesarbeit aus dem Steinkar über die Wiese in den Pfarrhof, und verrichtete meine Hausarbeit später bei Licht in meiner Hütte. Ich konnte es um so leichter tun, da ich jetzt ziemlich nahe an dem Pfarrhofe wohnte, was in der Hochstraße bei weitem nicht der Fall gewesen war. Ich war aber nicht der einzige, der sich des Pfarrers annahm. Die alte Sabine, seine Aushelferin, kam nicht nur öfter in die Wohnung des Pfarrers herüber, als es eigentlich ihre Schuldigkeit gewesen wäre, sondern sie brachte die meiste Zeit, die sie von ihrem eigenen Hauswesen, das nur ihre einzige Person betraf, absparen konnte, in dem Pfarrhofe zu, und verrichtete die kleinen Dienste, die bei einem Kranken notwendig waren. Außer dieser alten Frau kam auch noch ein junges Mädchen, die Tochter des Mannes, welcher in dem ersten Stockwerke des Pfarrhofes zur Miete war. Das Mädchen war bedeutend schön, es brachte dem Pfarrer entweder eine Suppe oder irgend etwas anderes, oder es erkundigte sich um sein Befinden, oder es hinterbrachte die Frage des Vaters, ob er dem Pfarrer in irgend einem Stücke beistehen könne. Der

Pfarrer hielt sich immer sehr stille, wenn das Mädchen in das Zimmer trat, er regte sich unter seiner Hülle nicht, und zog die Decke bis an sein Kinn empor.

Auch der Schullehrer kam oft herüber, und auch ein paar Amtsbrüder aus der Nachbarschaft waren eingetroffen, um sich nach dem Befinden des Pfarrers zu erkundigen.

War es nun die Krankheit, welche den Mann weicher stimmte, oder war es der tägliche Umgang, der uns näher brachte, wir wurden seit der Krankheit des Pfarrers viel besser mit einander bekannt. Er sprach mehr, und teilte sich mehr mit. Ich saß an dem fichtenen Tisch, der an seinem Bette stand, und kam pünktlich alle Tage an die Stelle. Da er nicht ausgehen konnte und nicht in das Steinkar kam, so mußte ich die Veränderungen, die dort vorkamen, berichten. Er fragte mich, ob die Brombeeren an dem Kulterloche schon zu reifen begännen, ob der Rasen gegen die Zirderhöhe, welchen der Frühling immer sehr schön grün färbe, schon im Vergelben und Ausdorren begriffen sei, ob die Hagebutten schon reiften, ob das Verwittern des Kalksteins vorwärts gehe, ob die in die Zirder gefallenen Stücke sich vermehrten, und der Sand sich vervielfältigte, und dergleichen mehr. Ich sagte es ihm, ich erzählte ihm auch andere Dinge, ich sagte ihm, wo wir gearbeitet hätten, wie weit wir vorgerückt wären, und wo wir morgen beginnen würden. Ich erklärte ihm hiebei manches, was ihm in unsern Arbeiten dunkel war. Auch las ich ihm zuweilen etwas vor, namentlich aus den Zeitungen, die ich mir wöchentlich zweimal durch einen Boten in das Steinkar herein bringen ließ.

Eines Tages, da die Krankheit sich schon bedeutend zum Besseren wendete, sagte er, er hätte eine Bitte an mich.

Als ich ihm erwiderte, daß ich ihm sehr gerne jeden Dienst erweise, der nur immer in meiner Macht stehe, daß er nur sagen solle, was er wolle, ich würde es gewiß tun, antwortete er: »Ich muß Ihnen, ehe ich meine Bitte ausspreche, erst etwas erzählen. Bemerken Sie wohl, ich erzähle es nicht, weil es wichtig ist, sondern damit Sie sehen, wie alles so gekommen ist, was jetzt ist, und damit Sie vielleicht geneigter werden, meine Bitte zu erfüllen. Sie sind immer sehr gut gegen mich gewesen, und Sie sind sogar neulich, wie ich erfahren habe, in die Stadt hinaus gefahren, um einen Arzt über meine Zustände zu befragen. Dies gibt mir nun den Mut, mich an Sie zu wenden.

Ich bin der Sohn eines wohlhabenden Gerbers in unserer Hauptstadt. Mein Urgroßvater war ein Findling aus Schwaben, und wanderte mit dem Stabe in der Hand in unsere Stadt ein. Er lernte das Gerbergewerbe aus Güte mildtätiger Menschen, er besuchte dann mehrere Werkstätten, um in ihnen zu arbeiten, er ging in verschiedene Länder, um sich mit seinen Händen sein Brod zu verdienen, und dann die Art kennen zu lernen, wie überall das Geschäft betrieben wird. Unterrichtet kehrte er wieder in unsere Stadt zurück, und arbeitete in einer ansehnlichen Lederei. Dort zeichnete er sich durch seine Kenntnisse aus, er ward endlich Werkführer, und der Herr des Gewerbes vertraute ihm mehrere Geschäfte an, und übertrug ihm die Ausführung mancher Versuche zu neuen Bereitungen. Dabei versuchte sich der Urgroßvater in kleinen Handelsgeschäften, er kaufte mit geringen Mitteln Rohstoffe, und verkaufte sie wieder. So erwarb er sich ein kleines Vermögen. Da er schon an Jahren zunahm, kaufte er sich in der entfernten Vorstadt einen großen Garten, an den noch unbenützte Gründe stießen. Er baute auf diesem Grunde eine Werkstätte und ein Häuschen, heiratete ein armes Mädchen, und trieb nun als eigener Herr sein Gewerbe und seine Handelschaft. Er brachte es vorwärts, und starb als ein geachteter, bei den Geschäftsleuten angesehener Mann. Er hatte einen einzigen Sohn, meinen Großvater.

Der Großvater trieb das Geschäft seines Vaters fort. Er dehnte es noch weiter aus. Er baute ein großes Haus am Rande des Gartens, daß die Fenster dahin gingen, wo in Zukunft eine Straße mit Häusern sein würde. Rückwärts des Hauses baute er die Werkstätten und Aufbewahrungsplätze. Der Großvater war überhaupt ein Freund des Bauens. Er baute außer dem

Hause noch einen großen Hof, der zu weiteren Werkstätten und zu verschiedenen Teilen unseres Geschäftes benützt wurde. Die öden Gründe neben unserem Garten verkaufte er, und weil die Stadt einen großen Aufschwung nahm, so waren diese Gründe sehr teuer. Den Garten umgab er mit einer Mauer, die wieder regelmäßige Unterbrechungen mit Eisengittern hatte. Er brachte das Geschäft sehr empor, und legte die großen Kaufgewölbe an, in welchen die Waren, die wir selbst erzeugten, und die, mit welchen wir Handelschaft trieben, niedergelegt wurden. Der Großvater hatte wieder nur einen Sohn, der das Gewerbe weiter führte, meinen und meines Bruders Vater.

Der Vater baute nur noch die Trockenböden auf das Stockwerk der Werkstätte, er baute an das Haus einen kleinen Flügel gegen den Garten, und baute ein Gewächshaus. Zu seiner Zeit war schon vor den Fenstern des Hauptgebäudes eine Straße entstanden, welche mit Häusern gesäumt, mit Steinen gepflastert und von Gehenden und Fahrenden besetzt war. Ich erinnere mich noch aus meiner Kindheit, daß unser Haus sehr groß und geräumig war, daß es viele Höfe und Fächer hatte, die zur Betreibung des Gewerbes dienten. Am liebsten erinnere ich mich noch des schönen Gartens, in dem Bäume und Blumen, Kräuter und Gemüse standen. In den Räumen der Gebäude und der Höfe gingen die von ihrer Arbeit in ihren Leinenkleidern fast gelbbraun gefärbten Gesellen herum, in dem großen Gewölbe zu ebener Erde und in den zwei kleinen daran stoßenden lagen Lederballen aufgetürmt, auf den Stangen des Trockenbodens hingen Häute, und in den großen Austeilzimmern wurden sie gesondert und geordnet. In dem Verkaufsgewölbe lagen sie zierlich in den Fächern. Im Rinderstalle standen Kühe, im Pferdestall waren sechs Pferde und in dem Wagenbehältnis Kutschen und Wägen, ich erinnere mich sogar noch auf den großen schwarzen Hund Hassan, der im großen Hofe war und bei dem Tore desselben jedermann hinein ließ, aber niemand hinaus.

Unser Vater war ein großer, starker Mann, der in den weitläufigen Räumen des Hauses herum ging, alles besah und alles anordnete. Er ging fast nie aus dem Hause, außer wenn er Geschäfte hatte, oder in die Kirche ging; und wenn er zu Hause war, und nicht eben bei der Arbeit nachsah, so saß er an dem Schreibtische und schrieb. Öfter wurde er auch in dem Garten gesehen, wie er mit den Händen auf dem Rücken dahin ging, oder wie er so da stand und auf einen Baum hinauf sah, oder wie er die Wolken betrachtete. Er hatte eine Freude an der Obstzucht, hatte einen eigenen Gärtner hiefür genommen, und hatte Pfropfreiser aus allen Gegenden Europas verschrieben. Er war gegen seine Leute sehr gut, er hielt sie ausreichend, sah, daß einem jeden sein Teil werde, daß er aber auch tue, was ihm obliege. Wenn einer krank war, ging er selber zu seinem Bette, fragte ihn, wie er sich befinde, und reichte ihm oft selber die Arznei. Er hatte im Hause nur den allgemeinen Namen Vater. Dem Prunke war er abgeneigt, daß er eher zu schlicht und unscheinbar daher ging als zu ansehnlich, seine Wohnung war einfach, und wenn er in einem Wagen ausfuhr, so mußte es ein sehr bürgerlich aussehender sein.

Wir waren zwei Brüder, Zwillinge, und die Mutter hatte bei unserer Geburt ihr Leben verloren. Der Vater hatte sie sehr hoch geehrt und daher keine Frau mehr genommen; denn er hat sie nie vergessen können. Weil auf der Gasse zu viel Lärm war, wurden wir in den hintern Flügel gegen den Garten getan, den der Vater an das Haus angebaut hatte. Es war eine große Stube, in der wir waren, die Fenster gingen gegen den Garten hinaus, die Stube war durch einen langen Gang von der übrigen Wohnung getrennt, und damit wir nicht bei jedem Ausgange durch den vordern Teil des Hauses gehen mußten, ließ der Vater in dem Gartenflügel eine Treppe bauen, auf welcher man unmittelbar in den Garten und von ihm ins Freie gelangen konnte.

Nach dem Tode der Mutter hatte der Vater die Leitung des Hauswesens einer Dienerin anvertraut, welche schon bei der

Mutter, ehe sie Braut wurde, in Diensten gestanden und gleichsam ihre Erzieherin gewesen war. Die Mutter hatte sie auf ihrem Todbette dem Vater empfohlen. Sie hieß Luise. Sie führte über alles die Leitung und Aufsicht, was die Speise und den Trank betraf, was sich auf die Wäsche, auf die Geschirre, auf die Geräte des Hauses, auf Reinigung der Treppen und Stuben, auf Beheizung und Luftung bezog, kurz, über alles, was das innere Hauswesen anbelangt. Sie stand an der Spitze der Mägde. Sie besorgte auch die Bedürfnisse von uns beiden Knaben.

Da wir größer geworden waren, bekamen wir einen Lehrer, der bei uns in dem Hause wohnte. Es wurden ihm zwei schöne Zimmer hergerichtet, die sich neben unserer Stube befanden, und mit dieser Stube den ganzen hintern Teil des Flügels ausmachten, der den Namen Gartenflügel führte. Wir lernten von ihm, was alle Kinder zu Anfange ihres Lernens vornehmen müssen: Buchstaben kennen, Lesen, Rechnen, Schreiben. Der Bruder war viel geschickter als ich, er konnte sich die Buchstaben merken, er konnte sie zu Silben verbinden, er konnte deutlich und in Absätzen lesen, ihm kam in der Rechnung immer die rechte Zahl, und seine Buchstaben standen in der Schrift gleich und auf der nämlichen Linie. Bei mir war das anders. Die Buchstabennamen wollten mir nicht einfallen, dann konnte ich die Silbe nicht sagen, die sie mir vorstellten, und beim Lesen waren die großen Wörter sehr schwer, und es war eine Pein, wenn sehr lange kein Beistrich erschien. In der Rechnung befolgte ich die Regeln, aber es standen am Ende meistens ganz andere Zahlen da, als uns heraus kommen mußten. Bei dem Schreiben hielt ich die Feder sehr genau, sah fest auf die Linie, fuhr gleichmäßig auf und nieder, und doch standen die Buchstaben nicht gleich, sie senkten sich unter die Linie, sie sahen nach verschiedenen Richtungen, und die Feder konnte keinen Haarstrich machen. Der Lehrer war sehr eifrig, der Bruder zeigte mir auch vieles, bis ich die Sachen machen konnte. Wir hatten in der Stube einen großen eichenen Tisch, auf welchem wir lernten. An jeder der zwei Langseiten des Tisches waren mehrere Fächer angebracht, die heraus zu ziehen waren, wovon die eine Reihe dem Bruder diente, seine Schulsachen hinein zu legen, die andere mir. In jeder der hintern Ecken der Stube stand ein Bett, und neben dem Bette ein Nachttischchen. Die Tür unsers Zimmers stand nachts in das Schlafzimmer des Lehrers offen.

Wir gingen sehr häufig in den Garten und beschäftigten uns dort. Wir fuhren oft mit unsern Schimmeln durch die Stadt, wir fuhren auch auf das Land, oder sonst irgend wo herum, und der Lehrer saß immer bei uns in dem Wagen. Wir gingen mit ihm auch aus, wir gingen entweder auf einer Bastei der Stadtmauer oder in einer Allee spazieren, und wenn etwas Besonderes in der Stadt ankam, das sehenswürdig war, und es der Vater erlaubte, so gingen wir mit ihm hin, es zu sehen.

Als wir in den Gegenständen der unteren Schulen gut unterrichtet waren, kamen die Gegenstände der lateinischen Schule an die Reihe, und der Lehrer sagte uns, daß wir aus ihnen vor dem Direktor und vor den Professoren werden Prüfungen ablegen müssen. Wir lernten die lateinische und griechische Sprache, wir lernten die Naturgeschichte und Erdbeschreibung, das Rechnen, die schriftlichen Aufsätze und andere Dinge. In der Religion wurden wir von dem würdigen Kaplane unserer Pfarrkirche in unserem Hause unterrichtet, und der Vater ging uns in religiösen und sittlichen Dingen mit einem guten Beispiel voran. Aber wie es in dem früheren Unterrichte gewesen war, so war es hier auch wieder. Der Bruder lernte alles recht gut, er machte seine Aufgaben gut, er konnte das Lateinische und Griechische deutsch sagen, er konnte die Buchstabenrechnungen machen, und seine Briefe und Aufsätze waren, als hätte sie ein erwachsener Mensch geschrieben. Ich konnte das nicht. Ich war zwar auch recht fleißig, und im Anfange eines jeden Dinges ging es nicht übel, ich verstand es, und konnte es sagen und machen; aber wenn wir weiter vorrückten, entstand eine Verwirrung, die Sachen kreuzten sich, ich konnte mich nicht zurecht finden, und hatte keine Einsicht. In den Übertragungen aus der deutschen Sprache befolgte ich alle Regeln sehr genau, aber da waren immer bei einem Worte mehrere Regeln, die sich widersprachen, und wenn die Arbeit fertig war, so war sie voll Fehler. Eben so ging es bei den Übertragungen in das Deutsche. Es standen in dem lateinischen oder griechischen Buche immer so fremde Worte, die sich nicht fügen wollten, und wenn ich sie in dem Wörterbuche aufschlug, waren sie nicht darin, und die Regeln, die wir in unserer Sprachlehre lernten, waren in den griechischen und lateinischen Büchern nicht befolgt. Am besten ging es noch in zwei Nebengegenständen, die der Vater zu lernen befohlen hatte, weil wir sie in unserer Zukunft brauchen könnten, in der französischen und italienischen Sprache, für welche in jeder Woche zweimal ein Lehrer in das Haus kam. Der Bruder und unser Lehrer nahmen sich meiner sehr an, und suchten mir beizustehen. Aber da die Prüfungen kamen, genügte ich nicht, und meine Zeugnisse waren nicht gut.

So vergingen mehrere Jahre. Da die Zeit vorüber war, welche der Vater zur Erlernung dieser Dinge bestimmt hatte, sagte er, daß wir jetzt unser Gewerbe lernen müßten, das er uns nach seinem Tode übergeben würde, und das wir gemeinsam so ehrenwert und ansehnlich fortzuführen hätten, wie es unsere und seine Vorfahren getan hätten. Er sagte, wir müßten auf die nämliche Weise unterrichtet werden wie unsere Voreltern, damit wir auf die nämliche Weise zu handeln verstünden wie sie. Wir müßten alle Handgriffe und Kenntnisse unseres Geschäftes von unten hinauf lernen, wir müßten zuerst arbeiten können, wie jeder gute und der beste Arbeiter in unserem Handwerke, damit wir den Arbeiter und die Arbeit beurteilen könnten, damit wir wüßten, wie die Arbeiter behandelt werden sollen, und damit wir von den Arbeitern geachtet würden. Dann erst sollten wir zur Erlernung der weiteren in der Handelschaft nötigen Dinge übergehen.

Der Vater wollte, daß wir auch so leben sollten, wie unsere

Arbeiter lebten, daß wir ihre Lage verstünden und ihnen nicht fremd wären. Er wollte daher, daß wir mit ihnen essen, wohnen und schlafen sollten. Unser bisheriger Lehrer verließ uns, indem er jedem von uns ein Buch zum Andenken hinterließ, wir zogen aus der Studierstube fort, und gingen in die Arbeiterwohnung hinüber.

Der Vater hatte den besten Gesellen unseres Geschäftes, der zugleich Werkführer war, zu unserem Lehrmeister bestimmt, und uns überhaupt seiner Aufsicht übergeben. Wir bekamen jeder unsern Platz in seiner Werkstätte, waren mit dem Handwerkzeuge versehen, und mußten beginnen, wie jeder Lehrling. Zum Speisen kamen wir an den nämlichen Tisch, an dem alle unsere Arbeiter saßen, aber wir kamen an die untersten Plätze, wo sich die Lehrlinge befanden. Als Schlafgemach hatten wir auch das der Lehrlinge, an welches das Schlafzimmer des Werkführers stieß, der der einzige war, welcher ein eigenes Zimmer zum Schlafen hatte. Deshalb mußte er immer nicht nur ein sehr geschickter Arbeiter sein, sondern auch durch Rechtlichkeit, Sitte und Lebenswandel sich auszeichnen. Ein anderer wurde in unserem Hause zu dieser Stelle gar nicht genommen. Er hatte die besondere Aufsicht über die Lehrlinge, weil diese noch einer Erziehung bedurften. Zum Lager erhielten wir ein Bett wie die Lehrlinge, und zur Bekleidung hatten wir das Kleid aller unserer Arbeiter.

So begann die Sache. Aber auch hier war es genau wieder so, wie es in allen vorhergegangenen Dingen gewesen war. Der Bruder arbeitete schnell, und seine Arbeitsstücke waren schön. Ich machte es genau so, wie der Lehrmeister es angab, aber meine Stücke wurden nicht so, wie sie sein mußten, und wurden nicht so schön wie die meines Bruders. Ich war aber außerordentlich fleißig. Des Abends saßen wir oft in der großen Gesprächstube der Arbeiter, und hörten ihren Reden zu. Es kamen auch böse Beispiele von Arbeitern vor, aber sie sollten uns nicht verlocken, sondern sie sollten uns befestigen und einen Abscheu einflößen. Der Vater sagte, wer leben soll, muß das Leben kennen, das Gute und das Böse davon, muß aber von dem Letzteren nicht angegriffen, sondern gestärkt werden. An solchen Abenden holte ich den Arbeitern gerne Dinge, um welche sie mich schickten, Wein, Käse und andere Gegenstände. Sie hatten mich deshalb auch sehr lieb.

Wenn wir in einer Werkstätte unterrichtet waren und die Sachen machen konnten, kamen wir in eine andere, bis wir endlich freigesprochen wurden und als Lehrlinge in die Handelschaft traten. Als wir auch da fertig waren, kamen wir in die Schreibstube zu den Schreibereien unseres Geschäftes.

Da endlich nach geraumer Zeit unsere Lehrjahre vorüber waren, kamen wir in das Zimmer der Söhne vom Hause, und erhielten die einfachen Kleider, wie sie unser Vater zu tragen pflegte.

Nicht lange nach der Zeit der Vollendung der Lehre, und da der Bruder schon überall zu den Geschäften beigezogen wurde, erkrankte der Vater. Er erkrankte nicht so ernstlich, daß eine Gefahr zu befürchten gewesen wäre, so wie er auch nicht in dem Bette liegen mußte, aber seine starke Gestalt nahm ab, sie wurde leichter, er ging viel in dem Hause und in dem Garten herum, und nahm sich nicht mehr so um die Geschäfte an, wie es früher seine Gewohnheit und seine Freude gewesen war.

Der Bruder nahm sich um die Führung des Gewerbes an, ich brauchte mich nicht einzumischen, und der Vater blieb endlich den größten Teil des Tages, wenn er nicht eben in dem Garten war, in seinem Wohnzimmer.

Um jene Zeit tat ich die Bitte, daß man erlauben möge, daß ich wieder unsere alte Studierstube beziehen und dort wohnen dürfe. Man gewährte die Bitte, und ich schaffte meine Habseligkeiten durch den langen Gang in die Stube. Weil der Vater in dem Geschäfte keine Anordnungen und keine Befehle erteilte, und weil mir der Bruder keine Arbeit auftrug, hatte ich Muße, zu tun, was ich wollte. Da man mir damals, als ich in unseren Lehrgegenständen keine genügenden Zeugnisse erhalten hatte, keinen Vorwurf gemacht hatte, so beschloß ich, jetzt alles nachzuholen und alles so zu lernen, wie es sich gebührte. Ich nahm ein Buch aus der Lade, setzte mich dazu, und las den Anfang. Ich verstand alles, und lernte es, und merkte es mir. Am andern Tage wiederholte ich das, was ich an dem vorigen Tage gelernt hatte, versuchte, ob ich es noch wisse, und lernte ein neues Stück dazu. Ich gab mir nur Weniges zur Aufgabe, aber ich suchte, es zu verstehen und es gründlich in meinem Gedächtnisse aufzubewahren. Ich gab mir auch Aufgaben zur Ausarbeitung, und sie gelangen. Ich suchte die Aufgaben hervor, welche uns damals von unserem Lehrer gegeben worden waren, machte sich noch einmal, und machte jetzt keine Fehler. Wie ich es mit dem einen Buche gemacht hatte, machte ich es auch mit den andern. Ich lernte sehr fleißig, und nach und nach war ich schier den ganzen Tag in der Stube beschäftigt. Wenn ich eine freie Zeit hatte, so saß ich gerne nieder, nahm das Buch in die Hand, welches mir mein Lehrer zum Angedenken gegeben hatte, und dachte an den Mann, der damals bei uns gewesen war.

In der Stube war alles geblieben, wie es einst gewesen war. Der große eichene Tisch stand noch in der Mitte, er hatte noch die Male, die wir entweder absichtlich mit dem Messer oder zufällig mit andern Werkzeugen in sein Holz gebracht hatten, er zeigte noch die vertrockneten Tintenbäche, welche entstanden waren, wenn mit dem Tintengefäße ein Unglück geschehen war, und wenn mit allem Waschen und Reiben keine Abhilfe mehr gebracht werden konnte. Ich zog die Fächer heraus. Da lagen noch in den meinigen meine Lehrbücher mit dem Rötel- oder Bleifederzeichen in ihrem Innern, wie weit wir zu lernen hätten; es lagen noch die Papierhefte darinnen, in welchen die Ausarbeitungen unserer Aufgaben geschrieben waren, und es leuchteten die mit roter Dinte gemachten Striche des Lehrers hervor, die unsere Fehler bedeuteten; es lagen noch die veralteten, bestaubten Federn und Bleistiften darinnen. Eben so war es in den Fächern des Bruders. Auch in ihnen lagen seine alten Lerngeräte in bester Ordnung beisammen. Ich lernte jetzt an demselben Tische meine Aufgaben, an welchem ich sie vor ziemlich vielen Jahren gelernt hatte. Ich schlief in dem nämlichen Bette, und hatte das Nachttischchen mit dem Lichte daneben. Das Bett des Bruders aber blieb leer, und war immer zugedeckt. In den zwei Zimmern, in welchen damals der Lehrer gewohnt hatte, hatte ich einige Kästen mit Kleidern und andern Sachen, sonst waren sie auch unbewohnt, und hatten nur noch die alten Geräte. So war ich der einzige Bewohner des hintern Gartenflügels, und dieser Zustand dauerte mehrere Jahre.

Plötzlich starb unser Vater. Mein Schreck war fürchterlich. Kein Mensch hatte geglaubt, daß es so nahe sei, und daß es überhaupt eine Gefahr geben könnte. Er hatte sich zwar in der letzten Zeit immer mehr zurückgezogen, seine Gestalt war etwas verfallen, auch brachte er oft mehrere Tage in dem Bette zu; allein wir hatten uns an diesen Zustand so gewöhnt, daß er uns zuletzt auch als ein regelmäßiger erschien, jeder Hausbewohner sah ihn als den Vater an, der Vater gehörte so notwendig zu dem Hause, daß man sich seinen Abgang nicht denken konnte, und ich habe mir wirklich nie gedacht, daß er sterben könnte, und daß er so krank sei. In dem ersten Augenblicke war alles in Verwirrung, dann aber wurden die Leichenvorbereitungen gemacht. Mit seinem Leichenzuge gingen alle Armen des Stadtbezirkes, es gingen die Männer seines Geschäftes mit, seine Freunde, viele Fremde, die Arbeiter seines Hauses und seine zwei Söhne. Es wurden sehr viele Tränen geweint, wie man um wenige Menschen des Landes weint, und die Leute sagten, daß ein vortrefflicher Mann, ein auserlesener Bürger und ein ehrenvoller Geschäftsmann begraben worden sei. Nach einigen Tagen wurde das Testament eröffnet, und in demselben stand, daß wir beiden Brüder als Erben eingesetzt seien, und uns das Geschäft gemeinschaftlich zugefallen sei.

Der Bruder sagte mir nach einiger Zeit, daß die ganze Last des Geschäftes nun auf unsern Schultern liege, und ich eröffnete ihm hierbei, daß ich das Lateinische, Griechische, die Natur-

geschichte, die Erdbeschreibung und die Rechenkunst, worin ich damals, als wir unterrichtet wurden, geringe Fortschritte gemacht hatte, nachgelernt hätte, und daß ich jetzt beinahe vollkommen in diesen Dingen bewandert wäre. Er aber antwortete mir, daß Lateinisch, Griechisch und die übrigen Fächer zu unserem Berufe nicht geradehin notwendig seien, und daß ich zu spät diese Mühe verwendet hätte. Ich erwiderte ihm, daß, so wie ich diese Lernfächer nachgelernt hätte, ich auch alle die Arbeiten und Kenntnisse, die zu unserem Geschäfte unmittelbar notwendig wären, allmählich nachlernen würde. Hierauf sagte er wieder, daß, wenn das Geschäft auf mich warten müßte, ich zu einer Zeit fertig werden würde, wenn es bereits zu Grunde gegangen wäre. Er versprach aber, daß er sich so annehmen werde, wie es in seinen Kräften möglich sei, und daß er mir überlasse zu tun, wie es mir gefalle, daß ich Einsicht nehmen könne, daß ich mithelfen könne, daß ich noch lernen könne, und daß mein Teil mir aber in jedem Falle unverkümmert bewahrt werden solle.
Ich ging wieder in die Studierstube zurück, mischte mich in die Geschäfte nicht, weil ich sie wohl nicht verstand, und er ließ mich dort. Ja er schickte mir sogar bessere Geräte, und versah mich mit mehreren Bequemlichkeiten, daß der Aufenthalt in der Stube mir nicht unangenehm würde. Nach einiger Zeit erschien er mit dem Rechtsanwalte unseres Hauses, mit Personen des Gerichtes und mit Zeugen, welche Freunde unsers Vaters gewesen waren, und gab mir ein gerichtliches Papier, auf welchem verzeichnet war, was ich für Ansprüche an die Erbschaft habe, welcher mein Teil sei, und was mir in der Zukunft gebühre. Der Bruder, die Zeugen und ich unterschrieben die Schrift.
Ich fuhr nun mit dem Lernen fort, der Bruder leitete den ganzen Umfang des Geschäftes. Nach einem Vierteljahre brachte er mir eine Summe Geldes, und sagte, das seien die Zinsen, welche mir von meinem Anteile an der Erbschaft, der in dem Gewerbe tätig sei, gebühren. Er sagte, daß er mir alle

Vierteljahre diese Summe einhändigen werde. Er fragte mich, ob ich zufrieden sei, und ich antwortete, daß ich sehr zufrieden sei.

Nachdem so wieder eine Zeit vergangen war, stellte er mir einmal vor, daß mein Lernen doch zu etwas führen müsse, und er fragte mich, ob ich nicht geneigt wäre, zu einem der gelehrten Stände hinzuarbeiten, zu denen die Dinge, mit welchen ich mich jetzt beschäftige, die Vorarbeit seien. Als ich ihm antwortete, daß ich nie darüber nachgedacht habe, und daß ich nicht wisse, welcher Stand sich für mich ziemen könnte, sagte er, das sei jetzt auch nicht notwendig, ich möchte nur aus den Kenntnissen, die ich mir jetzt erworben hätte, nach und nach die Prüfungen ablegen, damit ich beglaubigte Schriften über meine Anwartschaft in den Händen hätte, ich möchte mir die fehlenden Wissenschaften noch zu erwerben trachten und mich über sie gleichfalls Prüfungen unterziehen, und wenn dann der Zeitpunkt gekommen wäre, mich für einen besonderen Stand zu entscheiden, hätte ich wieder mehr Erfahrungen gesammelt, und sei dann leichter in der Lage, mich zu bestimmen, wohin ich mich zu wenden hätte.

Mir gefiel der Vorschlag recht gut, und ich sagte zu. Nach einiger Zeit machte ich die ersten Prüfungen aus den unteren Fächern, und sie fielen außerordentlich gut aus. Dies machte mir Mut, und ich ging mit Eifer an die Erlernung der weiteren Kenntnisse. Mir zitterte innerlich das Herz vor Freude, daß ich einmal einem jener Stände, die ich immer mit so vieler Ehrfurcht betrachtet hatte, die der Welt mit ihren Wissenschaften und mit ihrer Geschicklichkeit dienen, angehören sollte. Ich arbeitete sehr fleißig, ich kargte mir die Zeit ab, ich kam wenig in die andern Räume des Hauses hinüber, und nachdem wieder eine Zeit vergangen war, konnte ich abermals eine Prüfung mit gutem Erfolge ablegen.

So war ich vollständig ein Bewohner des hintern Gartenflügels geworden, durfte es bleiben, und konnte mich mit gutem Gewissen meinen Bestrebungen hingeben.

An unsern hinteren Gartenteil stieß ein zweiter Garten, der aber eigentlich kein Garten war, sondern mehr ein Anger, auf dem hie und da ein Baum stand, den niemand pflegte. Hart an einem Eisengitter unseres Gartens ging der Weg vorüber, der in dem fremden Garten war. Ich sah in jenem Garten immer sehr schöne weiße Tücher und andere Wäsche auf langen Schnüren aufgehängt. Ich blickte oft teils aus meinen Fenstern, teils durch das Eisengitter, wenn ich eben in dem Garten war, darauf hin. Wenn sie trocken waren, wurden sie in einen Korb gesammelt, während eine Frau dabei stand und es anordnete. Dann wurden wieder nasse aufgehängt, nachdem die Frau die zwischen Pflöcken gespannten Schnüre mit einem Tuche abgewischt hatte. Diese Frau war eine Witwe. Ihr Gatte hatte ein Amt gehabt, das ihn gut nährte. Kurz nach seinem Tode war auch sein alter gütiger Herr gestorben, und der Sohn desselben hatte ein so hartes Herz, daß er der Witwe nur so viel gab, daß sie nicht gerade verhungerte. Sie mietete daher das Gärtchen, das an unsern Garten stieß, sie mietete auch das kleine Häuschen, welches in dem Garten stand. Mit dem Gelde, das ihr ihr Gatte hinterlassen hatte, richtete sie nun das Häuschen und den Garten dazu ein, daß sie für die Leute, welche ihr das Vertrauen schenken würden, Wäsche besorgte, feine und jede andere. Sie ließ in dem Häuschen Kessel einmauern und andere Vorrichtungen machen, um die Wäsche zu sieden und die Laugen zu bereiten. Sie ließ Waschstuben herrichten, sie bereitete Orte, wo geglättet und gefaltet wurde, und für Zeiten des schlechten Wetters und des Winters ließ sie einen Trockenboden aufführen. In dem Garten ließ sie Pflöcke in gleichen Entfernungen von einander einschlagen, an den Pflöcken Ringe befestigen, und durch die Ringe Schnüre ziehen, welche oft gewechselt wurden. Hinter dem Häuschen ging ein Bach vorüber, welcher die Witwe verleitet hatte, hier ihre Waschanstalt zu errichten. Von dem Bache führten Pumprinnen in die Kessel, und über dem Wasser des Baches war eine Waschhütte erbaut. Die Frau hatte viele Mägde genommen, welche arbeiten und die Sache gehörig bereiten mußten, sie stand dabei, ordnete an, zeigte, wie alles richtig zu tun sei, und da sie die Wäsche nicht mit Bürsten und groben Dingen behandeln ließ, und darauf sah, daß sie sehr weiß sei, und daß das Schlechte ausgebessert wurde, so bekam sie sehr viele Kundschaften, sie mußte ihre Anstalt erweitern und mehr Arbeiterinnen nehmen, und nicht selten kam manche vornehme Frau und saß mit ihr unter dem großen Birnbaume des Gartens.

Diese Frau hatte auch ein Töchterlein, ein Kind, nein, es war doch kein Kind mehr – ich wußte eigentlich damals nicht, ob es noch ein Kind sei oder nicht. Das Töchterlein hatte sehr feine rote Wangen, es hatte feine rote Lippen, unschuldige Augen, die braun waren und freundlich um sich schauten. Über die Augen hatte es Lider, die groß und sanft waren, und von denen lange Wimpern nieder gingen, die zart und sittsam aussahen. Die dunkeln Haare waren von der Mutter glatt und rein gescheitelt, und lagen schön an dem Haupte. Das Mädchen trug manchmal ein längliches Körbchen von feinem Rohre; über dem Körbchen war ein weißes, sehr feines Tuch gespannt, und in dem Körbchen mochte ganz auserlesene Wäsche liegen, welche das Kind zu einer oder der andern Frau zu tragen hatte.

Ich sah es gar so gerne an. Manchmal stand ich an dem Fenster und sah auf den Garten hinüber, in welchem immer ohne Unterbrechung, außer wenn es Nacht wurde oder schlechtes Wetter kam, Wäsche an den Schnüren hing, und ich hatte die weißen Dinge sehr lieb. Da kam zuweilen das Mädchen heraus, ging auf dem Anger hin und wieder, und hatte mancherlei zu tun, oder ich sah es, obwohl das Häuschen sehr unter Zweigen versteckt war, an dem Fenster stehen und lernen. Ich wußte bald auch die Zeit, an welcher es die Wäsche fort trug, und da ging ich manchmal in den Garten hinunter und stand an dem eisernen Gitter. Da der Weg an dem Gitter vorüber ging, mußte das Mädchen an mir vorbei kommen. Es wußte recht wohl, daß ich da stehe; denn es schämte sich immer, und nahm sich im Gange zusammen.

Eines Tages, da ich die Wäscheträgerin von ferne kommen sah, legte ich schnell einen sehr schönen Pfirsich, den ich zu diesem Zwecke schon vorher gepflückt hatte, durch die Öffnung der Gitterstäbe hinaus auf ihren Weg, und ging in das Gebüsche. Ich ging so tief hinein, daß ich sie nicht sehen konnte. Als schon so viele Zeit vergangen war, daß sie lange vorüber gekommen sein mußte, ging ich wieder hervor; allein der Pfirsich lag noch auf dem Wege. Ich wartete nun die Zeit ab, wann sie wieder zurück kommen würde. Aber da sie schon zurück gekommen war, und ich nachsah, lag der Pfirsich noch auf dem Wege. Ich nahm ihn wieder herein. Das nämliche geschah nach einer Zeit noch einmal. Beim dritten Male blieb ich stehen, als der Pfirsich mit seiner sanften roten Wange auf dem Sande lag, und sagte, da sie in die Nähe kam: ›Nimm ihn.‹ Sie blickte mich an, zögerte ein Weilchen, bückte sich dann, und nahm die Frucht. Ich weiß nicht mehr, wo sie dieselbe hingesteckt hatte, aber das weiß ich gewiß, daß sie sie genommen hatte. Nach Verlauf von einiger Zeit tat ich dasselbe wieder, und sie nahm wieder die Frucht. So geschah es mehrere Male, und endlich reichte ich ihr den Pfirsich mit der Hand durch das Gitter.

Zuletzt kamen wir auch zum Sprechen. Was wir gesprochen haben, weiß ich nicht mehr. Es muß gewöhnliches Ding gewesen sein. Wir nahmen uns auch bei den Händen.

Mit der Zeit konnte ich nicht mehr erwarten, wenn sie mit dem Körbchen kam. Ich stand alle Mal an dem Gitter. Sie blieb stehen, wenn sie zu mir gekommen war, und wir redeten mit einander. Einmal bat ich sie, mir die Dinge in dem Körbchen zu zeigen. Sie zog den linnenen Deckel mit kleinen Schnürchen auseinander und zeigte mir die Sachen. Da lagen Krausen, feine Ärmel und andere geglättete Dinge. Sie nannte mir die Namen, und als ich sagte, wie schön das sei, erwiderte sie: ›Die Wäsche gehört einer alten Gräfin, einer vornehmen Frau, ich muß sie ihr immer selber hin tragen, daß ihr nichts geschieht, weil sie so schön ist.‹ Da ich wieder sagte: ›Ja, das ist schön, das ist außerordentlich schön,‹ antwortete sie: ›Freilich ist es schön, meine Mutter sagt: die Wäsche ist nach dem Silber das erste Gut in einem Hause, sie ist auch feines weißes Silber, und kann, wenn sie unrein ist, immer wieder zu feinem weißen Silber gereinigt werden. Sie gibt unser vornehmstes und nächstes Kleid. Darum hat die Mutter auch so viele Wäsche gesammelt, daß wir nach dem Tode des Vaters genug hatten, und darum hat sie auch die Reinigung der Wäsche für andere Leute übernommen, und läßt nicht zu, daß sie mit rauhen und unrechten Dingen angefaßt werde. Das Gold ist zwar auch kostbar, aber es ist kein Hausgeräte mehr, sondern nur ein Schmuck.‹ Ich erinnerte mich bei diesen Worten wirklich, daß ich an dem Körper der Sprechenden immer am Rande des Halses oder an den Ärmeln die feinste weiße Wäsche gesehen hatte, und daß ihre Mutter immer eine schneeweiße Haube mit feiner Krause um das Angesicht trug.

Von diesem Augenblicke an begann ich von dem Gelde, welches mir der Bruder alle Vierteljahre zustellte, sehr schöne Wäsche, wie die der vornehmen Gräfin war, anzuschaffen, und mir alle Arten silberne Hausgeräte zu kaufen.

Einmal, da wir so bei einander standen, kam die Mutter in der Nähe vorüber und rief: ›Johanna, schäme dich.‹ Wir schämten uns wirklich, und liefen auseinander. Mir brannten die Wangen vor Scham, und ich wäre erschrocken, wenn mir jemand im Garten begegnet wäre.

Von der Zeit an sahen wir uns nicht mehr an dem Gitter. Ich ging jedes Mal in den Garten, wenn sie vorüber kam, aber ich blieb in dem Gebüsche, daß sie mich nicht sehen konnte. Sie ging mit geröteten Wangen und mit niedergeschlagenen Augen vorüber.

Ich ließ nun in die zwei Zimmer, die an meine Wohnstube stießen, Kästen stellen, von denen ich die oberen Fächer hatte schmal machen lassen, in welche ich das Silber hineinlegte, die unteren aber breit, in welche ich die Wäsche tat. Ich legte das Zusammengehörige zusammen, und umwand es mit rotseidenen Bändern.

Nach geraumer Zeit sah ich das Mädchen lange nicht an dem eisernen Gitter vorüber gehen, ich getraute mir nicht zu fragen, und als ich endlich doch fragte, erfuhr ich, daß es in eine andere Stadt gegeben worden sei, und daß es die Braut eines fernen Anverwandten werden würde.
Ich meinte damals, daß ich mir die Seele aus dem Körper weinen müsse.
Aber nach einer Zeit ereignete sich etwas Furchtbares. Mein Bruder hatte einen großen Wechsler, der ihm stets auf Treu und Glauben das Geld für laufende Ausgaben bis zu einer festgesetzten Summe lieferte, um sich nach Umständen immer wieder auszugleichen. Ich weiß es nicht, haben andere Leute meinem Bruder den Glauben untergraben, oder hat der Wechsler selber, weil zwei Handelschaften, die uns bedeutend schuldeten, gefallen waren und uns um unsern Reichtum brachten, Mißtrauen geschöpft: er weigerte sich fortan, die Wechsel unseres Hauses zu zahlen. Der Bruder sollte mehrere mit Summen decken, und es fehlte hinlängliches bares Geld dazu. Die Freunde, an welche er sich wendete, schöpften selber Mißtrauen, und so kam es, daß die Wechselgläubiger die Klage anstellten, daß unser Haus, unsere andern Besitzungen und unsere Waren abgeschätzt wurden, ob sie hinreichen, ohne daß man an unsere ausstehenden Forderungen zu greifen hätte. Da nun dies bekannt wurde, kamen alle, welche eine Forderung hatten, und wollten sie erfüllt haben; aber die, welche uns schuldeten, kamen nicht. Der Bruder wollte mir nichts entdecken, damit ich mich nicht kränkte, er gedachte es noch vorüber zu führen. Allein da der Verkauf unseres Hauses zu sofortiger Deckung der Wechselschulden angeordnet wurde, konnte er es mir nicht mehr verbergen. Er kam auf meine Stube, und sagte mir alles. Ich gab ihm das Geld, das ich hatte; denn meine Bedürfnisse waren sehr gering gewesen, und ich hatte einen großen Teil meiner Einkünfte ersparen können. Ich öffnete die schmalen oberen Fächer meiner Kästen, und legte alles mein Silber auf unsern eichenen Lerntisch heraus

und bot es ihm an. Er sagte, daß das nicht reiche, um das Haus und das Geschäft zu retten, und er weigerte sich, es anzunehmen. Auch das Gericht machte keine Forderung an mich, aber ich konnte es nicht leiden, daß mein Bruder etwas unerfüllt ließe und sein Gewissen belastete, ich tat daher alles zu den andern Werten. Es reichte zusammen hin, daß allen Gläubigern ihre Forderungen ausgezahlt und sie bis auf das Genaueste befriediget werden konnten. Allein unser schönes Haus mit seinem hinteren Flügel und unser schöner Garten war verloren.

Ich weiß nicht, welche andere Schläge noch kamen; aber auch die Aussicht, mit dem ausstehenden Gelde noch ein kleines Geschäft einzuleiten, und uns nach und nach wieder empor zu schwingen, war in kurzer Zeit vereitelt.

Mein Bruder, welcher unverheiratet war, grämte sich so, daß er in ein Fieber verfiel und starb. Ich allein und mehrere Menschen, denen er Gutes getan hatte, gingen mit der Leiche. Da vom Urgroßvater her immer nur ein Sohn als einziges Kind und Nachfolger bis auf uns beide Brüder gewesen war, da auch die Haushälterin Luise schon länger vorher mit Tod abgegangen war, so hatte ich keinen Verwandten und keinen Bekannten mehr.

Ich hatte den Gedanken gefaßt, ein Verkünder des Wortes des Herrn, ein Priester, zu werden. Wenn ich auch unwürdig wäre, dachte ich, so könnte mir doch Gott seine Gnade verleihen, zu erringen, daß ich nicht ein ganz verwerflicher Diener und Vertreter seines Wortes und seiner Werke sein könnte.

Ich nahm meine Zeugnisse und Schriften zusammen, ging in die Priesterbildungsanstalt und bat beklemmt um Aufnahme. Sie wurde mir gewährt. Ich zog zur festgesetzten Zeit in die Räume ein, und begann meine Lernzeit. Sie ging gut vorüber, und als ich fertig war, wurde ich zum Diener Gottes geweihet. Ich tat meine ersten Dienste bei älteren Pfarrern als Mitarbeiter in der Seelsorge, die ihnen anvertraut war. Da kam ich in verschiedene Lagen, und lernte Menschen kennen. Von den

Pfarrern lernte ich in geistlichen und weltlichen Eigenschaften. Als eine solche Reihe von Jahren vergangen war, daß man es mir nicht mehr zu arg deuten konnte, wenn ich um eine Pfarre einkäme, bat ich um die jetzige, und erhielt sie. Ich bin nun über siebenundzwanzig Jahre hier, und werde auch nicht mehr weg gehen. Die Leute sagen, die Pfarre sei schlecht, aber sie trägt schon, wovon ein Verkünder des Evangeliums leben kann. Sie sagen, die Gegend sei häßlich, aber auch das ist nicht wahr, man muß sie nur gehörig anschauen. Meine Vorgänger sind von hier auf andere Pfarrhöfe versetzt worden. Da aber meine jetzt lebenden Mitbrüder, die in meinen Jahren und etwas jünger sind, sich während ihrer Vorbereitungszeit sehr auszeichneten und mir in allen Eigenschaften überlegen sind, so werde ich nie bitten, von hier auf einen anderen Platz befördert zu werden. Meine Pfarrkinder sind gut, sie haben sich manchem meiner lehrenden Worte nicht verschlossen, und werden sich auch ferner nicht verschließen.
Dann habe ich noch einen anderen, weltlicheren und einzelneren Grund, weshalb ich an dieser Stelle bleibe. Sie werden denselben schon einmal später erfahren, wenn Sie nämlich die Bitte, die ich an Sie stellen will, erhören. Ich komme nun zu dieser Bitte, aber ich muß noch etwas sagen, ehe ich sie ausspreche. Ich habe zu einem Zwecke in diesem Pfarrhofe zu sparen angefangen, der Zweck ist kein schlechter, er betrifft nicht bloß ein zeitliches Wohl, sondern auch ein anderes. Ich sage ihn jetzt nicht, er wird schon einmal kund werden; aber ich habe um seinetwillen zu sparen begonnen. Von dem Vaterhause habe ich kein Vermögen mitgebracht; was noch an Gelde eingegangen ist, wurde zu verschiedenen Dingen verwendet, und seit Jahren ist nichts mehr eingegangen. Ich habe von dem väterlichen Erbe nur das einzige Kruzifix, welches an meiner Tür dort über dem Weihbrunngefäße hängt. Der Großvater hat es einmal in Nürnberg gekauft, und der Vater hat es mir, weil es mir stets gefiel, geschenkt. So fing ich also an, von den Mitteln meines Pfarrhofes zu sparen. Ich legte

einfache Kleider an, und suche sie lange zu erhalten, ich verabschiedete das Bett, und legte mich auf die Bank in dem Vorhause, und tat die Bibel zum Zeugen und zur Hilfe unter mein Haupt. Ich hielt keine Bedienung mehr, und mietete mir die Dienste der alten Sabine, die für mich hinreichen. Ich esse, was für den menschlichen Körper gut und zuträglich ist. Den oberen Teil des Pfarrhofes habe ich vermietet. Ich habe schon zweimal darüber einen Verweis von dem hochwürdigen bischöflichen Konsistorium erhalten, aber jetzt lassen sie es geschehen. Weil die Leute bei mir bares Geld vermuteten, was auch wahr gewesen ist, so bin ich dreimal desselben beraubt worden, aber ich habe wieder von vorne angefangen. Da die Diebe nur das Geld genommen hatten, so suchte ich es ihnen zu entrücken. Ich habe es gegen Waisensicherheit angelegt, und wenn kleine Zinsen anwachsen, so tue ich sie stets zu dem Kapitale. So bin ich nun seit vielen Jahren nicht behelligt worden. In der langen Zeit ist mir mein Zustand zur Gewohnheit geworden, und ich liebe ihn. Nur habe ich eine Sünde gegen dieses Sparen auf dem Gewissen: ich habe nämlich noch immer das schöne Linnen, das ich mir in der Stube in unserem Gartenflügel angeschafft hatte. Es ist ein sehr großer Fehler, aber ich habe versucht, ihn durch noch größeres Sparen an meinem Körper und an anderen Dingen gut zu machen. Ich bin so schwach, ihn mir nicht abgewöhnen zu können. Es wäre gar zu traurig, wenn ich die Wäsche weggeben müßte. Nach meinem Tode wird sie ja auch etwas eintragen, und den ansehnlicheren Teil gebrauche ich ja gar nicht.«

Ich wußte nun, weshalb er sich seiner herrlichen Wäsche schämte.

»Es ist mir nicht lieb,« fuhr er fort, »daß ich hier den Menschen nicht so helfen kann, wie ich möchte; aber ich kann es dem Zwecke nicht entziehen, und es können ja nicht alle Menschen im ganzen Umfange wohltun, wie sie wünschten, dazu wäre der größte Reichtum nicht groß genug.

Sehen Sie, nun habe ich Ihnen alles gesagt, wie es mit mir gewesen ist, und wie es noch mit mir ist. Jetzt kömmt meine

Bitte, Sie werden sie mir vielleicht, wenn Sie an alles denken, was ich Ihnen erzählt habe, gewähren. Sie ist aber beschwerlich zu erfüllen, und nur Ihre Freundlichkeit und Güte erlaubt mir sie vorzubringen. Ich habe mein Testament bei dem Gerichte zu Karsberg in dem Schlosse nieder gelegt. Ich vermute, daß es dort sicher ist, und ich habe den Empfangschein hier in meinem Hause. Aber alle menschlichen Dinge sind wandelbar, es kann Feuer, Verwüstung, Feindeseinbruch oder sonst ein Unglück kommen und das Testament gefährden. Ich habe daher noch zwei gleichlautende Abschriften verfaßt, um sie so sicher als möglich nieder zu legen, daß sie nach meinem Tode zum Vorscheine kommen mögen und ihr Zweck erfüllt werde. Da wäre nun meine Bitte, daß Sie eine Abschrift in Ihre Hände nähmen und aufbewahrten. Die andere behalte ich entweder hier, oder ich gebe sie auch jemanden, daß er sie ebenfalls zu ihrem Zwecke aufbewahre. Freilich müßten Sie da erlauben, daß ich Ihnen, wenn Sie von dieser Gegend scheiden, von Zeit zu Zeit einen kleinen Brief schreibe, worin ich Ihnen sage, daß ich noch lebe. Wenn die Briefe ausbleiben, so wissen Sie, daß ich gestorben bin. Dann müßten Sie das Testament durch ganz sichere Hände und gegen Bescheinigung nach Karsberg gelangen lassen, oder überhaupt dorthin, wo die Ämter sind, die es in Erfüllung bringen können. Es ist das alles nur zur Vorsicht, wenn das gerichtlich niedergelegte verloren gehen sollte. Das Testament ist zugesiegelt, und den Inhalt werden Sie nach meinem Tode erfahren, wenn Sie nämlich nicht abgeneigt sind, meine Bitte zu erfüllen.«

Ich sagte dem Pfarrer, daß ich mit Freuden in seinen Wunsch eingehe, daß ich das Papier so sorgfältig bewahren wolle, wie meine eigenen besten Sachen, deren Vernichtung mir unersetzlich wäre, und daß ich allen seinen Weisungen gerne nachkommen wolle. Übrigens hoffe ich, daß der Zeitpunkt noch sehr ferne sei, wo das Testament und seine zwei andern Genossen entsiegelt werden würden.

»Wir stehen alle in Gottes Hand,« sagte er, »es kann heute sein, es kann morgen sein, es kann noch viele Jahre dauern. Zum Zwecke, den ich neben meinen Seelsorgerpflichten verfolge, wünsche ich, daß es nicht so bald sei; aber Gott weiß, wie es gut ist, und er bedarf zuletzt auch zur Krönung dieses Werkes meiner nicht.«

»Da aber auch ich vor Ihnen sterben könnte,« erwiderte ich, »so werde ich zur Sicherheit eine geschriebene Verfügung zu dem Testamente legen, wodurch meine Verpflichtung in andere Hände übergehen soll.«

»Sie sind sehr gut,« antwortete er, »ich habe gewußt, daß Sie so freundschaftlich sein werden, ich habe es gewiß gewußt. Hier wäre das Papier.«

Mit diesen Worten zog er unter seinem Hauptkissen ein Papier hervor. Dasselbe war gefaltet und mit drei Siegeln gesiegelt. Er reichte es in meine Hand. Ich betrachtete die Siegel, sie waren rein und unverletzt und trugen ein einfaches Kreuz. Auf der obern Seite des Papiers standen die Worte: Letzter Wille des Pfarrers im Kar. Ich ging an den Tisch, nahm ein Blatt aus meiner Brieftasche, schrieb darauf, daß ich von dem Pfarrer im Kar an dem bezeichneten Tage ein mit drei Siegeln, die ein Kreuz enthalten, versiegeltes Papier empfangen habe, das die Aufschrift ›Letzter Wille des Pfarrers im Kar‹ trage. Diese Bescheinigung reichte ich ihm dar, und er schob sie ebenfalls unter das Kissen seines Hauptes. Das Testament tat ich einstweilen in die Tasche, in welcher ich meine Zeichnungen und Arbeiten hatte.

Nach dieser Unterredung blieb ich noch eine geraume Zeit bei dem Pfarrer, und das Gespräch wendete sich auf andere, gleichgültigere Gegenstände. Es kam Sabine herein, um ihm Speise zu bringen, es kam das Mädchen aus dem ersten Stockwerke herunter, um sich nach seinem Befinden zu erkundigen. Da die Sterne an dem hohen Himmel standen, ging ich durch das bleiche Gestein und den weichen Sand in meine Hütte, und dachte an den Pfarrer. Ich tat das Testament vorerst in meinen Koffer, wo ich meine besten Sachen hatte, um es später in meinem Hause gut zu verwahren.

Die Zeit nach der Erzählung des Pfarrers ging mir in meinem Steingewirre dahin, wie sie mir vorher dahingegangen war. Wir maßen, und arbeiteten, und zeichneten; ich sammelte mir unter Tags Stoff, besuchte gegen Abend den Pfarrer, saß ein paar Stunden an seinem Bette, und arbeitete dann in der Nacht in meiner Hütte, während mir einer meiner Leute auf einem Notherde derselben einen schmalen Braten briet.

Nach und nach wurde der Pfarrer besser, endlich stand er auf, wie es der Arzt in der Stadt voraus gesagt hatte, dann ging er vor sein Haus, er ging wieder in die Kirche, und zuletzt kam er auch wieder in das Steinkar, wandelte in den Hügeln herum, oder stand bei uns und schaute unsern Arbeiten zu.

Wie aber endlich alles ein Ende nimmt, so war es auch mit unserem langen Aufenthalte im Steinkar. Wir waren immer weiter vorgerückt, wir näherten uns der Grenzlinie unseres angewiesenen Bezirks immer mehr und mehr, endlich waren die Pflöcke auf ihr aufgestellt, es war bis dahin gemessen, und nach geringen schriftlichen Arbeiten war das Steinkar in seinem ganzen Abbilde in vielen Blättern in unserer Mappe. Die Stangen, die Pflöcke, die Werke wurden sofort weggeschafft, die Hütten abgebrochen, meine Leute gingen nach ihren Bestimmungen auseinander, und das Steinkar war wieder von diesen Bewohnern frei und leer.

Ich packte meinen Koffer, nahm von dem Pfarrer, von dem Schullehrer, von Sabine, von dem Mietsmann und seiner Tochter und von andern Leuten Abschied, ließ den Koffer in die Hochstraße bringen, ging zu Fuße dahin, bestellte mir Postpferde, und da diese angelangt waren, fuhr ich von dem Schauplatze meiner bisherigen Tätigkeit fort.

Eines sehr seltsamen Gefühls muß ich Erwähnung tun, das ich damals hatte. Es ergriff mich nämlich beinahe eine tiefe Wehmut, als ich von der Gegend schied, welche mir, da ich sie zum ersten Male betreten hatte, abscheulich erschienen war. Wie ich immer mehr und mehr in die bewohnteren Teile hinauskam, mußte ich mich in meinem Wagen umkehren und nach den Steinen zurückschauen, deren Lichter so sanft und matt schimmerten, und in deren Vertiefungen die schönen blauen Schatten waren, wo ich so lange verweilt hatte, während ich jetzt zu grünenden Wiesen, zu geteilten Feldern und unter hohe, strebende Bäume hinaus fuhr.

Nach fünf Jahren ergriff ich eine Gelegenheit, die mich in die Nähe brachte, das Steinkar wieder zu besuchen. Ich fand den Pfarrer in demselben zuweilen herum gehen, wie früher, oder gelegentlich auf einem der Steine sitzen und herum schauen. Seine klaren blauen Augen waren die nämlichen geblieben.

Ich zeigte ihm die Briefe, die ich von ihm empfangen, und die ich aufbewahrt hatte. Er bedankte sich sehr schön, daß ich auf jeden der Briefe ihm eine Antwort gesendet hätte, er freue sich der Briefe und lese oft in denselben. Er zeigte sie mir, da wir in seinem Stübchen wieder an dem fichtenen Tische beisammen saßen.

Die Zirder floß mit ihrem himmelblauen Bande durch die Steine, diese hatten die graue Farbe, und der Sand lagerte zu ihren Füßen. Die grünen Streifen und die wenigen Gesträuche waren wie immer. In der Hochstraße war der Wirt, die Wirtin und fast auch ihre Kinder wie früher, ja die alten Gäste schienen an den Tischen zu sitzen, so sehr bleiben die Menschen die nämlichen, die in jenen Gegenden den Verkehr über die Anhöhe treiben.

Nach diesem Besuche in jener Gegend führte mich weder ein Geschäft mehr dahin, noch fand ich Zeit, aus freiem Antriebe wieder einmal das Kar zu besuchen. Viele Jahre gingen vorüber, und der Wunsch des Pfarrers, daß ihn Gott seines Zweckes willen lange leben lassen möchte, schien in Erfüllung gehen zu wollen. Alle Jahre bekam ich mehrere Briefe von ihm, die ich regelmäßig beantwortete, und die regelmäßig im nächsten Jahre wieder anlangten. Nur eins glaubte ich zu bemerken, daß die Buchstaben nämlich etwas zeigten, als zittere die Hand.

Nach langen Jahren kam einmal ein Brief von dem Schullehrer. In demselben schrieb er, daß der Pfarrer erkrankt sei, daß er von mir rede, und daß er gesagt habe: ›Wenn er es wüßte, daß ich krank bin.‹ Er nehme sich daher die Erlaubnis, mir dieses zu melden, weil er doch nicht erkennen könne, ob es nicht zu etwas gut sei, und er bitte mich deshalb um Verzeihung, daß er so zudringlich gewesen.

Ich antwortete ihm, daß ich seinen Brief als keine Zudringlichkeit ansehen könne, sondern daß er mir einen Dienst damit erwiesen habe, indem ich an dem Pfarrer im Kar großen Anteil nähme. Ich bitte ihn, er möge mir öfter über das Befinden des Pfarrers schreiben, und wenn es schlechter würde, mir dieses sogleich anzeigen. Und sollte Gott wider Vermuten schnell etwas Menschliches über ihn verhängen, so solle er mir auch dieses ohne geringstes Versäumen melden.

An den Pfarrer schrieb ich auch zu seiner Beruhigung, daß ich von seiner Erkrankung gehört habe, daß ich den Schullehrer gebeten habe, er möge mir über sein Befinden öfter schreiben; ich ersuchte ihn, daß er sich nicht selber anstrengen möchte, an mich zu schreiben, daß er sich ein Bett in das Stübchen machen lassen solle, und daß sich, wie es ja auch in früheren Jahren geschehen sei, sein Unwohlsein in kurzer Zeit wieder heben könnte. Mein Beruf gestatte für den Augenblick keinen Besuch.

Er antwortete mir deßohngeachtet in einigen Zeilen, daß er sehr, sehr alt sei, daß er geduldig harre, und sich nicht fürchte.

Da der Schullehrer zwei Briefe geschrieben hatte, in denen er sagte, daß mit dem Pfarrer keine Veränderung vorgegangen sei, kam ein dritter, der meldete, daß derselbe nach Empfang der heiligen Sterbsakramente verschieden sei.

Ich machte mir Vorwürfe, setzte jetzt alles beiseite, und machte mich reisefertig. Ich zog das versiegelte Papier aus meinem Schreine hervor, ich nahm auch die Briefe des Pfarrers mit, die zur Erweisung der Handschrift dienen könnten, und begab mich auf den Weg nach Karsberg.

Als ich daselbst angekommen war, erhielt ich die Auskunft,

daß ein Testament des Pfarrers in dem Schlosse gerichtlich niedergelegt worden sei, daß man ein zweites in seiner Verlassenschaft gefunden habe, und daß ich mich in zwei Tagen in dem Schlosse einfinden solle, um mein Testament vorzuzeigen, worauf die Öffnung und Prüfung der Testamente statt haben würde.

Ich begab mich während dieser zwei Tage in das Kar. Der Schullehrer erzählte mir über die letzten Tage des Pfarrers. Er sei ruhig in seiner Krankheit gelegen, wie in jener, da ich ihn so oft besucht habe. Er habe wieder keine Arznei genommen, bis der Pfarrer aus der Wenn, ein Nachbar des Pfarrers im Kar, welcher ihm die Sterbsakramente gereicht hatte, ihm dargetan hätte, daß er auch irdische Mittel gebrauchen, und es Gott überlassen müsse, ob sie wirkten oder nicht. Von dem Augenblicke an nahm er alles, was man ihm gab, und ließ alles mit sich tun, was man tun wollte. Er lag wieder in seinem Stübchen, wo man ihm wieder aus den Wolldecken ein Bett gemacht hatte. Sabine war immer bei ihm. Als es zum Sterben kam, machte er keine besondere Vorbereitung, sondern er lag wie alle Tage. Man konnte nicht abnehmen, ob er es wisse, daß er jetzt sterbe, oder nicht. Er war wie gewöhnlich, und redete gewöhnliche Worte. Endlich schlief er sanft ein, und es war vorüber.

Man entkleidete ihn, um ihn für die Bahre anzuziehen. Man legte ihm das Schönste seiner Wäsche an. Dann zog man ihm sein fadenscheiniges Kleid an, und über das Kleid den Priesterchorrock. So wurde er auf der Bahre ausgestellt. Die Leute kamen sehr zahlreich, um ihn anzuschauen; denn sie hatten so etwas nie gesehen; er war der erste Pfarrer gewesen, der in dem Kar gestorben war. Er lag mit seinen weißen Haaren da, sein Angesicht war mild, nur viel blässer als sonst, und die blauen Augen waren von der Lidern gedeckt. Mehrere seiner Amtsbrüder kamen, ihn zur Erde zu bestatten. Bei der Einsenkung haben viele herbeigekommene Menschen geweint.

Ich erkundigte mich nun auch um den Mietmann im ersten

Stockwerke. Er kam selbst in das Vorhaus des Pfarrhofes herunter, in dem ich mich befand, und sprach mit mir. Er hatte fast keine Haare mehr, und trug daher ein schwarzes Käppchen auf seinem Haupte. Ich fragte nach seiner schönen Tochter, die damals, als sie in meiner Gegenwart öfter in das Krankenzimmer des Pfarrers gekommen war, ein junges, rasches Mädchen gewesen war. Sie war in der Hauptstadt verheiratet, und war Mutter von beinahe erwachsenen Kindern. Auch diese war in den letzten Tagen des Pfarrers nicht um ihn gewesen. Der Mietmann sagte mir, daß er jetzt wohl zu seiner Tochter werde ziehen müssen, da er bei der Wiederbesetzung der Pfarre gewiß seine Wohnung verlieren und im Kar keine andere finden werde.

Die alte Sabine war die einzige, die sich nicht geändert hatte, sie sah gerade so aus wie damals, als sie bei meiner ersten Anwesenheit den Pfarrer in seiner Krankheit gepflegt hatte. Niemand wußte, wie alt sie sei, und sie wußte es selbst nicht.

Ich mußte deshalb in dem Vorhause des Pfarrhofes stehen bleiben, weil das Stüblein und das neben dem Vorhause befindliche Gewölbe versiegelt waren. Die einzige hölzerne Bank, die Schlafstätte des Pfarrers, stand an ihrer Stelle, und niemand hatte an sie gedacht. Die Bibel aber lag nicht mehr auf der Bank, man sagte, sie sei in das Stüblein gebracht worden.

Als die zwei Tage vorüber waren, die man als Frist zur Eröffnung des Testamentes anberaumt hatte, begab ich mich nach Karsberg, und verfügte mich zur festgesetzten Stunde in den Gerichtssaal. Es waren mehrere Menschen zusammen gekommen, und es waren die Vorstände der Pfarrgemeinde und die Zeugen geladen worden. Die zwei Testamente und das Verzeichnis der Verlassenschaft des Pfarrers lagen auf dem Tische. Man wies mir meine Bescheinigung über den Empfang des Testamentes des Pfarrers vor, die in der Verlassenschaft des Pfarrers gefunden worden war, und forderte mich zur Vorzeigung des Testamentes auf. Ich überreichte es. Man untersuchte Schrift und Siegel, und erkannte die Richtigkeit des Testamentes an.

Nach herkömmlicher Art wurde nun das gerichtlich niedergelegte Testament zuerst eröffnet und gelesen. Dann folgte das von mir übergebene. Es lautete Wort für Wort wie das erste. Endlich wurde das in der Wohnung des Pfarrers vorgefundene eröffnet, und es lautete ebenfalls Wort für Wort wie die beiden ersten. Die Zeitangabe und die Unterschrift war in allen drei Urkunden dieselbe. Sofort wurden alle drei Testamente als ein einziges, in drei Abschriften vorhandenes Testament erklärt. Der Inhalt des Testamentes aber überraschte alle.

Die Worte des Pfarrers, wenn man den Eingang hinweg läßt, in dem er die Hilfe Gottes anruft, die Verfügung unter seinen Schutz stellt, und erklärt, daß er bei vollkommnem Gebrauche seines Verstandes und Willens sei, lauten so: ›Wie ein jeder Mensch außer seinem Amte und Berufe noch etwas findet oder suchen soll, das er zu verrichten hat, damit er alles tue, was er in seinem Leben zu tun hat, so habe auch ich etwas gefunden, was ich neben meiner Seelsorge verrichten muß: ich muß die Gefahr der Kinder der Steinhäuser und Karhäuser aufheben. Die Zirder schwillt oft an, und kann dann ein reißendes Wasser sein, das in Schnelle daher kömmt, wie es ja in den ersten Jahren meiner Pfarre zweimal durch Wolkenbrüche alle Stege und Brücken weggenommen hat. Die Ufer sind niedrig, und das am Kar ist noch niedriger als das Steinhäuser Ufer. Da sind drei Fälle möglich: entweder ist das Karufer überschwemmt, oder es ist auch das Steinhäuser Ufer überschwemmt, oder es wird sogar der Steg hinweggetragen. Die Kinder aus den Steinhäusern und Karhäusern müssen aber über den Steg ins Kar in die Schule gehen. Wenn nun das Karufer überschwemmt ist, und sie von dem Stege in das Wasser gehen, so können manche in eine Grube oder in eine Vertiefung geraten und dort verunglücken; denn das kotige Wasser der Überschwemmung läßt den Boden nicht sehen: oder es kann das Wasser, während die Kinder in ihm waten, so schnell steigen, daß sie das Trockene nicht mehr erreichen können und alle verloren sind: oder sie können noch von dem Steinhäuser Ufer auf den Steg kommen, können das Wasser auf dem Karufer zu tief finden, können sich durch Beratschlagen oder Zaudern so lange aufhalten, daß indessen auch das Steinhäuser Ufer mit zu tiefem Wasser bedeckt wird; dann ist der Steg eine Insel, die Kinder stehen auf ihm, und können mit ihm fortgeschwemmt werden. Und wenn auch dieses alles nicht geschieht, so gehen sie mit ihren Füßlein, im Winter in das Schneewasser, das auch Eisschollen hat, und fügen ihrer Gesundheit großen Schaden zu.

Damit diese Gefahr in der Zukunft aufhöre, habe ich zu sparen begonnen, und verordne, wie folgt: von der Geldsumme, welche nach meinem Tode als mein Eigentum gefunden wird, vermehrt um die Geldsumme, welche aus dem Verkaufe meiner hinterlassenen Habe entsteht, soll in der Mitte der Schulkinder der Steinhäuser und Karhäuser ein Schulhaus gebaut werden, dann soll ein solcher Teil der Geldsumme auf Zinsen angelegt werden, daß durch das Erträgnis die Lehrer der Schule erhalten werden können, ferner soll noch ein Teil nutzbringend gemacht werden, daß aus den Zinsen die jährliche Vergütung des Schadens entrichtet werden könne, welchen der Schullehrer im Kar durch den Abgang der Kinder erleidet, und endlich, wenn noch etwas übrig bleibet, so soll er meiner Dienerin Sabine gehören.

Ich habe drei gleiche Testamente geschrieben, daß sie sicherer seien, und wenn noch was immer für eine Verfügung oder Meinung in meinem Nachlasse sollte gefunden werden, welche nicht den Inhalt und Jahres- und Monatstag dieser Testamente trägt, so soll sie ungültig sein.

Damit aber in der Zeit schon die Gefahr vermindert werde, gehe ich alle Tage auf die Wiese am Karufer und sehe, ob keine Gräben, Gruben und Vertiefungen sind, und stecke eine Stange dazu. Den Eigentümer der Wiese bitte ich, daß er entstandene Gruben und Vertiefungen so bald ausebnen lasse, als es angeht, und er hat meine Bitten immer erfüllt. Ich gehe hinaus, wenn die Wiese überschwemmt ist, und suche den

Kindern zu helfen. Ich lerne das Wetter kennen, um eine Überschwemmung voraussehen zu können und die Kinder zu warnen. Ich entferne mich nicht weit von dem Kar, um keine Versäumnis zu begehen. Und so werde ich es auch in der Zukunft immer tun.‹

Diesen Testamenten war die Geldrechnung bis zu dem Zeitpunkte ihrer Abfassung beigelegt. Die Rechnung, die von dieser Zeit an bis gegen die Sterbetage des Pfarrers lief, fand man in seinen Schriften. Die Rechnungen waren mit großer Genauigkeit gemacht. Man ersah auch aus ihnen, wie sorgsam der Pfarrer im Sparen war. Die kleinsten Beträge, selbst Pfennige, wurden zugelegt, und neue Quellen, die unscheinbarsten, eröffnet, daraus ein kleines Fädlein floß.

Zur Versteigerung des Nachlasses des Pfarrers wurde der fünfte Tag nach Eröffnung des Testamentes bestimmt.

Da wir von dem Gerichtshause fort gingen, sagte der Mietmann des Pfarrers unter Tränen zu mir: »O wie habe ich den Mann verkannt, ich hielt ich beinahe für geizig: da hat ihn meine Tochter viel besser gekannt, sie hat den Pfarrer immer sehr lieb gehabt. Ich muß ihr die Begebenheit sogleich schreiben.«

Der Schullehrer im Kar segnete den Pfarrer, der immer so gut gegen ihn gewesen sei, und der sich so gerne in der Schule aufgehalten habe.

Auch die andern Leute erfuhren den Inhalt des Testamentes.

Nur die einzigen, die er am nächsten anging, die Kinder in den Steinhäusern und Karhäusern, wußten nichts davon, oder wenn sie es auch erfuhren, so verstanden sie es nicht, und wußten nicht, was ihnen zugedacht worden sei.

Weil ich auch bei der Versteigerung gegenwärtig sein wollte, so ging ich wieder in das Kar zurück, und beschloß die vier Tage dazu anzuwenden, um manche Plätze im Steinkar und andern Gegenden zu besuchen, wo ich einstens gearbeitet hatte. Es war alles unverändert, als ob diese Gegend zu ihrem Merkmale der Einfachheit auch das der Unveränderlichkeit erhalten hätte.

Da der fünfte Tag herangekommen war, wurden die Siegel von den Türen der Pfarrerswohnung abgenommen, und die hinterlassenen Stücke des Pfarrers versteigert. Es hatten sich viele Menschen eingefunden, und die Versteigerung war in Hinsicht des Testamentes eine merkwürdige geworden. Es trugen sich auffallende Begebenheiten bei derselben zu. Ein Pfarrer kaufte einen unter den Kleidern des Verstorbenen gefundenen Rock, der das Schlechteste war, was man unter nicht zerrissenen Kleidern finden kann, um einen ansehnlichen Kaufschilling. Die Gemeinde des Kar erstand die Bibel, um sie in ihre Kirche zu stiften. Selbst die hölzerne Bank, die man nicht einmal eingesperrt hatte, fand einen Käufer.
Auch ich erwarb etwas in der Versteigerung, nämlich das kleine, aus Holz geschnitzte Kruzifix von Nürnberg und sämtliche noch übrigen so schönen und feinen Leintücher und Tischtücher. Ich und meine Gattin besitzen die Sachen noch bis auf den heutigen Tag, und haben die Wäsche sehr selten gebraucht. Wir bewahren sie als ein Denkmal auf, daß der arme Pfarrer diese Dinge aus einem tiefen dauernden und zarten Gefühle behalten und nie benutzt hat. Zuweilen läßt meine Gattin die Linnen durchwaschen und glätten, dann ergötzt sie sich an der unbeschreiblichen Schönheit und Reinheit, und dann werden die zusammengelegten Stücke mit den alten, ausgebleichten rotseidenen Bändchen, die noch vorhanden sind, umbunden und wieder in der Schrein gelegt. –
Nun stellt sich die Frage, was die Wirkung von all diesen Dingen gewesen sei.
Die Summe, welche der Pfarrer erspart hatte, und die, welche aus der Versteigerung seines Nachlasses gelöst worden war, waren zusammen genommen viel zu klein, als daß eine Schule daraus hätte gegründet werden können. Sie waren zu klein, um nur ein mittleres Haus, wie sie in jener Gegend gebräuchlich sind, zu bauen, geschweige denn ein Schulhaus mit den Lehrzimmern und den Lehrerswohungen, ferner den Gehalt der Lehrer festzustellen und den früheren Lehrer zu entschädigen.

Es lag das in der Natur des Pfarrers, der die Weltdinge nicht verstand, und dreimal beraubt werden mußte, bis er das ersparte Geld auf Zinsen anlegte.
Aber wie das Böse stets in sich selber zwecklos ist und im Weltplane keine Wirkung hat, das Gute aber Früchte trägt, wenn es auch mit mangelhaften Mitteln begonnen wird, so war es auch hier: ›Gott bedurfte zur Krönung dieses Werkes des Pfarrers nicht.‹ Als die Sache mit dem Testamente und dessen Unzulänglichkeit bekannt wurde, traten gleich die Wohlhabenden und Reichen in dem Umkreise zusammen, und unterschrieben in kurzem eine Summe, die hinlänglich schien, alle Absichten des Pfarrers vollziehen zu können. Und sollte noch etwas nötig sein, so erklärte jeder, daß er eine Nachzahlung leisten würde. Ich habe auch mein Scherflein dazu beigetragen. War ich das erste Mal mit Wehmut von der Gegend geschieden, so flossen jetzt Tränen aus meinen Augen, als ich die einsamen Steine verließ. –
Jetzt, da ich rede, steht die Schule längst in den Steinhäusern und Karhäusern, sie steht in der Mitte der Schulkinder auf einem gesunden und luftigen Platze. Der Lehrer wohnt mit seiner Familie und dem Gehilfen in dem Gebäude, der Lehrer im Kar erhält seine jährliche Entschädigung, und selbst Sabine ist noch mit einem Teile bedacht worden. Sie wollte ihn aber nicht, und bestimmte ihn im vorhinein für die Tochter des Schullehrers, die sie immer lieb hatte.
Das einzige Kreuz, das für einen Pfarrer in dem Kirchhofe des Kar steht, steht auf dem Hügel des Gründers dieser Dinge. Es mag manchmal ein Gebet dabei verrichtet werden, und mancher wird mit einem Gefühle davor stehen, das dem Pfarrer nicht gewidmet worden ist, da er noch lebte.

TURMALIN

Der Turmalin ist dunkel, und was da erzählt wird, ist sehr dunkel. Es hat sich in vergangenen Zeiten zugetragen, wie sich das, was in den ersten zwei Stücken erzählt worden ist, in vergangenen Zeiten zugetragen hat. Es ist darin wie in einem traurigen Briefe zu entnehmen, wie weit der Mensch kömmt, wenn er das Licht seiner Vernunft trübt, die Dinge nicht mehr versteht, von dem innern Gesetze, das ihn unabwendbar zu dem Rechten führt, läßt, sich unbedingt der Innigkeit seiner Freuden und Schmerzen hingibt, den Halt verliert, und in Zustände gerät, die wir uns kaum zu enträtseln wissen. In der Stadt Wien wohnte vor manchen Jahren ein wunderlicher Mensch, wie in solchen großen Städten verschiedene Arten von Menschen wohnen und sich mit den verschiedensten Dingen beschäftigen. Der Mensch, von dem wir hier reden, war ein Mann von ungefähr vierzig Jahren, und wohnte auf dem Sanct Petersplatze in dem vierten Geschosse eines Hauses. Zu seiner Wohnung führte ein Gang, der mit einem eisernen Gitter verschlossen war, an welchem ein Glockenzug hernieder hing, an dem man läuten konnte, worauf eine ältliche Magd erschien, welche öffnete und den Weg zu ihrem Herrn hinein zeigte. Wenn man durch das Gitter eingetreten war, setzte sich der Gang noch fort, rechts hatte er eine Tür, die in die Küche führte, in welcher die Magd war, und deren einziges Fenster auf den Gang heraus ging, links hatte er ein fortlaufendes eisernes Geländer und den offenen Hof. Sein Ende stieß an die Tür zur Wohnung. Wenn man die braune Tür öffnete, kam man in ein Vorzimmer, welches ziemlich dunkel war, und in welchem sich die großen Kästen befanden, die die Kleider enthielten. Es diente auch zum Speisen. Von diesem Vorzimmer kam man in das Zimmer des Herrn. Es war aber eigentlich ein sehr großes Zimmer und ein kleines Nebenzimmer. In dem Zimmer waren alle Wände ganz vollständig mit Blättern von Bildnissen berühmter Männer beklebt. Es war kein Stückchen auch nur handgroß, das von der ursprünglichen Wand zu sehen gewesen wäre. Damit er, oder gelegentlich auch ein Freund, wenn einer kam, diejenigen Männer, die ganz nahe oder hart an dem Fußboden sich befanden, betrachten konnte, hatte er ledergepolsterte Ruhebetten von verschiedener Höhe und mit Rollfüßen versehen machen lassen. Das niederste war eine Hand hoch. Man konnte sie zu was immer für Männern rollen, sich darauf nieder legen und die Männer betrachten. Für die hoch und höher hängenden hatte er doppelgestellige Rollleitern, deren Räder mit grünem Tuche überzogen waren, welche Leitern man in jede Gegend rollen und von deren Stufen aus man verschiedene Standpunkte gewinnen konnte. Überhaupt hatten alle Dinge in der Stube Rollen, daß man sie leicht von einer Stelle zu der andern bewegen konnte, um im Anschauen der Bildnisse nicht beirrt zu sein. In Hinsicht des Ruhmes der Männer war es dem Besitzer einerlei, welcher Lebensbeschäftigung sie angehört hatten, und durch welche ihnen der Ruhm zu Teil geworden war, er hatte sie wo möglich alle.

In dem Zimmer stand auch ein sehr großer Flügel, auf dessen Pulte viele Notenhefte lagen, und auf dem er gerne spielte. Es waren auch zwei Fächer auf zwei Gestellen, in welchen sich Geigen befanden, auf welchen er ebenfalls spielte. Auf einem Tische war ein Fach mit zwei Flöten, die er zu seinem eigenen Vergnügen und zu seiner Vervollkommnung in dieser Kunst behandelte. An einem der Fenster stand eine Staffelei mit einem Malerkasten, woran er Bilder in Öl malte. In dem Nebenzimmer hatte er einen großen Schreibtisch, auf welchem er eine Menge Papiere liegen hatte, Gedichte machte, Erzählungen schrieb, und neben welchem sein Bücherkasten stand, wenn er etwa ein Buch heraus nehmen und sich mit Lesen ergötzen wollte. In diesem Zimmer stand auch sein Bett, und in dem Hintergrunde des Gemaches war eine Vorrichtung, in welcher er in Pappe arbeiten konnte, und Fächer, Behältnisse, Schirme und andere Kunstsachen verfertigte.

Diesen Mann hießen sie im Hause den Rentherrn; die meisten aber wußten nicht, ob er den Namen habe, weil er von einer Rente lebte, oder weil er in einem Rentamte angestellt war. Dies letztere aber konnte nicht der Fall sein, weil er sonst zu bestimmten Zeiten hätte in sein Amt gehen müssen, er aber zu den verschiedensten Zeiten und oft ganze Tage lang zu Hause war, und in den mannigfaltigen Geschäften, die er sich aufgeladen hatte, herum arbeitete. Außerdem ging er in das Kaffeehaus, um den Schachspielern zuzuschauen, oder er ging in der Stadt herum, um die verschiedenen Dinge zu betrachten, die da zu sehen sind, oder er besuchte ein Gasthauskränzchen, zu dem sich regelmäßig an bestimmten Tagen einige Freunde zusammen fanden. Er mußte also offenbar eine kleine Rente haben, von welcher er dieses Leben führen konnte.

Dieser Mann hatte eine wunderschöne Frau von etwa dreißig Jahren, die ihm ein Kindlein, ein Mädchen, geboren hatte. Die Frau bewohnte ein Gemach, das an das große Zimmer ihres Mannes stieß, ebenfalls so groß war, und ebenfalls ein kleineres Seitengemach hatte. Man konnte aus dem Zimmer des Mannes in das der Frau gelangen, man konnte aber auch aus dem Vorzimmer durch einen kleinen heimlichen Gang dahin kommen; denn die vier Zimmer der Wohnung lagen in einer Reihe quer gegen die Richtung des äußeren Ganges. Der kleine Gang war darum nützlich, weil die Frau, wenn Freunde bei ihrem Manne waren, unbeirrt und die Männer nicht störend in das Vorzimmer und von da in die Küche hinaus gehen konnte.

Die Zimmer der Frau waren nach ihrer Art eingerichtet. Das größere hatte dunkle Vorhänge an den Fenstern, es standen weiche Ruhesitze von demselben Stoffe darin, es stand ein schöner, großer Tisch da, der immer auf das glänzendste vom Staube rein gehalten war, und auf seiner Platte einige Bücher oder Zeichnungen oder gelegentlich irgend ein anderes Ding trug. An den Fensterpfeilern waren Spiegel, unter denen schmale Pfeilertische standen, auf welchen sich einige schöne Dinge von Silber oder Porzellan befanden. An einem Fenster stand ein sehr feines Arbeitstischchen, auf dem schöne Linnen, zarte Stoffe und andere Arbeitsdinge lagen, und davor ein knappes, in die Fenstervertiefung passendes Stühlchen stand. An dem zweiten Fenster war der Stickrahmen mit einem gleichen Stühlchen, und an der kurzen Seitenwand des dritten stand der Schreibtisch, auf dessen reiner grüner Fläche sich die Mappe, das Dintengefäß und geordnete Schreibgeräte zeigten. Um den Tisch wie im Halbkreise standen hohe dunkle und zum Teile breitblätterige Pflanzen. Die große Wanduhr hatte kein Schlagwerk und ging so sanft, daß man sie kaum hörte. Übrigens war im Hintergrunde des Zimmers noch ein Fachgestelle mit Gläsern und Seidenvorhängen, daß die Frau verschiedene Dinge in die Fächer hinein stellen und die Seide davor zusammen ziehen konnte.

Das zweite, kleinere Zimmer hatte schneeweiße, in dichte Falten gelegte Fenstervorhänge, in der Nähe der Fenster stand ein Tisch, aber nichts zum Darauflegen schöner Sachen, sondern zu häuslichen Zwecken bestimmt. Dann war ein großes Ruhebett, verschiedene Sessel und Schemel. Im Hintergrunde stand das weiße Bett der Frau, von weißen Vorhängen umhüllt, an demselben war ein Nachttischchen mit einem Leuchter, mit einer Glocke, mit Büchern, Zündzeug und anderen Dingen. In der Nähe dieses Bettes stand auf einem Gestelle ein vergoldeter Engel, welcher die Flügel um die Schultern zusammengefaltet hielt, mit der einen Hand sich stützte, die andere aber sanft ausstreckte, und mit den Fingern die Spitze eines weißen Vorhanges hielt, der in reichen Falten in der Gestalt eines Zeltes auseinander und nieder ging. Unter diesem Zelte stand auf einem Tische ein feiner Korb, in dem Korbe war ein weißes Bettchen, und in dem Bettchen war das Kind der beiden Eheleute, das Mädchen, bei dem sie öfter standen und die winzigen roten Lippen und die rosigen Wangen und die geschlossenen Äuglein betrachteten. Zu Schlusse war noch ein sehr schön gemaltes, großes Bild in dem Zimmer, die heilige Mutter mit dem Kinde vorstellend. Es war mit einer Faltung von dunkelm Sammet umgeben.

Die Frau waltete in ihren Zimmern, sie besorgte alles Nötige, was das Kindlein brauchte, beschäftigte sich mit Arbeit, mit Lesen, mit Sticken, mit Besorgung des Hauswesens und andern Dingen dieser Art. Sie verkehrte nicht sehr viel mit der Außenwelt, so wie auch nicht häufig Frauen zu ihr zum Besuche kamen.

Zu derselben Zeit, da dieses Ehepaar auf dem Sanct Petersplatze wohnte, lebte in Wien auch ein anderer Mann, der von sich sehr viel reden machte. Er war ein glänzender Künstler, ein Schauspieler, und bildete damals das Entzücken der Welt. Mancher alte Mann unserer Zeit, der ihn noch in seiner Blüte gekannt hat, gerät in Begeisterung, wenn er von ihm spricht, und erzählt, wie er diese oder jene Rolle aufgefaßt und dargestellt habe, und gewöhnlich ist der Schluß solcher Reden, daß man jetzt dergleichen Künstler nicht mehr habe, und daß alles, was die neue Zeit bringe, keinen Vergleich mit dem aushalten könne, was die Väter in dieser Art gesehen haben. Manche von uns, die sich jetzt dem höheren Alter nähern, mögen jenen Schauspieler noch gekannt, und mögen Leistungen von ihm gesehen haben, aber wahrscheinlich haben sie ihn nicht in der Mitte seines Ruhmes, sondern erst, da derselbe schon von dem Gipfel abwärts ging, gekannt, obwohl er seinen Glanz sehr lange und fast bis in das Greisenalter hinein behauptet hat. Der Mann namens Dall war vorzüglich im Trauerspiele berühmt, obwohl er auch in andern Fächern, namentlich im Schauspiele, mit ungewöhnlichem Erfolge auftrat. Es haben sich noch Erzählungen von einzelnen Augenblicken erhalten, in denen er die Zuschauer bis zum Äußersten hinriß, zur äußersten Begeisterung oder zum äußersten Schauer, so daß sie nicht mehr im Theater, sondern in der Wirklichkeit zu sein meinten, und mit Bangen den weiteren Verlauf der Dinge erwarteten.

Besonders soll seine Darstellung hoher Personen von einer solchen Würde und Majestät gewesen sein, daß seither nicht mehr dem Ähnliches auf der Bühne zum Vorscheine gekommen sei. Ein sehr gründlicher Kenner solcher Dinge sagte einst, daß Dall seine Rollen nicht durch künstliches Nachsinnen oder durch Vorbereitungen und Einübungen sich zurecht gelegt, sondern daß er sich in dieselben, wenn sie seinem Wesen zusagten, hineingelebt habe, daß er sich dann auf seine Persönlichkeit verließ, die ihm im rechten Augenblicke eingab, was er zu tun habe, und daß er auf diese Weise nicht die Rollen spielte, sondern das in ihnen Geschilderte wirklich war. Daraus erklärt sich, daß, wenn er sich der Lage grenzenlos hingab, er im Augenblicke Dinge tat, die nicht nur ihn selber überraschten, sondern auch die Zuschauer überraschten und ungeheure Erfolge hervorbrachten. Daraus erklärt sich aber auch, daß, wenn er in eine Rolle sich nicht hinein zu leben vermochte, er sie gar nicht, nicht einmal schlecht, darstellen konnte. Darum übernahm er solche Rollen nie, und war durch kein Zureden und durch kein noch so eindringliches Beweisen dazu zu bewegen.

Aus dem Gesagten erklärt sich aber auch das Wesen und die Lebensweise Dalls außer dem Theater. Er hatte ein sehr einnehmendes Äußere, war in seinen Bewegungen leicht und gefällig und trug seinen Körper als den Ausdruck eines lebhaften und beweglichen Geistes, der sich durch dieses Werkzeug sehr deutlich aussprach. Er war heiter, suchte seine Freude, wo er sie fand, und liebte die gesellige Laune, daher man, wenn er hinter einem Glase guten Weines bei plaudernden Freunden saß und selber plauderte, unmöglich glauben konnte, daß das derselbe Mann sei, der unsere Seele in seinen großartigen Darstellungen zu den tiefsten Erschütterungen, zu Angst und Entsetzen und zu Freude und Entzücken treiben konnte. Aber gerade weil er das war, was er spielte, und weil er dafür in seinem Körper den treffendsten Ausdruck fand, so stellten sich die Gefühle, die in seinem feurigen Geiste entstanden, auf der Oberfläche seines

Körpers feurig dar, sei es in Bewegung, in Ausdruck, in Stimme, und rissen hin. Darum war er der Liebling der Gesellschaft, er belebte sie und gab ihr Empfindungen. Man suchte ihn, und bestrebte sich, ihn zu fesseln. Er bewegte sich in den mannigfachsten Kreisen, und lernte daraus die leichte und geebnete Freiheit seines Benehmens; aber er wurde von keinem derselben gebannt: wie er sich im Spiele von seinem Geiste leiten ließ, so führte ihn derselbe auch unter Menschen, daß er mit ihnen lebe und empfinde, er führte ihn in die Natur, daß er sie anschaue und fühle; aber er entführte ihn auch wieder von den Menschen, wenn seinem Geiste nichts mehr zur Bewegung gegeben wurde, und er entführte ihn von der Natur, wenn ihre sanfte Sprache aufhörte, ihn zu erregen, und wenn er gewaltigere Eindrücke und tieferen Wechsel suchte. Er lebte daher in Zuständen, und verließ sie, wie es ihm beliebte.

Dieser Mann nun war mit dem Rentherrn bekannt, und man konnte sagen, daß er vielleicht in nichts so beständig war als in dieser Bekanntschaft. Er ging sehr gerne, wenn er in was immer für Umgebungen gewesen war, auf den Sanct Petersplatz, stieg die vier Treppen empor, läutete an der Glocke des Eisengitters, ließ sich von der ältlichen Magd öffnen, und ging durch das Vorzimmer in die Heldenstube des Rentherrn. Da saß er und plauderte mit dem Rentherrn über die vielen verschiedenen Dinge, die dieser trieb. Ja, vielleicht kam er gerade deshalb so gerne in die Gesellschaft des Rentherrn, weil es da so Mannigfaltiges gab. Besonders war es die Kunst, die Dall in allen ihren Gestalten, ja selbst Abarten anzog. Darum wurden die Verse des Rentherrn besprochen, er mußte auf einer seiner zwei Geigen spielen, er mußte auf der Flöte blasen, er mußte das eine oder das andere Musikstück auf dem Flügel vortragen, oder man saß an der Staffelei und sprach über die Farben eines Bildes oder über die Linien einer Zeichnung. Gerade in dem letzteren war Dall am erfahrensten, und war selber ein bedeutender Zeichner. Zu den Pappgestalten des Rentherrn gab er Länge und Breite, er gab Beziehungen und Verhältnisse an.

In Bezug auf die an die Wände geklebten Bildnisse berühmter Männer legte er sich auf das niederste Ruhebett, und musterte die untere Reihe durch. Der Rentherr mußte ihm bei jedem erzählen, was er von ihm wußte, und wenn beide nichts Ausreichendes von einem Manne sagen konnten, als daß er berühmt sei, so suchten sie Bücher hervor, und forschten so lange, bis sie Befriedigendes fanden. Dann legte er sich auf die höheren Ruhebette, dann saß er auf den nächsten, dann stand er, und endlich befand er sich auf den verschiedenen Stufen der Leiter. Bei dieser Gelegenheit lernte er die Bequemlichkeit solcher Ruhebette kennen, und der Rentherr mußte ihm einen großen Rollsessel machen lassen, der eine gepolsterte Rücklehne und gute Seitenarme hatte.

In diesem Rollsessel saß er gerne, wenn er kam, und man überließ sich der Plauderei.

Auf diese Weise verging eine geraume Zeit.

Endlich fing Dall ein Liebesverhältnis mit der Frau des Rentherrn an, und setzte es eine Weile fort. Die Frau selber sagte es endlich in ihrer Angst dem Manne.

Dall mußte davon gewußt haben, oder er mußte es an dem Gewissen der Frau gemerkt haben, daß sie ihrem Manne das Verhältnis mit seinem Freunde bekennen würde. Denn er kam in diesen Tagen nicht, obwohl er sonst in der letzten Zeit häufiger in die Wohnung am Sanct Petersplatze gekommen war, als es in der früheren Zeit der Fall gewesen war.

Der Rentherr war in einer außerordentlichen Wut, er wollte zu Dall rennen, ihm Vorwürfe machen, ihn ermorden; aber auch in seiner Wohnung war Dall nicht zu finden, er spielte auch in jener Zeit nicht im Theater, und man wußte nicht, wo er war. Der Rentherr gab sich Mühe, Dall aufzufinden, er ging alle Tage zu verschiedenen Zeiten in dessen Wohnung, aber er fand ihn niemals, und die Leute sagten, Dall habe eine kleine Erholungsreise gemacht. Dasselbe war auch in der Stadt in allen Kreisen bekannt, und man sagte, der Künstler werde wohl bald wieder zurück kehren und die Welt mit seinem

Glanze erfreuen. Der Rentherr aber ließ sich nicht irre machen, er fuhr fort, Dall zu suchen. Er suchte ihn in allen Teilen der Stadt, er suchte ihn an öffentlichen Plätzen, in der Kirche, an Vergnügungsorten, auf Spaziergängen, er suchte ihn neuerdings in seiner Wohnung. Der Gesuchte war nirgends zu finden.
So trieb es der Rentherr eine geraume Weile fort. Plötzlich aber wurde er sehr stille. Seine Freunde sahen, daß die Unruhe, die ihn in der letzten Zeit befallen hatte, verschwunden war. Er saß ruhig und sinnend. Da ging er zu seinem Weibe und sagte, sie habe an Dall fallen müssen, warum habe er ihn ins Haus geführt, sie habe ihm das Herz gegeben, wie er es Tausenden an einem Schauspielabende aus dem Leibe nehme.
Selber gegen Freunde, denen aus leisen Vermutungen, die in der Stadt herumgingen, die Sache im allgemeinen bekannt wurde, äußerte er sich bewußt oder unbewußt in einem Sinne, daß sie eine Gemütslage in ihm vermuten mußten, wie die eben geschilderte war.
Auch Dall mußte in seiner Entfernung von dem Stande der Sache Nachricht erhalten haben, und er mußte wissen, daß der Rentherr ruhig sei; denn da sich nichts Besonderes ereignete und die Dinge ihren Gang zu gehen schienen, war Dall wieder in der Stadt, und wurde wieder auf der Bühne gesehen.
Eines Tages verschwand die Frau des Rentherrn. Sie war ausgegangen, wie sie gewöhnlich auszugehen pflegte, und war nicht wieder gekommen.
Der Rentherr hatte gewartet, er hatte bis in die Nacht gewartet; aber da sie nicht erschien, hatte er gedacht, es könne sie ein Unglück betroffen haben, und er fuhr in einem Mietwagen zu allen Bekannten und Freunden und fragte, ob sie seine Gattin nicht gesehen hätten; aber niemand wußte eine Auskunft zu geben. Am andern Tage zeigte er die Sache bei den Behörden an, er forderte den Schutz der Ämter, und er bekümmerte sich um alle Verunglückten oder Aufgefundenen. Aber auch die Ämter fanden nichts, und unter den Verunglückten, die sich

vorfanden, war sie nicht, und unter den Aufgefundenen, die sich als heimatlos auswiesen, war sie nicht.
Da dachte der Rentherr, Dall könne sie irgend wohin geführt haben und halte sie dort verborgen. Er ging zu Dall, und forderte von ihm, daß er ihm sage, wo sein Weib sei, und daß er ihm dasselbe zurück gebe. Dall beteuerte, er wisse nichts von der Frau, er habe sie seit seinem letzten Besuche in der Wohnung auf dem Sanct Petersplatze nicht mehr gesehen, er gehe von seiner Wohnung nicht viel aus, und zwar nur in das Theater und wieder zurück.
Der Rentherr ging nach Hause.
Nach einiger Zeit kam er wieder zu Dall, kniete vor ihm nieder, faltete die Hände, und bat ihn um sein Weib. Dall erwiderte wieder, er wisse von dem Weibe gar nichts, dasselbe habe sich nicht mit seinem Willen entfernt, er kenne dessen Aufenthalt nicht, und könne es nicht zurück geben.
Der Rentherr entfernte sich wieder.
Nach einigen Tagen kam er abermals, kniete abermals nieder, und bat mit gefalteten Händen um sein Weib. Dall schwor, daß er nicht wisse, wo die Frau sei, und daß er sie nicht zurück geben könne.
Der Rentherr kam nach einigen Tagen noch einmal, tat dasselbe, und bekam dieselbe Antwort. Dann kam er nicht mehr.
Er verabschiedete seine Magd, er nahm das kleine Kindlein aus dem Bette, er nahm es auf den Arm, ging aus seiner Wohnung, sperrte hinter sich zu, und ging fort.
Wenn Freunde zu dem Rentherrn kamen, um ihn zu besuchen, so hörten sie von den Leuten in dem Hause, der Rentherr sei fort, er müsse eine Reise angetreten haben; denn er habe das Kindlein mitgenommen, und habe, obwohl es Sommer war, den Mantel angehabt.
So stand die Wohnung in dem vierten Stockwerke des Hauses auf dem Sanct Petersplatze leer, und das eiserne Gitter auf dem Gange war geschlossen.
Als ein halbes Jahr vergangen war, und weder der Rentherr

zurückgekehrt war, noch auch jemand die Miete für die Wohnung bezahlt hatte, zeigte der Besitzer des Hauses den Vorfall bei der Obrigkeit an. Man ließ mehrere Freunde des Abwesenden kommen, und fragte sie, ob sie dessen Aufenthalt wüßten; allein keiner wußte ihn. Man ließ nach und nach alle kommen, von denen man wußte, daß sie mit dem Rentherrn in Beziehung gewesen seien; aber kein einziger konnte eine Auskunft geben. Auf das Anraten des Gerichtes, und weil ihn sein eigenes Wohlwollen gegen den Rentherrn dazu trieb, entschloß sich der Hausbesitzer, noch eine Zeit zu warten, ob der Rentherr nicht etwa von selber zurück kehren würde. Nach der Aussage der Bewohner der Hauses und des Pförtners desselben hatte der Rentherr nicht das Kleinste von seiner Wohnung fortbringen lassen, ja man erinnerte sich nicht einmal genau, ob er bei seiner Abreise einen Koffer gehabt habe oder nicht. Da man nun wußte, daß viele und kostbare Sachen in der Wohnung seien, so war es wahrscheinlich, daß der Rentherr nur verreiset sei, daß ihn irgend ein Zufall getroffen haben müsse, der ihn hindere, zurück zu kehren, oder eine Nachricht zu geben, und daß er schon wieder kommen werde.
Allein da bereits zwei Jahre vergangen waren, und da der Rentherr weder selbst zurück gekehrt war, noch auch eine Nachricht von sich gegeben hatte, ließ man ihn ämtlich durch die Zeitungen auffordern, daß er von sich Nachricht zu geben und sich auszusprechen hätte, ob er seine dermalige Wohnung auf dem Sanct Petersplatze noch ferner behalten und die Miete gesetzmäßig berichten würde. Wenn in einer gegebenen Frist keine Nachricht einginge, so würde man seine Wohnung als aufgekündet betrachten, würde seine Zurücklassenschaft versteigern, davon die angelaufene Miete bezahlen, und den etwaigen Rest in gerichtliche Verwahrung nehmen.
Allein auch die Frist verstrich, ohne daß der Rentherr kam, oder eine Nachricht eintraf, oder jemand erschien, der sich um die Wohnung annahm.

Da schritt man zur ämtlichen Öffnung derselben.
Ein Schlosser mußte das Schloß des eisernen Gitters eröffnen. Die ältliche Magd erschien nicht mehr, die Leute in das Vorzimmer und in die Stube des Rentherrn zu geleiten, ihr Küchenfenster war nicht glatt und rein wie ehedem, sondern es war voll Staub und hing voll Spinneweben. In der Küche war alles wie nach dem Gebrauche, die Magd hatte vor ihrem Weggange alles noch gereinigt und an seinen Platz gestellt, nur war jedes Ding voll Staub, und die hölzernen Küferarbeiten waren zerfallen, und die Reifen lagen um sie. In dem Vorzimmer waren die großen Kästen mit Kleidern erfüllt, von den wollenen flog eine Wolke Motten auf, die andern waren unversehrt. Es hingen auch die Sachen der Frau da, und darunter schöne seidene Gewänder. In dem Speisekasten befanden sich die Eßgeräte und das Silbergeschirr.
Da man das Zimmer des Rentherrn eröffnet hatte, fand sich alles, wie es sonst gewesen war. Der Flügel stand eröffnet, die zwei Geigen waren da, die Fächer mit den Flöten, nur eine Flöte fehlte. Auf der Staffelei war ein angefangenes Bild, auf dem Schreibtische lagen Bücher und Schriften, und das Bett war mit seiner feinen Decke überzogen. Die berühmten Männer waren bestaubt und von der eingeschlossenen Luft vergelbt. Die Ruhebetten standen umher, aber sie waren lange nicht gerollt worden. Der große Armsessel des Schauspielers stand mitten in dem Zimmer.
In der Wohnung der Frau war schier keine Veränderung, es standen die Geräte in der alten Ordnung, und es lagen die alten Sachen auf ihnen; aber die kleinen Veränderungen, die doch vor sich gegangen waren, zeigten, wie es hier anders geworden sei. Die schweren Vorhänge hingen ruhig herab, da sie doch sonst bei den geöffneten Fenstern sich leicht bewegt hatten, die Blumen und Pflanzen standen als verdorrte Reiser, die Uhr mit dem sanften Gange hatte auch diesen nicht, das Pendel hing stille, und sie zeigte unabänderlich auf dieselbe Stunde. Die Linnen und anderen Arbeiten lagen wohl auf den Tischen,

aber sie zeigten keine anfassende Hand, und trauerten unter dem Staube. In dem Seitengemache hingen die weißen Vorhänge in den vielen Falten hernieder, aber in den Falten war der leichte, schnell rieselnde Staub, die heilige Mutter schaute von dem Bilde nieder, die rote Umhüllung war grau, der vergoldete Engel hielt die Spitze des Linnenzeltes, aber auf den Linnen lag der Staub, und unter ihnen war der leere Korb, und in ihm nicht mehr das rosige Angesicht des Kindes.

Das Amt nahm alle Gegenstände dadurch in Empfang, daß es dieselben in ein Buch verzeichnete. Dann wurden sie in zwei Zimmer zusammen gestellt, daß man sie besser übersehen und überwachen könnte. Hierauf wurde die Wohnung wieder verschlossen und versiegelt.

Unter den vorgefundenen Sachen war nichts, was von dem Aufenthalte und den weiteren Verhältnissen des Rentherrn hätte Kunde geben können. Auch kein Geld wurde gefunden, man vermutete, daß er alles bare auf die Reise mitgenommen habe.

Der Tag der Versteigerung wurde anberaumt, und als diese vor sich gegangen war, wurde ein Teil des Erlöses dem Besitzer des Hauses als angewachsener Mietbetrag samt dessen Zinsen gegeben, der Rest für den abwesenden Rentherrn von dem Amte in Verwahrung genommen. Die Helden waren sämtlich von den Wanden abgelöset worden, die Wohnung in dem vierten Stockwerke im Hause auf dem Sanct Petersplatze stand leer, und auf einem an dem Tore desselben angeschlagenen Zettel war zu lesen, daß sie an einen neuen Mieter zu vergeben sei.

Die Sache hatte in Wien großes Aufsehen gemacht, man hatte mehr oder minder eine Ahnung von dem wahren Sachverhalte, und redete eine geraume Zeit davon. Einmal ging die Sage, der Rentherr sei in den böhmischen Wäldern, wohne dort in einer Höhle, halte das Kind in derselben verborgen, gehe unter Tags aus, um sich den Lebensunterhalt zu erwerben, und kehre abends wieder in die Höhle zurück. Aber es kamen andere Ereignisse der großen Stadt, wie sich überhaupt die Dinge in solchen Orten drängen, man redete von etwas anderem, und nach kurzem waren der Rentherr und seine Begebenheit vergessen.

Es war seit der Zeit, in welcher sich das zugetragen hatte, was oben erzählt worden ist, eine Reihe von Jahren vergangen. Die Erzählung rührt von einer Freundin her, welche den Künstler recht gut gekannt hat, und welche das genauere Verhältnis desselben zur Familie des Rentherrn von seinen Freunden erfahren hatte. Denn sie selber war zur Zeit, da die Begebenheit sich zugetragen hatte, noch zu jung gewesen, um viel von ihr berührt zu werden.
Wir lassen nun aus ihrem Munde das Weitere folgen.
Vor ziemlich langer Zeit, erzählte sie, als ich mit meinem Gatten erst einige Jahre vermählt war, hatten wir eine sehr angenehme und freundliche Vorstadtwohnung. Mein Gatte konnte recht leicht den kleinen Weg in die Stadt, in welche ihn täglich seine Amtsgeschäfte riefen, zurücklegen; ich kam nicht oft hinein, weil ich mit meiner Häuslichkeit sehr viel beschäftigt war, weil mir damals die kleinen Kinder viel zu tun gaben, weil ich mich ihrer Pflege sehr gerne widmete, und wenn ich doch in die Stadt mußte, so war, wenn es schön war, der Weg nur ein Spaziergang, und am Ende kostete bei schlechtem Wetter ein Wagen auch nicht gar viel. Für die Kinder aber war die luftige und freie Wohnung, zu welcher auch ein geräumiger Garten gehörte, von entschiedenem Vorteile, und ein bedeutender Arzt, der Freund meines Mannes, widerriet, als der letztere einmal die Wohnung aufgeben wollte, ihm diesen Vorsatz auf das eindringlichste. Die Fenster eines Teils der Wohnung gingen auf den Garten und über ihn weg auf andere Gärten und endlich auf die nahen Weinberge und Waldhügel der Umgebung. Hier war hauptsächlich ich mit den Kindern. Die vorderen Fenster sahen auf die breite, gerade und schöne Hauptstraße der Vorstadt, in welcher ein angenehmes, nicht zu

bewegtes Leben herrschte, Kaufbuden und Warenstände waren, und Wägen fuhren, und Menschen gingen. In diesem Teile der Wohnung war unser Gesellschaftszimmer, noch ein schönes Zimmer und das Arbeitsgemach meines Mannes. Die Entfernung zwischen der Stadt und dem Lande war so gleich und so kurz, daß wir zu keinem einen großen Weg zurück zu legen hatten.

Als einmal ein sehr schöner, milder Morgen war, ich glaube, es war zur Zeit des Frühlingsanbruches, als mein Gatte bereits in der Stadt war, die Kinder aber sich in der Schule befanden, ließ ich mich von der einschmeichelnden Luft bewegen, die Fenster zu öffnen, um die Wohnung zu lüften, und bei dieser Gelegenheit, wie das immer so folgt, auch ein wenig Staub abzuwischen, aufzuräumen, und dergleichen. Wir hörten in unsere Wohnung gerne das Kirchenglöcklein des Krankenhauses, wenn es zur Messe rief, und ich ging nicht selten, wenn ich eben darnach angekleidet war, hinüber, meine Andacht zu verrichten. Eben tönte auch wieder das Glöcklein durch die Lüfte, als ich bei einem Fenster unsers schönsten Zimmers gegen die Straße hinaus sah und ein Abwischtuch ausschwang. Ich hatte aber außer dem Klingen des Glöckleins auch noch einen andern Eindruck, der mich bewog, noch ein Weilchen an dem Fenster zu bleiben. Da ich nämlich hinunter sah, was denn für Leute gingen, erblickte ich ein seltsames Paar. Ein Mann, nach dem Rücken zu schließen, den er mir zukehrte, schon ziemlich bejahrt, mit einem dünnen, gelben Molldonröckchen, blaßblauen Beinkleidern, großen Schuhen und einem kleinen runden Hütchen angetan, ging auf der Straße dahin; er führte ein Mädchen, das eben so seltsam gekleidet war, in einen braunen Überwurf, der ihr fast wie eine Toga um die Schultern lag. Das Mädchen hatte aber einen so großen Kopf, daß es zum Erschrecken gereichte, und daß man immer nach demselben hin sah. Beide gingen mäßig schnell ihres Weges; aber beide so unbeholfen und ungeschickt, daß man sogleich sah, daß sie Wien nicht gewohnt seien, und daß sie sich nicht so zu bewe-

gen verstünden wie die anderen Menschen. Aber bei aller Unbeholfenheit und Ungeschicklichkeit war der Mann doch noch beflissen, das Mädchen zu leiten, mit ihm den fahrenden Wägen auszuweichen und es vor dem Zusammenstoße mit Personen zu hüten. Sie schlugen gerade den Weg ein, der zu dem Kirchlein führte, von dem eben das Glöcklein tönte.
Von Neugierde getrieben, und weil ich dachte, daß der Mann etwa das Mädchen in die Messe führe, beschloß ich, auch dahin zu gehen, meine Andacht zu verrichten, und nebenbei auch etwas Näheres von den beiden zu erfahren oder sie zu betrachten. Ich kleidete mich schnell an, warf ein Tuch um, setzte den Hut auf, und ging fort. Ich bog in das kleine Gäßchen ein, das von unserer Hauptstraße um die Ecke der Soldatenarzneischule herum gegen die Gegend des Kirchleins führt, wohin ich die zwei Menschen hatte einlenken gesehen; allein ich erblickte sie nicht in dem Gäßchen. Ich ging dasselbe entlang, ging durch den Schwibbogen, der dasselbe damals noch schloß, wendete mich um die Häuserecke, und wandelte bis zur Kirche; aber ich sah sie nirgends. Auch in der Kirche, in der wenig Menschen waren, erblickte ich sie nicht. Ich verrichtete nun meine gewöhnliche Andacht, vertiefte mich in dieselbe, und da die Messe vorüber war, und ich mich zum Fortgehen rüstete, sah ich mich noch einmal rings herum, um ihnen Hilfe anzubieten, wenn sie deren vielleicht bedürften; allein ich hatte mich geirrt, das Paar war wirklich nicht in der Kirche. Ich verfügte mich nun auch wieder nach Hause.
Es war seit diesem Vorfalle eine bedeutende Zeit vergangen, und ich hatte ihn längst vergessen, als ich mit meinem Gatten einmal in einer sehr schönen Nacht von der Stadt nach Hause ging. Wir waren in dem Theater in der Hofburg gewesen, und da die Nacht gar so schön und heiter war, so bestimmte uns dieser Umstand, das Anerbieten eines Freundes, der mit uns der Vorstellung beigewohnt hatte, anzunehmen, und bevor wir nach Hause gingen, noch ein wenig bei seiner Familie einzutreten. Wie es zu geschehen pflegt, man sprach dort von

dem Stücke, man stritt hinüber und herüber, man brachte Erfrischungen, und es wurde Mitternacht, ehe wir aufbrachen. Wir lehnten den Antrag unseres Freundes, uns seinen Wagen zu geben, ab, und sagten, es wäre ein Raub an dieser schönen Nacht, wenn wir in dem Wagen säßen und den freien Raum, der zwischen der Stadt und der Vorstadt ist, durchflögen, statt ihn langsam zu durchwandeln und seine freie, erhellte Schönheit zu genießen. Man widersprach uns nicht mehr, und wir machten uns zu Fuße auf.

Als wir aus dem Tore hinaus traten und die Stadt hinter uns ließen, empfing uns der heitere, große Grasplatz mit seinen vielen Bäumen, und eine wirklich herrliche Mondnacht stand über dem Raume. Ein ungeheurer Himmel, wie aus einem Edelsteine gegossen, war über der großen Rundsicht der Vorstädte, nicht ein einziges Wölkchen war an ihm, und von seinem Gipfel schien das Rund des Mondes lichtausgießend nieder. Wir wandelten an der Reihe der Bäume, die den Fahrweg säumten, dahin, mancher einzelne Wanderer und manches Paar begegnete uns. Weil die Nacht so duftend und beinahe südlich war, machten wir den Weg über den freien Raum noch einmal hin und zurück, so daß wir endlich beinahe die Letzten auf dem Platze waren. Wir wendeten uns nun auch, um nach Hause zu gehen. Als wir an der Häuserreihe unserer Vorstadt hin gingen, und uns kein Mensch mehr begegnete, merkten wir, daß wir doch nicht die einzigen wären, welche von dieser schönen Mondnacht angezogen würden, sondern daß auch noch ein anderer von ihren Strahlen in seinem Herzen erregt wäre; denn wir hörten in der allgemeinen Stille, die nur durch unsere Tritte und durch manchen fernen Ruf einer Nachtigall unterbrochen wurde, ein seltsames Flötenspiel. Wir hörten es anfangs ganz leise, dann, da wir weiter kamen, lauter. Wir bleiben ein wenig stehen, um zu horchen. Wenn es ein gewöhnliches Flötenspiel gewesen wäre, würden wir wahrscheinlich bald weiter gegangen sein; denn es ist nichts Seltenes, daß man auch noch spät in der Nacht aus irgend einem Hause unserer

Stadt Musik hört; aber das Flötenspiel war so sonderbar, daß wir länger stehen blieben. Es war nicht ein ausgezeichnetes Spiel, es war nicht ganz stümperhaft, aber was die Aufmerksamkeit so erregte, war, daß es von allem abwich, was man gewöhnlich Musik nennt, und wie man sie lernt. Es hatte keine uns bekannte Weise zum Gegenstande, wahrscheinlich sprach der Spieler seine eigenen Gedanken aus, und wenn es auch nicht seine eigenen Gedanken waren, so gab er doch jedenfalls so viel hinzu, daß man es als solche betrachten konnte. Was am meisten reizte, war, daß, wenn er einen Gang angenommen und das Ohr verleitet hatte, mit zu gehen, immer etwas anderes kam, als was man erwartete, und das Recht hatte, zu erwarten, so daß man stets von vorne anfangen und mitgehen mußte, und endlich in eine Verwirrung geriet, die man beinahe irrsinnig hätte nennen können. Und dennoch war trotz des Unzusammenhanges eine Trauer und eine Klage und noch etwas Fremdartiges in dem Spiele, als erzählte der Spieler in ungefügen Mitteln seinen Kummer. Man war beinahe gerührt.

»Das ist sonderbar«, sagte mein Gatte, »der muß das Flötenspiel auf einem eigentümlichen Wege gelernt haben, er stimmt richtig an, er fährt nicht fort, er verhastet die Sache, er kann mit dem Hauche nicht haushalten, er überstürzt ihn, und reißt ihn ab, und hat doch eine Gattung Herz darin.«

Wir konnten auch nicht ergründen, woher das Spiel kam, fast hätten wir geglaubt, daß es aus dem alten Perronschen Hause klinge, in dessen Nähe wir uns befanden; aber das Haus war im Begriffe, abgetragen zu werden, es war schon nur mehr sehr wenig bewohnt, und die Töne klangen durchaus nicht, als kämen sie von irgend einem Fenster herab.

Als wir noch ein Weilchen gestanden waren, gingen wir weiter, das seltsame Flötenspiel wurde hinter uns undeutlich, endlich hörten wir es gar nicht mehr, wir kamen nach Hause, und begaben uns neben unsern Kindern, die schon mehr als die Hälfte ihres erquickenden Schlafes ausgeschlafen hatten, zur Ruhe.

Nach dieser Begebenheit verging wieder eine geraume Zeit. Wer schon länger in unserer Stadt lebt, wird sich noch des alten Perronschen Hauses erinnern. Wer überhaupt etwa fünfzehn bis zwanzig Jahre her Wien kennt, der wird wissen, daß diese Stadt in beständigem Umwandeln begriffen, und daß sie trotz ihres Alters eine neue Stadt ist; denn die Häuser werden immer nach neuer Art und zu dem Zwecke der Benützung umgebaut, alte, unveränderliche Denkmale, wie etwa die Kirche von Sanct Stephan, gibt es zu wenige, als daß sie der Stadt ein allgemeines Aussehen aufdrücken könnten, und so sieht sie immer wie eine von gestern aus. Das alte Perronsche Haus stand an der Hauptstraße der Vorstadt, in welcher wir wohnten, und war nicht gar weit von unserer Wohnung entfernt. Es hatte noch die Eigentümlichkeit, welche die jetzigen jungen Bewohner der Hauptstadt nicht mehr kennen, daß es unterirdische Wohnungen hatte. Die Fenster solcher Wohnungen gingen gewöhnlich dicht an dem Pflaster der Straßen heraus. Sie waren nicht sehr groß, hatten starke eiserne Stäbe, hinter denen sich gewöhnlich noch ein dichtes eisernes Drahtgitter befand, das, wenn der Bewohner nicht besonders reinlichkeitliebend war, mit dem hingeschleuderten und getrockneten Kote der Straße bedeckt war und einen traurigen Anblick gewährte. Das Perronsche Haus war auch ohnedem schon ein sehr altes Haus, es sah schwarz aus, und hatte Verzierungen aus sehr alten Zeiten. Es ging nur mit seiner schmäleren Seite auf die Straße, mit den größeren Räumen ging es gegen einen Garten zurück. Es hatte ein kleines Pförtlein, das mit dunkelroter, fast schwarz gewordener Farbe angestrichen und mit vielen metallenen Nägeln beschlagen war, deren Stoff man nicht mehr erkennen konnte, weil sich die breiten Köpfe mit Schwärze überzogen hatten. Es war wohl neben dem Pförtchen ein größeres Haustor, aber dasselbe war seit undenklichen Zeiten nicht mehr benützt worden, es war geschlossen, es war voll Straßenkot und Staub, und hatte zwei Querbalken, die mit eisernen Klammern an der Mauer befestigt waren.

Wir hatten damals einen Freund, der es auch in allen folgenden Zeiten geblieben ist. Es war der Professor Andorf. Er war unvermählt, aber ein heiterer, freundlicher Mann voll geistiger Anlagen, er hatte ein warmes, empfindendes Herz, und war für alles Gute und Schöne empfänglich. Er kam sehr oft zu uns, war mit meinem Manne in gelehrten Verbindungen, und es wurde öfter etwas Schönes vorgelesen oder Musik gemacht, oder traulich von verschiedenen Dingen gesprochen. Dieser Professor Andorf wohnte in dem Perronschen Hause, er wohnte nicht einmal auf die Gasse heraus, sondern in dem Hofe. Er hatte freiwillig diese Wohnung gewählt, weil sie für seine Beschäftigungen, die in Lesen, Schreiben oder etwas Klavierspielen bestanden, sehr ruhig war; und obwohl er ein heiterer, geselliger Mann war, hatte er doch gerade diese Wohnung gewählt, weil es seinen dichtenden Kräften, die sich nicht sowohl im Hervorbringen, als vielmehr im Empfangen äußerten, zusagte, das allmähliche Versinken, Vergehen, Verkommen zu beobachten, und zu betrachten, wie die Vögel und andere Tiere nach und nach von dem Mauerwerke Besitz nahmen, aus dem sich die Menschen zurück gezogen hatten; es gehe ihm in der Welt nichts darüber, pflegte er zu sagen, an einem Regentage an seinem Fenster zu stehen und das Wasser von den Disteln, dem Huflattig und den andern Pflanzen, die in dem Hofe stehen, niederträufeln und die Nässe sich in den alten Mauern herabziehen zu sehen.

Einmal sagte mein Gatte, da er schon angezogen war und eben in sein Amt gehen wollte: »Da ist ein Buch, es gehört dem Professor Andorf, es ist sehr wichtig, mir ist daran gelegen, daß es nicht in fremde Hände komme, sei so gut, schlage es in ein Papier ein, siegle das Papier zu, und schicke das Buch durch jemand Zuverlässigen an den Professor. Ich hatte nicht mehr Zeit, das Geschäft selber zu besorgen, und wende mich daher an dich.«

Er legte das Buch auf mein Nähtischchen, ich sagte ihm zu, daß ich seinen Auftrag vollziehen würde, und er ging fort, um sich an seine Dienstgeschäfte zu begeben.

Da mir aber im Laufe des Vormittages einfiel, daß ich ohnedem in die Stadt gehen müsse, und daß ich da an dem Perronschen Hause vorübergehe, so dachte ich, daß ich ja bei dieser Gelegenheit das Buch selber abgeben könnte, so könne es ganz gewiß in keine unrechten Hände kommen. Ich beschloß also, so zu tun. Da die Zeit gekommen war, kleidete ich mich an, tat das Buch in meine Arbeitstasche, die ich gerne am Arme mitzutragen pflege, und machte mich auf den Weg. Als ich zu dem Perronschen Hause gekommen war, drückte ich auf die Klinke des kleinen roten Pförtchens. Ich war nie in dem Hause gewesen. Die Klinke gab leicht nach, und das Pförtchen öffnete sich. Als ich aber in dem Gange stand, der sich hinter dem Pförtchen öffnete, sah ich mich vergeblich nach einer Stube oder Wohnung um, in der ein Pförtner oder dergleichen wäre, der mir Auskunft geben könnte. Ich ging also in dem Gange weiter, der mir keine Treppe in die höhern Stockwerke zeigte, und gelangte in den Hof. Derselbe war mit großen, aber zum Teile schon zerbrochenen Steinen gepflastert. Ich sah da die Pflanzen des Professors Andorf stehen, die ihn bei dem Regen mit ihrem triefenden Wasser ergötzten, ich sah aber auch bei allen Fugen der Steine das Gras heraus stehen, das schön und unzertreten wuchs. An den Mauern, die den Hof bildeten, sah ich mehrere Tore, die zu Stallungen oder Wagenbehältern führen mochten, aber die Tore wurden nie geöffnet, was ihr ausgewittertes, vertrocknetes und zum Teil zerfallenes Aussehen, das hohe Gras zu ihren Füßen und die braunverrosteten Angeln bewiesen. Es waren auch drei Mündungen, die zu Treppen führten, aber die Mündungen sahen unwirtlich aus, und die Treppen schienen nicht betreten zu werden. Unter den erblindeten oder bläulich schillernden oder teils mit hölzernen Läden verschlossenen Fenstern sah ich auch einige mit reinem Glase, hinter denen weiße Vorhänge waren. Ich schloß, daß diese zu der Wohnung des Professors gehören möchten, wußte aber nicht, wie ich zu dieser Wohnung hinan gelangen könnte. In diesem Augenblicke hörte ich leise Tritte hinter mir, und vernahm eine nicht unangenehme, etwas feine Männerstimme, die sagte: »Wünschen Sie etwas?«

Ich wendete mich um, und sah ein Männchen hinter mir stehen, das spärliche graue Haare auf dem Haupte und einen schlichten Ausdruck in dem Angesichte hatte. Es war nicht eigentlich angekleidet; denn es hatte nur linnene Beinkleider an, eine ähnliche Jacke, auf dem Kopfe nichts, und an den Füßen Pantoffel.

»Ich suche den Herrn Professor Andorf«, sagte ich.

»Was wünschen Sie denn von dem Herrn Professor Andorf?« erwiderte er, »kann ich vielleicht eine Botschaft oder eine Übergabe bestellen, der Herr Professor ist nicht zu Hause.«

Ich sah den Mann näher an. Er hatte ein längliches Angesicht und blaue Augen. Seine Miene stieß nicht ab.

»Ich hätte ein Buch zu übergeben,« sagte ich, »das nur in seine Hände gehört, aber da er nicht zu Hause ist, so kann das Buch auch ein anderes Mal zu ihm kommen, mein Gatte kann es ein anders Mal herüber schicken.«

»Ich bin der Pförtner des Hauses,« erwiderte er, »Sie können mir das Buch schon anvertrauen; wenn Sie es aber vorziehen, es ihm selbst zu übergeben oder durch jemand Ihrer Leute übergeben zu lassen, so treffen Sie den Professor täglich bis neun Uhr früh, und meistens auch zwischen vier Uhr und sechs Uhr nachmittags.«

Da ich unschlüssig zauderte und ihn ansah, sagte er: »Verehrte Frau, geben Sie mir das Buch, ich werde es behutsam anfassen, daß es nicht schmutzig werde, ich werde nicht in dasselbe hinein sehen, und werde es sogleich, wenn der Herr Professor Andorf nach Hause kömmt, in seine Hände geben.«

Ich sah in wieder an. Das Anständige in seiner Stellung fiel mir auf. Seine Worte waren in dem Wenigen, was er mir sagte, sehr gewählt, wie man es in der bessern Gesellschaft findet, nur seine blauen Augen hatten etwas Unstättes, als blickten sie immer hin und her. Ich hatte nicht den Mut, ihn durch Mißtrauen zu kränken, ich nestelte meine Arbeitstasche auf, zog das Buch hervor, und gab es in seine Hände. Ich hatte es in kein Papier eingeschlagen, weil ich es selber zu übergeben gedachte. Er bemerkte den Umstand gleich und sagte: »Ich werde das Buch in ein Papier einwickeln, werde es so liegen lassen, bis der Herr Professor kömmt, und werde es ihm so übergeben.«

»Ja, tun Sie das«, sagte ich, und mit diesen Worten schied ich aus dem Hause.

Aber kaum war ich auf der Gasse, so bemächtigte sich meiner eine Unruhe. Etwa zwanzig Schritte von dem roten Pförtlein an der Mauer des nächsten Hauses saß gerne eine Obstfrau. Sie saß jeden Tag da, wenn nicht gar ein zu abscheuliches Wetter war; denn an gewöhnlichen Regentagen hatte sie einen breiten Schirm über ihr Warenlager ausgebreitet. Ich kannte die Frau sehr gut, und hatte oft schon für die Kinder von ihr Obst gekauft. Zu dieser Frau ging ich hin. Ich fragte sie, ob sie den Pförtner des Perronschen Hauses kenne. Sie sagte, daß sie ihn kenne, daß er ein ordentlicher Mann sei, daß, wenn er ausgehe, er gewiß immer vor Anbruch der Nacht nach Hause komme. Man könne ihm nichts nachsagen, er sei sehr stille. Übrigens sei es schon daran, daß man das Perronsche Haus umbauen müsse, es wohnen schon nicht mehr viele Leute darinnen, vornehme schon gar nicht, wenn man den Herrn Professor Andorf ausnehme, wie ich ja selber sehr gut wisse, und in wenig Jahren werde gar niemand mehr drin wohnen wollen. Wenn Herr Perron nicht immer in fremden Ländern wäre, so würde er wissen, wie es mit dem Hause stehe, daß es ihm nicht viel eintrage, und daß er besser fahren würde, wenn er es nieder risse und ein anderes an dessen Stelle aufbaute.

Ich kaufte von der Frau einiges Obst, tat es in meine Tasche, und setzte meinen Weg in die Stadt fort.

Als mein Gatte nach Hause gekommen war, und wir bei dem Mittagessen saßen, drückte mich das Gewissen, und ich sagte ihm, was ich getan habe; aber er nach seiner ihm von jeher innewohnenden Güte und Milde beruhigte mich, und sagte, ich hätte vollkommen recht getan, er selber, wenn er das Buch hinüber getragen hätte, und ihm das Gleiche begegnet wäre, hätte nicht anders gehandelt. Das Buch würde schon in die rechten Hände kommen. Deßohngeachtet fragte ich den Professor, als er das erste Mal nach dieser Begebenheit zu uns kam, ob er das Buch erhalten habe, ich hätte es in die Hände des Pförtners des Perronschen Hauses gegeben.

»Das Buch habe ich erhalten,« sagte der Professor, »aber ich habe geglaubt, daß Sie es mir durch jenen alten Mann überschickt haben. Daß wir im Perronschen Hause einen Pförtner besitzen, habe ich gar nicht gewußt, und wenn wir einen haben, so muß es der stillste Pförtner der Welt sein; denn ich habe nie etwas von ihm vernommen. Ich habe einen Schlüssel, durch den ich mir das Pförtchen öffne, wenn ich so spät nach Hause komme, das es schon verschlossen ist. Übrigens tut es mir leid, daß ich nicht zu Hause gewesen bin, da Sie in das Perronsche Haus gekommen sind, daß ich Sie hätte empfangen und Ihnen die vorkommenden Merkwürdigkeiten des Hauses hätte zeigen können.«

Wieder war seit diesem Vorfalle eine bedeutende Zeit vergangen, als sich ein neues Merkmal zutrug. Unser ältester Sohn Alfred kam einmal von der Schule nach Hause. Er lief eifrig die Treppe heran, er stürzte in die Stube und rief: »Mutter, ich habe ihm nichts getan, Mutter ich habe ihm nichts getan.«

»Alfred,« sagte ich, »was ist dir denn?«

»Mutter, du weißt das Perronsche Haus,« erwiderte er, »da ging ich auf dem breiten Pflaster des Weges für die Fußgeher, und da sah ich einen Raben auf dem Pflaster sitzen, der sich nicht fürchtete, der nicht fliegen zu können schien, und der vor mir, da ich mich näherte, her ging. Ich duckte mich ein wenig, sprach zu ihm, langte nach ihm, und er ließ sich fangen. Mutter, ich habe ihm nichts getan, ich habe ihn nur gestreichelt. Da sah bei den Erdfenstern des Perronschen Hauses ein fürchterlich großes Angesicht heraus und schrie: ›Laß, laß.‹ Ich blickte nach dem Kopfe hin, er hatte starre Augen, war sehr blaß, und war erschreckend groß. Ich ließ den Raben aus, richtete mich empor, und lief nach Hause. Mutter, ich habe ihm wirklich nichts getan, ich habe ihn bloß streicheln wollen.«

»Ich weiß, Alfred, ich weiß,« sagte ich, »lege deinen Schulsack ab, gehe in die Kinderstube, da wirst du dein Nachmittagbrot bekommen, und schlage dir den Raben aus dem Sinn, es liegt nichts an ihm.«

Der Knabe küßte mir die Hand, und ging leichten Gemütes in die Kinderstube.

Aber mein Gemüt war nicht so leicht, es war nachdenklich geworden. Mir fiel nun das vor vieler Zeit gesehene Paar ein, dem ich einmal in der Richtung nach der Kirche des Krankenhauses nachgegangen bin. Das Mädchen hatte auch damals einen nach des Knaben Ausdruck fürchterlich großen Kopf gehabt. Ich fing nun an, die Begebenheiten zu verbinden. Wenn der von Alfred gesehene Kopf der nämliche gewesen ist, den ich an jenem Mädchen wahrgenommen hatte, so muß das Mädchen in einer unterirdischen Wohnung des Perronschen Hauses wohnen. Wenn ich nun an den Pförtner des Perronschen Hauses dachte, dem ich das Buch für den Professor Andorf gegeben hatte, so dürfte derselbe, wie mir jetzt vorkam, ungefähr die Gestalt und Größe des Mannes haben, den ich mit dem Mädchen über die Straße gehen gesehen hatte. Dann war der Pförtner vielleicht der Vater des Mädchens.

Mir fiel auch noch einmal auf, wie ordentlich, ja anständig sich damals der Pförtner benommen hatte, als er mir das Buch für den Professor Andorf abgenötigt hatte, wie ausgewählt und gut seine Sprache gewesen sei, so daß es den Anschein hat, als sei hier etwas Besonderes im Spiele. Dies steigerte meine Teilnahme noch mehr, und ich nahm mir vor, gelegentlich dem Pförtner des Perronschen Hauses nach zu forschen, und, wenn etwa eine Hilfe notwendig sein sollte, sie nach den kleinen Mitteln, die mir zu diesem Zwecke gegeben waren, zu leisten.

Die Zeit, in welcher Alfred die Begegnung mir dem Raben gehabt hatte, war im Spätherbste gewesen. In dem sehr milden Winter, der darauf folgte, ging ich oft mit meinem Gatten in die Stadt. Wir gingen zum Teile zu Freunden, zum Teile besuchten wir auch das Theater, von dem ich damals eine sehr große Freundin gewesen war. Wenn wir in der Nacht nach Hause gingen, hörten wir noch einige Male das seltsame Flötenspiel, das wir in jener Mondnacht gehört hatten, und wir vernahmen jetzt deutlich, daß es aus den unterirdischen Wohnungen des Perronschen Hauses kam.

Die Gelegenheit aber, mit dem Pförtner des Perronschen Hauses bekannt zu werden, war nicht leicht zu finden. Zuerst wollte ich nicht zudringlich sein, dann war der Professor Andorf so wenig mit dem Pförtner des Hauses bekannt, daß er nicht einmal gewußt hatte, das das Haus einen Pförtner habe, und endlich kam überhaupt niemand in das Perronsche Haus, durch den eine Verbindung hätte eingeleitet werden können. Es verging ein Teil des Winters, ohne daß ich mein Vorhaben ins Werk setzen konnte.

Einmal war ich damit beschäftigt, unsere schöneren Zimmer ein wenig zu ordnen. Wir hatten am Tage vorher eine Gesellschaft bei uns gehabt, und es war manches in Unordnung geraten. Da hörte ich von der Gasse herauf ein Gesumme und Gebrause, und da ich ein Fenster öffnete und hinab schaute, sah ich mehrere Menschen an dem Pförtchen des Perronschen Hauses stehen, und sah, daß noch immer mehrere hinzu gingen und sich zu ihnen gesellten. Ich rief eines meiner Dienstmädchen, und schickte dasselbe hinab, um fragen zu lassen, was es denn gäbe.

Das Mädchen kam nach einer Weile zurück und sagte, der Pförtner des Perronschen Hauses habe sich erschlagen. Ich warf sogleich einen Mantel um, ging hinab, und ging gegen das Perronsche Haus. Ich wollte mich aber mit den Leuten, die vor dem roten Pförtchen standen, in kein Gespräch einlassen, sondern ging zu der mir bekannten Obstfrau, die bei ihrem

Stande saß, und fragte: »Was ist es denn gewesen, und wie kann sich denn ein Mensch selber erschlagen?«

»Es hat sich niemand erschlagen,« antwortete die Frau, »es ist nur der Pförtner des Perronschen Hauses gestorben. Vor einer Viertelstunde, da eben niemand an dieser Seite der Häuser ging, kam das Mädchen, seine Tochter, aus der Wohnung zu mir und sagte mir heimlich, daß der Vater tot sei. Dann ging es gleich wieder in das Perronsche Haus zurück. Ich aber rief den Lehrling des Schusters da herüber, sagte es ihm, und sagte, daß er auf das Stadthaus gehen und dort die Meldung von dem machen möge, was mir das Mädchen gesagt habe. Der Lehrling wird es auf dem Wege den Leuten vertraut haben, darum sind sie schon gekommen. Aber von dem Stadthause muß auch bald jemand da sein, ein Amtmann, ein Arzt, ein Beschauer, ein Geschworner, oder wer es sein mag.«

Während der Rede der Frau hatten sich noch mehr Menschen angesammelt, es ging aber niemand von ihnen durch das rote Pförtchen hinein, entweder aus Achtung vor dem Toten, der im Innern lag, oder aus Scheu vor dem seltsamen Perronschen Hause.

Endlich kamen auch die von dem Amte Abgeordneten, den Befund aufzunehmen.

»Diese Frau hat es mir gesagt«, sagte der Lehrling, der auf die Obstfrau zeigte.

Die Obstfrau mußte mit den Amtsabgeordneten gehen. Sie tat er gerne, nachdem sie zuvor ein großes weißes Tuch auf ihren Obstkram gebreitet hatte. Ich nannte mich den Amtsleuten, und bat, mich mit in die Wohnung zu nehmen, weil ich im Sinne habe zu helfen, wenn dort etwas not tun sollte. Man gestand es gerne zu. Der Lehrling, als in der Anzeige beteiligt, mußte ebenfalls mit.

Als wir zu dem Pförtchen gelangt waren, drängte sich alles nach demselben, aber die Männer des Amtes sagten, daß niemand, der nicht zu dem Amte gehöre oder von demselben aufgefordert sei, in das Innere des Hauses dürfe. Hierauf wur-

den zwei Diener der öffentlichen Sicherheit zu beiden Seiten des Pförtchens gestellt, das Pförtchen wurde geöffnet, wir gingen hinein, die Sicherheitsdiener stellten sich dann in die Mündung des Pförtchens, und ließen niemand mehr hinein.
Wir begaben uns durch den Gang, der hinter dem Pförtchen war, in den Hof, und von dem Hofe unter die Einfahrt, welche durch das Tor geschlossen war, und in der Seitenmauer der Einfahrt zeigte sich eine Tür. Die Tür wurde geöffnet. Hinter ihr ging eine Treppe in die Tiefe hinunter. Als dort gelegen wurde die Wohnung des Pförtners angegeben.
Da wir die Treppe hinunter gestiegen waren und die Wohnung betreten hatten, sahen wir, daß dieselbe nur aus einem einzigen Zimmer bestehe. Neben einer Leiter, die gegen das Fenster empor lehnte, lag der alte tote Mann. Er hatte ein gelbes Molldonröcklein und blaßblaue Beinkleider an. Als ihn die Männer aufgehoben und auf ein Bett, das das seinige schien, gelegt hatten, sah ich aus den Zügen, daß es wirklich der nämliche Mann sei, dem ich das Buch gegeben hatte. Man hatte anfangs die Absicht gehabt, Versuche zu machen, ihn ins Leben zurück zu rufen, aber beim Anfassen hatte man schon empfunden, daß er kalt sei, und bei näherer Beschauung zeigte sich auch, daß er unzweifelhaft tot sei.
Wann mußte er denn gestorben sein?
Sonst war niemand in dem Zimmer als das Mädchen mit dem großen Haupte. Es saß tief zurück auf einem weißen, unangestrichenen Stuhle, und sah von ferne zu, was man mit dem Manne beginne. Auf einem Schirme, der vor einem Bette stand, das ich für das des Mädchens hielt, saß die Dohle, denn eine solche, kein Rabe war es gewesen, was Alfred hatte fangen wollen. Der Vogel nickte mit dem Kopfe, und sprach schier Laute, die aber unverständlich verstümmelt und kaum menschenähnlich waren. Auf dem Tische, der nicht weit von dem Sitze des Mädchens stand, sah ich die Flöte liegen.
Ich wollte, während die Männer die Leiche besahen und auf

dem Bette in eine anständige Lage zu bringen suchten, das Mädchen ansprechen, wollte es zutraulich machen, und es dann mit mir nehmen, um es aus der traurigen Umgebung zu bringen. Ich näherte mich und sprach es an, wobei ich die höflichste, aber einfachste Sprache versuchte. Das Mädchen antwortete mir zu meinem Erstaunen in der reinsten Schriftsprache, aber was es sagte, war kaum zu verstehen. Die Gedanken waren so seltsam, so von allem, was sich immer und täglich in unserem Umgange ausspricht, verschieden, daß man das Ganze für blödsinnig hätte halten können, wenn es nicht zum Teile wieder sehr verständig gewesen wäre.

Ich hatte zufällig in meinem Mantel einige Stücke Zuckerbäckerei und etwas Obst. Ich nahm ein Stückchen Backwerk heraus und bot es dem Mädchen an. Es langte darnach, aß es, und zeigte in den Zügen des großen Antlitzes einen augenfälligen Schein von Freude. Ich versuchte bei dieser Gelegenheit auch, ob ich aus den Zügen heraus lesen könnte, wie alt das Mädchen sein möge; aber es war mir wegen der ungewöhnlichen Bildung des Hauptes und des Angesichts nicht möglich. Es konnte sechzehn Jahre alt sein, es konnte aber auch zwanzig Jahre alt sein.

Ich gab ihm nun noch ein zweites Stück, dann ein drittes, und dann mehrere.

Ich werde den Sinn dessen, was es sagte, ungefähr in unserer Sprache oder Sprechweise geben, weil man die Gedankenfolge des Mädchens nicht verstehen würde, und weil ich auch nicht im Stande wäre, die Dinge genau so aus dem Gedächtnisse zu wiederholen, wie es dieselben gesagt hatte.

Ich fragte es, ob es solche Speisen gerne äße, wenn es dieselben hätte, ob sie gut seien.

»Ja, gut,« sagte es, »gib mir noch mehr.«

»Ich werde dir mehr geben,« antwortete ich, »wenn du mit mir gehst und in einer anderen Stube bleibst, bis es Nacht wird, und bis es wieder Tag wird. Dann werde ich dich wieder in diese deine Stube zurück führen. Ich habe hier keine solchen süßen Dinge mehr, aber in der Stube, in welche du mit mir gehen solltst, sind viele.«

»Ich gehe mit dir,« sagte es, »aber wenn der Tag kömmt, gehen wir wieder zu uns her.«

»Ja, da gehen wir wieder in diese Stube«, sagte ich.

Ich gab dem Mädchen nun auch einen Apfel von einer besseren Gattung. Es aß ihn mit dem Zeichen, daß er ihm angenehm sei. Ich fragte das Mädchen auch, ob es keine Mutter habe, oder ob keine Geschwister am Leben seien.

Es habe keine Mutter, antwortete es, und es sei immer nur bei dem Vater allein gewesen. Den Begriff Geschwister schien es gar nicht zu kennen.

Ich fragte es hierauf, wie denn der Vater gestorben sei.

»Er ist auf die Leiter gestiegen,« antwortete es, »die zu unserem Fenster hinauf führt. Ich weiß nicht, was er tun wollte, und da ist er herab gefallen, und ist liegen geblieben. Ich wartete, bis er wieder gesund werden würde; aber er ist nicht mehr gesund geworden. Er war tot. Da eine Nacht und ein Tag vergangen waren, sagte ich es der Frau, die immer nicht weit von unserm Pförtlein sitzt. Seit dem sind die Leute gekommen.«

Ich teilte den Männern die Nachricht mit, und sagte, daß ich das Mädchen in mein Haus führen und einstweilen dasselbe verpflegen würde. Die Behörden, welche die Sache leiten, könnten das Mädchen immer bei mir finden, wenn sie dasselbe zurückfordern sollten. Ich würde auch die Begebenheit meinen Freunden und Bekannten anzeigen, daß wir eine Sammlung von Geld machen, damit man den Mann anständig begraben könne. Die Männer wendeten dagegen nichts ein.

Sie waren unterdessen mit der Leiche fertig geworden. Es hatte sich gezeigt, daß der arme Mann aus was immer für einer Ursache gefallen sein müsse, und zwar, wie der Anschein zeige und das Mädchen aussage, von der Leiter, die gegen das Fenster lehnte, und daß er sich hiebei die Wirbel des Genickes verletzt haben müsse, was den Tod augenblicklich zur Folge gehabt habe. Man bedeutete mir, daß den Gesetzen zufolge eine gerichtliche Zergliederung statt haben müsse, und daß es daher um so erwünschter erscheine, wenn das Mädchen aus der Wohnung entfernt würde. Die Aussage der Obstfrau und des Lehrlings waren zu Papier gebracht worden, und man erklärte ihnen, daß nichts im Wege stehe, daß sie sich entfernen könnten.

Ich trat noch ein wenig zu der Leiche. Sie lag jetzt in ihren Kleidern auf dem Bette. Die Züge waren wenig verändert, und waren fast so wie an jenem Vormittage, als der Mann in dem Hofe des Perronschen Hauses vor mir gestanden war und mir das Buch abgedrungen hatte. Die blauen Augen waren geschlossen, und da ihre etwas auffällige Unruhe durch die Lider bedeckt war, so hatte die Miene sogar einen Ausdruck von Milde. Das mochten auch die andern fühlen; denn man stand einen Augenblick schweigend um das Bett herum, und betrachtete den Mann. Endlich entfernten sich der Lehrling und die Obstfrau aus dem Zimmer. Ich trat auch von dem Anblicke hinweg.

Ich näherte mich dem Mädchen und sagte ihm, daß ich es jetzt mit mir führen würde, und daß es mir folgen möge, wie es früher gesagt habe.

Das Mädchen erwiderte, daß es schon mit mir gehe, und daß wir, wenn wieder der Tag kommen würde, auch wieder in die Stube zurückkehren sollen.

Ich antwortete, das werde ganz gewiß geschehen.

Es folgte mir nun ganz willig. Wir stiegen die Treppe hinan, ich nahm es bei der Hand, wir gingen über den Hof durch den Gang und bei dem roten Pförtchen auf die Gasse hinaus. Auf der Gasse standen noch immer Leute, die sich im Gegenteile eher vermehrt hatten. Eine dichte Gruppe umgab die Obstfrau und den Lehrling, die erzählten, was sie im Innern des Hauses gesehen und erfahren hatten. Ich beeilte meine Schritte, um mich und das Mädchen aus der Menge zu bringen und den Betrachtungen und Verwunderungen zu entziehen, die durch den Anblick des ungewöhnlichen Hauptes des Mädchens angeregt worden waren.

Ich führte es in meine Wohnung.
Dort gab ich ihm eine ordentliche Speise zu essen, da ich vermuten konnte, daß es seit gestern zu keinem regelmäßigen Essen werde gekommen sein. Es mußte auch so gewesen sein; denn das Mädchen aß mit sichtlichem Vergnügen, und es schien sehr erquickt zu werden. Es sagte mir nachträglich, daß es alles Brod gegessen habe, was in der Wohnung gewesen sei.
Wir hatten ein nach dem Garten gelegenes Gemach, das von einer alten Kinderwärterin, die schon bei meinen Eltern im Dienste gewesen war und dann meine Kinder gepflegt hatte, so lange bewohnt gewesen war, bis endlich ihre Tochter geheiratet hatte, zu der sie dann ging, um bei ihr zu leben und allenfalls auch an ihren Kindern zu tun, was sie so lange an fremden getan hatte. Seit jener Zeit stand das Gemach leer; aber die Geräte waren in demselben geblieben. Ich ließ es nun für das mitgebrachte Mädchen zusammen richten. Ich ließ ein Bett machen und das Stübchen recht warm beheizen. Dann führte ich das Mädchen in dasselbe zurück. Ich hatte Sorge getragen, daß das Mädchen keinem meiner Dienstleute zu Gesichte gekommen war, damit sie es nicht etwa durch unvernünftiges Anstaunen oder gar Ausrufen einschüchterten. Darum hatte ich ihm die Speisen in unser Speisezimmer, in dem es war, ehe es in das Rückstübchen geführt werden konnte, selber gebracht, und hatte den Befehl gegeben, daß niemand in das Speisezimmer eintreten dürfe.
Wir hatten eine ältliche Magd, die seit unserer Verehlichung schon bei uns gewesen war, die eine große Anhänglichkeit an uns und unsere Kinder hatte, und eine Art Vorrecht genoß, bei Familienangelegenheiten oder bei andern wichtigen Sachen ein Wort mit zu reden. Diese Magd rief ich, setzte ihr den Fall mit dem fremden Mädchen auseinander, und bat sie, daß sie bei dem Mädchen in dem Stübchen bleiben, daß sie mit ihm freundlich reden, ihm beistehen und ihm den Aufenthalt angenehm machen solle. Sie versprach, alles dieses zu tun. Ich

sorgte auch für Wäsche, wenn bei dem fremden Mädchen hierin etwas notwendig sein sollte. Auch gab ich ihm in dem Stübchen noch Zuckerwerk und Obst, um mein Versprechen, das ich gegeben hatte, zu lösen.

Ich sagte dem Mädchen, daß ich mich jetzt entfernen müsse, weil ich andere Dinge zu tun hätte, daß die Magd bei ihm bleiben, und daß ich schon wieder kommen würde, um nachzusehen, wie es sich befinde.

Das Mädchen schien dies alles vollkommen zu begreifen.

Ich ging in mein Arbeitszimmer, setzte mich nieder, und schrieb an mehrere meiner Bekannten und Freunde, um sie um Beihilfe anzugehen.

Als am Abende mein Gatte nach Hause kam, erzählte ich ihm alles, was vorgefallen war, und was ich getan hatte, und fragte ihn, ob es recht gewesen sei.

Er sagte, daß alles recht gewesen sei, er billigte alles, und schloß sich selber der Sache an. Er schrieb auch noch einige Briefe, dann nahm er einen Wagen, um persönlich noch zu mehreren Freunden zu fahren. Als er spät in der Nacht nach Hause kam, brachte er gute Zusicherungen, und es waren auch freundliche Antworten auf mehrere Briefe noch an demselben Abende eingegangen. Wir legten uns zufrieden schlafen.

Am andern Morgen ging mein Gatte mit mir in die unterirdische Wohnung. Die gerichtliche Zergliederung hatte statt gefunden. Das Rückenmark war an einer Stelle, wo der feinste Sitz des Lebens zu sein scheint, durch Quetschung der Nackenwirbel verletzt worden, und dadurch ist der Tod erfolgt. Die Leiche war bereits in einem Sarge, und war bereitet, beerdigt werden zu können. Wir machten die Anzeige an die Kirche, um die Art der Beerdigung einzuleiten. Während mein Gatte noch mehrere Vorbereitungen machte, ging ich nach Hause, um das fremde Mädchen zu veranlassen, daß es in meiner Wohnung bleibe, bis die Beerdigung vorüber wäre.

Es war schon erwacht und angezogen. Es verlangte nach Hause. Ich sagte ihm, daß ich jetzt nicht Zeit habe, daß mehrere Dinge zu verrichten wären, und daß ich nach deren Beendigung gewiß kommen, und daß ich es dann selber wieder in seine Wohnung zurück führen würde. Es fügte sich in diese Dinge, es erhielt ein Frühstück, und die Magd, welche ihm beigegeben war, blieb bei ihm.

Der Professor Andorf war herüber gekommen; er hatte die Sache erfahren. Andere Freunde, an die wir geschrieben hatten, waren gekommen, um den Fall persönlich zu sehen. Viele Menschen hatten sich wieder an dem roten Pförtchen gesammelt. Es waren größtenteils Personen aus den niederen Ständen, welche die Neugierde und eine Art dumpfer Teilnahme, die dieser Gattung eigen ist, herbei geführt hatte, dann, wie es in einer großen Stadt geschieht, waren die Vorübergehenden stehen geblieben, hatten gefragt, was es gäbe, und hatten sich nach Erhaltung der Antwort, wenn es ihre Zeit nur ein wenig erlaubte, an die Wartenden angeschlossen.

Gegen Ende des Vormittags erschien der Priester, die Leiche wurde eingesegnet, wurde dann in die Kirche gebracht, erhielt dort wieder die gebräuchlichen Gebete, und wurde dann auf den Kirchhof geführt. Wir hatten die Beerdigung auf einfache Weise veranstaltet, damit von dem gesammelten Gelde etwas für das hinterlassene Mädchen erübrigt werden könnte. Nach der Wegführung der Leiche hatten sich alle Menschen von dem roten Pförtchen entfernt.

Ich hielt es nun an der Zeit, das Mädchen wieder in seine unterirdische Wohnung zu führen. Ich sah deutlich ein, daß ich mir nur durch genaues Worthalten Zutrauen zu erwerben im Stande wäre; denn das Mädchen hatte unter andern merkwürdigen Eigenschaften auch die, daß es den Worten eines andern blind glaubte. Ich ging daher in das Hinterstübchen, sagte, daß ich die Dinge, die mich früher verhindert hätten, verrichtet habe, und daß ich jetzt das Mädchen wieder in seine Wohnung führen wolle. Es stand heiter von dem Stuhle auf und folgte mir.

Als wir in die unterirdische Stube gekommen waren, fragte es nach dem Vater. Ich war in Verlegenheit; denn ich hatte gedacht, daß es wisse, daß der Vater tot sei; denn es hatte selbst das Wort gebraucht; und daß es daher besser wissen werde, wohin er gebracht worden sei, wenn es denselben nicht mehr in der Wohnung finden würde. Ich sagte daher, daß es ja wisse, daß der Vater gestorben sei, daß es ja selber gesagt habe, daß er nicht mehr gesund geworden, sondern tot sei, und daß er daher nach dem Gebrauche unserer Religion begraben worden sei.

Es stutzte eine Weile, dann sagte es: »Er wird gar nicht mehr kommen?«

Ich hatte nicht den Mut, ja zu sagen, und ich hatte nicht den Mut, das Mädchen durch Täuschung zu trösten, sondern blieb mitten in meiner Halbheit von Zugeben.

Es sagte nach einer Weile wieder fragend: »Er wird gar nicht mehr kommen?«

Nun hatte ich den Mut nicht mehr, unwahr zu sein, sondern ich sagte dem Mädchen, daß der Vater tot sei, daß er sich nie mehr regen könne, daß er von uns unter die Erde getan worden sei, wie man es mit allen Toten tue, und daß er dort in Ruhe liegen bleiben werde.

Da fing es heftig zu weinen an, ich suchte es zu trösten, aber meine Worte verfingen nichts, es weinte fort, bis es sich selber nach und nach ein wenig sänftigte. Ich fragte es, da es stiller geworden war, ob es wieder mit mir in meine Wohnung gehen wolle, ich würde es, sobald es wollte, abermals hierher zurück führen. Da die Wohnung leer war, machte das Mädchen wenig Widerstand, und ich führte es in das Stübchen, in dem es geschlafen hatte. Nach einer Weile gingen wir wieder in die unterirdische Wohnnung. Und so wiederholte ich das Verfahren im Laufe des Tages mehrere Male, teils um das Mädchen zu beschäftigen, teils um es an eine Veränderung seiner Lage zu gewöhnen, und ihm den Schein von Freiheit zu lassen, damit es nicht durch Empfindung eines Zwanges widersetzlich und unbehandelbar würde.

Ich gab ihm auch Speisen, von denen ich vermutete, daß sie ihm zusagen könnten.
Gegen Abend, da wir in der unterirdischen Stube waren, schlug ich vor, daß es wieder in dem Stübchen schlafen solle, in welchem es in der vorigen Nacht geschlafen habe, es sei dort warm, es sei ein gutes Bett, es sei die freundliche Magd dort, und es sei ein Abendmahl bereitet.
Es sagte, daß es mitgehe, wenn es die Dohle mitnehmen dürfe.
Ich erlaubte es gerne.
Es näherte sich der Dohle, gab ihr seltsamliche, unverständliche Namen, und suchte sie zu haschen. Die Dohle duckte sich auf dem Schirme, und ließ sich mit beiden Händen des Mädchens nehmen. So trug es dieselbe fort, so kamen wir in mein Hinterstübchen. Ich setzte das Mädchen in einen geräumigen Armstuhl nahe an den Ofen, ich rief die Magd herbei, daß sie Gesellschaft leiste, sorgte für ein Abendmahl, und begab mich nach den Anstrengungen des Tages in mein Zimmer.
Die Sachen waren in der Wohnung des Pförtners versiegelt und das Bewegliche in Beschlag genommen worden. Nur den Schlüssel zur Stubentür ließ man mir, damit ich öfter mit der hinterlassenen Tochter die Stube besuchen könnte. Meinen Gatten hatte man gefragt, ob er die Vormundschaft über das Mädchen übernehmen wolle, und er hatte eingewilligt.
Ich wußte nicht, was ich mit dem Mädchen tun sollte. Wir beschlossen daher, dasselbe so lange bei uns zu behalten, bis meinem Manne alle Papiere und etwaigen anderen Dinge des Verstorbenen eingehändigt würden, woraus man dann die Verhältnisse des Verstorbenen würde entnehmen und wissen können, was mit dem Mädchen weiter zu geschehen hätte.
Sehr schwer war er, das Mädchen von dem unterirdischen Gewölbe zu entwöhnen. Es hing mit einer Hartnäckigkeit an dem Gemache, die unbegreiflich war. Nur durch den öfteren Besuch der unterirdischen Wohnung, den ich mit ihm anstellte, durch zutrauliches Reden über gleichgültige Dinge, und endlich durch sorgfältige Pflege, die ihm wohltat, ge-

wöhnte ich es nach und nach an sein neues Stübchen. Ich gab ihm gute Wäsche, und ließ ihm Kleider von unseren Mägden verfertigen, die ihm gut standen, in denen es sich wohl befand, und durch die es nicht mehr so auffiel. Fast noch mehr als alles andere scheute es die freie Luft, und wenn ich es ein wenig in den winterlichen Garten hinunter brachte, benahm es sich linkisch, und starrte die entlaubten Zweige an. In den ersten Tagen kam niemand zu ihm als ich und die ältliche Magd, nach und nach gewöhnte es sich aber auch an den Anblick von andern aus unserer Familie, und jedem Mitgliede derselben war eingeschärft, das Mädchen freundlich zu behandeln und es etwa nicht durch auffälliges Betrachten zu erschrecken.

Ich begann nach und nach zu untersuchen, was es denn gelernt habe. Allein so gut gewählt und rein seine Worte waren, die es sprach, so gut sie gesetzt waren, wenn auch die Gedanken oft schwer erraten werden konnten, so wenig hatte es eine Vorstellung oder eine Kenntnis von der geringsten weiblichen Arbeit. Nicht einmal von dem Waschen und Reinigen eines Lappens, von dem Zusammennähen zweier Flecke hatte es einen Begriff. Der Vater mußte alles das außer dem Hause besorgt haben. Dafür sprach es oft, für uns unverständlich, mit der Dohle, wir trafen es zuweilen leise singend an, und es konnte auf der Flöte des Vaters, die wir ihm hatten verschaffen müssen, ein wenig spielen.

Als es eine bedeutende Anhänglichkeit an mich gewonnen hatte, veranlaßte ich es, von seiner Vergangenheit zu sprechen. Allein entweder hatte es alles Frühere vergessen, oder es hatten die unmittelbar zuletzt vergangenen Dinge eine solche Gewalt über sein Gedächtnis ausgeübt, daß es sich an das, was vorher war, nicht mehr erinnerte. Es erzählte nur immer von dem unterirdischen Gemache.

»Der Vater«, sagte es, »ging fort, nahm die Flöte mit, und kam oft erst zur Zeit, da die Lichter brannten, zurück. Er brachte in einem Topfe Speisen, die wir in dem kleinen Ofen wärmten und dann aßen. Oft legte ich auch Holzspäne in den Ofen, wenn er nicht da war, und machte mir eine Speise warm, die in einem Topfe auf dem Gestelle stand; denn es blieb zuweilen viel übrig. Ein anderes Mal hatte ich nichts als Brod, welches ich aß. Zuweilen blieb er auch zu Hause. Er lehrte mich mancherlei Dinge, und erzählte viel. Er sperrte immer zu, wenn er fort ging. Wenn ich fragte, was ich für eine Aufgabe habe, während er nicht da sei, antwortete er: Beschreibe den Augenblick, wenn ich tot auf der Bahre liegen werde, und wenn sie mich begraben; und wenn ich dann sagte: Vater das habe ich ja schon oft beschrieben, antwortete er: So beschreibe, wie deine Mutter, von ihrem Herzen gepeinigt, in der Welt herumirrt, wie sie sich nicht zurück getraut, und wie sie in der Verzweiflung ihrem Leben ein Ende macht. Wenn ich sagte: Vater, das habe ich auch schon oft beschrieben, antwortete er: So beschreibe es noch einmal. Wenn ich dann mit der Aufgabe, wie der Vater tot auf der Bahre liegt, und wie die Mutter in der Welt umher irrt, und in der Verzweiflung ihrem Leben ein Ende macht, fertig war, stieg ich auf die Leiter und schaute durch die Drahtlöcher des Fensters hinaus. Da sah ich die Säume von Frauenkleidern vorbei gehen, sah die Stiefel von Männern, sah schöne Spitzen von Röcken oder die vier Füße eines Hundes. Was an den jenseitigen Häusern vorging, war nicht deutlich.«

Als ich das Mädchen fragte, wo es die Ausarbeitungen der Aufgaben habe, antwortete es, daß der Vater dieselben alle gesammelt habe, und daß sie irgendwo aufbewahrt seien. Etwas weniges sei da. Mit diesen Worten ging es zu einem Kleiderkasten, in welchem es seine Kleider hatte, tat aus dem Sacke eines alten abgelegten Rockes einige verknitterte Papiere heraus, und reichte sie mir. Ich faltete sie auseinander. Sie waren teils mit Dinte, teils mit Bleifeder beschrieben, und häufig durch Kreuze und andere Zeichen ausgestrichen. Es war nicht viel daraus zu entnehmen.

Ich befragte es über Gott, über die Schöpfung der Welt und über andere religiöse Gegenstände. Es sagte die betreffenden

Stellen aus dem Katechismus sehr geläufig auf, und blickte mit den ruhigen und ausdruckslosen Augen umher. Ich suchte zu ergründen, ob es den religiösen Handlungen unserer Kirche beigewohnt habe, und brachte heraus, daß es wiederholt die Kirche mit dem Vater besucht habe, daß es dort aber nie eine Musik, das heißt ein Flötenspiel, wie es sich ausdrückte, gehört, noch mit jemand gesprochen habe. Es mußte also höchstens bei stillen Messen gewesen sein.

Endlich wurde meinem Gatten die Vormundschaft übertragen und ihm die gerichtlich vorgefundene und aufgezeichnete Verlassenschaft gegen Bescheinigung übergeben. Aus den Papieren, die er sogleich sorgfältig untersuchte, ging hervor, daß der Verstorbene niemand anders war als jener Rentherr, der einmal abgereiset und sodann spurlos verschwunden war. Wir hatten die Geschichte jenes Mannes nur so im allgemeinen gewußt und sie schon längst wieder vergessen. Jetzt wurde sie aufs neue aus der Erinnerung hervorgeholt und von manchem, der es wissen konnte, das nähere Einzelne erforscht.

Das Mädchen mit dem großen Haupte und den breiten Zügen war also das rosige Kind gewesen, das unter dem Gezelte geschlafen hatte, dessen Spitze der vergoldete Engel mit seinen Fingern gehalten hatte, dessen Falten rings um das Bettchen auseinander gegangen waren, und das die Eltern mit Wonne betrachtet hatten.

Von Eigentum hatten sich nur einige schlechte Geräte, einige alte Kleider und die Betten vorgefunden. Von Barschaft war ein kleiner Sack mit Kupfermünzen gefüllt vorhanden. Weiter gar nichts.

Mein Gatte forschte unter den Papieren nach einer Aufklärung über den Vermögensstand des Verstorbenen; denn ein solcher mußte doch vorhanden gewesen sein; denn alle, die befragt worden waren, erinnerten sich nicht, daß der Rentherr, als er das Haus auf dem Sanct Petersplatze bewohnt hatte, in irgend einem Amte gestanden sei, noch daß er irgend einen Erwerb getrieben habe, und dennoch habe er anständig und wohlhabend gelebt. Er mußte daher von irgend einem Anliegen Bezüge genossen haben. Aber in den gesamten Schriften und den kleinsten Zettelchen war nicht das Geringste zu finden. Mein Gatte ging nun in Wien zu allen Ämtern, die mit Gelde oder irgend anderen Werten auch nur von ferne zu tun hatten, und fragte an; aber nirgends konnte eine Auskunft erhalten werden. Er besuchte nun nach und nach alle Geschäftsführer, Stellvertreter, Anwälte, und wie diese Männer alle heißen; aber bei keinem konnte er etwas in Erfahrung bringen. Endlich griff er zu dem Mittel, den Fall in den Zeitungen bekannt zu geben, in wieferne er sich auf die Vermögensfrage bezog, und jedermann zur Mitteilung aufzufordern, der etwa Kenntnis haben könnte; aber es erfolgte keine Antwort. Das Vermögen des armen Mädchens, wenn noch eines vorhanden war, mußte also verloren gegeben werden.

Die Summe, welche nach der Versteigerung der Geräte und andern Dinge, die der Rentherr in seiner Wohnung auf dem Sanct Petersplatze zurück gelassen hatte, und nach der Bezahlung der Schuld an den Hausbesitzer noch übrig geblieben und in die Verwahrung der Gerichte gegeben worden war, wurde meinem Gatten für das Mädchen eingehändigt. Sie war durch die Zinsen während einer Reihe von Jahren nicht unbeträchtlich angewachsen.

Von der Lebensweise und den Schicksalen des Verstorbenen seit seiner Abreise von Wien konnte mein Gatte nichts Bestimmtes erfahren. Nur, da er alle Wege zur Ermittlung des Lebenslaufes des Verstorbenen und in Folge dessen zur Ermittlung des Schicksales des Vermögens des Mädchens einschlug, war das eine zu seiner Kenntnis gekommen, daß ein Mann, dessen Beschreibung ganz auf den Verstorbenen paßte, in den Vorstädten, welche sehr weit von der Wohnung des Verstorbenen entfernt waren, oft gesehen worden war, daß er mit seiner Flöte in Gasthäusern, in Gärten und an öffentlichen Orten erschienen war, und dort für kleine Gaben gespielt habe. Aus Küchen habe er gerne Speisen, die man ihm schenkte, in

seinem Topfe fortgetragen. Daß er in der Nähe seiner Wohnung gespielt habe, konnte man nicht erfahren.
Von dem Verwalter des Perronschen Hauses erfuhr mein Gatte, daß der Verstorbene zu irgend einer Zeit, er wisse es selbst nicht mehr genau, wann es gewesen, unentgeltlich in die unterirdische Wohnung aufgenommen worden sei, um Pförtnerdienste zu verrichten, obwohl bis dahin die Inwohner Schlüssel zu dem roten Pförtchen gehabt hatten, die sie auch fernerhin noch behielten. Überhaupt konnte von dem Verwalter des Perronschen Hauses nicht viel in Erfahrung gebracht werden, da er sich der Verfallenheit des Hauses wegen wenig um dasselbe kümmerte, und von dem Besitzer auch nicht dazu angehalten wurde.
Eines Tages brachte mein Gatte einen großen Stoß von Schriften in mein Zimmer und reichte sie mir. Ich sah sie an, blätterte sie durch, und sah, daß es die Ausarbeitungen und schriftlichen Aufsätze des Mädchens waren. Ich nahm mir nun, wenn ich Zeit hatte, die Mühe, den größten Teil dieser Papiere zu durchlesen. Was soll ich davon sagen? Ich würde sie Dichtungen nennen, wenn Gedanken in ihnen gewesen wären, oder wenn man Grund, Ursprung und Verlauf des Ausgesprochenen hätte enträtseln können. Von einem Verständnisse, was Tod, was Umirren in der Welt und sich aus Verzweiflung das Leben nehmen heiße, war keine Spur vorhanden, und doch war dieses alles der trübselige Inhalt der Ausarbeitungen. Der Ausdruck war klar und bündig, der Satzbau richtig und gut, und die Worte, obwohl sinnlos, waren erhaben.
Ich nahm von diesem Umstande Veranlassung, aus Dichtern oder andern Schriftstellern Sätze mit bestimmter gehobner Betonung vorzutragen. Das Mädchen merkte hoch auf. Bald sagte es selber solche Dinge her, und später trug es mit einer Art Schaustellung Teile aus den besten und herrlichsten Schriften unseres Volkes vor. Wenn man aber näher in das Werk einging, von dem es eine Stelle gesagt hatte, und nach dessen Inhalt, Bedeutung und Gestalt forschte, verstand es

nicht, was man wollte. Auch war in der Verlassenschaft kein einziges der betreffenden Bücher vorhanden. Das Aufsagen solcher Stellen war ein Reiz für das Mädchen, dem es sich schwärmerisch hingab. Wir kamen dahinter, daß die leisen Worte, die es zur Dohle sagte, ähnliche Dinge enthielten, so wie die Weisen, die es der Flöte des Vaters abzulocken suchte, in demselben Geiste erschienen.

Mein Gatte forschte auch der Mutter des Mädchens nach. Seine Absicht war, dem Mädchen seine natürliche und erste Verwandte und Stütze zu verschaffen, dann aber auch, von der erkundeten Mutter Angaben zu erfahren, aus denen sich über die Lage des Vermögens etwas entnehmen ließe. Mein Gatte forschte anfangs vorsichtig auf dem Wege der Ämter, dann mit der größten Schonung teils durch einzelne Personen, teils durch öffentliche Blätter; aber wie genau auch diese Forschungen angestellt wurden, wie viele Briefe geschrieben, wie viele Aufträge erteilt, wie viele Antworten eingegangen waren: von der Frau ist keine Auskunft angelangt, niemand hatte bis auf den Tag etwas von ihr gehört, sie ist auch nie wieder zurück gekommen.

Von den früheren Schicksalen des Mädchens ist uns durch seine Aussagen nie etwas bekannt geworden.

Wir hatten unsern Hausarzt, den Freund meines Gatten, zu uns bitten lassen, daß er den körperlichen Zustand des Mädchens untersuche, da das auffallend große Haupt auf etwas Ungewöhnliches schließen lasse. Er meinte, daß in dumpfen Aufenthaltsorten und etwa durch Wahnsinn des Vaters dieses Wuchern hervorgerufen worden sei, daß sich Auftreibungen und Drüsenleiden eingestellt haben. Der Gebrauch von Jodbädern würde in beiden Richtungen vielleicht gute Dienste tun. Da ich nun im Frühlinge ohnehin in die Gegend, wo sich das Bad befindet, eine Reise zu dem Bruder meines Gatten vorhatte, um mehrere Wochen bei ihm zuzubringen, so beschloß ich, das Mädchen mit zu nehmen. Ich hoffte von der guten Luft und der Reise nicht minder gute Wirkungen als von dem Bade. Das

Haupt wurde in der Tat nach einem zweimonatlichen Aufenthalte auf dem Lande und nach dem vorgeschriebenen Gebrauche des Bades etwas kleiner und gebildeter, und die Züge des Angesichtes wurden geschmeidiger, klarer und sprechender. Wir unterrichteten das Mädchen auch in den gewöhnlichen Dingen, und suchten es zu den unentbehrlichsten Verrichtungen des Lebens anzuleiten. Wir suchten, ihm Geschmack an Verfertigung von allerlei weiblichen Handarbeiten beizubringen, und endlich durch Gespräche und durch Lesen einfacher Bücher, hauptsächlich aber durch Umgang jene wilde und zerrissene, ja fast unheimliche Unterweisung in einfache, übereinstimmende und verstandene Gedanken umzuwandeln und ein Verstehen der Dinge der Welt anzubahnen. Wie schwer das war, geht schon aus der Tatsache hervor, daß Monate vergehen mußten, ehe es ertragen konnte, daß Alfred mit der Dohle sprach oder gar mit ihr spielte, gelegentlich auch die Flöte des Vaters anrührte.

Als wir es endlich wagen konnten, mieteten wir dem Mädchen in unserer Nähe ein Zimmer, in dem es wohnte. Die Frau, welche das Zimmer vermietete, nahm sich um das Mädchen an, ein Priester unterwies es in der Religion, wir kamen sehr oft zu ihm hinüber, und so gestaltete es sich milder, seine körperliche Beschaffenheit wurde nachträglich auch besser, so daß es sich in den Lauf der Dinge schicken konnte, daß ihm mein Gatte, nachdem es die Volljährigkeit erreicht hatte, die Urkunden über seine gerichtlich anliegende Summe und über das, was bei der Beerdigung des Vaters übrig geblieben war, einhändigen konnte, und daß es endlich sogar Teppiche, Decken und dergleichen Dinge anfertigte, von denen es im Vereine mit den Zinsen aus seinem kleinen Vermögen lebte, was um so eher möglich wurde, als ihm die Leute, gerührt durch seine Schicksale, die fertigen Stücke immer gerne abkauften. –

So erzählte die Frau, und das Mädchen lebte so in den folgenden Jahren fort.

Der große Künstler ist längst tot, der Professor Andorf ist tot, die Frau wohnt schon lange nicht mehr in der Vorstadt, das Perronsche Haus besteht nicht mehr, eine glänzende Häuserreihe steht jetzt an dessen und der nachbarlichen Häuser Stelle, und das junge Geschlecht weiß nicht, was dort gestanden war, und was sich dort zugetragen hatte.

Unsere Kirche feiert verschiedene Feste, welche zum Herzen dringen. Man kann sich kaum etwas Lieblicheres denken als Pfingsten und kaum etwas Ernsteres und Heiligeres als Ostern. Das Traurige und Schwermütige der Charwoche und darauf das Feierliche des Sonntags begleiten uns durch das Leben. Eines der schönsten Feste feiert die Kirche fast mitten im Winter, wo beinahe die längsten Nächte und kürzesten Tage sind, wo die Sonne am schiefsten gegen unsere Gefilde steht, und Schnee alle Fluren deckt, das Fest der Weihnacht. Wie in vielen Ländern der Tag vor dem Geburtsfeste des Herrn der Christabend heißt, so heißt er bei uns der heilige Abend, der darauf folgende Tag der heilige Tag und die dazwischen liegende Nacht die Weihnacht. Die katholische Kirche begeht den Christtag als den Tag der Geburt des Heilandes mit ihrer allergrößten kirchlichen Feier, in den meisten Gegenden wird schon die Mitternachtstunde als die Geburtstunde des Herrn mit prangender Nachtfeier geheiligt, zu der die Glocken durch die stille, finstere winterliche Mitternachtluft laden, zu der die Bewohner mit Lichtern oder auf dunkeln, wohlbekannten Pfaden aus schneeigen Bergen an bereiften Wäldern vorbei und durch knarrende Obstgärten zu der Kirche eilen, aus der die feierlichen Töne kommen, und die aus der Mitte des in beeiste Bäume gehüllten Dorfes mit den langen beleuchteten Fenstern empor ragt.

Mit dem Kirchenfeste ist auch ein häusliches verbunden. Es hat sich fast in allen christlichen Ländern verbreitet, daß man den Kindern die Ankunft des Christkindleins – auch eines Kindes, des wunderbarsten, das je auf der Welt war – als ein heiteres, glänzendes, feierliches Ding zeigt, das durch das ganze Leben fortwirkt, und manchmal noch spät im Alter bei trüben, schwermütigen oder rührenden Erinnerungen gleichsam als Rückblick in die einstige Zeit mit den bunten, schimmernden Fittigen durch den öden, traurigen und ausgeleerten Nachthimmel fliegt. Man pflegt den Kindern die Geschenke zu geben, die das heilige Christkindlein gebracht hat, um ihnen Freude zu machen. Das tut man gewöhnlich am heiligen Abende, wenn die tiefe Dämmerung eingetreten ist. Man zündet Lichter, und meistens sehr viele, an, die oft mit den kleinen Kerzlein auf den schönen grünen Ästen eines Tannen- oder Fichtenbäumchens schweben, das mitten in der Stube steht. Die Kinder dürfen nicht eher kommen, als bis das Zeichen gegeben wird, daß der heilige Christ zugegen gewesen ist, und die Geschenke, die er mitgebracht, hinterlassen hat. Dann geht die Tür auf, die Kleinen dürfen hinein, und bei dem herrlichen, schimmernden Lichterglanze sehen sie Dinge auf dem Baume hängen oder auf dem Tische herum gebreitet, die alle Vorstellungen ihrer Einbildungskraft weit übertreffen, die sie sich nicht anzurühren getrauen, und die sie endlich, wenn sie sie bekommen haben, den ganzen Abend in ihren Ärmchen herum tragen und mit sich in das Bett nehmen. Wenn sie dann zuweilen in ihre Träume hinein die Glockentöne der Mitternacht hören, durch welche die Großen in die Kirche zur Andacht gerufen werden, dann mag es ihnen sein, als zögen jetzt die Englein durch den Himmel, oder als kehre der heilige Christ nach Hause, welcher nunmehr bei allen Kindern gewesen ist und jedem von ihnen ein herrliches Geschenk hinterbracht hat.

Wenn dann der folgende Tag, der Christtag, kömmt, so ist er ihnen so feierlich, wenn sie früh morgens mit ihren schönsten Kleidern angetan in der warmen Stube stehen, wenn der Vater und die Mutter sich zum Kirchgange schmücken, wenn zu Mittage ein feierliches Mahl ist, ein besseres als an jedem Tage des ganzen Jahres, und wenn nachmittags oder gegen Abend hin Freunde und Bekannte kommen, auf den Stühlen und Bänken herum sitzen, mit einander reden, und behaglich durch die Fenster in die Wintergegend hinaus schauen können, wo entweder die langsamen Flocken niederfallen, oder ein trübender Nebel um die Berge steht, oder die blutrote, kalte Sonne hinab sinkt. An verschiedenen Stellen der Stube, entweder auf einem Stühlchen oder auf der Bank oder auf dem Fensterbrettchen, liegen die zaubrischen, nun aber schon bekannteren und vertrauteren Geschenke von gestern abend herum.

Hierauf vergeht der lange Winter, es kömmt der Frühling und der unendlich dauernde Sommer – und wenn die Mutter wieder vom heiligen Christe erzählt, daß nun bald sein Festtag sein wird, und daß er auch diesmal herab kommen werde, ist es den Kindern, als sei seit seinem letzten Erscheinen eine ewige Zeit vergangen, und als liege die damalige Freude in einer weiten nebelgrauen Ferne.

Weil dieses Fest so lange nachhält, weil sein Abglanz so hoch in das Alter hinauf reicht, so stehen wir so gerne dabei, wenn die Kinder dasselbe begehen und sich darüber freuen. – –

In den hohen Gebirgen unsers Vaterlandes steht ein Dörfchen mit einem kleinen, aber sehr spitzigen Kirchturme, der mit seiner roten Farbe, mit welcher die Schindeln bemalt sind, aus dem Grün vieler Obstbäume hervorragt, und wegen derselben roten Farbe in dem duftigen und blauen Dämmern der Berge weithin ersichtlich ist. Das Dörfchen liegt gerade mitten in einem ziemlich weiten Tale, das fast wie ein länglicher Kreis gestaltet ist. Es enthält außer der Kirche eine Schule, ein Gemeindehaus und noch mehrere stattliche Häuser, die einen Platz gestalten, auf welchem vier Linden stehen, die ein steinernes Kreuz in ihrer Mitte haben. Diese Häuser sind nicht bloße Landwirtschaftshäuser, sondern sie bergen auch noch diejenigen Handwerke in ihrem Schoße, die dem menschlichen Geschlechte unentbehrlich sind, und die bestimmt sind, den Gebirgsbewohnern ihren einzigen Bedarf an Kunsterzeugnissen zu decken. Im Tale und an den Bergen herum sind noch sehr viele zerstreute Hütten, wie das in Gebirgsgegenden sehr oft der Fall ist, welche alle nicht nur zur Kirche und Schule gehören, sondern auch jenen Handwerken, von denen gesprochen wurde, durch Abnahme der Erzeugnisse ihren Zoll entrichten. Es gehören sogar noch weitere Hütten zu dem Dörfchen, die man von dem Tale aus gar nicht sehen kann, die noch tiefer in den Gebirgen stecken, deren Bewohner selten zu ihren Gemeindemitbrüdern herauskommen, und die im Winter oft ihre Toten aufbewahren müssen, um sie nach dem Wegschmelzen des Schnees zum Begräbnisse bringen zu können. Der größte Herr, den die Dörfler im Laufe des Jahres zu sehen bekommen, ist der Pfarrer. Sie verehren ihn sehr, und es geschieht gewöhnlich, daß derselbe durch längeren Aufenthalt im Dörfchen ein der Einsamkeit gewöhnter Mann wird, daß er nicht ungerne bleibt, und einfach fortlebt. Wenigstens hat man seit Menschengedenken nicht erlebt, daß der Pfarrer des Dörfchens ein auswärtssüchtiger oder seines Standes unwürdiger Mann gewesen wäre.

Es gehen keine Straßen durch das Tal, sie haben ihre zweigleisigen Wege, auf denen sie ihre Felderzeugnisse mit einspännigen Wäglein nach Hause bringen, es kommen daher wenig Menschen in das Tal, unter diesen manchmal ein einsamer Fußreisender, der ein Liebhaber der Natur ist, eine Weile in der bemalten Oberstube des Wirtes wohnt und die Berge betrachtet, oder gar ein Maler, der den kleinen spitzen Kirchturm und die schönen Gipfel der Felsen in seine Mappe zeichnet. Daher bilden die Bewohner eine eigene Welt, sie kennen einander alle mit Namen und mit den einzelnen Geschichten von Großvater und Urgroßvater her, trauern alle, wenn einer stirbt, wissen, wie er heißt, wenn einer geboren wird, haben eine Sprache, die von der der Ebene draußen abweicht, haben ihre Streitigkeiten, die sie schlichten, stehen einander bei, und laufen zusammen, wenn sich etwas Außerordentliches begibt.

Sie sind sehr stettig, und es bleibt immer beim Alten. Wenn ein Stein aus einer Mauer fällt, wird derselbe wieder hineingesetzt, die neuen Häuser werden wie die alten gebaut, die schadhaften Dächer werden mit gleichen Schindeln ausgebessert, und wenn in einem Hause scheckige Kühe sind, so werden immer solche Kälber aufgezogen, und die Farbe bleibt bei dem Hause. Gegen Mittag sieht man von dem Dorfe einen Schneeberg, der mit seinen glänzenden Hörnern fast oberhalb der Hausdächer zu sein scheint, aber in der Tat doch nicht so nahe ist. Er sieht das ganze Jahr, Sommer und Winter mit seinen vorstehenden Felsen und mit seinen weißen Flächen in das Tal herab. Als das Auffallendste, was sie in ihrer Umgebung haben, ist der Berg der Gegenstand der Betrachtung der Bewohner, und er ist der Mittelpunkt vieler Geschichten geworden. Es lebt kein Mann und Greis in dem Dorfe, der nicht von den Zacken und Spitzen des Berges, von seinen Eisspalten und Höhlen, von seinen Wässern und Geröllströmen etwas zu erzählen wüßte, was er entweder selbst erfahren oder von andern erzählen gehört hat. Dieser Berg ist auch der Stolz des Dorfes, als hätten sie ihn selber gemacht, und es ist nicht so ganz entschieden, wenn man auch die Biederkeit und Wahrheitsliebe der Talbewohner hoch anschlägt, ob sie nicht zuweilen zur Ehre und zum Ruhme des Berges lügen. Der Berg gibt den Bewohnern außerdem, daß er ihre Merkwürdigkeit ist, auch wirklichen Nutzen; denn wenn eine Gesellschaft von Gebirgsreisenden herein kömmt, um von dem Tale aus den Berg zu besteigen, so dienen die Bewohner des Dorfes als Führer, und einmal Führer gewesen zu sein, dieses und jenes erlebt zu haben, diese und jene Stelle zu kennen, ist eine Auszeichnung, die jeder gerne von sich darlegt. Sie reden oft davon, wenn sie in der Wirtsstube bei einander sitzen, und erzählen ihre Wagnisse und ihre wunderbaren Erfahrungen, und versäumen aber auch nie zu sagen, was dieser oder jener Reisende gesprochen habe, und was sie von ihm als Lohn für ihre Bemühungen empfangen hätten. Dann sendet der Berg von seinen Schneeflächen die Wasser ab, welche einen See in seinen Hochwäldern speisen, und den Bach erzeugen, der lustig durch das Tal strömt, die Brettersäge, die Mahlmühle und andere kleine Werke treibt, das Dorf reinigt und das Vieh tränkt. Von den Wäldern des Berges kömmt das

Holz, und sie halten die Lawinen auf. Durch die innern Gänge und Lockerheiten der Höhen sinken die Wasser durch, die dann in Adern durch das Tal gehen, und in Brünnlein und Quellen hervorkommen, daraus die Menschen trinken und ihr herrliches, oft belobtes Wasser dem Fremden reichen. Allein an letzteren Nutzen denken sie nicht, und meinen, das sei immer so gewesen.

Wenn man auf die Jahresgeschichte des Berges sieht, so sind im Winter die zwei Zacken seines Gipfels, die sie Hörner heißen, schneeweiß, und stehen, wenn sie an hellen Tagen sichtbar sind, blendend in der finstern Bläue der Luft; alle Bergfelder, die um diese Gipfel herum lagern, sind dann weiß; alle Abhänge sind so; selbst die steilrechten Wände, die die Bewohner Mauern heißen, sind mit einem angeflogenen weißen Reife bedeckt und mit zartem Eise wie mit einem Firnisse belegt, so daß die ganze Masse wie ein Zauberpalast aus dem bereiften Grau der Wälderlast emporragt, welche schwer um ihre Füße herum ausgebreitet ist. Im Sommer, wo Sonne und warmer Wind den Schnee von den Steilseiten wegnimmt, ragen die Hörner nach dem Ausdrucke der Bewohner schwarz in den Himmel, und haben nur schöne weiße Äderchen und Sprenkeln auf ihrem Rücken, in der Tat aber sind sie zart fernblau, und was sie Äderchen und Sprenkeln heißen, das ist nicht weiß, sondern hat das schöne Milchblau des fernen Schnees gegen das dunklere der Felsen. Die Bergfelder um die Hörner aber verlieren, wenn es recht heiß ist, an ihren höheren Teilen wohl den Firn nicht, der gerade dann recht weiß auf das Grün der Talbäume herab sieht, aber es weicht von ihren unteren Teilen der Winterschnee, der nur einen Flaum machte, und es wird das unbestimmte Schillern von Bläulich und Grünlich sichtbar, das das Geschiebe von Eis ist, das dann bloß liegt und auf die Bewohner unten hinab grüßt. Am Rande dieses Schillerns, wo es von ferne wie ein Saum von Edelsteinsplittern aussieht, ist es in der Nähe ein Gemenge wilder, riesenhafter Blöcke, Platten und Trümmer, die sich drängen und verwirrt in einander geschoben sind. Wenn ein Sommer gar heiß und lang ist, werden die Eisfelder weit hinauf entblößt, und dann schaut eine viel größere Fläche von Grün und Blau in das Tal, manche Kuppen und Räume werden entkleidet, die man sonst nur weiß erblickt hatte, der schmutzige Saum des Eises wird sichtbar, wo es Felsen, Erde und Schlamm schiebt, und viel reichlichere Wasser als sonst fließen in das Tal. Dies geht fort, bis es nach und nach wieder Herbst wird, das Wasser sich verringert, zu einer Zeit einmal ein grauer Landregen die ganze Ebene des Tales bedeckt, worauf, wenn sich die Nebel von den Höhen wieder lösen, der Berg seine weiche Hülle abermals umgetan hat, und alle Felsen, Kegel und Zacken in weißem Kleide da stehen. So spinnt es sich ein Jahr um das andere mit geringen Abwechslungen ab, und wird sich fort spinnen, so lange die Natur so bleibt, und auf den Bergen Schnee und in den Tälern Menschen sind. Die Bewohner des Tales heißen die geringen Veränderungen große, bemerken sie wohl, und berechnen an ihnen den Fortschritt des Jahres. Sie bezeichnen an den Entblößungen die Hitze und die Ausnahmen der Sommer.

Was nun noch die Besteigung des Berges betrifft, so geschieht dieselbe von dem Tale aus. Man geht nach der Mittagsrichtung zu auf einem guten, schönen Wege, der über einen sogenannten Hals in ein anderes Tal führt. Hals heißen sie einen mäßig hohen Bergrücken, der zwei größere und bedeutendere Gebirge mit einander verbindet, und über den man zwischen den Gebirgen von einem Tale in ein anderes gelangen kann. Auf dem Halse, der den Schneeberg mit einem gegenüberliegenden großen Gebirgszuge verbindet, ist lauter Tannenwald. Etwa auf der größten Erhöhung desselben, wo nach und nach sich der Weg in das jenseitige Tal hinab zu senken beginnt, steht eine sogenannte Unglücksäule. Es ist einmal ein Bäcker, welcher Brod in seinem Korbe über den Hals trug, an jener Stelle tot gefunden worden. Man hat den toten Bäcker mit dem Korbe und mit den umringenden Tannenbäumen auf ein Bild gemalt, darunter eine Erklärung und eine Bitte um ein Gebet geschrieben, das Bild auf eine rot angestrichene hölzerne Säule getan, und die Säule an der Stelle des Unglückes aufgerichtet. Bei dieser Säule biegt man von dem Wege ab, und geht auf der Länge des Halses fort, statt über seine Breite in das jenseitige Tal hinüber zu wandern. Die Tannen bilden dort einen Durchlaß, als ob eine Straße zwischen ihnen hin ginge. Es führt auch manchmal ein Weg in dieser Richtung hin, der dazu dient, das Holz von den höheren Gegenden zu der Unglücksäule herab zu bringen, der aber dann wieder mit Gras verwächst. Wenn man auf diesem Wege fortgeht, der sachte bergan führt, so gelangt man endlich auf eine freie, von Bäumen entblößte Stelle. Dieselbe ist dürrer Haideboden, hat nicht einmal einen Strauch, sondern ist mit schwachem Haidekraute, mit trockenen Moosen und mit Dürrbodenpflanzen bewachsen. Die Stelle wird immer steiler, und man geht lange hinan; man geht aber immer in einer Rinne, gleichsam wie in einem ausgerundeten Graben, hinan, was den Nutzen hat, daß man auf der großen, baumlosen und überall gleichen Stelle nicht leicht irren kann. Nach einer Zeit erscheinen Felsen, die wie Kirchen gerade aus dem Grasboden aufsteigen, und zwischen deren Mauern man längere Zeit hinan gehen kann. Dann erscheinen wieder kahle, fast pflanzenlose Rücken, die bereits in die Lufträume der höhern Gegenden ragen und gerade zu dem Eise führen. Zu beiden Seiten dieses Weges sind steile Wände, und durch diesen Damm hängt der Schneeberg mit dem Halse zusammen. Um das Eis zu überwinden, geht man eine geraume Zeit an der Grenze desselben, wo es von den Felsen umstanden ist, dahin, bis man zu dem ältern Firn gelangt, der die Eisspalten überbaut und in den meisten Zeiten des Jahres den Wanderer trägt. An der höchsten Stelle des Firns erheben sich die zwei Hörner aus dem Schnee, wovon eines das höhere, mithin die Spitze des Berges ist. Diese Kuppen sind sehr schwer zu erklimmen; da sie mit einem oft breiteren, oft engeren Schneegraben – dem Firnschrunde – umgeben sind, der übersprungen werden muß, und da ihre steilrechten Wände nur kleine Absätze haben, in welche der Fuß eingesetzt werden muß, so begnügen sich die meisten Besteiger des Berges damit, bis zu dem Firnschrunde gelangt zu sein, und dort die Rundsicht, so weit sie nicht durch das Horn verdeckt ist, zu genießen. Die den Gipfel besteigen wollen, müssen dies mit Hilfe von Steigeisen, Stricken und Klammern tun.

Außer diesem Berge stehen an derselben Mittagseite noch andere, aber keiner ist so hoch, wenn sie sich auch früh im Herbste mit Schnee bedecken und ihn bis tief in den Frühling hinein behalten. Der Sommer aber nimmt denselben immer weg, und die Felsen glänzen freundlich im Sonnenscheine, und die tiefer gelegenen Wälder zeigen ihr sanftes Grün von breiten blauen Schatten durchschnitten, die so schön sind, daß man sich in seinem Leben nicht satt daran sehen kann.

An den andern Seiten des Tales, nämlich von Mitternacht, Morgen und Abend her, sind die Berge langgestreckt und niederer, manche Felder und Wiesen steigen ziemlich hoch hinauf, und oberhalb ihrer sieht man verschiedene Waldblößen, Alpenhütten und dergleichen, bis sie an ihrem Rande mit feingezacktem Walde am Himmel hingehen, welche Auszackung eben ihre geringe Höhe anzeigt, während die mittäglichen Berge, obwohl sie noch großartigere Wälder hegen, doch mit einem ganz glatten Rande an dem glänzenden Himmel hinstreichen.

Wenn man so ziemlich mitten in dem Tale steht, so hat man die Empfindung, als ginge nirgends ein Weg in dieses Becken herein und keiner daraus hinaus; allein diejenigen, welche öfter im Gebirge gewesen sind, kennen diese Täuschung gar wohl: in der Tat führen nicht nur verschiedene Wege, und darunter sogar manche durch die Verschiebungen der Berge fast auf ebenem Boden, in die nördlichen Flächen hinaus, sondern gegen Mittag, wo das Tal durch steilrechte Mauern fast geschlossen scheint, geht sogar ein Weg über den obbenannten Hals.

Das Dörflein heißt Gschaid, und der Schneeberg, der auf seine Häuser herabschaut, heißt Gars.

Jenseits des Halses liegt ein viel schöneres und blühenderes Tal, als das von Gschaid ist, und es führt von der Unglücksäule der gebahnte Weg hinab. Es hat an seinem Eingange einen stattlichen Marktflecken, Millsdorf, der sehr groß ist, verschiedene Werke hat, und in manchen Häusern städtische Gewerbe und Nahrung treibt. Die Bewohner sind viel wohlhabender als die in Gschaid, und obwohl nur drei Wegstunden zwischen den beiden Tälern liegen, was für die an große Entfernungen gewöhnten und Mühseligkeiten liebenden Gebirgsbewohner eine unbedeutende Kleinigkeit ist, so sind doch Sitten und Gewohnheiten in den beiden Tälern so verschieden, selbst der äußere Anblick derselben ist so ungleich, als ob eine große Anzahl Meilen zwischen ihnen läge. Das ist in Gebirgen sehr oft der Fall, und hängt nicht nur von der verschiedenen Lage der Täler gegen die Sonne ab, die sie oft mehr oder weniger begünstigt, sondern auch von dem Geiste der Bewohner, der durch gewisse Beschäftigungen nach dieser oder jener Richtung gezogen wird. Darin stimmen aber alle überein, daß sie an Herkömmlichkeiten und Väterweise hängen, großen Verkehr leicht entbehren, ihr Tal außerordentlich lieben, und ohne demselben kaum leben können.

Es vergehen oft Monate, oft fast ein Jahr, ehe ein Bewohner von Gschaid in das jenseitige Tal hinüber kömmt und den großen Marktflecken Millsdorf besucht. Die Millsdorfer halten es eben so, obwohl sie ihrerseits doch Verkehr mit dem Lande draußen pflegen, und daher nicht so abgeschieden sind wie die Gschaider. Es geht sogar ein Weg, der eine Straße heißen könnte, längs ihres Tales, und mancher Reisende und mancher Wanderer geht hindurch, ohne nur im geringsten zu ahnen, daß mitternachtwärts seines Weges jenseits des hohen herabblickenden Schneebergs noch ein Tal sei, in dem viele Häuser zerstreut sind, und in dem das Dörflein mit dem spitzigen Kirchturme steht.

Unter den Gewerben des Dorfes, welche bestimmt sind, den Bedarf des Tales zu decken, ist auch das eines Schusters, das nirgends entbehrt werden kann, wo die Menschen nicht in ihrem Urzustande sind. Die Gschaider aber sind so weit über diesem Stande, daß sie recht gute und tüchtige Gebirgsfußbekleidung brauchen. Der Schuster ist mit einer kleinen Ausnahme der einzige im Tale. Sein Haus steht auf dem Platze in Gschaid, wo überhaupt die besseren stehen, und schaut mit seinen grauen Mauern, weißen Fenstersimsen und grün angestrichenen Fensterläden auf die vier Linden hinaus. Es hat im Erdgeschosse die Arbeitsstube, die Gesellenstube, eine größere und kleinere Wohnstube, ein Verkaufsstübchen, nebst Küche und Speisekammer und allen zugehörigen Gelassen; im ersten Stockwerke, oder eigentlich im Raume des Giebels, hat es die Oberstube oder eigentliche Prunkstube. Zwei Prachtbetten, schöne, geglättete Kästen mit Kleidern stehen da, dann ein Gläserkästchen mit Geschirren, ein Tisch mit eingelegter Arbeit, gepolsterte Sessel, ein Mauerkästchen mit den Ersparnissen, dann hängen an den Wänden Heiligenbilder, zwei schöne Sackuhren, gewonnene Preise im Schießen, und endlich sind auch Scheibengewehre und Jagdbüchsen nebst ihrem Zugehöre in einem eigenen, mit Glastafeln versehenen Kasten aufgehängt. An das Schusterhaus ist ein kleineres Häuschen, nur durch den Einfahrtsschwibbogen getrennt, angebaut, welches genau dieselbe Bauart hat und zum Schusterhause wie ein Teil zum Ganzen gehört. Es hat nur eine Stube mit den dazu gehörigen Wohnteilen. Es hat die Bestimmung, dem Hausbesitzer, sobald er das Anwesen seinem Sohne oder Nachfolger übergeben hat, als sogenanntes Ausnahmstübchen zu dienen, in welchem er mit seinem Weibe so lange haust, bis beide gestorben sind, die Stube wieder leer steht und auf einen neuen Bewohner wartet. Das Schusterhaus hat nach rückwärts Stall und Scheune; denn jeder Talbewohner ist, selbst wenn er ein Gewerbe treibt, auch Landbebauer, und zieht hieraus seine gute und nachhaltige Nahrung. Hinter diesen Gebäuden ist endlich der Garten, der fast bei keinem besseren Hause in Gschaid fehlt, und von dem sie ihre Gemüse, ihr Obst und für festliche Gelegenheiten ihre Blumen ziehen. Wie oft im Gebirge, so ist auch in Gschaid die Bienenzucht in diesen Gärten sehr verbreitet.

Die kleine Ausnahme, deren oben Erwähnung geschah, und die Nebenbuhlerschaft der Alleinherrlichkeit des Schusters ist ein anderer Schuster, der alte Tobias, der aber eigentlich kein Nebenbuhler ist, weil er nur mehr flickt, hierin viel zu tun hat, und es sich nicht im entferntesten beikommen läßt, mit dem vornehmen Platzschuster in einen Wettstreit einzugehen, insbesondere, da der Platzschuster ihn häufig mit Lederflecken, Sohlenabschnitten und dergleichen Dingen unentgeltlich versieht. Der alte Tobias sitzt im Sommer am Ende des Dörfchens unter Holunderbüschen und arbeitet. Er ist umringt von Schuhen und Bundschuhen, die aber sämtlich alt, grau, kotig und zerrissen sind. Stiefel mit langen Röhren sind nicht da, weil sie im Dorfe und in der Gegend nicht getragen werden; nur zwei Personen haben solche, der Pfarrer und der Schullehrer, welche aber beides, flicken und neue Ware machen, nur bei dem Platzschuster lassen. Im Winter sitzt der alte Tobias in seinem Stübchen hinter den Holunderstauden, und hat warm geheizt, weil das Holz in Gschaid nicht teuer ist.

Der Platzschuster ist, ehe er das Haus angetreten hat, ein Gemsewildschütze gewesen, und hat überhaupt in seiner Jugend, wie die Gschaider sagen, nicht gut getan. Er war in der Schule immer einer der besten Schüler gewesen, hatte dann von seinem Vater das Handwerk gelernt, ist auf Wanderung gegangen, und ist endlich wieder zurück gekehrt. Statt, wie es sich für einen Gewerbsmann ziemt, und wie sein Vater es Zeit Lebens getan, einen schwarzen Hut zu tragen, tat er einen grünen auf, steckte noch alle bestehenden Federn darauf, und stolzierte mit ihm und mit dem kürzesten Lodenrocke, den es im Tale gab, herum, während sein Vater immer einen Rock von dunkler, wo möglich schwarzer Farbe hatte, der auch, weil er einem Gewerbsmanne angehörte, immer sehr weit herab geschnitten sein mußte. Der junge Schuster war auf allen Tanzplätzen und Kegelbahnen zu sehen. Wenn ihm jemand eine gute Lehre gab, so pfiff er ein Liedlein. Er ging mit seinem Scheibengewehre zu allen Schießen der Nachbarschaft, und brachte manchmal einen Preis nach Hause, was er für einen großen Sieg hielt. Der Preis bestand meistens aus Münzen, die künstlich gefaßt waren, und zu deren Gewinnung der Schuster mehr gleiche Münzen ausgeben mußte, als der Preis enthielt, besonders, da er wenig haushälterisch mit dem Gelde war. Er ging auf alle Jagden, die in der Gegend abgehalten wurden, und hatte sich den Namen eines guten Schützen erworben. Er ging aber auch manchmal allein mit seiner Doppelbüchse und mit Steigeisen fort, und einmal sagte man, daß er eine schwere Wunde im Kopfe erhalten habe.

In Millsdorf war ein Färber, welcher gleich am Anfange des Marktfleckens, wenn man auf dem Wege von Gschaid hinüber kam, ein sehr ansehnliches Gewerbe hatte, mit vielen Leuten und sogar, was im Tale etwas Unerhörtes war, mit Maschinen arbeitete. Außerdem besaß er noch eine ausgebreitete Feldwirtschaft. Zu der Tochter dieses reichen Färbers ging der Schuster über das Gebirge, um sie zu gewinnen. Sie war wegen ihrer Schönheit weit und breit berühmt, aber auch wegen ihrer Eingezogenheit, Sittsamkeit und Häuslichkeit belobt. Dennoch, hieß es, soll der Schuster ihre Aufmerksamkeit erregt haben. Der Färber ließ ihn nicht in sein Haus kommen; und hatte die schöne Tochter schon früher keine öffentlichen Plätze und Lustbarkeiten besucht und war selten außer dem Hause ihrer Eltern zu sehen gewesen: so ging sie jetzt schon gar nirgends mehr hin als in die Kirche oder in ihrem Garten oder in den Räumen des Hauses herum.

Einige Zeit nach dem Tode seiner Eltern, durch welchen ihm das Haus derselben zugefallen war, das er nun allein bewohnte, änderte sich der Schuster gänzlich. So wie er früher getollt hatte, so saß er jetzt in seiner Stube und hämmerte Tag und

Nacht an seinen Sohlen. Er setzte prahlend einen Preis darauf, wenn es jemand gäbe, der bessere Schuhe und Fußbekleidungen machen könne. Er nahm keine andern Arbeiter als die besten, und trillte sie noch sehr herum, wenn sie in seiner Werkstätte arbeiteten, daß sie ihm folgten und die Sache so einrichteten, wie er befahl. Wirklich brachte er es jetzt auch dahin, daß nicht nur das ganze Dorf Gschaid, das zum größten Teile die Schusterarbeit aus benachbarten Tälern bezogen hatte, bei ihm arbeiten ließ, daß das ganze Tal bei ihm arbeiten ließ, und daß endlich sogar einzelne von Millsdorf und andern Tälern herein kamen und sich ihre Fußbekleidung von dem Schuster in Gschaid machen ließen. Sogar in die Ebene hinaus verbreitete sich sein Ruhm, daß manche, die in die Gebirge gehen wollten, sich die Schuhe dazu von ihm machen ließen.
Er richtete das Haus sehr schön zusammen, und in dem Warengewölbe glänzten auf den Brettern die Schuhe, Bundstiefel und Stiefel; und wenn am Sonntage die ganze Bevölkerung des Tales herein kam, und man bei den vier Linden des Platzes stand, ging man gerne zu dem Schusterhause hin und sah durch die Gläser in die Warenstube, wo die Käufer und Besteller waren.
Nach seiner Vorliebe zu den Bergen machte er auch jetzt die Gebirgsbundschuhe am besten. Er pflegte in der Wirtsstube zu sagen: es gäbe keinen, der ihm einen fremden Gebirgsbundschuh zeigen könne, der sich mit einem seinigen vergleichen lasse. »Sie wissen es nicht,« pflegte er beizufügen, »sie haben es in ihrem Leben nicht erfahren, wie ein solcher Schuh sein muß, daß der gestirnte Himmel der Nägel recht auf der Sohle sitze und das gebührende Eisen enthalte, daß der Schuh außen hart sei, damit kein Geröllstein, wie scharf er auch sei, empfunden werde, und daß er sich von innen doch weich und zärtlich wie ein Handschuh an die Füße lege.«
Der Schuster hatte sich ein sehr großes Buch machen lassen, in welches er alle verfertigte Ware eintrug, die Namen derer beifügte, die den Stoff geliefert und die Ware gekauft hatten,

und eine kurze Bemerkung über die Güte des Erzeugnisses beischrieb. Die gleichartigen Fußbekleidungen hatten ihre fortlaufenden Zahlen, und das Buch lag in der großen Lade seines Gewölbes.

Wenn die schöne Färberstochter von Millsdorf auch nicht aus der Eltern Hause kam, wenn sie auch weder Freunde noch Verwandte besuchte, so konnte es der Schuster von Gschaid doch so machen, daß sie ihn von ferne sah, wenn sie in die Kirche ging, wenn sie in dem Garten war, und wenn sie aus den Fenstern ihres Zimmers auf die Matten blickte. Wegen dieses unausgesetzten Sehens hatte es die Färberin durch langes, inständiges und ausdauerndes Flehen für ihre Tochter dahin gebracht, daß der halsstarrige Färber nachgab, und daß der Schuster, weil er denn nun doch besser geworden, die schöne, reiche Millsdorferin als Eheweib nach Gstaid führte. Aber der Färber war deßungeachtet auch ein Mann, der seinen Kopf hatte. Ein rechter Mensch, sagte er, müsse sein Gewerbe treiben, daß es blühe und vorwärts komme, er müsse daher sein Weib, seine Kinder, sich und sein Gesinde ernähren, Hof und Haus im Stande des Glanzes halten, und sich noch ein Erkleckliches erübrigen, welches letztere doch allein im Stande sei, ihm Ansehen und Ehre in der Welt zu geben; darum erhalte seine Tochter nichts als eine vortreffliche Ausstattung, das andere ist Sache des Ehemanns, daß er es mache und für alle Zukunft es besorge. Die Färberei in Millsdorf und die Landwirtschaft auf dem Färberhause sei für sich ein ansehnliches und ehrenwertes Gewerbe, das seiner Ehre willen bestehen, und wozu alles, was da sei, als Grundstock dienen müsse, daher er nichts weggebe. Wenn einmal er und sein Eheweib, die Färberin, tot seien, dann gehöre Färberei und Landwirtschaft in Millsdorf ihrer einzigen Tochter, nämlich der Schusterin in Gschaid, und Schuster und Schusterin könnten dann damit tun, was sie wollten: aber alles dieses nur, wenn die Erben es wert wären, das Erbe zu empfangen; wären sie es nicht wert, so ging das Erbe auf die Kinder derselben, und wenn keine vorhanden wären, mit der Ausnahme des lediglichen Pflichtteiles auf andere Verwandte über. Der Schuster verlangte auch nichts, er zeigte im Stolze, daß es ihm nur um die schöne Färberstochter in Millsdorf zu tun gewesen, und daß er sie schon ernähren und erhalten könne, wie sie zu Hause ernährt und erhalten worden ist. Er kleidete sie als sein Eheweib nicht nur schöner als alle Gschaiderinnen und alle Bewohnerinnen des Tales, sondern auch schöner, als sie sich je zu Hause getragen hatte, und Speise, Trank und übrige Behandlung mußte besser und rücksichtsvoller sein, als sie das gleiche im väterlichen Hause genossen hatte. Und um dem Schwiegervater zu trotzen, kaufte er mit erübrigten Summen nach und nach immer mehr Grundstücke so ein, daß er einen tüchtigen Besitz beisammen hatte.

Weil die Bewohner von Gschaid so selten aus ihrem Tale kommen, und nicht einmal oft nach Millsdorf hinüber gehen, von dem sie durch Bergrücken und durch Sitten geschieden sind, weil ferner ihnen gar kein Fall vorkömmt, daß ein Mann sein Tal verläßt und sich in dem benachbarten ansiedelt (Ansiedlungen in großen Entfernungen kommen öfter vor), weil endlich auch kein Weib oder Mädchen gerne von einem Tale in ein anderes auswandert, außer in dem ziemlich seltenen Falle, wenn sie der Liebe folgt und als Eheweib und zu dem Ehemann in ein anderes Tal kömmt: so geschah es, daß die schöne Färberstochter von Millsdorf, da sie Schusterin in Gschaid geworden war, doch immer von allen Gschaidern als Fremde angesehen wurde, und wenn man ihr auch nichts Übels antat, ja wenn man sie ihres schönen Wesens und ihrer Sitten wegen sogar liebte, doch immer etwas vorhanden war, das wie Scheu oder, wenn man will, wie Rücksicht aussah, und nicht zu dem Innigen und Gleichartigen kommen ließ, wie Gschaiderinnen gegen Gschaiderinnen, Gschaider gegen Gschaider hatten. Es war so, ließ sich nicht abstellen, und wurde durch die bessere Tracht und durch das erleichtertere häusliche Leben der Schusterin noch vermehrt.

Sie hatte ihrem Manne nach dem ersten Jahre einen Sohn und in einigen Jahren darauf ein Töchterlein geboren. Sie glaubte aber, daß er die Kinder nicht so liebe, wie sie sich vorstellte, daß es sein solle, und wie sie sich bewußt war, daß sie dieselben liebe; denn sein Angesicht war meistens ernsthaft und mit seinen Arbeiten beschäftigt. Er spielte und tändelte selten mit den Kindern, und sprach stets ruhig mit ihnen, gleichsam so, wie man mit Erwachsenen spricht. Was Nahrung und Kleidung und andere äußere Dinge anbelangte, hielt er die Kinder untadelig.

In der ersten Zeit der Ehe kam die Färberin öfter nach Gschaid, und die jungen Eheleute besuchten auch Millsdorf zuweilen bei Kirchweihen oder anderen festlichen Gelegenheiten. Als aber die Kinder auf der Welt waren, war die Sache anders geworden. Wenn schon Mütter ihre Kinder lieben und sich nach ihnen sehnen, so ist dieses von Großmüttern öfter in noch höherem Grade der Fall: sie verlangen zuweilen mit wahrlich krankhafter Sehnsucht nach ihren Enkeln. Die Färberin kam sehr oft nach Gschaid herüber, um die Kinder zu sehen, ihnen Geschenke zu bringen, eine Weile da zu bleiben, und dann mit guten Ermahnungen zu scheiden. Da aber das Alter und die Gesundheitsumstände der Färberin die öfteren Fahrten nicht mehr so möglich machten, und der Färber aus dieser Ursache Einsprache tat, wurde auf etwas anderes gesonnen, die Sache wurde umgekehrt, und die Kinder kamen jetzt zur Großmutter. Die Mutter brachte sie selber öfter in einem Wagen, öfter aber wurden sie, da sie noch im zarten Alter waren, eingemummt einer Magd mitgegeben, die sie in einem Fuhrwerke über den Hals brachte. Als sie aber größer waren, gingen sie zu Fuße entweder mit der Mutter oder mit der Magd nach Millsdorf, ja da der Knabe geschickt, stark und klug geworden war, ließ man ihn allein den bekannten Weg über den Hals gehen, und wenn es sehr schön war, und er bat, erlaubte man auch, daß ihn die kleine Schwester begleite. Dies ist bei den Gschaidern gebräuchlich, weil sie an starkes Fußgehen gewöhnt sind, und die Eltern überhaupt, namentlich aber ein Mann wie der Schuster, es gerne sehen und eine Freude daran haben, wenn ihre Kinder tüchtig werden.

So geschah es, daß die zwei Kinder den Weg über den Hals öfter zurücklegten als die übrigen Dörfler zusammen genommen, und da schon ihre Mutter in Gschaid immer gewissermaßen wie eine Fremde behandelt wurde, so wurden durch diesen Umstand auch die Kinder fremd, sie waren kaum Gschaider, und gehörten halb nach Millsdorf hinüber.

Der Knabe Konrad hatte schon das ernste Wesen seines Vaters, und das Mädchen Susanna, nach ihrer Mutter so genannt, oder, wie man es zur Abkürzung nannte, Sanna, hatte viel Glauben zu seinen Kenntnissen, seiner Einsicht und seiner Macht, und gab sich unbedingt unter seine Leitung, gerade so wie die Mutter sich unbedingt unter die Leitung des Vaters gab, dem sie alle Einsicht und Geschicklichkeit zutraute.

An schönen Tagen konnte man morgens die Kinder durch das Tal gegen Mittag wandern sehen, über die Wiese gehen und dort anlangen, wo der Wald des Halses gegen sie her schaut. Sie näherten sich dem Walde, gingen auf seinem Wege allgemach über die Erhöhung hinan, und kamen, ehe der Mittag eingetreten war, auf den offenen Wiesen auf der anderen Seite gegen Millsdorf hinunter. Konrad zeigte Sanna die Wiesen, die dem Großvater gehörten, dann gingen sie durch seine Felder, auf denen er ihr die Getreidearten erklärte, dann sahen sie auf Stangen unter dem Vorsprunge des Daches die langen Tücher zum Trocknen herab hängen, die sich im Winde schlängelten oder närrische Gesichter machten, dann hörten sie seine Walkmühle und seinen Lohstampf, die er an seinem Bache für Tuchmacher und Gerber angelegt hatte, dann bogen sie noch um eine Ecke der Felder, und gingen im kurzen durch die Hintertür in den Garten der Färberei, wo sie von der Großmutter empfangen wurden. Diese ahnte immer, wenn die Kinder kamen, sah zu den Fenstern aus, und erkannte sie von weitem, wenn Sannas rotes Tuch recht in der Sonne leuchtete.

Sie führte die Kinder dann durch die Waschstube und Presse in das Zimmer, ließ sie niedersetzen, ließ nicht zu, daß sie Halstücher oder Jäckchen lüfteten, damit sie sich nicht verkühlten, und behielt sie beim Essen da. Nach dem Essen durften sie sich lüften, spielen, durften in den Räumen des großväterlichen Hauses herum gehen, oder sonst tun, was sie wollten, wenn es nur nicht unschicklich oder verboten war. Der Färber, welcher immer bei dem Essen war, fragte sie um ihre Schulgegenstände aus, und schärfte ihnen besonders ein, was sie lernen sollten. Nachmittags wurden sie von der Großmutter schon, ehe die Zeit kam, zum Aufbruche getrieben, daß sie ja nicht zu spät kämen. Obgleich der Färber keine Mitgift gegeben hatte, und vor seinem Tode von seinem Vermögen nichts wegzugeben gelobt hatte, glaubte sich die Färberin an diese Dinge doch nicht so strenge gebunden, und sie gab den Kindern nicht allein während ihrer Anwesenheit allerlei, worunter nicht selten ein Münzstück und zuweilen gar von ansehnlichem Werte war, sondern sie band ihnen auch immer zwei Bündelchen zusammen, in denen sich Dinge befanden, von denen sie glaubte, daß sie notwendig wären, oder daß sie den Kindern Freude machen könnten. Und wenn oft die nämlichen Dinge im Schusterhause in Gschaid ohnedem in aller Trefflichkeit vorhanden waren, so gab sie die Großmutter in der Freude des Gebens doch, und die Kinder trugen sie als etwas Besonderes nach Hause. So geschah es nun, daß die Kinder am heiligen Abende schon unwissend die Geschenke in Schachteln gut versiegelt und verwahrt nach Hause trugen, die ihnen in der Nacht einbeschert werden sollten.

Weil die Großmutter die Kinder immer schon vor der Zeit zum Fortgehen drängte, damit sie nicht zu spät nach Hause kämen, so erzielte sie hiedurch, daß die Kinder gerade auf dem Wege bald an dieser, bald an jener Stelle sich aufhielten. Sie saßen gerne an dem Haselnußgehege, das auf dem Halse ist, und schlugen mit Steinen Nüsse auf, oder spielten, wenn keine Nüsse waren, mit Blättern oder mit Hölzlein oder mit den weichen braunen Zäpfchen, die im ersten Frühjahre von den Zweigen der Nadelbäume herab fielen. Manchmal erzählte Konrad dem Schwesterchen Geschichten, oder wenn sie zu der roten Unglücksäule kamen, führte er sie ein Stück auf dem Seitenwege links gegen die Höhen hinan, und sagte ihr, daß daß man da auf den Schneeberg gelange, daß dort Felsen und Steine seien, daß die Gemsen herum springen und große Vögel fliegen. Er führte sie oft über den Wald hinaus, sie betrachteten dann den dürren Rasen und die kleinen Sträucher der Haidekräuter; aber er führte sie wieder zurück, und brachte sie immer vor der Abenddämmerung nach Hause, was ihm stets Lob eintrug.

Einmal war am heiligen Abende, da die erste Morgendämmerung in dem Tale von Gschaid in Helle übergegangen war, ein dünner, trockener Schleier über den ganzen Himmel gebreitet, so daß man die ohnedem schiefe und ferne Sonne im Südosten nur als einen undeutlichen roten Fleck sah, überdies war an diesem Tage eine milde, beinahe laulichte Luft unbeweglich im ganzen Tale und auch an dem Himmel, wie die unveränderte und ruhige Gestalt der Wolken zeigte. Da sagte die Schustersfrau zu ihren Kindern: »Weil ein so angenehmer Tag ist, weil es so lange nicht geregnet hat und die Wege fest sind, und weil es auch der Vater gestern unter der Bedingung erlaubt hat, wenn der heutige Tag dazu geeignet ist, so dürft ihr zur Großmutter nach Millsdorf gehen; aber ihr müßt den Vater noch vorher fragen.«

Die Kinder, welche noch in ihren Nachtkleidchen da standen, liefen in die Nebenstube, in welcher der Vater mit einem Kunden sprach, und baten um die Wiederholung der gestrigen Erlaubnis, weil ein so schöner Tag sei. Sie wurde ihnen erteilt, und sie liefen wieder zur Mutter zurück.

Die Schustersfrau zog nun ihre Kinder vorsorglich an, oder eigentlich, sie zog das Mädchen mit dichten, gut verwahrenden Kleidern an; denn der Knabe begann sich selber anzukleiden, und stand viel früher fertig da, als die Mutter mit dem

Mädchen hatte ins Reine kommen können. Als sie dieses Geschäft vollendet hatte, sagte sie: »Konrad, gib wohl acht: weil ich dir das Mädchen mit gehen lasse, so müsset ihr bei Zeiten fort gehen, ihr müsset an keinem Platze stehen bleiben, und wenn ihr bei der Großmutter gegessen habt, so müsset ihr gleich wieder umkehren und nach Hause trachten; denn die Tage sind jetzt sehr kurz, und die Sonne geht gar bald unter.«

»Ich weiß es schon, Mutter«, sagte Konrad.

»Und siehe gut auf Sanna, daß sie nicht fällt oder sich erhitzt.«

»Ja, Mutter.«

»So, Gott behüte euch, und geht noch zum Vater, und sagt, daß ihr jetzt fort gehet.«

Der Knabe nahm eine von seinem Vater kunstvoll aus Kalbfellen genähte Tasche an einem Riemen um die Schulter, und die Kinder gingen in die Nebenstube, um dem Vater Lebewohl zu sagen. Aus dieser kamen sie bald heraus, und hüpften, von der Mutter mit einem Kreuze besegnet, fröhlich auf die Gasse.

Sie gingen schleunig längs des Dorfplatzes hinab, und dann durch die Häusergasse und endlich zwischen den Planken der Obstgärten in das Freie hinaus. Die Sonne stand schon über dem mit milchigen Wolkenstreifen durchwobenen Wald der morgendlichen Anhöhen, und ihr trübes rötliches Bild schritt durch die laublosen Zweige der Holzäpfelbäume mit den Kindern fort.

In dem ganzen Tale war kein Schnee, die größeren Berge, von denen er schon viele Wochen herab geglänzt hatte, waren damit bedeckt, die kleineren standen in dem Mantel ihrer Tannenwälder und im Fahlrot ihrer entblößten Zweige unbeschneit und ruhig da. Der Boden war noch nicht gefroren, und er wäre vermöge der vorhergegangenen langen regenlosen Zeit ganz trocken gewesen, wenn ihn nicht die Jahreszeit mit einer zarten Feuchtigkeit überzogen hätte, die ihn aber nicht schlüpfrig, sondern eher fest und widerprallend machte, daß sie leicht und gering darauf fortgingen. Das wenige Gras, welches noch auf den Wiesen und vorzüglich an den Wassergräben derselben war, stand in herbstlichem Ansehen. Es lag kein Reif und bei näherem Anblicke nicht einmal ein Tau, was nach der Meinung der Landleute baldigen Regen bedeutet.

Gegen die Grenzen der Wiesen zu war ein Gebirgsbach, über welchen ein hoher Steg führte. Die Kinder gingen auf den Steg und schauten hinab. Im Bache war schier kein Wasser, ein dünner Faden von sehr stark blauer Farbe ging durch die trockenen Kiesel des Gerölles, die wegen Regenlosigkeit ganz weiß geworden waren, und sowohl die Wenigkeit als auch die Farbe des Wassers zeigten an, daß in den größeren Höhen schon Kälte herrschen müsse, die den Boden verschließe, daß er mit seiner Erde das Wasser nicht trübe, und die das Eis erhärte, daß es in seinem Innern nur wenige klare Tropfen abgeben könne.

Von dem Stege liefen die Kinder durch die Gründe fort, und näherten sich immer mehr den Waldungen.

Sie trafen endlich die Grenze des Holzes, und gingen in demselben weiter.

Als sie in die höheren Wälder des Halses hinauf gekommen waren, zeigten sich die langen Furchen des Fahrweges nicht mehr weich, wie es unten im Tale der Fall gewesen war, sondern sie waren fest, und zwar nicht aus Trockenheit, sondern, wie die Kinder sich bald überzeugten, weil sie gefroren waren. An manchen Stellen waren sie so überfroren, daß sie die Körper der Kinder trugen. Nach der Natur der Kinder gingen sie nun nicht mehr auf dem glatten Pfade neben dem Fahrwege, sondern in den Gleisen, und versuchten, ob dieser oder jener Furchenaufwurf sie schon trage. Als sie nach Verlauf einer Stunde auf der Höhe des Halses angekommen waren, war der Boden bereits so hart, daß er klang und Schollen wie Steine hatte.

An der roten Unglücksäule des Bäckers bemerkte Sanna zuerst, daß sie heute gar nicht da stehe. Sie gingen zu dem Platze hinzu, und sahen, daß der runde, rot angestrichene Balken, der das Bild trug, in dem dürren Grase liege, das wie dünnes Stroh an der Stelle stand und den Anblick der liegenden Säule verdeckte. Sie sahen zwar nicht ein, warum die Säule liege, ob sie umgeworfen worden, oder ob sie von selber umgefallen sei, das sahen sie, daß sie an der Stelle, wo sie in die Erde ragte, sehr morsch war, und daß sie daher sehr leicht habe umfallen können; aber da sie einmal lag, so machte es ihnen Freude, daß sie das Bild und die Schrift so nahe betrachten konnten, wie es sonst nie der Fall gewesen war. Als sie alles – den Korb mit den Semmeln, die bleichen Hände des Bäckers, seine geschlossenen Augen, seinen grauen Rock und die umstehenden Tannen – betrachtet hatten, als sie die Schrift gelesen und laut gesagt hatten, gingen sie wieder weiter.

Abermal nach einer Stunde wichen die dunkeln Wälder zu beiden Seiten zurück, dünnstehende Bäume, teils einzelne Eichen, teils Birken und Gebüschgruppen empfingen sie, geleiteten sie weiter, und nach kurzem liefen sie auf den Wiesen in das Millsdorfer Tal hinab.

Obwohl dieses Tal bedeutend tiefer liegt als das von Gschaid, und auch um so viel wärmer war, daß man die Ernte immer um vierzehn Tage früher beginnen konnte als in Gschaid, so war doch auch hier der Boden gefroren, und als die Kinder bis zu den Loh- und Walkwerken des Großvaters gekommen waren, lagen auf dem Wege, auf den die Räder oft Tropfen heraus spritzten, schöne Eistäfelchen. Den Kindern ist das gewöhnlich ein sehr großes Vergnügen.

Die Großmutter hatte sie kommen gesehen, war ihnen entgegen gegangen, nahm Sanna bei den erfrornen Händchen, und führte sie in die Stube.

Sie nahm ihnen die wärmeren Kleider ab, sie ließ in dem Ofen nachlegen, und fragte sie, wie es ihnen im Herübergehen gegangen sei.

Als sie hierauf die Antwort erhalten hatte, sagte sie: »Das ist schon recht, das ist gut, es freut mich gar sehr, daß ihr wieder gekommen seid; aber heute müßt ihr bald fort, der Tag ist kurz, und es wird auch kälter, am Morgen war es in Millsdorf nicht gefroren.«

»In Gschaid auch nicht«, sagte der Knabe.

»Siehst du, darum müßt ihr euch sputen, daß euch gegen Abend nicht zu kalt wird«, antwortete die Großmutter.

Hierauf fragte sie, was die Mutter mache, was der Vater mache, und ob nichts Besonderes in Gschaid geschehen sei.

Nach diesen Fragen bekümmerte sie sich um das Essen, sorgte, daß es früher bereitet wurde als gewöhnlich, und richtete selber den Kinder kleine Leckerbissen zusammen, von denen sie wußte, daß sie eine Freude damit erregen würde. Dann wurde der Färber gerufen, die Kinder bekamen an dem Tische aufgedeckt wie große Personen, und aßen nun mit Großvater und Großmutter, und die letzte legte ihnen hiebei besonders Gutes vor. Nach dem Essen streichelte sie Sannas unterdessen sehr rot gewordene Wangen.

Hierauf ging sie geschäftig hin und her, und steckte das Kalbfellränzchen des Knaben voll, und steckte ihm noch allerlei in die Taschen. Auch in die Täschchen von Sanna tat sie allerlei Dinge. Sie gab jedem ein Stück Brot, es auf dem Wege zu verzehren, und in dem Ränzchen, sagte sie, seien noch zwei Weißbrote, wenn etwa der Hunger zu groß würde.

»Für die Mutter habe ich einen guten gebrannten Kaffee mitgegeben,« sagte sie, »und in dem Fläschchen, das zugestopft und gut verbunden ist, befindet sich auch ein schwarzer Kaffeeaufguß, ein besserer, als die Mutter bei euch gewöhnlich macht, sie soll ihn nur kosten, wie er ist, er ist eine wahre Arznei, so kräftig, daß nur ein Schlückchen den Magen so wärmt, daß es den Körper in den kältesten Wintertagen nicht frieren kann. Die anderen Sachen, die in der Schachtel und in den Papieren im Ränzchen sind, bringt unversehrt nach Hause.«

Da sie noch ein Weilchen mit den Kindern geredet hatte, sagte sie, daß sie gehen sollten.

»Habe acht, Sanna,« sagte sie, »daß du nicht frierst, erhitze dich nicht; und daß ihr nicht über die Wiesen hinauf und unter den Bäumen lauft. Etwa kömmt gegen Abend ein Wind, da müßt ihr langsamer gehen. Grüßet Vater und Mutter, und sagt, sie sollen recht glückliche Feiertage haben.«

Die Großmutter küßte beide Kinder auf die Wangen, und schob sie durch die Tür hinaus. Nichts desto weniger ging sie aber auch selber mit, geleitete sie durch den Garten, ließ sie durch das Hinterpförtchen hinaus, schloß wieder, und ging in das Haus zurück.

Die Kinder gingen an den Eistäfelchen neben den Werken des Großvaters vorbei, sie gingen durch die Millsdorfer Felder, und wendeten sich gegen die Wiesen hinan.

Als sie auf den Anhöhen gingen, wo, wie gesagt wurde, zerstreute Bäume und Gebüschgruppen standen, fielen äußerst langsam einzelne Schneeflocken.

»Siehst du, Sanna,« sagte der Knabe, »ich habe es gleich gedacht, daß wir Schnee bekommen; weißt du, da wir von Hause weg gingen, sahen wir noch die Sonne, die so blutrot war wie eine Lampe bei dem heiligen Grabe, und jetzt ist nichts mehr von ihr zu erblicken, und nur der graue Nebel ist über den Baumwipfeln oben. Das bedeutet allemal Schnee.«

Die Kinder gingen freudiger fort, und Sanna war recht froh, wenn sie mit dem dunkeln Ärmel ihres Röckchens eine der fallenden Flocken auffangen konnte, und wenn dieselbe recht lange nicht auf dem Ärmel zerfloß. Als sie endlich an dem äußersten Rand der Millsdorfer Höhen angekommen waren, wo es gegen die dunkeln Tannen des Halses hinein geht, war die dichte Waldwand schon recht lieblich gesprenkelt von den immer reichlicher herab fallenden Flocken. Sie gingen nunmehr in den dicken Wald hinein, der den größten Teil ihrer noch bevorstehenden Wanderung einnahm.

Es geht von dem Waldrande noch immer aufwärts, und zwar bis man zur roten Unglücksäule kömmt, von wo sich, wie schon oben angedeutet wurde, der Weg gegen das Tal von Gschaid hinab wendet. Die Erhebung des Waldes von der

Millsdorfer Seite aus ist sogar so steil, daß der Weg nicht gerade hinan geht, sondern daß er in sehr langen Abweichungen von Abend nach Morgen und von Morgen nach Abend hinan klimmt. An der ganzen Länge des Weges hinauf zur Säule und hinab bis zu den Wiesen von Gschaid sind hohe, dichte, ungelichtete Waldbestände, und sie werden erst ein wenig dünner, wenn man in die Ebene gelangt ist und gegen die Wiesen des Tales von Gschaid hinaus kömmt. Der Hals ist auch, wenn er gleich nur eine kleine Verbindung zwischen zwei großen Gebirgshäuptern abgibt, doch selbst so groß, daß er, in die Ebene gelegt, einen bedeutenden Gebirgsrücken abgeben würde.

Das erste, was die Kinder sahen, als sie die Waldung betraten, war, daß der gefrorne Boden sich grau zeigte, als ob er mit Mehl besät wäre, daß die Fahne manches dünnen Halmes des am Wege hin und zwischen den Bäumen stehenden dürren Grases mit Flocken beschwert war, und daß auf den verschiedenen grünen Zweigen der Tannen und Fichten, die sich wie Hände öffneten, schon weiße Fläumchen saßen.

»Schneit es denn jetzt bei dem Vater zu Hause auch?« fragte Sanna.

»Freilich,« antwortete der Knabe, »es wird auch kälter, und du wirst sehen, daß morgen der ganze Teich gefroren ist.«

»Ja, Konrad«, sagte das Mädchen.

Es verdoppelte beinahe seine kleinen Schritte, um mit denen des dahinschreitenden Knaben gleich bleiben zu können.

Sie gingen nun rüstig in den Windungen fort, jetzt von Abend nach Morgen, jetzt von Morgen nach Abend. Der von der Großmutter vorausgesagte Wind stellte sich nicht ein, im Gegenteile war es so stille, daß sich nicht ein Ästchen oder Zweig rührte, ja sogar es schien im Walde wärmer, wie es in lockeren Körpern, dergleichen ein Wald auch ist, immer im Winter zu sein pflegt, und die Schneeflocken fielen stets reichlicher, so daß der ganze Boden schon weiß war, daß der Wald sich grau zu bestäuben anfing, und daß auf dem Hute und den

Kleidern des Knaben so wie auf denen des Mädchens der Schnee lag.
Die Freude der Kinder war sehr groß. Sie traten auf den weichen Flaum, suchten mit dem Fuße absichtlich solche Stellen, wo er dichter zu liegen schien, um dorthin zu treten und sich den Anschein zu geben, als wateten sie bereits. Sie schüttelten den Schnee nicht von den Kleidern ab.
Es war große Ruhe eingetreten. Von den Vögeln, deren doch manche auch zuweilen im Winter in dem Walde hin und her fliegen, und von denen die Kinder im Herübergehen sogar mehrere zwitschern gehört hatten, war nichts zu vernehmen, sie sahen auch keine auf irgend einem Zweige sitzen oder fliegen, und der ganze Wald war gleichsam ausgestorben.
Weil nur die bloßen Fußstapfen der Kinder hinter ihnen blieben, und weil vor ihnen der Schnee rein und unverletzt war, so war daraus zu erkennen, daß sie die einzigen waren, die heute über den Hals gingen.
Sie gingen in ihrer Richtung fort, sie näherten sich öfter den Bäumen, öfter entfernten sie sich, und wo dichtes Unterholz war, konnten sie den Schnee auf den Zweigen liegen sehen.
Ihre Freude wuchs noch immer; denn die Flocken fielen stets dichter, und nach kurzer Zeit brauchten sie nicht mehr den Schnee aufzusuchen, um in ihm zu waten; denn er lag schon dicht, daß sie ihn überall weich unter den Sohlen empfanden, und daß er sich bereits um ihre Schuhe zu legen begann; und wenn es so ruhig und heimlich war, so war es, als ob sie das Knistern des in die Nadeln herab fallenden Schnees vernehmen könnten.
»Werden wir heute auch die Unglücksäule sehen?« fragte das Mädchen, »sie ist ja umgefallen, und da wird die rote Farbe weiß sein.«
»Darum können wir sie doch sehen,« antwortete der Knabe, »wenn auch der Schnee auf sie fällt, und wenn sie auch weiß ist, so müssen wir sie liegen sehen, weil sie eine dicke Säule ist, und

weil sie das schwarze eiserne Kreuz auf der Spitze hat, das doch immer heraus ragen wird.«

»Ja, Konrad.«

Indessen, da sie noch weiter gegangen waren, war der Schneefall so dicht geworden, daß sie nur mehr die allernächsten Bäume sehen konnten.

Von der Härte des Weges oder gar von Furchenaufwerfungen war nichts zu empfinden, der Weg war vom Schnee überall gleich weich, und war überhaupt nur daran zu erkennen, daß er als ein gleichmäßiger weißer Streifen in dem Walde fort lief. Auf allen Zweigen lag schon die schöne weiße Hülle.

Die Kinder gingen jetzt mitten auf dem Wege, sie furchten den Schnee mit ihren Füßlein, und gingen langsamer, weil das Gehen beschwerlicher ward. Der Knabe zog seine Jacke empor an dem Halse zusammen, damit ihm nicht der Schnee in den Nacken falle, und er setzte den Hut tiefer in das Haupt, daß er geschützter sei. E zog auch seinem Schwesterlein das Tuch, das ihm die Mutter um die Schulter gegeben hatte, besser zusammen, und zog es ihm mehr vorwärts in die Stirne, daß es ein Dach bilde.

Der von der Großmutter vorausgesagte Wind war noch immer nicht gekommen; aber dafür wurde der Schneefall nach und nach so dicht, daß auch nicht mehr die nächsten Bäume zu erkennen waren, sondern daß sie wie neblige Säcke in der Luft standen.

Die Kinder gingen fort. Sie duckten die Köpfe dichter in ihre Kleider, und gingen fort.

Sanna nahm den Riemen, an welchem Konrad die Kalbfelltasche um die Schulter hängen hatte, mit den Händchen, hielt sich daran, und so gingen sie ihres Weges.

Die Unglücksäule hatten sie noch immer nicht erreicht. Der Knabe konnte die Zeit nicht ermessen, weil keine Sonne am Himmel stand, und weil es immer gleichmäßig grau war.

»Werden wir bald zu der Unglücksäule kommen?« fragte Sanna.

»Ich weiß es nicht,« antwortete der Knabe, »ich kann heute die Bäume nicht sehen und den Weg nicht erkennen, weil er so weiß ist. Die Unglücksäule werden wir wohl gar nicht sehen, weil so viel Schnee liegen wird, daß sie verhüllt sein wird, und daß kaum ein Gräschen oder ein Arm des schwarzen Kreuzes hervor ragen wird. Aber es macht nichts. Wir gehen immer auf dem Wege fort, der Weg geht zwischen den Bäumen, und wenn er zu dem Platze der Unglücksäule kömmt, dann wird er abwärts gehen, wir gehen auf ihm fort, und wenn er aus den Bäumen hinaus geht, dann sind wir schon auf den Wiesen von Gschaid, dann kömmt der Steg, und dann haben wir nicht mehr weit nach Hause.«

»Ja, Konrad«, sagte das Mädchen.

Sie gingen auf ihrem aufwärtsführenden Wege fort. Die hinter ihnen liegenden Fußstapfen waren jetzt nicht mehr lange sichtbar; denn die ungemeine Fülle des herabfallenden Schnees deckte sie bald zu, daß sie verschwanden. Der Schnee knisterte in seinem Falle nun auch nicht mehr in den Nadeln, sondern legte sich eilig und heimlich auf die weiße, schon daliegende Decke nieder. Die Kinder nahmen die Kleider noch fester, um das immerwährende allseitige Hineinrieseln abzuhalten.

Sie gingen sehr schleunig, und der Weg führte noch stets aufwärts.

Nach langer Zeit war noch immer die Höhe nicht erreicht, auf welcher die Unglücksäule stehen sollte, und von wo der Weg gegen die Gschaider Seite sich hinunter wenden mußte.

Endlich kamen die Kinder in eine Gegend, in welcher keine Bäume standen.

»Ich sehe keine Bäume mehr«, sagte Sanna.

»Vielleicht ist nur der Weg so breit, daß wir sie wegen des Schneiens nicht sehen können«, antwortete der Knabe.

»Ja, Konrad«, sagte das Mädchen.

Nach einer Weile blieb der Knabe stehen und sagte: »Ich sehe selber keine Bäume mehr, wir müssen aus dem Walde gekommen sein, auch geht der Weg immer bergan. Wir wollen ein wenig stehen bleiben und herum sehen, vielleicht erblicken wir etwas.«

Aber sie erblickten nichts. Sie sahen durch einen trüben Raum in den Himmel. Wie bei dem Hagel über die weißen oder grünlich gedunsenen Wolken die finsteren fransenartigen Streifen herabstarren, so war es hier, und das stumme Schütten dauerte fort. Auf der Erde sahen sie nur einen runden Fleck Weiß und dann nichts mehr.

»Weißt du, Sanna,« sagte der Knabe, »wir sind auf dem dürren Grase, auf welches ich dich oft im Sommer herauf geführt habe, wo wir saßen, und wo wir den Rasen betrachteten, der nach einander hinauf geht, und wo die schönen Kräuterbüschel wachsen. Wir werden da jetzt gleich rechts hinab gehen!«

»Ja, Konrad.«

»Der Tag ist kurz, wie die Großmutter gesagt hat, und wie du auch wissen wirst, wir müssen uns daher sputen.«

»Ja, Konrad«, sagte das Mädchen.

»Warte ein wenig, ich will dich besser einrichten«, erwiderte der Knabe.

Er nahm seinen Hut ab, setzte ihn Sanna auf das Haupt, und befestigte ihn mit den beiden Bändchen unter ihrem Kinne. Das Tüchlein, welches sie um hatte, schützte sie zu wenig, während auf seinem Haupte eine solche Menge dichter Locken war, daß noch lange Schnee darauf fallen konnte, ehe Nässe und Kälte durchzudringen vermochten. Dann zog er sein Pelzjäckchen aus, und zog dasselbe über die Ärmelein der Schwester. Um seine eigenen Schultern und Arme, die jetzt das bloße Hemd zeigten, band er das kleinere Tüchlein, das Sanna über die Brust, und das größere, das sie über die Schultern gehabt hatte. Das sei für ihn genug, dachte er, wenn er nur stark auftrete, werde ihn nicht frieren.

Er nahm das Mädchen bei der Hand, und so gingen sie jetzt fort.

Das Mädchen schaute mit den willigen Äuglein in das ringsum herrschende Grau, und folgte ihm gerne, nur daß es mit den kleinen eilenden Füßlein nicht so nachkommen konnte, wie er vorwärts strebte gleich einem, der es zur Entscheidung bringen wollte.

Sie gingen nun mit der Unablässigkeit und Kraft, die Kinder und Tiere haben, weil sie nicht wissen, wie viel ihnen beschieden ist, und wann ihr Vorrat erschöpft ist.

Aber wie sie gingen, so konnten sie nicht merken, ob sie über den Berg hinabkämen oder nicht. Sie hatten gleich rechts nach abwärts gebogen, allein sie kamen wieder in Richtungen, die bergan führten, bergab und wieder bergan. Oft begegneten ihnen Steilheiten, denen sie ausweichen mußten, und ein Graben, in dem sie fortgingen, führte sie in einer Krümmung herum. Sie erklommen Höhen, die sich unter ihren Füßen steiler gestalteten, als sie dachten, und was sie für abwärts hielten, war wieder eben, oder es war eine Höhlung, oder es ging immer gedehnt fort.

»Wo sind wir denn, Konrad?« fragte das Mädchen.

»Ich weiß es nicht«, antwortete er.

»Wenn ich nur mit diesen meinen Augen etwas zu erblicken im Stande wäre,« fuhr er fort, »daß ich mich darnach richten könnte.«

Aber es war rings um sie nichts als das blendende Weiß, überall das Weiß, das aber selber nur einen immer kleineren Kreis um sie zog, und dann in einen lichten, streifenweise niederfallenden Nebel überging, der jedes Weitere verzehrte und verhüllte, und zuletzt nichts anderes war als der unersättlich niederfallende Schnee.

»Warte, Sanna,« sagte der Knabe, »wir wollen ein wenig stehen bleiben und horchen, ob wir nicht etwas hören können, was sich im Tale meldet, sei es nun ein Hund oder eine Glocke oder die Mühle, oder sei es ein Ruf, der sich hören läßt, hören müssen wir etwas, und dann werden wir wissen, wohin wir zu gehen haben.«

Sie blieben nun stehen, aber sie hörten nichts. Sie blieben noch ein wenig länger stehen, aber es meldete sich nichts, es war nicht ein einziger Laut, auch nicht der leiseste, außer ihrem Atem zu vernehmen, ja in der Stille, die herrschte, war es, als sollten sie den Schnee hören, der auf ihre Wimpern fiel. Die Voraussage der Großmutter hatte sich noch immer nicht erfüllt, der Wind war nicht gekommen, ja, was in diesen Gegenden selten ist, nicht das leiseste Lüftchen rührte sich an dem ganzen Himmel.

Nachdem sie lange gewartet hatten, gingen sie wieder fort.

»Es tut auch nichts, Sanna,« sagte der Knabe, »sei nur nicht verzagt, folge mir, ich werde dich doch noch hinüber führen. – Wenn nur das Schneien aufhörte!«

Sie war nicht verzagt, sondern hob die Füßchen, so gut es gehen wollte, und folgte ihm. Er führte sie in dem weißen, lichten, regsamen, undurchsichtigen Raume fort.

Nach einer Weile sahen sie Felsen. Sie hoben sich dunkel und undeutlich aus dem weißen und undurchsichtigen Lichte empor. Da die Kinder sich näherten, stießen sie fast daran. Sie stiegen wie eine Mauer hinauf, und waren ganz gerade, so daß kaum ein Schnee an ihrer Seite haften konnte.

»Sanna, Sanna,« sagte er, »da sind die Felsen, gehen wir nur weiter, gehen wir weiter.«

Sie gingen weiter, sie mußten zwischen die Felsen hinein, und unter ihnen fort. Die Felsen ließen sie nicht rechts und nicht links ausweichen und führten sie in einem engen Wege dahin. Nach einer Zeit verloren sie dieselben wieder und konnten sie nicht mehr erblicken. So wie sie unversehens unter sie gekommen waren, kamen sie wieder unversehens von ihnen. Es war wieder nichts um sie als das Weiß, und ringsum war kein unterbrechendes Dunkel zu schauen. Es schien eine große Lichtfülle zu sein, und doch konnte man nicht drei Schritte vor sich sehen; alles war, wenn man so sagen darf, in eine einzige weiße Finsternis gehüllt, und weil kein Schatten war, so war kein Urteil über die Größe der Dinge, und die Kinder konnten nicht wissen, ob sie aufwärts oder abwärts gehen würden, bis eine Steilheit ihren Fuß faßte und ihn aufwärts zu gehen zwang.

»Mir tun die Augen weh«, sagte Sanna.
»Schaue nicht auf den Schnee,« antwortete der Knabe, »sondern in die Wolken. Mir tun sie schon lange weh; aber es tut nichts, ich muß doch auf den Schnee schauen, weil ich auf den Weg zu achten habe. Fürchte dich nur nicht, ich führe dich doch hinunter ins Gschaid.«
»Ja, Konrad.«
Sie gingen wieder fort; aber wie sie auch gehen mochten, wie sie sich auch wenden mochten, es wollte kein Anfang zum Hinabwärtsgehen kommen. An beiden Seiten waren steile Dachlehnen nach aufwärts, mitten gingen sie fort, aber auch immer aufwärts. Wenn sie den Dachlehnen entrannen, und sie nach abwärts beugten, wurde es gleich so steil, daß sie wieder umkehren mußten, die Füßlein stießen oft auf Unebenheiten, und sie mußten häufig Büheln ausweichen.
Sie merkten auch, daß ihr Fuß, wo er tiefer durch den jungen Schnee einsank, nicht erdigen Boden unter sich empfand, sondern etwas anderes, das wie älterer, gefrorner Schnee war; aber sie gingen immer fort, und sie liefen mit Hast und Ausdauer. Wenn sie stehen blieben, war alles still, unermeßlich still; wenn sie gingen, hörten sie das Rascheln ihrer Füße, sonst nichts; denn die Hüllen des Himmels sanken ohne Laut hernieder, und so reich, daß man den Schnee hätte wachsen sehen können. Sie selber waren so bedeckt, daß sie sich von dem allgemeinen Weiß nicht hervor hoben und sich, wenn sie um ein paar Schritte getrennt worden wären, nicht mehr gesehen hätten.
Eine Wohltat war es, daß der Schnee so trocken war wie Sand, so daß er von ihren Füßen und den Bundschühlein und Strümpfen daran leicht abglitt und abrieselte, ohne Ballen und Nässe zu machen.
Endlich gelangten sie wieder zu Gegenständen.
Es waren riesenhaft große, sehr durch einander liegende Trümmer, die mit Schnee bedeckt waren, der überall in die Klüfte hinein rieselte, und an die sie sich ebenfalls fast anstie-

ßen, ehe sie sie sahen. Sie gingen ganz hinzu, die Dinge anzublicken.

Es war Eis – lauter Eis.

Es lagen Platten da, die mit Schnee bedeckt waren, an deren Seitenwänden aber das glatte grünliche Eis sichtbar war, es lagen Hügel da, die wie zusammengeschobener Schaum aussahen, an deren Seiten es aber matt nach einwärts flimmerte und glänzte, als wären Balken und Stangen von Edelsteinen durch einander geworfen worden, es lagen ferner gerundete Kugeln da, die ganz mit Schnee umhüllt waren, es standen Platten und andere Körper auch schief oder gerade aufwärts, so hoch wie der Kirchturm in Gschaid oder wie Häuser. In einigen waren Höhlen eingefressen, durch die man mit einem Arme durchfahren konnte, mit einem Kopfe, mit einem Körper, mit einem ganzen großen Wagen voll Heu. Alle diese Stücke waren zusammen oder empor gedrängt, und starrten, so daß sie oft Dächer bildeten, oder Überhänge, über deren Ränder sich der Schnee herüber legte und herab griff wie lange weiße Tatzen. Selbst ein großer, schreckhaft schwarzer Stein, wie ein Haus, lag unter dem Eise, und war empor gestellt, daß er auf der Spitze stand, daß kein Schnee an seinen Seiten liegen bleiben konnte. Und nicht dieser Stein allein – noch mehrere und größere staken in dem Eise, die man erst später sah, und die wie eine Trümmermauer an ihm hingingen.

»Da muß recht viel Wasser gewesen sein, weil so viel Eis ist«, sagte Sanna.

»Nein, das ist von keinem Wasser,« antwortete der Bruder, »das ist das Eis des Berges, das immer oben ist, weil es so eingerichtet ist.«

»Ja, Konrad«, sagte Sanna.

»Wir sind jetzt bis zu dem Eise gekommen,« sagte der Knabe, »wir sind auf dem Berge, Sanna, weißt du, den man von unserm Garten aus im Sonnenscheine so weiß sieht. Merke gut auf, was ich dir sagen werde. Erinnerst du dich noch, wie wir oft nachmittags in dem Garten saßen, wie es recht schön war, wie die Bienen um uns summten, die Linden dufteten, und die Sonne von dem Himmel schien?«

»Ja, Konrad, ich erinnere mich.«

»Da sahen wir auch den Berg. Wir sahen, wie er so blau war, so blau wie das sanfte Firmament, wir sahen den Schnee, der oben ist, wenn auch bei uns Sommer war, eine Hitze herrschte, und die Getreide reif wurden.«

»Ja, Konrad.«

»Und unten, wo der Schnee aufhört, da sieht man allerlei Farben, wenn man genau schaut, grün, blau, weißlich – das ist das Eis, das unten nur so klein ausschaut, weil man sehr weit entfernt ist, und das, wie der Vater sagte, nicht weggeht bis an das Ende der Welt. Und da habe ich oft gesehen, daß unterhalb des Eises die blaue Farbe noch fort geht, das werden Steine sein, dachte ich, oder es wird Erde und Weidegrund sein, und dann fangen die Wälder an, die gehen herab und immer weiter herab, man sieht auch allerlei Felsen in ihnen, dann folgen die Wiesen, die schon grün sind, und dann die grünen Laubwälder, und dann kommen unsere Wiesen und Felder, die in dem Tale von Gschaid sind. Siehst du nun, Sanna, weil wir jetzt bei dem Eise sind, so werden wir über die blaue Farbe hinab gehen, dann durch die Wälder, in denen die Felsen sind, dann über die Wiesen, und dann durch die grünen Laubwälder, und dann werden wir in dem Tale von Gschaid sein und recht leicht unser Dorf finden.«

»Ja, Konrad«, sagte das Mädchen.

Die Kinder gingen nun in das Eis hinein, wo es zugänglich war.

Sie waren winzigkleine wandelnde Punkte in diesen ungeheuern Stücken.

Wie sie so unter die Überhänge hinein sahen, gleichsam als gäbe ihnen ein Trieb ein, ein Obdach zu suchen, gelangten sie in einen Graben, in einen breiten, tiefgefurchten Graben, der gerade aus dem Eise hervor ging. Er sah aus wie das Bett eines Stromes, der aber jetzt ausgetrocknet und überall mit frischem

Schnee bedeckt war. Wo er aus dem Eise hervorkam, ging er gerade unter einem Kellergewölbe heraus, das recht schön aus Eis über ihn gespannt war. Die Kinder gingen in dem Graben fort, und gingen in das Gewölbe hinein, und immer tiefer hinein. Es war ganz trocken, und unter ihren Füßen hatten sic glattes Eis. In der ganzen Höhlung aber war es blau, so blau, wie gar nichts in der Welt ist, viel tiefer und viel schöner blau als das Firmament, gleichsam wie himmelblau gefärbtes Glas, durch welches lichter Schein hinein sinkt. Es waren dickere und dünnere Bogen, es hingen Zacken, Spitzen und Troddeln herab, der Gang wäre noch tiefer zurückgegangen, sie wußten nicht wie tief, aber sie gingen nicht mehr weiter. Es wäre auch sehr gut in der Höhle gewesen, es war warm, es fiel kein Schnee, aber es war so schreckhaft blau, die Kinder fürchteten sich, und gingen wieder hinaus. Sie gingen eine Weile in dem Graben fort, und kletterten dann über seinen Rand hinaus.

Sie gingen an dem Eise hin, sofern es möglich war, durch das Getrümmer und zwischen den Platten durchzudringen.

»Wir werden jetzt da noch hinüber gehen, und dann von dem Eise abwärts laufen«, sagte Konrad.

»Ja«, sagte Sanna, und klammerte sich an ihn an.

Sie schlugen von dem Eise eine Richtung durch den Schnee abwärts ein, die sie in das Tal führen sollte. Aber sie kamen nicht weit hinab. Ein neuer Strom von Eis, gleichsam ein riesenhaft aufgetürmter und aufgewölbter Wall, lag quer durch den weichen Schnee, und griff gleichsam mit Armen rechts und links um sie herum. Unter der weißen Decke, die ihn verhüllte, glimmerte es seitwärts grünlich und bläulich und dunkel und schwarz und selbst gelblich und rötlich heraus. Sie konnten es nun auf weitere Strecken sehen, weil das ungeheure und unermüdliche Schneien sich gemildert hatte, und nur mehr wie an gewöhnlichen Schneetagen vom Himmel fiel. Mit dem Starkmute der Unwissenheit kletterten sie in das Eis hinein, um den vorgeschobenen Strom desselben zu überschreiten, und dann jenseits weiter hinab zu kommen. Sie schoben sich in die Zwischenräume hinein, sie setzten den Fuß auf jedes Körperstück, das mit einer weißen Schneehaube versehen war, war es Fels oder Eis, sie nahmen die Hände zur Hilfe, krochen, wo sie nicht gehen konnten, und arbeiteten sich mit ihren leichten Körpern hinauf, bis sie die Seite des Walles überwunden hatten und oben waren.

Jenseits wollten sie wieder hinabklettern.

Aber es gab kein Jenseits.

So weit die Augen der Kinder reichen konnten, war lauter Eis. Es standen Spitzen und Unebenheiten und Schollen empor wie lauter furchtbares überschneites Eis. Statt ein Wall zu sein, über den man hinüber gehen könnte, und der dann wieder von Schnee abgelöst würde, wie sie sich unten dachten, stiegen aus der Wölbung neue Wände von Eis empor, geborsten und geklüftet, mit unzähligen blauen, geschlängelten Linien versehen, und hinter ihnen waren wieder solche Wände, und hinter diesen wieder solche, bis der Schneefall das Weitere mit seinem Grau verdeckte.

»Sanna, da können wir nicht gehen«, sagte der Knabe.

»Nein«, antwortete die Schwester.

»Da werden wir wieder umkehren und anderswo hinab zu kommen suchen.«

»Ja, Konrad.«

Die Kinder versuchten nun von dem Eiswalle wieder da hinab zu kommen, wo sie hinauf geklettert waren, aber sie kamen nicht hinab. Es war lauter Eis, als hätten sie die Richtung, in der sie gekommen waren, verfehlt. Sie wandten sich hierhin und dorthin, und konnten aus dem Eise nicht heraus kommen, als wären sie von ihm umschlungen. Sie kletterten abwärts, und kamen wieder in Eis. Endlich, da der Knabe die Richtung immer verfolgte, in der sie nach seiner Meinung gekommen waren, gelangten sie in zerstreutere Trümmer, aber sie waren auch größer und furchtbarer, wie sie gerne am Rande des Eises zu sein pflegen, und die Kinder gelangten kriechend und kletternd hinaus. An dem Eisessaume waren ungeheure Steine, sie waren gehäuft, wie sie die Kinder ihr Leben lang nicht gesehen hatten. Viele waren in Weiß gehüllt, viele zeigten die unteren, schiefen Wände sehr glatt und fein geschliffen, als wären sie darauf geschoben worden, viele waren wie Hütten und Dächer gegen einander gestellt, viele lagen auf einander wie ungeschlachte Knollen. Nicht weit von dem Standorte der Kinder standen mehrere mit den Köpfen gegen einander gelehnt, und über sie lagen breite, gelagerte Blöcke wie ein Dach. Es war ein Häuschen, das gebildet war, das gegen vorne offen, rückwärts und an den Seiten aber geschützt war. Im Innern war es trocken, da der steilrechte Schneefall keine einzige Flocke hinein getragen hatte. Die Kinder waren recht froh, daß sie nicht mehr in dem Eise waren und auf ihrer Erde standen.

Aber es war auch endlich finster geworden.

»Sanna,« sagte der Knabe, »wir können nicht mehr hinab gehen, weil es Nacht geworden ist, und weil wir fallen oder gar in eine Grube geraten könnten. Wir werden da unter die Steine hinein gehen, wo es so trocken und so warm ist, und da werden wir warten. Die Sonne geht bald wieder auf, dann laufen wir hinunter. Weine nicht, ich bitte dich recht schön, weine nicht, ich gebe dir alle Dinge zu essen, welche uns die Großmutter mitgegeben hat.«

Sie weinte auch nicht, sondern nachdem sie beide unter das steinerne Überdach hinein gegangen waren, wo sie nicht nur bequem sitzen, sondern auch stehen und herumgehen konnten, setzte sie sich recht dicht an ihn, und war mäuschenstille.

»Die Mutter«, sagte Konrad, »wird nicht böse sein, wir werden ihr von dem vielen Schnee erzählen, der uns aufgehalten hat, und sie wird nichts sagen; der Vater auch nicht. Wenn uns kalt wird – weißt du – dann mußt du mit den Händen an deinen Leib schlagen, wie die Holzhauer getan haben, und dann wird dir wärmer werden.«

»Ja, Konrad«, sagte das Mädchen.

Sanna war nicht gar so untröstlich, daß sie heute nicht mehr über den Berg hinab gingen und nach Hause liefen, wie er etwa glauben mochte; denn die unermeßliche Anstrengung, von der die Kinder nicht einmal gewußt hatten, wie groß sie gewesen sei, ließ ihnen das Sitzen süß, unsäglich süß erscheinen, und sie gaben sich hin.

Jetzt machte sich aber auch der Hunger gelten. Beide nahmen fast zu gleicher Zeit ihre Brote aus den Taschen und aßen sie. Sie aßen auch die Dinge – kleine Stückchen Kuchen, Mandeln und Nüsse und andere Kleinigkeiten – die die Großmutter ihnen in die Tasche gesteckt hatte.

»Sanna, jetzt müssen wir aber auch den Schnee von unseren Kleidern tun,« sagte der Knabe, »daß wir nicht naß werden.«

»Ja, Konrad«, erwiderte Sanna.

Die Kinder gingen aus ihrem Häuschen, und zuerst reinigte Konrad das Schwesterlein von Schnee. Er nahm die Kleiderzipfel, schüttelte sie, nahm ihr den Hut ab, den er ihr aufgesetzt hatte, entleerte ihn von Schnee, und was noch zurück geblieben war, das stäubte er mit einem Tuche ab. Dann entledigte er auch sich, so gut es ging, des auf ihm liegenden Schnees.

Der Schneefall hatte zu dieser Stunde ganz aufgehört. Die Kinder spürten keine Flocke.

Sie gingen wieder in die Steinhütte und setzten sich nieder. Das Aufstehen hatte ihnen ihre Müdigkeit erst recht gezeigt, und sie freuten sich auf das Sitzen. Konrad legte die Tasche aus Kalbfell ab. Er nahm das Tuch heraus, in welches die Großmutter eine Schachtel und mehrere Papierpäckchen gewickelt hatte, und tat es zu größerer Wärme um seine Schultern. Auch die zwei Weißbrote nahm er aus dem Ränzchen, und reichte sie beide an Sanna; das Kind aß begierig. Es aß eines der Brote und von dem zweiten auch noch einen Teil. Den Rest reichte es aber Konrad, da es sah, daß er nicht aß. Er nahm es und verzehrte es.

Von da an saßen die Kinder und schauten.

So weit sie in der Dämmerung zu sehen vermochten, lag überall der flimmernde Schnee hinab, dessen einzelne winzige

Täfelchen hie und da in der Finsternis seltsam zu funkeln begannen, als hätte er bei Tag das Licht eingesogen, und gäbe es jetzt von sich.

Die Nacht brach mit der in großen Höhen gewöhnlichen Schnelligkeit herein. Bald war es ringsherum finster, nur der Schnee fuhr fort, mit seinem bleichen Lichte zu leuchten. Der Schneefall hatte nicht nur aufgehört, sondern der Schleier an dem Himmel fing auch an, sich zu verdünnen und zu verteilen; denn die Kinder sahen ein Sternlein blitzen. Weil der Schnee wirklich gleichsam ein Licht von sich gab, und weil von den Wolken kein Schleier mehr herab hing, so konnten die Kinder von ihrer Höhle aus die Schneehügel sehen, wie sie sich in Linien von dem dunkeln Himmel abschnitten. Weil es in der Höhle viel wärmer war, als es an jedem andern Platze im ganzen Tage gewesen war, so ruhten die Kinder enge aneinander sitzend, und vergaßen sogar die Finsternis zu fürchten. Bald vermehrten sich auch die Sterne, jetzt kam hie einer zum Vorscheine, jetzt dort, bis es schien, als wäre am ganzen Himmel keine Wolke mehr.

Das war der Zeitpunkt, in welchem man in den Tälern die Lichter anzuzünden pflegt. Zuerst wird eines angezündet und auf den Tisch gestellt, um die Stube zu erleuchten, oder es brennt auch nur ein Span, oder es brennt das Feuer auf der Leuchte, und es erhellen sich alle Fenster von bewohnten Stuben und glänzen in die Schneenacht hinaus – aber heute erst – am heiligen Abende – da wurden viel mehrere angezündet, um die Gaben zu beleuchten, welche für die Kinder auf den Tischen lagen oder an den Bäumen hingen, es wurden wohl unzählige angezündet; denn beinahe in jedem Hause, in jeder Hütte, jedem Zimmer war eines oder mehrere Kinder, denen der heilige Christ etwas gebracht hatte, und wozu man Lichter stellen mußte. Der Knabe hatte geglaubt, daß man sehr bald von dem Berge hinab kommen könne, und doch, von den vielen Lichtern, die heute in dem Tale brannten, kam nicht ein einziges zu ihnen herauf; sie sahen nichts als den blassen

Schnee und den dunkeln Himmel, alles andere war ihnen in die unsichtbare Ferne hinab gerückt. In allen Tälern bekamen die Kinder in dieser Stunde die Geschenke des heiligen Christ: nur die zwei saßen oben am Rande des Eises, und die vorzüglichsten Geschenke, die sie heute hätten bekommen sollen, lagen in versiegelten Päckchen in der Kalbfelltasche im Hintergrunde der Höhle.

Die Schneewolken waren ringsum hinter die Berge hinab gesunken, und ein ganz dunkelblaues, fast schwarzes Gewölbe spannte sich um die Kinder voll von dichten brennenden Sternen, und mitten durch diese Sterne war ein schimmerndes, breites milchiges Band gewoben, das sie wohl auch unten im Tale, aber nie so deutlich gesehen hatten. Die Nacht rückte vor. Die Kinder wußten nicht, daß die Sterne gegen Westen rücken und weiter wandeln, sonst hätten sie an ihrem Vorschreiten den Stand der Nacht erkennen können; aber es kamen neue und gingen die alten, sie aber glaubten, es seien immer dieselben. Es wurde von dem Scheine der Sterne auch lichter um die Kinder; aber sie sahen kein Tal, keine Gegend, sondern überall nur Weiß – lauter Weiß. Bloß ein dunkles Horn, ein dunkles Haupt, ein dunkler Arm wurde sichtbar, und ragte dort und hier aus dem Schimmer empor. Der Mond war nirgends am Himmel zu erblicken, vielleicht war er schon frühe mit der Sonne untergegangen, oder er ist noch nicht erschienen.

Als eine lange Zeit vergangen war, sagte der Knabe: »Sanna, du mußt nicht schlafen; denn weißt du, wie der Vater gesagt hat, wenn man im Gebirge schläft, muß man erfrieren, so wie der alte Eschenjäger auch geschlafen hat, und vier Monate tot auf dem Steine gesessen ist, ohne daß jemand gewußt hatte, wo er sei.«

»Nein, ich werde nicht schlafen«, sagte das Mädchen matt.

Konrad hatte es an dem Zipfel des Kleides geschüttelt, um es zu jenen Worten zu erwecken.

Nun war es wieder stille.

Nach einer Zeit empfand der Knabe ein sanftes Drücken gegen seinen Arm, das immer schwerer wurde. Sanna war eingeschlafen, und war gegen ihn herüber gesunken.
»Sanna, schlafe nicht, ich bitte dich, schlafe nicht«, sagte er.
»Nein,« lallte sie schlaftrunken, »ich schlafe nicht.«
Er rückte weiter von ihr, um sie in Bewegung zu bringen, allein sie sank um, und hätte auf der Erde liegend fortgeschlafen. Er nahm sie an der Schulter und rüttelte sie. Da er sich dabei selber etwas stärker bewegte, merkte er, daß ihn friere, und daß sein Arm schwerer sei. Er erschrak und sprang auf. Er ergriff die Schwester, schüttelte sie stärker und sagte: »Sanna, stehe ein wenig auf, wir wollen eine Zeit stehen, daß es besser wird.«
»Mich friert nicht Konrad«, antwortete sie.
»Ja, ja, es friert dich, Sanna, stehe auf«, rief er.
»Die Pelzjacke ist warm«, sagte sie.
»Ich werde dir empor helfen«, sagte er.
»Nein«, erwiderte sie, und war stille.
Da fiel dem Knaben etwas anderes ein. Die Großmutter hatte gesagt: Nur ein Schlückchen wärmt den Magen so, daß es den Körper in den kältesten Wintertagen nicht frieren kann.
Er nahm das Kalbfellränzchen, öffnete es, und griff so lange, bis er das Fläschchen fand, in welchem die Großmutte der Mutter einen schwarzen Kaffeeabsud schicken wollte. Er nahm das Fläschchen heraus, tat den Verband weg, und öffnete mit Anstrengung den Kork. Dann bückte er sich zu Sanna und sagte: »Da ist der Kaffee, den die Großmutter der Mutter schickt, koste ihn ein wenig, er wird dir warm machen. Die Mutter gibt ihn uns, wenn sie nur weiß, wozu wir ihn nötig gehabt haben.«
Das Mädchen, dessen Natur zur Ruhe zog, antwortete: »Mich friert nicht.«
»Nimm nur etwas,« sagte der Knabe, »dann darfst du schlafen.«
Diese Aussicht verlockte Sanna, sie bewältigte sich so weit, daß sie das fast eingegossene Getränk verschluckte.

Hierauf trank der Knabe auch etwas.
Der ungemein starke Auszug wirkte sogleich, und zwar um so heftiger, da die Kinder in ihrem Leben keinen Kaffee gekostet hatten. Statt zu schlafen, wurde Sanna nun lebhafter, und sagte selber, daß sie friere, daß es aber von innen recht warm sei, und auch schon so in die Hände und Füße gehe. Die Kinder redeten sogar eine Weile mit einander.
So tranken sie trotz der Bitterkeit immer wieder von dem Getränke, sobald die Wirkung nachzulassen begann, und steigerten ihre unschuldigen Nerven zu einem Fieber, das im Stande war, den zum Schlummer ziehenden Gewichten entgegen zu wirken.
Es war nun Mitternacht gekommen. Weil sie noch so jung waren, und an jedem heiligen Abende in höchstem Drange der Freude stets erst sehr spät entschlummerten, wenn sie nämlich der körperliche Drang übermannt hatte, so hatten sie nie das mitternächtliche Läuten der Glocken, nie die Orgel der Kirche gehört, wenn das Fest gefeiert wurde, obwohl sie nahe an der Kirche wohnten. In diesem Augenblicke der heutigen Nacht wurde nun mit allen Glocken geläutet, es läuteten die Glocken in Millsdorf, es läuteten die Glocken in Gschaid, und hinter dem Berge war noch ein Kirchlein mit drei hellen, klingenden Glocken, die läuteten. In den fernen Ländern draußen waren unzählige Kirchen und Glocken, und mit allen wurde zu dieser Zeit geläutet, von Dorf zu Dorf ging die Tonwelle, ja man konnte wohl zuweilen von einem Dorfe zum andern durch die blätterlosen Zweige das Läuten hören: nur zu den Kindern herauf kam kein Laut, hier wurde nichts vernommen; denn hier war nichts zu verkündigen. In den Talkrümmen gingen jetzt an den Berghängen die Lichter der Laternen hin, und von manchem Hofe tönte das Hausglöcklein, um die Leute zu erinnern; aber dieses konnte um so weniger herauf gesehen und gehört werden, es glänzten nur die Sterne, und sie leuchteten und funkelten ruhig fort.
Wenn auch Konrad sich das Schicksal des erfrornen Eschenjä-

gers vor Augen hielt, wenn auch die Kinder das Fläschchen mit dem schwarzen Kaffee fast ausgeleert hatten, wodurch sie ihr Blut zu größerer Tätigkeit brachten, aber gerade dadurch eine folgende Ermattung herbei zogen: so würden sie den Schlaf nicht haben überwinden können, dessen verführende Süßigkeit alle Gründe überwiegt, wenn nicht die Natur in ihrer Größe ihnen beigestanden wäre und in ihrem Innern eine Kraft aufgerufen hätte, welche im Stande war, dem Schlafe zu widerstehen.

In der ungeheueren Stille, die herrschte, in der Stille, in der sich kein Schneespitzchen zu rühren schien, hörten die Kinder dreimal das Krachen des Eises. Was das Starrste scheint, und doch das Regsamste und Lebendigste ist, der Gletscher, hatte die Töne hervorgebracht. Dreimal hörten sie hinter sich den Schall, der entsetzlich war, als ob die Erde entzwei gesprungen wäre, der sich nach allen Richtungen im Eise verbreitete, und gleichsam durch alle Aderchen des Eises lief. Die Kinder blieben mit offenen Augen sitzen, und schauten in die Sterne hinaus.

Auch für die Augen begann sich etwas zu entwickeln. Wie die Kinder so saßen, erblühte am Himmel vor ihnen ein bleiches Licht mitten unter den Sternen, und spannte einen schwachen Bogen durch dieselben. Es hatte einen grünlichen Schimmer, der sich sachte nach unten zog. Aber der Bogen wurde immer heller und heller, bis sich die Sterne vor ihm zurück zogen und erblaßten. Auch in andere Gegenden des Himmels sandte er einen Schein, der schimmergrün sachte und lebendig unter die Sterne floß. Dann standen Garben verschiedenen Lichtes auf der Höhe des Bogens, wie Zacken einer Krone, und brannten. Es floß helle durch die benachbarten Himmelsgegenden, es sprühte leise, und ging in sanftem Zucken durch lange Räume. Hatte sich nun der Gewitterstoff des Himmels durch den unerhörten Schneefall so gespannt, daß er in diesen stummen, herrlichen Strömen des Lichtes ausfloß, oder war es eine andere Ursache der unergründlichen Natur: Nach und nach

wurde es schwächer und immer schwächer, die Garben erloschen zuerst, bis es allmählich und unmerklich immer geringer wurde, und wieder nichts am Himmel war als die tausend und tausend einfachen Sterne.
Die Kinder sagten keines zu dem andern ein Wort, sie blieben fort und fort sitzen, und schauten mit offenen Augen in den Himmel.
Es geschah nun nichts Besonderes mehr. Die Sterne glänzten, funkelten und zitterten, nur manche schießende Schnuppe fuhr durch sie.
Endlich, nachdem die Sterne lange allein geschienen hatten, und nie ein Stückchen Mond an dem Himmel zu erblicken gewesen war, geschah etwas anderes. Es fing der Himmel an, heller zu werden, langsam heller, aber doch zu erkennen; es wurde seine Farbe sichtbar, die bleichsten Sterne erloschen, und die anderen standen nicht mehr so dicht. Endlich wichen auch die stärkeren, und der Schnee vor den Höhen wurde deutlicher sichtbar. Zuletzt färbte sich eine Himmelsgegend gelb, und ein Wolkenstreifen, der in derselben war, wurde zu einem leuchtenden Faden entzündet. Alle Dinge waren klar zu sehen, und die entfernten Schneehügel zeichneten sich scharf in die Luft.
»Sanna, der Tag bricht an«, sagte der Knabe.
»Ja, Konrad«, antwortete das Mädchen.
»Wenn es nur noch ein bißchen heller wird, dann gehen wir aus der Höhle und laufen über den Berg hinunter.«
Es wurde heller, an dem ganzen Himmel war kein Stern mehr sichtbar, und alle Gegenstände standen in der Morgendämmerung da.
»Nun, jetzt gehen wir«, sagte der Knabe.
»Ja, wir gehen«, antwortete Sanna.
Die Kinder standen auf, und versuchten ihre erst heute recht müden Glieder. Obwohl sie nichts geschlafen hatten, waren sie doch durch den Morgen gestärkt, wie das immer so ist. Der Knabe hing sich das Kalbfellränzchen um und machte das

Pelzjäckchen an Sanna fester zu. Dann führte er sie aus der Höhle.

Weil sie nach ihrer Meinung nur über den Berg hinab zu laufen hatten, dachten sie an kein Essen, und untersuchten das Ränzchen nicht, ob noch Weißbrote oder andere Eßwaren darinnen seien.

Von dem Berge wollte nun Konrad, weil der Himmel ganz heiter war, in die Täler hinab schauen, um das Gschaider Tal zu erkennen und in dasselbe hinunter zu gehen. Aber er sah gar keine Täler. Es war nicht, als ob sie sich auf einem Berge befänden, von dem man hinab sieht, sondern in einer fremden, seltsamen Gegend, in der lauter unbekannte Gegenstände sind. Sie sahen heute auch in größerer Entfernung furchtbare Felsen aus dem Schnee empor stehen, die sie gestern nicht gesehen hatten, sie sahen das Eis, sie sahen Hügel und Schneelehnen empor starren, und hinter diesen war entweder der Himmel, oder es ragte die blaue Spitze eines sehr fernen Berges am Schneerande hervor.

In diesem Augenblicke ging die Sonne auf.

Eine riesengroße blutrote Scheibe erhob sich an dem Schneesaume in den Himmel, und in dem Augenblicke errötete der Schnee um die Kinder, als wäre er mit Millionen Rosen überstreut worden. Die Kuppen und die Hörner warfen sehr lange grünliche Schatten längs des Schnees.

»Sanna, wir werden jetzt da weiter vorwärts gehen, bis wir an den Rand des Berges kommen und hinunter sehen«, sagte der Knabe.

Sie gingen nun in den Schnee hinaus. Er war in der heiteren Nacht noch trockener geworden, und wich den Tritten noch besser aus. Sie wateten rüstig fort. Ihre Glieder wurden sogar geschmeidiger und stärker, da sie gingen. Allein sie kamen an keinen Rand, und sahen nicht hinunter. Schneefeld entwickelte sich aus Schneefeld, und am Saume eines jeden stand alle Male wieder der Himmel.

Sie gingen deßohngeachtet fort.

Da kamen sie wieder in das Eis. Sie wußten nicht, wie das Eis daher gekommen sei, aber unter den Füßen empfanden sie den glatten Boden, und waren gleich nicht die fürchterlichen Trümmer, wie an jenem Rande, an dem sie die Nacht zugebracht hatten, so sahen sie doch, daß sie auf glattem Eise fortgingen, sie sahen hie und da Stücke, die immer mehr wurden, die sich näher an sie drängten, und die sie wieder zu klettern zwangen.

Aber sie verfolgten doch ihre Richtung.

Sie kletterten neuerdings an Blöcken empor. Da standen sie wieder auf dem Eisfelde. Heute bei der hellen Sonne konnten sie erst erblicken, was es ist. Es war ungeheuer groß, und jenseits standen wieder schwarze Felsen empor, es ragte gleichsam Welle hinter Welle auf, das beschneite Eis war gedrängt, gequollen, empor gehoben, gleichsam als schöbe es sich noch vorwärts und flösse gegen die Brust der Kinder heran. In dem Weiß sahen sie unzählige vorwärts gehende geschlängelte blaue Linien. Zwischen jenen Stellen, wo die Eiskörper gleichsam wie aneinandergeschmettert starrten, gingen auch Linien wie Wege, aber sie waren weiß, und waren Streifen, wo sich fester Eisboden vorfand, oder die Stücke doch nicht gar so sehr verschoben waren. In diese Pfade gingen die Kinder hinein, weil sie doch einen Teil des Eises überschreiten wollten, um an den Bergrand zu gelangen und endlich einmal hinunter zu sehen. Sie sagten kein Wörtlein. Das Mädchen folgte dem Knaben. Aber es war auch heute wieder Eis, lauter Eis. Wo sie hinüber gelangen wollten, wurde es gleichsam immer breiter und breiter. Da schlugen sie, ihre Richtung aufgebend, den Rückweg ein. Wo sie nicht gehen konnten, griffen sie sich durch die Mengen des Schnees hindurch, der oft dicht vor ihrem Auge wegbrach und den sehr blauen Streifen einer Eisspalte zeigte, wo doch früher alles weiß gewesen war; aber sie kümmerten sich nicht darum, sie arbeiteten sich fort, bis sie wieder irgend wo aus dem Eise heraus kamen.

»Sanna,« sagte der Knabe, »wir werden gar nicht mehr in das

Eis hinein gehen, weil wir in demselben nicht fortkommen. Und weil wir schon in unser Tal gar nicht hinab sehen können, so werden wir gerade über den Berg hinab gehen. Wir müssen in ein Tal kommen, dort werden wir den Leuten sagen, daß wir aus Gschaid sind, die werden uns einen Wegweiser nach Hause mitgeben.«

»Ja, Konrad«, sagte das Mädchen.

So begannen sie nun in dem Schnee nach jener Richtung abwärts zu gehen, welche sich ihnen eben darbot. Der Knabe führte das Mädchen an der Hand. Allein nachdem sie eine Weile abwärts gegangen waren, hörte in dieser Richtung das Gehänge auf, und der Schnee stieg wieder empor. Also änderten die Kinder die Richtung, und gingen nach der Länge einer Mulde hinab. Aber da fanden sie wieder Eis. Sie stiegen also an der Seite der Mulde empor, um nach einer andern Richtung ein Abwärts zu suchen. Es führte sie eine Fläche hinab, allein die wurde nach und nach so steil, daß sie kaum noch einen Fuß einsetzen konnten und abwärts zu gleiten fürchteten. Sie klommen also wieder empor, um wieder einen andern Weg nach abwärts zu suchen. Nachdem sie lange im Schnee empor geklommen und dann auf einem ebenen Rücken fortgelaufen waren, war es wie früher: entweder ging der Schnee so steil ab, daß sie gestürzt wären, oder er stieg wieder hinan, daß sie auf den Berggipfel zu kommen fürchteten. Und so ging es immer fort.

Da wollten sie die Richtung suchen, in der sie gekommen waren, und zur roten Unglücksäule hinab gehen. Weil es nicht schneit und der Himmel so helle ist, so würden sie, dachte der Knabe, die Stelle schon erkennen, wo die Säule sein solle, und würden von dort nach Gschaid hinab gehen können.

Der Knabe sagte diesen Gedanken dem Schwesterchen, und diese folgte.

Allein auch der Weg auf den Hals hinab war nicht zu finden.

So klar die Sonne schien, so schön die Schneehöhen da standen und die Schneefelder da lagen, so konnten sie doch die Gegenden nicht erkennen, durch die sie gestern herauf gegangen waren. Gestern war alles durch den fürchterlichen Schneefall verhängt gewesen, daß sie kaum einige Schritte von sich gesehen hatten, und da war alles ein einziges Weiß und Grau durch einander gewesen. Nur die Felsen hatten sie gesehen, an denen und zwischen denen sie gegangen waren: allein auch heute hatten sie bereits viele Felsen gesehen, die alle den nämlichen Anschein gehabt hatten wie die gestern gesehenen. Heute ließen sie frische Spuren in dem Schnee zurück; aber gestern sind alle Spuren von dem fallenden Schnee verdeckt worden. Auch aus dem bloßen Anblicke konnten sie nicht erraten, welche Gegend auf den Hals führe, da alle Gegenden gleich waren. Schnee, lauter Schnee. Sie gingen aber doch immer fort, und meinten, es zu erringen. Sie wichen den steilen Abstürzen aus, und kletterten keine steilen Anhöhen hinauf.

Auch heute blieben sie öfter stehen, um zu horchen; aber sie vernahmen auch heute nichts, nicht den geringsten Laut. Zu sehen war auch nichts als der Schnee, der helle, weiße Schnee, aus dem hie und da die schwarzen Hörner und die schwarzen Steinrippen empor standen.

Endlich war es dem Knaben, als sähe er auf einem fernen schiefen Schneefelde ein hüpfendes Feuer. Es tauchte auf, es tauchte nieder. Jetzt sahen sie es, jetzt sahen sie es nicht. Sie blieben stehen, und blickten unverwandt auf jene Gegend hin. Das Feuer hüpfte immer fort, und es schien als ob es näher käme; denn sie sahen es größer und sahen das Hüpfen deutlicher. Es verschwand nicht mehr so oft und nicht mehr auf so lange Zeit wie früher. Nach einer Weile vernahmen sie in der stillen blauen Luft schwach, sehr schwach etwas wie einen lange anhaltenden Ton aus einem Hirtenhorne. Wie aus Instinkt schrieen beide Kinder laut. Nach einer Zeit hörten sie den Ton wieder. Sie schrieen wieder, und blieben auf der nämlichen Stelle stehen. Das Feuer näherte sich auch. Der Ton wurde zum dritten Male vernommen, und dieses Mal deutlicher. Die Kinder antworteten wieder durch lautes Schreien.

Nach einer geraumen Weile erkannten sie auch das Feuer. Es war kein Feuer, es war eine rote Fahne, die geschwungen wurde. Zugleich ertönte das Hirtenhorn näher, und die Kinder antworteten.

»Sanna,« rief der Knabe, »da kommen Leute aus Gschaid, ich kenne die Fahne, es ist die rote Fahne, welche der fremde Herr, der mit dem jungen Eschenjäger den Gars bestiegen hatte, auf dem Gipfel aufpflanzte, daß sie der Herr Pfarrer mit dem Fernrohre sähe, was als Zeichen gälte, daß sie oben seien, und welche Fahne damals der fremde Herr dem Herrn Pfarrer geschenkt hat. Du warst noch ein recht kleines Kind.«

»Ja, Konrad.«

Nach einer Zeit sahen die Kinder auch die Menschen, die bei der Fahne waren, kleine schwarze Stellen, die sich zu bewegen schienen. Der Ruf des Hornes wiederholte sich von Zeit zu Zeit, und kam immer näher. Die Kinder antworteten jedes Mal.

Endlich sahen sie über den Schneeabhang gegen sich her mehrere Männer mit ihren Stöcken herabfahren, die die Fahne in ihrer Mitte hatten. Da sie näher kamen, erkannten sie dieselben. Es war der Hirt Philipp mit dem Horne, seine zwei Söhne, dann der junge Eschenjäger, und mehrere Bewohner von Gschaid.

»Gebenedeit sei Gott,« schrie Philipp, »da seid ihr ja. Der ganze Berg ist voll Leute. Laufe doch einer gleich in die Sideralpe hinab, und läute die Glocke, daß die dort hören, daß wir sie gefunden haben, und einer muß auf den Krebsstein gehen und die Fahne dort aufpflanzen, daß sie dieselbe in dem Tale sehen, und die Pöller abschießen, damit die es wissen, die im Millsdorfer Walde suchen, und damit sie in Gschaid die Rauchfeuer anzünden, die in der Luft gesehen werden, und alle, die noch auf dem Berge sind, in die Sideralpe hinab bedeuten. Das sind Weihnachten!«

»Ich laufe in die Alpe hinab«, sagte einer.

»Ich trage die Fahne auf den Krebsstein«, sagte ein anderer.

»Und wir werden die Kinder in die Sideralpe hinab bringen, so gut wir es vermögen, und so gut uns Gott helfe«, sagte Philipp. Ein Sohn Philipps schlug den Weg nach abwärts ein, und der andere ging mit der Fahne durch den Schnee dahin.

Der Eschenjäger nahm das Mädchen bei der Hand, der Hirt Philipp den Knaben. Die andern halfen, wie sie konnten. So begann man den Weg. Er ging in Windungen. Bald gingen sie nach einer Richtung, bald schlugen sie die entgegengesetzte ein, bald gingen sie abwärts, bald aufwärts. Immer ging es durch Schnee, immer durch Schnee, und die Gegend blieb sich beständig gleich. Über sehr schiefe Flächen taten sie Steigeisen an die Füße und trugen die Kinder. Endlich nach langer Zeit hörten sie ein Glöcklein, das sanft und fein zu ihnen heraufkam und das erste Zeichen war, das ihnen die niederen Gegenden wieder zusandten. Sie mußten wirklich sehr tief herab gekommen sein; denn sie sahen ein Schneehaupt recht hoch und recht blau über sich ragen. Das Glöcklein aber, das sie hörten, war das der Sideralpe, das geläutet wurde, weil dort die Zusammenkunft verabredet war. Da sie noch weiter kamen, hörten sie auch schwach in die stille Luft die Pöllerschüsse herauf, die in Folge der ausgesteckten Fahne abgefeuert wurden, und sahen dann in die Luft feine Rauchsäulen aufsteigen.

Da sie nach einer Weile über eine sanfte schiefe Fläche abgingen, erblickten sie die Sideralphütte. Sie gingen auf sie zu. In der Hütte brannte ein Feuer, die Mutter der Kinder war da, und mit einem furchtbaren Schrei sank sie in den Schnee zurück, als sie die Kinder mit dem Eschenjäger kommen sah. Dann lief sie herzu, betrachtete sie überall, wollte ihnen zu essen geben, wollte sie wärmen, wollte sie in vorhandenes Heu legen; aber bald überzeugte sie sich, daß die Kinder durch die Freude stärker seien, als sie gedacht hatte, daß sie nur einiger warmer Speise bedurften, die sie bekamen, und daß sie nur ein wenig ausruhen mußten, was ihnen ebenfalls zu Teil werden sollte.

Da nach einer Zeit der Ruhe wieder eine Gruppe Männer über

die Schneefläche herabkam, während das Hüttenglöcklein immer fortläutete, liefen die Kinder selber mit den andern hinaus, um zu sehen, wer es sei. Der Schuster war es, der einstige Alpensteiger, mit Alpenstock und Steigeisen, begleitet von seinen Freunden und Kameraden.

»Sebastian, da sind sie«, schrie das Weib.

Er aber war stumm, zitterte, und lief auf sie zu. Dann rührte er die Lippen, als wollte er etwas sagen, sagte aber nichts, riß die Kinder an sich, und hielt sie lange. Dann wandte er sich gegen sein Weib, schloß es an sich, und rief: »Sanna, Sanna!«

Nach einer Weile nahm er den Hut, der ihm in den Schnee gefallen war, auf, trat unter die Männer und wollte reden. Er sagte aber nur: »Nachbarn, Freunde, ich danke euch.«

Da man noch gewartet hatte, bis die Kinder sich zur Beruhigung erholt hatten, sagte er: »Wenn wir alle beisammen sind, so können wir in Gottes Namen aufbrechen.«

»Es sind wohl noch nicht alle,« sagte der Hirt Philipp, »aber die noch abgehen, wissen aus dem Rauche, daß wir die Kinder haben, und sie werden schon nach Hause gehen, wenn sie die Alphütte leer finden.«

Man machte sich zum Aufbruche bereit.

Man war auf der Sideralphütte nicht gar weit von Gschaid entfernt, aus dessen Fenstern man im Sommer recht gut die grüne Matte sehen konnte, auf der die graue Hütte mit dem kleinen Glockentürmlein stand; aber es war unterhalb eine fallrechte Wand, die viele Klaftern hoch hinab ging, und auf der man im Sommer nur mit Steigeisen, im Winter gar nicht hinab kommen konnte. Man mußte daher den Umweg zum Halse machen, um von der Unglücksäule aus nach Gschaid hinab zu kommen. Auf dem Wege gelangte man über die Siderwiese, die noch näher an Gschaid ist, so daß man die Fenster des Dörfleins zu erblicken meinte.

Als man über diese Wiese ging, tönte hell und deutlich das Glöcklein der Gschaider Kirche herauf, die Wandlung des heiligen Hochamtes verkündend.

Der Pfarrer hatte wegen der allgemeinen Bewegung, die am Morgen in Gschaid war, die Abhaltung des Hochamtes verschoben, da er dachte, daß die Kinder zum Vorscheine kommen würden. Allein endlich, da noch immer keine Nachricht eintraf, mußte die heilige Handlung doch vollzogen werden.
Als das Wandlungsglöcklein tönte, sanken alle, die über die Siderwiese gingen, auf die Knie in den Schnee, und beteten. Als der Klang des Glöckleins aus war, standen sie auf und gingen weiter.
Der Schuster trug meistens das Mädchen, und ließ sich von ihm alles erzählen.
Als sie schon gegen den Wald des Halses kamen, trafen sie Spuren, von denen der Schuster sagte: »Das sind keine Fußstapfen von Schuhen meiner Arbeit.«
Die Sache klärte sich bald auf. Wahrscheinlich durch die vielen Stimmen, die auf dem Platze tönten, angelockt, kam wieder eine Abteilung Männer auf die Herabgehenden zu. Es war der aus Angst aschenhaft entfärbte Färber, der an der Spitze seiner Knechte, seiner Gesellen und mehrerer Millsdorfer bergab kam.
»Sie sind über das Gletschereis und über die Schründe gegangen, ohne es zu wissen«, rief der Schuster seinem Schwiegervater zu.
»Da sind sie ja – da sind sie ja – Gott sei Dank,« antwortete der Färber, »ich weiß es schon, daß sie oben waren, als dein Bote in der Nacht zu uns kam, und wir mit Lichtern den ganzen Wald durchsucht und nichts gefunden hatten – und als dann das Morgengrau anbrach, bemerkte ich an dem Wege, der von der roten Unglücksäule links gegen den Schneeberg hinan führt, daß dort, wo man eben von der Säule weg geht, hin und wieder mehrere Reiserchen und Rütchen geknickt sind, wie Kinder gerne tun, wo sie eines Weges gehen – da wußte ich es – die Richtung ließ sie nicht mehr aus, weil sie in der Höhlung gingen, weil sie zwischen den Felsen gingen, und weil sie dann auf dem Grat gingen, der rechts und links so steil ist, daß sie

nicht hinab kommen konnten. Sie mußten hinauf. Ich schickte nach dieser Beobachtung gleich nach Gschaid, aber der Holzknecht Michael, der hinüber ging, sagte bei der Rückkunft, da er uns fast am Eise oben traf, daß ihr sie schon habet, weshalb wir wieder herunter gingen.«

»Ja,« sagte Michael, »ich habe es gesagt, weil die rote Fahne schon auf dem Krebssteine steckt, und die Gschaider dieses als Zeichen erkannten, das verabredet worden war. Ich sagte euch, daß auf diesem Wege da alle herab kommen müssen, weil man über die Wand nicht gehen kann.«

»Und kniee nieder, und danke Gott auf den Knieen, mein Schwiegersohn,« fuhr der Färber fort, »daß kein Wind gegangen ist. Hundert Jahre werden wieder vergehen, daß ein so wunderbarer Schneefall niederfällt, und daß er gerade niederfällt, wie nasse Schnüre von einer Stange hängen. Wäre ein Wind gegangen, so wären die Kinder verloren gewesen.«

»Ja, danken wir Gott, danken wir Gott«, sagte der Schuster.

Der Färber, der seit der Ehe seiner Tochter nie in Gschaid gewesen war, beschloß, die Leute nach Gschaid zu begleiten.

Da man schon gegen die rote Unglücksäule zu kam, wo der Holzweg begann, wartete ein Schlitten, den der Schuster auf alle Fälle dahin bestellt hatte. Man tat die Mutter und die Kinder hinein, versah sie hinreichend mit Decken und Pelzen, die im Schlitten waren, und ließ sie nach Gschaid vorausfahren.

Die andern folgten, und kamen am Nachmittage in Gschaid an. Die, welche noch auf dem Berge gewesen waren und erst durch den Rauch das Rückzugszeichen erfahren hatten, fanden sich auch nach und nach ein. Der letzte, welcher erst am Abende kam, war der Sohn des Hirten Philipp, der die rote Fahne auf den Krebsstein getragen und sie dort aufgepflanzt hatte.

In Gschaid wartete die Großmutter, welche herüber gefahren war.

»Nie, nie«, rief sie aus, »dürfen die Kinder in ihrem ganzen Leben mehr im Winter über den Hals gehen.«

Die Kinder waren von dem Getriebe betäubt. Sie hatten noch etwas zu essen bekommen, und man hatte sie in das Bett gebracht. Spät gegen Abend, da sie sich ein wenig erholt hatten, da einige Nachbarn und Freunde sich in der Stube eingefunden hatten und dort von dem Ereignisse redeten, die Mutter aber in der Kammer an dem Bettchen Sannas saß und sie streichelte, sagte das Mädchen: »Mutter, ich habe heute nachts, als wir auf dem Berge saßen, den heiligen Christ gesehen.«

»O du mein geduldiges, du mein liebes, du mein herziges Kind,« antwortete die Mutter, »er hat dir auch Gaben gesendet, die du bald bekommen wirst.«

Die Schachteln waren ausgepackt worden, die Lichter waren angezündet, die Tür in die Stube wurde geöffnet, und die Kinder sahen von dem Bett auf den verspäteten hell leuchtenden, freundlichen Christbaum hinaus. Trotz der Erschöpfung mußte man sie noch ein wenig ankleiden, daß sie hinaus gingen, die Gaben empfingen, bewunderten, und endlich mit ihnen entschliefen.

In dem Wirtshause in Gschaid war es an diesem Abende lebhafter als je. Alle, die nicht in der Kirche gewesen waren, waren jetzt dort, und die andern auch. Jeder erzählte, was er gesehen und gehört, was er getan, was er geraten, und was für Begegnisse und Gefahren er erlebt hat. Besonders aber wurde hervorgehoben, wie man alles hätte anders und besser machen können.

Das Ereignis hat einen Abschnitt in die Geschichte von Gschaid gebracht, es hat auf lange den Stoff zu Gesprächen gegeben, und man wird noch nach Jahren davon reden, wenn man den Berg an heitern Tagen besonders deutlich sieht, oder wenn man den Fremden von seinen Merkwürdigkeiten erzählt.

Die Kinder waren von dem Tage an erst recht das Eigentum des Dorfes geworden, sie wurden von nun an nicht mehr als Auswärtige, sondern als Eingeborne betrachtet, die man sich von dem Berge herab geholt hatte.

Auch ihre Mutter Sanna war nun eine Eingeborne von Gschaid.

Die Kinder aber werden den Berg nicht vergessen, und werden ihn jetzt noch ernster betrachten, wenn sie in dem Garten sind, wenn wie in der Vergangenheit die Sonne sehr schön scheint, der Lindenbaum duftet, die Bienen summen, und er so schön und so blau wie das sanfte Firmament auf sie hernieder schaut.

KATZENSILBER

In einem abgelegenen, aber sehr schönen Teile unsers Vaterlandes steht ein stattlicher Hof.

Er steht auf einem kleinen Hügel, und ist auf einer Seite von seinen Feldern und seinen Wiesen und auf der andern von seinem kleinen Walde umgeben. Man sollte eigentlich auch einen Garten hieher rechnen; aber es würde doch eine unrechte Benennung sein; denn Gärten der Art, wie sie in allen Ländern im Brauche sind, gibt es in jenem hochgelegenen, mit Hügeln und Waldesspitzen besetzten Landesteile nicht, weil die Stürme des Winters und die Fröste des Frühlings und Herbstes allen jenen Gewächsen übel mit spielen, die man vorzugsweise in Gärten hegt; aber der Besitzer des Hofes hat gegen eine Sandlehne hin, die steil abfällt und in den warmen Lagen die Sonnenstrahlen recht heiß zurück wirft, Bäume gepflanzt, die auf weichem, schönem Rasen stehen, vor den Abend-, Mitternacht- und Morgenwinden geschützt sind, durch die höhere und eingeschlossene Lage vor dem Reife bewahrt werden, und auf ihrem warmen Platze so schnell gewachsen sind, daß sie auf ihren Edelreisern, die ihnen eingesetzt worden und zu bedeutenden Ästen gediehen sind, jährlich die großen schwarzen Kirschen, die Weichseln, die Birnen und die rotwangigen Äpfel tragen. Von den kleineren Gewächsen, als Johannisbeeren, Stachelbeeren, Erdbeeren, rede ich nicht. Sogar Pfirsiche und Aprikosen reifen an einer an der Sandlehne aufgeführten Mauer dann, wenn sich ein heißer Sommer ereignet, und wenn man das Zuhüllen durch eine Rohrmappe an kühlen Frühlingsabenden nicht vergessen hat. Seine Blumen hegt der Besitzer in verschiedenen gläsernen Häusern, stellt sie an schönen Tagen und in den warmen Sommermonaten auf die hölzernen Gestelle vor dem Hause oder in die Fenster. Selbst in den

Zimmern sieht man die schönsten auf dazu eingerichteten Tischen stehen. Diejenigen, welche für die Luft und das Wetter des Landes eingerichtet sind, stehen in dem freien Grunde. Wenn man über die Sandlehne empor gegangen ist, steigt noch ein Felsen auf, der dem Berge Festigkeit gibt, dessen Geschiebe nicht gegen den Garten absinken läßt und zur Vermehrung der Wärme nicht wenig beiträgt. Der Besitzer des Hofes hat einen Weg mit festem Geländer durch die Sandlehne und um den Felsen empor anlegen lassen, weil man von dort recht schön auf das Haus, auf den Garten und auf die Landschaft nieder sieht. Er hat an einigen Stellen Bänkchen anbringen lassen, daß man da sitzen und die Dinge mit Ruhe betrachten kann. Hinter dem Felsen gegen mitternachtwärts geht Gebüsch, dann folgen noch auf dem immer ansteigenden Boden einzelne Eichen und Birken, dann der Nadelwald, der den Gipfel einnimmt und das Schauspiel beschließt.

Um das Haus liegen, wie es in jenem Lande immer vorkömmt, in nähern und fernern Kreisen Hügel, die mit Feldern und Wiesen bedeckt sind, manches Bauerhaus, manchen Meierhof zeigen, und auf dem Gipfel jedes Mal den Wald tragen, der wie nach einem verabredeten Gesetze alle Gipfel jenes hügligen Landes besetzt. Zwischen den Hügeln, die oft, ohne daß man es ahnt, in steile Schluchten abfallen, gehen Bäche, ja zuweilen Gießbäche, über welche Stege und in abgelegenen Teilen gar nur Baumstämme führen. Regelmäßige Brücken haben nur die Fahrwege, wo sie über einen solchen Bach gehen müssen. Das ganze Land geht gegen Mitternacht immer mehr empor, bis die größeren, düsteren, weitgedehnten Wälder kommen, die den Beginn der böhmischen Länder bezeichnen. Gegen Mittag sieht man die freundliche blaue Kette der Hochgebirge an dem Himmel dahin streichen.

Der Besitzer des Hofes war einmal als ein sehr junger Mensch in die Welt gegangen, und hatte viele Dinge erfahren und viele Menschen kennen gelernt. Als er herangereift, als ihm der Vater gestorben war, und er von ihm und zwei unverehlichten

Oheimen eine hinreichende Habe geerbt hatte, ging er mit der Erbschaft und dem, was er sich selber erworben hatte, auf beständig in das Land seiner Geburt zurück, das er früher nur zuweilen besucht hatte, und baute dort die Gebäude des Vaterhauses um, und noch so viel daran, bis der liebliche Hof da stand. Dann holte er sich aus der entfernten Hauptstadt ein sehr schönes Mädchen, und wurde mit demselben in der kleinen Pfarrkirche eingesegnet. Er wollte lieber in der traulichen Einöde seiner Heimat als beständig unter dem Geräusche der vielen und fremden Menschen der Hauptstadt leben. Wenn es aber Winter wurde, dann ging er mit der Gattin in ihre Geburtsstadt, um eine Weile dort zu sein und zu sehen, was die Menschen indessen wieder gefördert, was auf geistigem Felde sich zugetragen und im Zusammenleben sich geändert hat. Mit der Rückkehr der Sonne kam er wieder auf seinen Hof.

Auf demselben lebte auch seine Mutter, welche nie aus ihrer Heimat entfernt gewesen war, nur die nächsten Orte kannte, und bloß ein einziges Mal in der Hauptstadt des Landes gewesen war. Sie nahm die Tochter liebreich auf, und es war reizend, wenn die schöne junge Gattin neben der ältlichen Frau ging, die die Tracht des Landes trug. Während des Aufenthaltes der Eheleute in der Hauptstadt hütete sie den Hof, und besorgte und ordnete alles. Wenn sie kommen sollten, sandte sie den Knecht mit den Pferden entgegen, und sah ihm nach, wenn der Wagen den Hügel hinab fuhr.

Sogleich ging der tätige Sohn wieder an die unterbrochene Arbeit. Anlagen wurden erweitert, neue begonnen, das Haus verbessert und verschönert, und die Geschäfte des Feldes geführt. Man sah ihn unter seinem Gesinde und unter seinen Leuten.

Nach zwei Jahren schickte der Himmel einen Zuwachs der Familie, es erschien das Töchterlein Emma. Gatte und Gattin, die bisher Sohn und Tochter geheißen hatten, wurden jetzt Vater und Mutter, und die Mutter wurde Großmutter.

Sie nahm das Kindlein, und lehrte die Tochter manche Dinge, wie es zu behandeln sei.

Als dem Mädchen die Härlein auf dem Haupte sich zu ringeln begannen und in schöner blonder Farbe herab fielen, erschien das zweite, dunkle Schwesterlein, Clementia, dessen Haupt schon bei der Geburt beschattet war, und an dem sich bald die schwarzen Ringlein bildeten.
Wenn nun nicht mehr der Vater und die Mutter allein im Winter wegfuhren, sondern auch die Kindlein, hatte die Großmutter nun mehr zu sorgen, sie hatte für viere zu fürchten, und wenn sie kamen, fanden sie die Gelasse für viere noch wohnlicher eingerichtet.
Die Kindlein wuchsen empor. Sie hatten einen unschuldigen Mund, rote Wänglein, große Augen und eine reine Stirne, und das eine hatte um dieselbe die blonden, seidenweichen Locken des Vaters, das andere die schwarzen der Mutter.
Großmutter war ihre Gespielin, sie lockte sie in ihr Gemach, sie siedelte sich mit ihnen im Garten an, in der schattigen Laube am Stamme des Apfelbaumes oder in den Glashäusern oder an der Lehne des Sandes.
Da sie schon größer waren, da sie mit den Füßlein über Hügel und Täler gehen konnten, da die Körperchen schlanker und behender empor zielten, gingen sie mit der Großmutter auf den hohen Nußberg. Wenn der Haber bleichte, und das Korn und die Gerste in der Scheune zur Ruhe war, dann färbten sich die Haselnüsse mit braunen oder rosenfarbenen Wänglein.
Die Kinder hatten breite Strohhüte auf, sie hatten Kleider, aus deren Ärmeln die Arme hervor gingen, sie hatten weiße Höschen und hatten Schuhe, die so stark waren, daß sie das Gerölle des Berges nicht empfanden. An der Hand trugen sie ein Körblein, in der andern eine weiße Rute mit einem Haken, daß sie die Haselzweige herab beugen konnten. Die Rute war selber von einem Haselstrauche genommen, und war abgeschält worden. Sie gingen unter den Obstbäumen hin, sie gingen hinter den Glashäusern in der Sandlehne empor, sie hielten sich mit den Händchen an dem Geländer, und sie rasteten auf den Sitzen. Wenn sie in den Felsen hinauf gekom-

men waren, saßen sie auf einem Bänklein oder auf einem Stücke Stein, nahmen eine Stecknadel aus den Bändern ihres Hutes, oder baten die Großmutter um ein spitzes Messerlein, das sie in ihrer Armtasche hatte, und gruben die kleinen, feinen Blättchen und Flinserchen aus den Steinen, die da staken, und so funkelten und glänzten. Sie taten dieselben in ein Papierchen, und hoben sie im Schürzensäckchen oder in der Armtasche der Großmutter auf. Die Großmutter wartete auf sie, oder half ihnen, oder erzählte Geschichten. Wenn sie noch höher hinauf kamen, da war wieder die Erde, und auf ihr war das Haidekraut und die Gräser und Kräuter, und da stand auch ein Wachholderstrauch oder der Strunk einer Birke oder eine Distel. Und bei denselben saßen sie wieder nieder, und ruhten wieder. Sie waren die einzigen weißen Punkte, und um sie waren die Hügel, die von den lichten Stoppeln der Ernte glänzten oder von den gepflügten Feldern braunten, oder von dem Grün der Gewächse, die man nach der Ernte gebaut hatte, mannigfach gefärbt waren, da lagen die Täler, die Wiesen mit dem zweiten Grün oder ein glänzendes Wasser, es erklommen die Wäldchen die Gipfel der Hügel, ein Erdbruch leuchtete, ein Häuschen oder ein Gemäuer von Höfen schimmerte, und weit, weit draußen lagen die blauen Berge, die mit den schwachen Felsen durchwirkt waren und die kleinen Täfelchen von Schnee zeigten.

Da sie einmal in dem dürren Grase saßen, und die hohen Halme wankten, erzählte die Großmutter folgende Geschichte: »Wo dort hinter dem spitzigen Walde die weißen Wolken ziehen, liegt das Hagenbucher Haus. Der Hagenbucher war ein strenger Mann, und es konnte kein Dienstbote bei ihm aushalten, und kein Knecht und keine Magd konnte die Arbeit verrichten, die das große Haus verlangte. Sie gingen immer davon, oder er schickte sie fort. Einmal erschien eine große Magd mit braunem Angesichte und starken Armen, und sagte, sie wolle ihm dienen, wenn er ihr nur die Nahrung gäbe, und manchmal ein Tuch auf einen Rock und ein Linnen auf ein

Hemd. Der Bauer dachte, er könne es versuchen. Die braune Magd waltete und wirtschaftete nun, als ob zwei gekommen wären, und aß doch nur für eine, und lernte immer besser schaffen und arbeiten. Der Bauer dachte, er habe es getroffen, und die Magd war Jahre in dem Hause. Einmal, da der Bauer zwei Ochsen zu verkaufen hatte, und da er sie in einem Joche den Gallbrunerwald hinunter nach Rohrach auf den Viehmarkt getrieben und verkauft hatte, nahm er das ledige Joch auf seine Schultern und ging durch den Wald nach Hause zurück. Da hörte er eine Stimme, die rief: ›Jochträger, Jochträger, sag der Sture Mure, die Rauh-Rinde sei tot – Jochträger, Jochträger, sag der Sture Mure, die Rauh-Rinde sei tot.‹ Der Bauer sah unter die Bäume, er konnte aber nichts sehen und erblicken, und da fürchtete er sich, und fing so schnell zu gehen an, als er konnte, und kam nach Hause, da ihm der Schweiß über die Stirne rann. Als er beim Abendessen die Sache erzählte, heulte das große Mädchen, lief davon, und wurde niemals wieder gesehen.«

Ein anderes Mal erzählte die Großmutter: »Sehet, ihr Kinder, wo der Gallbrunerwald aufhört, da geht ein fahles Ding empor, das sind die Karesberge, und dort sind die Karesbergerhäuser auf dem Grase und zwischen den Steinen.

Zu den Karesbergern kam einmal ein Wichtelchen, und sagte, es wolle ihnen die Ziegen hüten, sie dürften ihm keinen Lohn geben; aber abends, wenn die Ziegen im Stalle wären, müßten sie ihm ein weißes Brot auf den hohlen Stein legen, der außerhalb der Karesberge ist, und es werde es sich holen. Die Karesberger willigten ein, und das Wichtelchen wurde bei ihnen Gaißer. Die Ziegen liefen des Morgens fort, sie liefen auf die Weide hinaus und holten sich das Futter, sie kamen mittags mit den gefüllten Eutern, und liefen wieder fort, und kamen am Abend mit gefüllten Eutern, und gediehen, und wurden immer schöner, und vermehrten sich sowohl weiße als schwarze, sowohl scheckige als braune. Die Karesberger freuten sich und legten das weiße Brot, das sie eigens backen ließen, auf den Stein. Da dachten sie, sie müßten dem Gaißer eine Freude machen, und ließen ihm ein rotes Röcklein machen. Sie legten das Röcklein abends auf den Stein, da die Ziegen schon zu Hause waren. Das Wichtelchen legte das rote Röcklein an, und sprang damit, es sprang wie toll vor Freude unter den grauen Steinen, sie sahen es immer weiter abwärts springen, wie ein Feuer, das auf dem grünen Rasen hüpft, und da der andere Morgen gekommen war und die Ziegen auf die Weide liefen, war das Wichtelchen nicht da, und es kam gar nie wieder zum Vorscheine.«

So erzählte die Großmutter, und wenn sie aufgehört hatte, so standen sie auf und gingen wieder weiter. Sie gingen an den Gebüschen der Schlehen und Erlen dahin: da waren die Käfer, die Fliegen, die Schmetterlinge um sie, es war der Ton der Ammer zu hören oder das Zwitschern des Zaunkönigs und Goldhähnchens. Sie sahen weit herum, und sahen den Hühnergeier in der Luft schweben. Dann kamen sie zu den weißen Birken, die die schönen Stämme haben, von denen sich die weißen Häutchen lösen und die braune, feine Rinde zeigen, und sie kamen endlich zu den Eichen, die die dunkeln, starren Blätter und die knorrigen, starken Äste haben, und sie kamen zuletzt in den Nadelwald, wo die Föhren sausen, die Fichten mit den herabhängenden grünen Haaren stehen, und die Tannen die flachzeiligen, glänzenden Nadeln auseinander breiten. Am Rande des Waldes sahen sie zurück, um das Haus und den Garten zu sehen. Diese lagen winzig unter ihnen, und die Scheiben der Glashäuser glänzten wie die Täfelchen, die sie mit einer Stecknadel oder mit dem spitzigen Messerlein der Großmutter aus dem Steine gebrochen hatten.

Dann gingen sie in den Wald, wo es dunkel war, wo die Beeren und Schwämme standen, die Moossteine lagen und ein Vogel durch die Stämme und Zweige schoß. Sie pflückten keine Beeren, weil sie nicht Zeit hatten, und weil schon der Sommer so weit vorgerückt war, daß die Heidelbeere nicht mehr gut war, die Himbeere schon aufgehört hatte, die Brombeere noch nicht reif war und die Erdbeere auf dem Erdbeerenberge stand. Sie gingen auf dem sandigen Wege fort, den der Vater an vielen Stellen hatte ausbessern lassen. Und als sie bei dem Holze vorbei waren, das im Sommer geschlagen worden war, und noch ein Weilchen auf dem Sandwege gegangen waren, kamen sie wieder aus dem Walde hinaus.

Sie sahen nun einen grauen Rasen vor sich, auf dem viele Steine lagen, dann war ein Tal, und dann stand der hohe Nußberg empor.

Da gingen sie nun auf dem Rasen abwärts, der eine Mulde hatte, in dem ein Wässerlein floß. Sie gingen zwischen den grauen Steinen, auf denen ein verdorrtes Reis oder eine Feder lag, oder die Bachstelze hüpfte und mit den Steuerfedern den Takt schlug. Und als sie zu dem Bächlein gekommen waren, in welchem die grauen, flinken Fischlein schwimmen, und um welches die blauen, schönen Wasserjungfern flattern, und als sie über den breiten Stein gegangen waren, den ihnen der Vater als Brücke über das Bächlein hatte legen lassen, kamen sie gegen den hohen Nußberg empor.

Sie gingen auf den Nußberg, der ringsherum rund ist, der eine Spitze hat, an dessen Fuße die Steine liegen, der die vielen Gebüsche trägt – die Krüppelbirke, die Erle, die Esche und die vielen, vielen Haselnußstauden – und der weit herum sieht auf die Felder, auf denen fremde Menschen ackern, und auf weitere, unbekannte Gegenden.

Großmutter hatte Schwarzköpfchen an der Hand. Blondköpfchen ging allein und sprang über die Steine. Da sie zu dem Nußberge kamen, gingen sie unter das Gehege hinein, die Großmutter bückte sich, Blondköpfchen bückte sich auch, es bückte sich sogar Schwarzköpfchen, und sie kamen zu den Gebüschen der Nüsse. Da waren nun sie und viele andere Dinge auf dem Berge. Es waren die rötlichen Mäuslein, die auch Nüsse fressen, die unter den Wurzeln die trockenen Gänge bohren, in welche sie die Sämereien des Berges und andere Dinge zu Mahlzeiten tragen, in welche sie Halme und

Heu für die Nester der Jungen tragen, und in welchen sie die Nüsse mit den Zähnen benagen, um zu dem süßen, kräftigen Kerne zu gelangen – da war der flüchtige Heher, der mit den Flügeln, in die er die blaugestreiften Täfelchen eingesetzt hat, durch die Äste dahin flog – da war das Eichhörnchen, das über den Rasen schlüpfte und auf einem hohen, dicken Aste hielt, die Vorderpfoten an den Mund nahm und emsig nagte – und wer weiß, was noch da war, seine Freude und Lust auf dem hohen Nußberge zu suchen, was Flügel hat, oder wie die Wiesel und Iltisse in der Sandgrube lief.

Es standen die grünen Äste zu dem blauen Himmel empor, und Blätter und Nüsse starrten an ihnen, bald einzeln, bald zwei, bald drei, bald zu großen Knöpfen vereinigt, und hatten blasse oder grünliche oder bräunliche oder rötliche Wangen. Die Kinder langten mit den Händlein in die Zweige, oder sie faßten dieselben mit dem Haken und zogen sie nieder, um die Nüsse zu pflücken. Und wenn sie sich geirrt und einen tauben Zweig herab gebogen hatten, ließen sie ihn gleich wieder los und suchten nach einem andern. So waren sie emsig und fleißig. Und wenn die Äste zu hoch waren, oder wenn sie zu stark waren, daß sie durch die Kraft der Kinder nicht gebogen werden konnten, so half die Großmutter, sie langte den Zweig herunter, und hielt ihn so lange, bis die Hände der Kinder die Nüsse gefunden und gepflückt hatten. Sie führte sie auch in Gegenden, wo die Zweige recht gefüllt waren und von Nüssen an Nüssen prangten. Wenn dann die Kinder recht viel gelesen hatten, wenn sie ihre Körblein voll hatten, wenn sie auch in ihre Täschlein noch gesteckt, ja sogar in ihre Tüchlein gebunden hatten, so blieben sie noch auf dem Berge, sie gingen herum, sie gingen auf den Gipfel empor, und setzten sich an einer dicken und veralteten Haselwurzel, die sehr einladend war, nieder, und verweilten in der weiten, glänzenden Luft.

Die Großmutter sagte ihnen, da sei es auch gewesen, wo das Hähnlein und das Hühnlein auf den Nußberg gegangen seien, wo das Hühnlein so viel gedurstet und das Hähnlein ihm

Wasser gebracht habe, und wo auch noch andere Dinge geschehen seien. Sie zeigte ihnen dann herum, und sagte ihnen die wunderlichen Namen der Berge, sie nannte manches Feld, das zu erblicken war, und erklärte die weißen Pünktlein, die kaum zu sehen waren, und ein Haus oder eine Ortschaft bedeuteten. Und wenn gar reine, schöne Himmelsferne war und die Gebirge deutlich standen, enträtselte sie die seltsamen Spitzen, die hinauf ragten, und erzählte von manchem Rücken, der sich dehnte, und wenn schwache Wolken über dem Gebirge waren, so sagte sie, sie gleichen wirklichen Palästen oder Städten oder Ländern oder Dingen, die niemand kennt. Und gegen Mitternacht sahen sie auf den Gallbrunerwald und die Karesberge und dahinter auf den Streifen des Sesselwaldes, über dem oft eine lange matte Wolke war, die nicht so schön glänzte wie die gegen Mittag über dem Gebirge.

Und wenn sie recht viel in das Land gesehen hatten, erzählte ihnen die Großmutter auch von den Männern, die in demselben gelebt hatten, von den Rittern, die herum geritten, von den schönen Frauen und Mädchen, die auf Zeltern gesessen seien, von den Schäfern mit den klugen Schafen, und von den Fischern und von den Jägern.

Dann gingen sie zurück. Sie ordneten die zerdrückten Kleidchen, nahmen Korb und Rute, und gingen auf dem nämlichen Wege hinab, auf dem sie gekommen waren.

Sie gingen an den Haselstauden abwärts, sie gingen über die Steine, sie gingen über das Bächlein mit den grauen Fischlein und den blauen Wasserjungfern, sie gingen über den Rasen, sie gingen durch den Wald, sie gingen in dem Felsen, in dem Gebüsche und in der Sandlehne nieder, und kamen von den Glashäusern auf dem Rasen gegen den Hof vorwärts, wo die Mutter oft in ihrem schönen Gewande und mit dem Sonnenschirme wandelte und ihnen entgegen ging.

Dann bekamen sie ein Essen, weil sie sehr hungerte. Sie hatten zwei Nußknacker, Blondköpfchen einen größeren und ernsteren, Schwarzköpfchen einen kleineren und närrischeren, der einen drolligen Mund hatte und fürchterliche Augen machte. In die Mäuler der Nußknacker taten sie die Nüsse, die sie gebracht und von den grünen Hülsen befreit hatten, drückten mit den Zünglein, und zerbrachen die Nüsse, indem die Knacker gewaltig die Kinnladen zusammen taten und erschreckliche Gesichter erzeugten. Sie gaben von den Kernen und von den Nüssen dem Vater und der Mutter und auch der Großmutter, die selten Nüsse von dem hohen Nußberge mitbrachte, und dann immer nur wenige, die sie stets auf das Tischlein der Kinder legte, so wie sie auch die geschenkten ihnen immer wieder zurück schenkte.

Als Blondköpfchen schon recht groß geworden war und zu lernen anfing, als Schwarzköpfchen auch schon lernte, und ein freundlicher Lehrer aus der Stadt gekommen war, und mit ihnen auf einem Tische in der Kinderstube die schönen Bücher aufmachte und die Dinge in denselben deutete: wurde auch ein Brüderlein geboren, Sigismund. Und wie Blondköpfchen der Vater, Schwarzköpfchen die Mutter war, so war Sigismund Vater und Mutter, er war Blondköpfchen und Schwarzköpfchen; denn wie sich seine Haare zu entwickeln begannen, so wurden sie anfangs licht, und bildeten sich dann zu braunen Ringeln, die Augen waren nicht blau oder schwarz, sondern braun.

Jetzt konnten sie nicht mehr mit der Großmutter auf den hohen Nußberg gehen, weil sie bei dem kleinen Brüderchen bleiben mußte. Mit jemand andern durften sie nicht gehen, und mußten bei dem Hause verweilen. Da gingen sie nun in dem Garten herum, schauten die Obstbäume an, oder sie waren in den Glashäusern und betrachteten die Blumen.

Als aber das Brüderlein zweimal in dem Winter im großen Wagen mit in die Stadt gefahren, und zweimal im Sommer wieder gekommen war, so war es schon so stark geworden, daß es mit den Schwesterlein und mit der Großmutter herum gehen konnte. Sie gingen durch die Felder, sie gingen in den Wald und übten die Füße. Dann gingen sie wieder auch auf den hohen Nußberg.

Die Schwesterlein hatten weiße Kleider an, sie hatten gelbe Strohhüte auf, von denen der eine sich mit Blondköpfchens Locken unkenntlich vermischte, der andere sich von Schwarzköpfchens Haupte wie ein Schein abhob, sie hatten rote Bänder an den Hüten und Kleidern, sie trugen Körblein an dem Arme und die weiße Haselrute mit dem Haken in der Hand. Der Knabe hatte weiße Höslein, ein blaues Jäckchen, auch ein Strohhütchen auf den braunen Locken und eine kleinere weiße Rute mit einem Haken. Statt des Körbleins hatte er ein Täschchen von gelbem Leder an grünen Bändern über seine Schulter hängen. Sie gingen viel langsamer, sie rasteten öfter, und die Schwesterlein zeigten dem Bruder viele Dinge an dem Wege, die sie schon kannten, und sie zeigten auch, wie schnell sie gehen könnten, wenn sie wollten, indem sie auf dem Rasen hüpften, auf den Steinen hüpften, vorwärts und wieder rückwärts liefen. Sie gingen durch die Sandlehne, das Gestrippe, durch die Felsen, den Wald, über die graue Mulde und den hohen Nußberg hinan. Sie pflückten sich die Nüsse in ihre Körblein, das Brüderlein langte auch mit seinem kleinen Häklein, und alle halfen zusammen, bis es auch sein Täschchen voll hatte.

Als sie an der dicken, veralteten Haselwurzel saßen, erzählte die Großmutter wieder eine Geschichte. Sie sagte: »Bei dem Sesselwalde an seinem steilen Mittagsfalle war einstens auch ein Wald, aber er war nicht dicht, es standen Birken und Ahorne auf dem Rasen. Da war ein Schäfer, der die Schafe in das Gehölz führte, daß sie auf dem Rasen weideten, und daß sie ihm Milch und Wolle gaben. Da kam aus dem Sesselwalde ein schwarzer Mann herunter, der sagte, daß in der Harthöhle, wo das Silber rinne, das blutige Licht sei. Der Schäfer wußte nicht, wer der Mann sei, und was das Silber und das blutige Licht sei, und konnte ihn auch nicht fragen, weil er gleich fort ging. Aber er wartete, bis er wieder käme. Allein der Mann kam nicht mehr. Da der Schäfer eines Tages ein verlorenes Lamm suchte, ging er dem Bache entgegen, wo er herab fließt, daß er die springenden Wellen in den Augen hatte. Da er das Lamm immer wieder weiter oben blöken hörte, ging er fort und fort. Er ging so weit hinauf, daß der Wald schon sehr dick war, daß der Bach über Steine und Kugeln floß, und daß an den beiden Seiten harte Felsenwände standen. Da sah er aus einem Steine ein Wasser heraus fließen und herab fallen, als ob lauter silberne Bänder und Fransen über die Steine herab gebreitet wären. Da stieg er an dem Steine empor und suchte sich an dem glatten Felsen mit Füßen und Händen zu halten. Als er oben war, sah er, daß das Wasser aus einer Höhle heraus rinne, und daß die Höhle sehr glänzend hart sei, als wäre sie aus einem kunstreichen Steine gehauen worden. Er ging in die Höhle hinein. Sie wurde immer enger, und wurde immer finsterer, und das Wässerlein floß aus ihr hervor. Da sah er es plötzlich in einem Winkel leuchten, als ob ein roter, blutiger Tropfen dort läge. Er ging näher, und es leuchtete fort. Da gab es ihm ein, er solle die Hand ausstrecken und den Tropfen nehmen. Er nahm den Tropfen, aber es war ein kalter, rauher Stein, den er in der Hand spürte, und der Stein war so groß, daß er ihn kaum mit der Hand fassen konnte. Er trug den Stein hervor, bis er an das Tageslicht kam, und da sah er, daß es ein Feldstein war, wie man viele Tausende findet, und daß aus dem Feldsteine ein rotes Äuglein hervor schaue, wie wenn es von den Lidern der harten Steinrinde bedeckt wäre und nur rosenfarb blinzen könne. Wenn man den Stein drehte, warf er Funken auf die Dinge. Der Schäfer stieg eilig die Felsenwand herab, er ging den fließenden Bach entlang, und sputete sich, bis er zu seiner Herde kam. Das Lamm, das er verloren und nicht gefunden hatte, war zu Hause und trank an seiner Muter. Er wickelte den Stein in ein Tuch, und bewahrte ihn sorgsam. Da kam einmal ein Hochbauer, und er verkaufte ihm den Stein um fünf Schafe. Und der Hochbauer verkaufte ihn einem Arzte um ein Pferd, und der Arzt verkaufte ihn einem Lombarden um hundert Goldstücke, und der Lombarde ließ ihn von dem gemeinen Gesteine befreien und schleifen, und jetzt tragen ihn Fürsten und Könige in ihren Kronen, er ist sehr groß und leuchtend, und ist ein Karfunkel oder ein anderer roter Stein, sie beneiden sich darum, und wenn sie das Land erobern, wird der Stein sorgsam fort getragen, als ob man eine eroberte Stadt in einem Schächtelchen davon trüge.«

Zu einem anderen Male sagte die Großmutter: »In unsern Wässern, die braun und glänzend sind, weil sie den Eisenstaub aus den Bergen führen, ist nicht bloß das Eisen enthalten, es glänzet der Sand, als ob er lauter Gold wäre, und wenn man ihn nimmt, und wenn man ihn mit Wasser vorsichtig abschwemmt, so bleiben kleine Blättchen und Körner zurück, die eitel und wirkliches Gold sind. In früheren Jahren haben seltsame Menschen, die weit von der Ferne gekommen sind, das Gold in unsern Bächen gewaschen, und sind reich von dannen gezogen; es haben dann auch mehrere von uns in den Wässern gewaschen und manches gefunden; aber jetzt ist es wieder vergessen worden, und niemand achtet das Wasser weiter, als daß er sein Vieh darin tränkt. Dann liegen noch köstlichere Sachen in demselben. Wenn man eine Muschel findet, und sie die rechte ist, so liegt in ihr eine Perle, die so kostbar ist, daß man sie durchbohrt und, mit mehreren vereinigt, an einer Schnur gefaßt den schönen Frauen als sanften Schmuck um den Hals tut, oder Heiligenbilder umwindet, und heilige Gefäße einfaßt.«

Wenn die Kinder und die Großmutter lange gesessen waren, standen sie wieder auf und gingen nach Hause.

Aber auch auf andere Stellen gingen die Kinder mit der Großmutter, sie gingen auf die Wiesen, wo die Schmalz- und Butterblumen waren, und besonders die Vergißmeinnicht, die wie klare Fischäuglein aus den Wellen schauen, und auf einem Gefäße mit Wasser lange auf dem Tische der Mutter blühen. Sie gingen auf den Erdbeerenberg, wo die würzigen Erdbeeren standen, die kleiner, aber besser waren, als die der Vater in Beeten an der Sandlehne zog. Sie gingen in die Felder, wo der brennende Mohn, die blauen Kornblumen und die hellgelben Frauenschühlein blühten.

Für sich allein standen die Kinder gerne am Bache, wo er sanft fließt und allerlei krause Linien zieht, und blickten auf den Sand, der wohl wie Gold war, wenn die Sonne durch das Wasser auf ihn schien, und der glänzende Blättchen und Körner zeigte. Wenn sie aber mit einem Schäufelchen Sand heraus holten und gut wuschen und schwemmten, so waren die Blättchen Katzensilber, und die Körner waren schneeweiße Stückchen von Kiesel. Muscheln waren wenige zu sehen, und wenn sie eine fanden, so war sie im Innern glatt, und es war keine Perle darin.

Als Blondköpfchen und Schwarzköpfchen schon schöner und wunderbarer geworden waren, als Sigismund schon groß geworden war, und sie wieder einmal auf dem hohen Nußberge an der dicken, veralteten Haselwurzel saßen, kam aus dem Gebüsche ein fremdes, braunes Kind heraus. Es war ein Mädchen, es war fast so groß und noch schlanker als Blondköpfchen, hatte nackte Arme, die es an der Seite herab hängen ließ, hatte einen nackten Hals, und hatte ein grünes Wams und grüne Höschen an, an welchem viele rote Bänder waren. In dem Angesichte hatte es schwarze Augen. Es blieb an dem Gebüsche der Haseln stehen, und sah auf die Großmutter und auf die Kinder. Die Großmutter sagte nichts, und fuhr fort zu reden. Die Kinder aber sahen auf das Mädchen. Als die Großmutter geendet hatte, redete sie das Mädchen an und sagte:

»Wer bist du denn?«

Das Mädchen aber antwortete nicht, es sprang in die Gebüsche und lief davon, daß man die Zweige sich rühren sah.

Die Großmutter und die Kinder gingen von dem hohen Nußberge, ohne weiter von dem Mädchen etwas zu sehen oder zu hören.

Als sie wieder einmal an der dicken, veralteten Haselwurzel saßen und die Großmutter redete, kam das braune Mädchen wieder, trat wieder aus den Gebüschen, blieb stehen, und sah die Kinder an. Als man es fragte, lief es nicht davon wie das erste Mal, zog sich aber gegen das Gebüsch zurück, daß die

Blätter seine nackten Arme deckten, und sah auf die Kinder. Da man sich erhob, um weg zu gehen, lief es wieder über den hohen Nußberg hinunter.

Die Kinder verlangten nun öfter nach dem hohen Nußberge, um das braune Mädchen zu sehen.

Die Großmutter ging mit ihnen hinauf. Sie gingen wohl öfter, ohne das braune Mädchen zu erblicken, aber einmal, als sie ihre Körbchen mit Nüssen gefüllt hatten und an der Haselwurzel saßen, kam das Mädchen wieder aus den Gebüschen, blieb wieder stehen, und sah auf Blondköpfchen hin. Es mochte wohl hinsehen, da es selber nicht die langen blonden Locken, sondern kurz abgeschnittene schwarze Haare hatte. Als man es nach langer Weile freundlich anredete, wich es nur ein wenig zurück, lächelte, zeigte wunderbare weiße Zähne, antwortete aber nicht. Die Kinder blieben länger sitzen, die Großmutter sprach allerlei, und das braune Mädchen stand und sah zu. Da man fortging, lief es nicht so eilig davon wie die zwei ersten Male, sondern ging auch langsam auf einem Wege, der den Kindern nahe war, den Berg hinunter, und konnte einige Male in den Gebüschen gesehen werden. Es hatte immer die nämlichen Kleider an, die es das erste Mal angehabt hatte.

Der Vater erlaubte den Kindern gerne, daß sie auf den hohen Nußberg gingen, sagte aber, daß sie dem fremden Kinde nichts zu Leide tun sollten. Wenn sie oben waren, kam das Kind, blieb an dem Rande der Gebüsche stehen, und sah zu. Es lächelte recht freundlich, wenn man zu ihm sprach, antwortete aber nicht. Wenn man fortging, ging es hinterher bis an das Ende der Gebüsche.

Einmal erschien es auch mit einer weißen abgeschälten Haselrute, wie die Kinder hatten, und hielt die Rute hoch empor.

Ein anderes Mal, da die Kinder herab gingen und es hinter ihnen ging, und die Kinder etwas langsamer gingen, näherte es sich ihnen immer mehr, und berührte endlich Blondköpfchen mit der Rute.

Nach und nach legte es sich auch in das Gras, wenn die

Großmutter erzählte, es stützte den braunen Arm auf den Ellbogen, das Haupt auf die Hand, und richtete die schwarzen Augen auf die Großmutter. Es verstand die Worte, weil es in dem Angesichte die Empfindungen ausdrückte. Die Kinder hatten es recht lieb.

Sie brachten ihm Spielzeug und Äpfel, legten sie zu ihm in das Gras, und es nahm dieselben und steckte sie zu sich.

Da es nach und nach tief in den Herbst gegangen war, da keine Nüsse mehr an den Zweigen hingen, da die Zweige sich schon mit Gelb färbten, die geackerten Felder der Ferne schon das Grün der Wintersaaten angenommen hatten und die Tage kurz waren, daß man bald nach Hause gehen mußte, war einmal ein gar heißer, schöner Herbsttag, wie kaum seit Menschengedenken einer gewesen sein mochte. Die Kinder saßen wieder auf dem hohen Nußberge, das braune Mädchen saß in dem Grase, und die Großmutter auf einem Steine.

Es war ihnen wohl, in der späten, warmen Sonne sitzen zu können. Die Züge der alten Frau waren beleuchtet, die Steine glänzten, an den Zacken und Hervorragungen hingen gespannte silberne Fäden, und die roten Bänder des braunen Mädchens schimmerten, wenn sie die Sonne an einer Stelle traf, und sie hingen herab wie glühende Streifen.

Die Großmutter erzählte wieder von einer schönen Gräfin, die auf dem Walle gestanden war und sich allein gegen die Bauern im Bauernkriege verteidigte, als dieselben mit Gabeln, Dreschflegeln, Morgensternen und anderen Dingen das Schloß erbrechen und anzünden wollten, bis endlich von fernen Landen ihr Mann kam und wie ein Sturmwind die Aufrührer zerschmetterte und vertilgte.

An dem Himmel, da sie sprach, standen Wolken, die eine Wand machten und mit den Bergen verschmolzen, daß alles in einem lieblichen Dufte war, und die Stoppelfelder noch heller und glänzender schimmerten und leuchteten.

Die Kinder blieben auf dem Berge. Sie spielten, und hatten dem fremden Mädchen liebliche Dinge mitgebracht.

Die Wolken aber wurden nach und nach immer deutlicher, und an ihren oberen Rändern waren sie von der Sonne beschienen und glänzten, als ob geschmolzenes Silber herab flösse.
Die Hitze wurde immer größer, und weil man in ihr im Herbste müder wird als im Sommer, so blieben sie noch immer auf dem Berge sitzen.
Die Großmutter schaute nach den Wolken. Wenn es Sommer gewesen wäre, würde sie gedacht haben, daß ein Gewitter kommen könnte; aber in dieser Jahreszeit war das nicht möglich, und es war daran nicht zu denken. Das braune Mädchen sah auch nach den Wolken.
Wenn im üblen Falle ein leichter Herbststaubregen käme, dachte die Großmutter, so macht das nichts, da die Kinder gewohnt seien, naß zu werden, und da dies ihrer Gesundheit eher zuträglich ist.
Aber bald sollte sie anders denken. Man hörte aus den Wolken schwach donnern.
Man wartete noch ein Weilchen, und der Donner wiederholte sich.
Die Großmutter überlegte nun, was zu tun sei. Zwischen dem hohen Nußberge und dem Hofe ihres Sohnes war kein Haus und keine Hütte, man konnte also nirgends eine Unterkunft finden. In dem Walde könnten wohl die Bäume einen Schutz vor dem Regen gewähren, aber dafür waren sie desto gefährlicher wegen des Blitzes, und man durfte dort keine Zuflucht suchen. Ob sie mit den Kindern noch vor Ausbruch des Gewitters nach Hause kommen könnte, war zweifelhaft. Aber sie dachte, wenn auch das Gewitter erschiene, so könne es auf keinen Fall in der späten Jahreszeit stark sein, der Regen werde nicht in Strömen herabfließen wie im Sommer, und so würde er leicht zu überstehen sein.
Indessen hatte sich die Gestalt der Wolken verändert. Sie bildeten eine dunkle Wand, und auf dem Grunde dieser Wand zeigten sich weißliche, leichte Flocken, die dahin zogen. Es wurden auch schon Blitze in den Wolken gesehen, aber die

Donner, die ihnen folgten, waren noch so ferne, als wären sie hinter den Bergen. Die Sonne schien noch immer auf den hohen Nußberg und die umringende Gegend.

Die Kinder fürchteten sich nicht. Sie hatten schon starke Gewitter gesehen, wie sie in ihrem Hügellande vorkommen, und da Vater und Mutter ihre Geschäfte ruhig fort taten, so waren ihnen Gewitter nicht entsetzlich.

Das braune Mädchen war in der Nähe der Stelle, auf welcher sie gesessen waren, hin und her gegangen. Es hatte unter manche Haselbüsche hinein gesehen, es hatte unter Wurzelgeflechte geblickt, oder in kleine Erdhöhlungen geschaut.

Die Wolken hatten nach und nach die Sonne verschlungen. Die vielen Haseln auf dem Berge lagen im Schatten, die anstoßende Gegend war im Schatten, und nur noch die fernen Stoppeln gegen Morgen waren beleuchtet und schimmerten.

»Ich weiß nicht, liebe Kinder,« sagte die Großmutter, »ob es nun auch wirklich wahr ist, was meine Mutter oft erzählt hat, daß die heilige Mutter Maria, als sie zu ihrer Base Elisabeth über das Gebirge ging, unter einer Haselstaude untergestanden sei, und daß deshalb der Blitz niemals in eine Haselstaude schlage; aber wir wollen uns doch eine dichte Haselstaude suchen, deren Zweige gegen Morgen hängen und ein Überdach bilden, und deren Stämme gegen Abend stehen und den von daher kommenden Regen abhalten. Unter derselben wollen wir sitzen, so lange der Regen dauert, daß er uns nicht so schaden kann, und daß wir nicht zu naß werden. Dann gehen wir nach Hause.«

»Ja, so tun wir, Großmutter,« riefen die Kinder, »so tun wir.«

Sie gingen nun daran, eine solche Staude zu suchen.

Das braune Mädchen aber schoß in die Gebüsche und lief davon.

Nach einem Weilchen kam es wieder, und trug ein Reisigbündel in den Händen, wie man sie aus dünnern und dickern Zweigen und Stäben macht, aufschlichtet, trocken werden läßt, und gegen den Winter zum Brennen nach Hause bringt.

Es lief nun wieder fort, und brachte zwei Bündel. Und so fuhr es mit großer Schnelligkeit fort, daß die braunblassen Wangen glühten und der Schweiß von der Stirne rann.
Während das braune Mädchen die Bündel trug, und die Kinder und die Großmutter eine Haselstaude suchten, waren die Wolken, die früher so langsam gewesen waren, nun viel schneller näher gekommen, und der Donner rollte klarer und deutlicher. Das braune Mädchen hörte endlich mit dem Herbeitragen von Bündeln auf, und begann aus denselben gleichsam ein Häuschen zu bauen. Es suchte eine Stelle aus, die gegen Abend mit dichten Haseln umstanden war, stellte Bündel gleichsam als Säulen auf, legte quer darüber Stangen und Stäbe, die es von dem Bündelstoße herbei getragen hatte, bedeckte dieselben wieder mit Bündeln, und häufte immer mehr und mehr Bündel auf, daß im Innern eine Höhlung war, die Unterstand bot.
Da es fertig war, und da die Großmutter und die Kinder auch bereits eine taugliche Haselstaude gefunden hatten, unter derselben saßen und auf das Gewitter warteten, ging es zu ihnen hin und sagte etwas, das sie nicht verstanden. Darauf machte es ein Zeichen, weil es die Sache nicht mit Worten sagen konnte: es hielt die linke Hand flach auf, hob die rechte hoch, machte eine Faust, und ließ dieselbe auf die geöffnete Hand niederfallen. Dann schaute es auf die Großmutter, und zeigte auf die Wolken.
Die Großmutter ging unter der Haselstaude hervor, und stellte sich auf einen Platz, wo sie die Wolken sehen konnte. Dieselben waren grünlich und fast weißlich licht, aber trotz dieses Lichtes war unter ihnen auf den Hügeln eine Finsternis, als wollte die Nacht anbrechen. So wogten sie näher, und bei der Stille des Nußberges hörte man in ihnen ein Murmeln, als ob tausend Kessel sötten.
»Heiliger Himmel, Hagel!« schrie die Großmutter.
Sie begriff nun sogleich, was das Mädchen wollte, sie begriff die Kenntnis und Vorsicht des braunen Mädchens, die es mit den Reisigbündeln gezeigt hatte, sie lief gegen die Haselstaude,

riß die Kinder hervor, bedeutete ihnen zu folgen, das fremde Mädchen lief voran, die Großmutter eilte mit den Kindern hinterher, sie kamen zu den Bündeln, das Mädchen zeigte, daß man hinein kriechen sollte, Sigismund wurde zuerst hinein getan, dann folgte Clementia, dann folgten Emma und die Großmutter neben einander, und am äußersten Rande schmiegte sich das braune Mädchen an, und hielt die blonden Locken Emmas in der Hand.

Die Kinder hatten kaum Zeit gehabt, sich unter die Bündel zu legen, und eben wollten sie lauschen, was geschehen würde, als sie in den Haselstauden einen Schall vernahmen, als würde ein Stein durch das Laub geworfen. Sie hörten später das noch einmal, dann nichts mehr. Endlich sahen sie wie ein weißes, blinkendes Geschoß einen Hagelkern vor ihrem Bündelhause auf das Gras nieder fallen, sie sahen ihn hoch empor springen und wieder nieder fallen und weiter kollern. Dasselbe geschah in der Nähe mit einem zweiten. Im Augenblicke kam auch der Sturm, er faßte die Büsche, daß sie rauschten, ließ einen Atemzug lang nach, daß alles totenstill stand, dann faßte er die Büsche neuerdings, legte sie um, daß das Weiße der Blätter sichtbar wurde, und jagte den Hagel auf sie nieder, daß es wie weiße herabsausende Blitze war. Es schlug auf das Laub, es schlug gegen das Holz, es schlug gegen die Erde, die Körner schlugen gegen einander, daß ein Gebrülle wurde, daß man die Blitze sah, welche den Nußberg entflammten, aber keinen Donner zu hören vermochte. Das Laub wurde herab geschlagen, die Zweige wurden herab geschlagen, die Äste wurden abgebrochen, der Rasen wurde gefurcht, als wären eiserne Eggenzähne über ihn gegangen. Die Hagelkörner waren so groß, daß sie einen erwachsenen Menschen hätten töten können. Sie zerschlugen auch die Haseln, die hinter den Bündeln waren, daß man ihren Schlag auf die Bündel vernahm.

Und auf den ganzen Berg und auf die Täler fiel es so nieder. Was Widerstand leistete, wurde zermalmt, was fest war, wurde zerschmettert, was Leben hatte, wurde getötet. Nur weiche

Dinge widerstanden, wie die durch die Schloßen zerstampfte Erde und die Reisigbündel. Wie weiße Pfeile fuhr das Eis in der finstern Luft gegen die schwarze Erde, daß man ihre Dinge nicht mehr erkennen konnte.

Was die Kinder fühlten, weiß man nicht, sie wußten es selber nicht. Sie lagen enge an einander gedrückt, und drückten sich noch immer enger aneinander, die Bündel waren bereits durch den Hagelfall nieder gesunken und lagen auf den Kindern, und die Großmutter sah, daß bei jedem heftigeren Schlag, den eine Schloße gegen die Bündel tat, ihre leichten Körperchen zuckten. Die Großmutter betete. Die Kinder schwiegen, und das braune Mädchen rührte sich nicht.

Die Stumpfen der Haselnußstauden, die hinter den Bündeln waren, machten, daß der Wind nicht in die Bündel fahren und sie aus einander werfen konnte.

Nach längerer Zeit hörte es ein wenig auf, daß man den Donner wieder hören konnte, der jetzt als ein mildes Rollen erschien. Die Schloßen fielen dichter, waren aber kleiner, und endlich kam ein Regen, der ein Wolkenbruch war. Er fiel nicht wie gewöhnlich in Tropfen oder Schnüren, sondern es war, als ob ganze Tücher von Wasser nieder gingen. Dasselbe drang durch die Fugen und Zwischenräume der Bündel auf die Kinder hinein.

Nach und nach milderte es sich, der Wind wurde leichter, und der Donner war entfernter zu hören. Das braune Mädchen kroch aus den Bündeln hervor, stand auf, und sah mit den schwarzen Augen unter die Bündel hinein.

Die Großmutter stand auch auf, und sah nach dem Himmel. Die Wolken hatten sich gegen Aufgang gezogen, dort war es finster, und man hörte das Niederfallen des Wassers und Eises herüber. Aber auf den Bergen gegen Untergang war es lichter, lichtere, graue Wolken zogen herüber und zeigten, daß der Hagel nicht mehr zurückkehren werde.

Die Großmutter zog nun zuerst Blondköpfchen hervor, dann Schwarzköpfchen, dann Braunköpfchen.

Die nassen Kinder gingen unter den Bündeln hervor, und die Kleider klebten an ihren Körpern. Das braune Mädchen hatte auch sein schönes Gewand verdorben, es war naß und beschmutzt an seinem Körper. Das Mädchen blutete an dem nackten rechten Arme. Weil es sich nicht ganz unter das Reisig hatte hinein legen können, so war es von einem Eisstücke gestreift und geritzt worden. Da die Kinder hinzu gingen, um es zu betrachten, da die Großmutter es untersuchen wollte, wandte es sich ab, und machte eine Bewegung, als ob es sagen wollte, daß die Sache keiner Mühe wert sei.

Man richtete sich zum Fortgehen.

Die Großmutter nahm die zwei Körbchen der Mädchen und das Ledertäschchen des Knaben, band alles mit einem nassen Tuche zusammen, und trug es selber, damit die Kinder leichter wären, damit sie sich beim Fortgehen an sie anhalten und ihre Kleidchen aufheben konnten. Sie hielt sie bei sich, daß sie nicht auf der nassen Erde und in den Hagelkörnern ausgleiten und fallen könnten. Das braune Mädchen ging mit ihnen.

Die Kinder sahen, wie der Wind das dürre Gras, die Blätter und andere Dinge in die Stämme der Haseln hinein geblasen hatte, sie sahen, wie keine Büsche mehr auf dem Berge standen, sondern nur lauter dicke Strünke, sie sahen, wie schier kein Gras war, sondern nur beinahe schwarze Erde, die mit dem Wasser einen Brei machte. Und wo die Erde nicht zu sehen war, dort lagen lauter weiße Haufen von Schloßen, wie im Frühlinge die Schneelehnen liegen, wenn er auf den sonnigeren Stellen schon weggeschmolzen war. Wenn die Kinder eine Schloße anrührten, war sie sehr kalt, und wenn sie dieselbe genau ansahen, war sie so schön wie eine Glaskugel und hatte im Innern eine kleine Flocke von Schnee. Auf allen Seiten des Berges rannen die Wasser des Regens nieder.

Die Großmutter gab sehr acht, daß die Kinder nicht gleiteten. Der Regen hatte aufgehört, und es fiel nur mehr ein nasser Staub von dem Himmel.

Sie kamen an den Rand des hohen Nußberges, und das braune

Mädchen ging dieses Mal mit ihnen auf den grauen Rasen hinaus.
Aber es war kein grauer Rasen mehr. Er war zerschlagen worden, und war schwarze Erde, so wie die Steine, die durch den Regen naß geworden waren, schwarz erschienen. Da lagen große weiße Strecken vom Hagel.
Als sie zu dem Bächlein gekommen waren, war kein Bächlein da, in welchem die grauen Fischlein schwimmen, und um welches die Wasserjungfern flattern, sondern es war ein großes, schmutziges Wasser, auf welchem Hölzer und viele, viele grüne Blätter und Gräser schwammen, die von dem Hagel zerschlagen worden waren. Es standen sonst immer kleine Gesträuche an dem Bache, die im Sommer rote Blüten hatten, und dann, wenn die Blüten abgefallen waren, schöne weiße Kätzchen bekamen. Von diesen Gesträuchen schauten die Spitzen aus dem Wasser.
Die Großmutter ging zu dem kleinen steinernen Brücklein, allein dasselbe war nicht zu sehen, und man konnte die Stelle nicht erkennen, an welcher es sei.
Da die Großmutter zauderte und sich bemühte, den Platz des Brückleins aufzufinden, zeigte das braune Mädchen auf eine Stelle, und als man noch immer zögerte ging es ruhig und entschlossen gegen das Wasser. Es ging in dasselbe hinein, ging durch dasselbe hindurch, und ging wieder zurück, gleichsam um den sichtbaren Beweis zu geben, daß man hindurch gelangen könne. Weil ihm das Wasser nur gegen die Hüften reichte, sah man deutlich, daß es auf dem Brücklein gehe.
Da es zurück gekommen war, bückte es sich sanft und freundlich gegen Sigismund und streckte ihm die Arme entgegen. Der Knabe verstand die Bewegung, er ließ die Hand der Großmutter los und begab sich in den Schutz des braunen Mädchens. Dieses nahm ihn auf den Arm, er schlug beide Ärmchen um den Hals desselben, und es trug ihn fest und sicher schreitend auf das jenseitige Ufer.
Die Großmutter hatte Schwarzköpfchen auf den Arm genom-

men, hatte Blondköpfchen fest an der Hand gefaßt, und ging hinter dem braunen Mädchen. Sie empfand bald an den Füßen, daß sie das Brücklein unter sich habe, und kam auch an das andere Ufer.
Als das fremde Mädchen Sigismund und die Großmutter Schwarzköpfchen auf die Erde gestellt hatten, mußten sie weiter gehen. Sie sahen auf das Wasser zurück. Die Spitzen der Gesträuche waren nicht mehr zu sehen, und das Wasser war viel breiter geworden. Es eilte mit dem Holze, mit dem Laube und mit den fremden schwarzen Dingen, die auf ihm schwammen, dahin.
Sie gingen nun auf dem Rasen aufwärts gegen den Wald. Sie mußten den weißen Haufen von Schloßen ausweichen, sie mußten den Wässern ausweichen, die in den Vertiefungen standen, und sie mußten den Bächen ausweichen, die überall herab flossen. Daher mußten sie öfter von einem Steine auf den andern springen, um fort zu kommen, und öfter durch ein fließendes Wässerlein gehen. Die Großmutter ließ ihre eigenen Gewänder dem Wasser und dem Schmutze der Erde preis, um die der Kinder zu wahren, und zu helfen, daß die Kleinen leichter fortkommen könnten. Das braune Mädchen ging mit.
Als sie in die Nähe des Waldes kamen, sahen sie aus demselben Männer heraus treten und über den Rasen herab eilen. Da dieselben gegen sie heran kamen, erkannten sie den Vater, der an der Spitze aller seiner Knechte und Männer daher kam. Sie trugen Stangen, Stricke und trockene Kleider.
Als der Vater näher kam, rief er: »Da sind ja die Kinder, Gott sei gedankt, sie leben. Mutter, wo habt Ihr sie denn geborgen?«
»Unter Bündeln dürren Reisigs«, antwortete die Großmutter.
Schwarzköpfchen und Braunköpfchen gingen in ihrem durch und durch nassen Anzuge zu ihm hin, wie sie es am Morgen vor ihrem Frühmahle zu tun gewohnt waren, und küßten ihm die Hand. Blondköpfchen blieb stehen, weil es schon begriff, daß das sich hier nicht schicke.

Der Vater nahm die Kinder zu sich, küßte sie auf die Wangen, untersuchte sie und sagte: »Ihr armen Dinge!«
Das fremde Mädchen stand in der Ferne, wie es sonst an dem Rande der Haselbüsche zu stehen gewohnt war, aufrecht und steif.
»Mutter,« sagte der Vater, »wir haben geglaubt, daß ihr in dem Walde hinter einem dicken Stamme oder hinter einem Holzstoße werdet Sicherheit gesucht haben. Darum gingen wir gleich nach dem Hagel in den Wald, wir hatten trockene Kleider in einem Bündel mit, um die Kinder umzukleiden, und suchten auch an allen Stellen neben dem Wege, und riefen nach euch. Da wir euch nicht fanden, und da keine Stimme antwortete, sandte ich schnell einige Knechte um Stangen und Stricke zurück, weil ich dachte, ihr könntet etwa jenseits des Baches sein, der bei solchen Anlässen immer sehr anschwillt, und wir könnten die Werkzeuge zum Durchdringen des Wassers brauchen. Da die Knechte gekommen waren, gingen wir weiter. Ich hatte große Angst, aber ich hatte auch große Hoffnung zu Euch, liebe Mutter, daß Ihr werdet eine Stelle gefunden haben, euch alle zu sichern.«
»Ich werde dir gleich erzählen, wie es gekommen ist,« sagte die Mutter, »aber laß uns weiter gehen. Die Kinder können hier nicht umgekleidet werden, und ich den nassen Kleidern dürfen sie nicht stehen bleiben. Wenn sie gehen, wird ihnen wärmer, und die Nässe schadet nicht.«
»Und auch Ihr seid durchnäßt, liebe Mutter«, sagte der Vater.
»Ich bin ein Weib aus den alten Bergen unsres Landes,« antwortete die Großmutter, »mir schadet die Nässe nicht. Ich bin naß geworden, mein Kind, da ich kaum einige Jahre zählte, ich bin durchnäßt gewesen, da ich ein Mädchen war, und wie oft habe ich Tage lang nasse Kleider gehabt, da ich schaffen mußte, weil du noch klein warst, und der Vater schon kränkelte. Aber schicke sogleich einen Knecht ab, daß er laufe, was er kann, und die arme Frau zu Hause beruhige, die um die Kinder in Angst vergehen wird.«

Der Vater tat es sogleich. Die Knechte waren bisher in einem dichten Kreise um den Vater, die Kinder und die Großmutter gestanden. Nachdem einer abgeschickt worden war, setzte man sich in Bewegung. Der Vater, die Kinder und die Großmutter gingen voran, dann folgten die Knechte. Der Vater führte Blondköpfchen und Braunköpfchen an der Hand, die Großmutter Schwarzköpfchen. Sie erzählte ihm nun, was sich auf dem Nußberge begeben hatte, und wie sie bis zu der Stelle gelangt seien, an der er sie gefunden habe.

»Aber du bist ja selber ganz naß«, schloß sie.

»Weil wir während des Wolkenbruches in den Wald hinauf gegangen sind,« antwortete er, »da nur einmal der Hagel nachgelassen hatte.«

Sie kamen nun in den Wald, und hier sah es zum Erschrecken aus.

Wie man eine Streu aus Tannenreisern macht, wenn in einem Jahre wegen Dürre oder andern Unglücksfällen die Halme nicht geraten, so lagen auf dem ganzen Boden die Tannenzweige gehäuft, mancher starke Ast lag mehrere Male getroffen und also gebrochen darunter, an den Stämmen waren Risse der Rinde sichtbar, daß hie und da das weiße Holz hervor stand, und durch den Wald war ein feiner Harzgeruch verbreitet, wie er ist, wenn Nadelholz gesägt oder gespalten wird. Die Schloßen lagen mit der Tannenstreu untermischt und von ihr bedeckt, und hauchten eine unsägliche Kälte unter den Stämmen aus, welche im Freien draußen nicht so empfunden worden war. Der Vater und die Knechte mußten den Weg suchen, weil er mit Streu bedeckt und nicht zu sehen war.

Aus dem Walde kam man wieder in das Freie, und ging bis zu den Felsen nieder, von denen aus man das Haus und die Felder sehen konnte.

Der Garten war verschwunden, nur einzelne Stämme mit verstümmelten Armen standen empor. Das Grün war dahin, und die Felder jenseits des Gartens sahen aus, als wären sie schlecht geeggt worden.

Der Vater ging mit den Kindern in der Sandlehne nieder.
Da sahen sie, daß alle Fenster der Glashäuser zerstört waren, und daß im Innern an der Stelle, wo die Blumen in Töpfchen und Kübeln gestanden waren, weiße Haufen von Schloßen lagen. Die Fenster des Hauses, welche gegen Abend schauten, waren zertrümmert, die Ziegeldächer und die Schindeldächer waren zerschlagen, daß sie teils wie ein Sieb aussahen, teils große ausgebrochene Stellen hatten, durch die das innere Bauholz hervor sah. Die Verzierungen und der Anwurf der Mauern waren an der Wetterseite herunter geschlagen, daß die Mauern nicht etwa wie neu, ehe der Anwurf geschieht, sondern wie mit Hämmern ausgeschlagen da standen.
Als sie gegen das Ende der Sandlehne kamen, sahen sie eine weiße Gestalt durch den ehemaligen Garten eilen, durch nasses Gras, durch Schloßen über die herab gestürzten Baumäste laufen und ihnen an der Ecke der Glashäuser begegnen.
Es war die Mutter.
Sie lief gegen die Kinder und sah sie an.
Auf den Wangen der Kinder war durch das Gehen ein schöner rosiger Hauch erblüht, und ihre Haare lagen wohl naß und zusammengeklebt, aber wunderschön um ihr Antlitz.
»Vater, Vater,« schrie sie, »du hast sie mir gebracht.«
»Ja, ohne Makel, ohne Beschädigung«, erwiderte er.
»Mein Gott, mein Gott, du bist gütig, daß du sie mir gegeben hast. O Clementia, o Emma, o Sigismund!« rief die Frau.
Sie riß die Kinder an sich, sie drückte sie, herzte sie, und hatte alle drei in ihren Armen.
»Mutter, wir haben keine Nüsse gebracht«, sagte der Knabe.
»Aber dich selbst, du kleines, unvernünftiges Kind,« sagte die Mutter, »das mir lieber ist als goldene Nüsse.«
»Schauerlich war es und beinahe prächtig«, sagte Emma.
»Lasse mir das Bild nicht vor die Augen, Vater, ich bitte dich, – – was hätte werden können!« sagte die Mutter.
»Sie lagen unter Reisigbündeln,« antwortete der Vater, »aber lasse uns in das Haus gehen, ich werde dir alles erzählen, gib

ihnen trockene Kleider und etwas zu essen, daß ihr Blut wieder in gleichmäßige Bewegung komme.«

»So kommt, ihr Kinder«, sagte die Mutter.

Sie wendete sich, um durch den Garten in das Haus zu gehen. Die Kinder schlossen sich an. Sie führte alle drei, so weit dies möglich ist, an der Hand. Dann folgte die Großmutter und der Vater, dann die Knechte.

Als man zu dem Haupteingange des Hauses gekommen war, wandte sich der Vater zu den Knechten um, dankte ihnen, entließ sie, sagte, sie sollten das, was sie tragen, an die rechte Stelle tun, sollen sich umkleiden, sollen alle Arbeit ruhen lassen, und er werde ihnen ein Glas Wein zu ihrem Abendessen senden.

»Und ich danke euch auch,« sagte die Mutter, die mit den Kindern bei den Worten ihres Gatten vor dem Hause stehen geblieben war und sich umwendete, »ich danke euch auch, und werde es euch gewiß vergelten.«

»Es ist nicht nötig,« sagte der Altknecht, »wir haben nichts Besonderes getan, als was unsere Schuldigkeit gewesen ist.«

Die Knechte fingen nun an sich zu zerstreuen.

Als sie auseinander gegangen waren, und man die Aussicht auf den Weg hatte, auf dem man her gekommen war, sah man das braune Mädchen in einiger Entfernung im Garten stehen.

Man hatte es bei dem ersten Anblicke des Vaters und bei seinem Empfange, da man von den Knechten umstanden war, nicht beachtet, man hatte es im Nachhausegehen, da die Knechte gerade hinter dem Vater, den Kindern und der Großmutter gingen, nicht gesehen, und hatte geglaubt, daß es nach seiner Art schon längstens umgekehrt sein werde. Als die Kinder es sahen, ließen sie von den Händen der Mutter los, hatten große Freude, daß das fremde Kind in ihrem Garten stehe, liefen zu ihm hin und sprachen zu ihm.

Die Mutter aber fragte: »Wer ist denn das?«

Der Vater sagte ihr, daß es das braune Mädchen von dem hohen Nußberge sei, und erzählte ihr, was es heute zu dem Schutze der Großmutter und der Kinder getan habe.

Dann wendete er sich zu der Gruppe der Kinder und sagte: »Komm her, du liebes Kind, wir werden dir sehr viel Gutes tun.«

Das Mädchen zog sich bei diesen Worten langsam von den Kindern zurück, und da es ein Stückchen entfernt war, fing es zu laufen an, es lief durch den Garten zurück, es lief um die Glashäuser herum, und in dem nächsten Augenblicke sah man es schon in der Sandlehne empor laufen. Die Kinder gingen wieder zu ihren Eltern zurück.

»Schade, daß das Kind nicht näher kommt und so scheu ist«, sagte der Vater.

»Ich fange das Ding«, sagte ein Knecht.

Alle drei Kinder taten auf diese Äußerung einen Angstschrei der Abwehrung.

»Lasse das,« sagte der Vater, »das Mädchen hat meiner Mutter und meinen Kindern heute den größten Dienst erwiesen. Darf man es überhaupt nicht rauh behandeln, so darf man es jetzt um so weniger, solange es sich nicht schädlich erweist. Wir werden es schon auszukundschaften und zu finden wissen, dann muß es gut behandelt werden, daß es Zutrauen gewinnt, und wir werden die Art schon finden, wie wir das Kind belohnen und ihm sein Leben vielleicht nützlicher machen können, als es jetzt ahnt.«

Indessen war das Mädchen schon wie ein Hirsch auf die höchste Höhe gekommen, war noch einen Augenblick in den Klippen sichtbar, und war dann verschwunden.

Der Tag neigte sich schon gegen den Abend, und man war nicht ohne Besorgnis um das Kind, besonders, da die Großmutter erzählt hatte, daß es an dem rechten Arme blute. Aber der Himmel war lichter, ein schweigender Nebel stand an demselben, und es war kein Regen mehr zu befürchten. Man mußte der Ansicht des Vaters beipflichten, daß das Mädchen am besten aufgehoben sei, wenn man es seinem eigenen Ermessen überlasse, daß es ein Waldgeschöpf sei, dem Berge und Hügel nichts anhaben, und daß ihm, wenn man es suchen oder beobachten ließe, ein größeres Ungemach zustieße, als ihm so bevorstehen könne.

Man ging nun in das Haus. Die Mutter hatte die Kinder in ein an der Morgenseite des Hauses gelegenes, gut erhaltenes und gut verwahrtes Zimmer gebracht, das sie auf die Nachricht des vorausgeschickten Knechtes in Anbetracht der eingetretenen Kälte sogar schwach hatte heizen lassen. Dort wurden die Kinder entkleidet, auf wenige Augenblicke in ein warmes Bad getan und hierauf mit wohlgetrockneten und durchwärmten Kleidern angetan. Weil sie durch die vorangegangene Begebenheit aufgeregt waren, so gingen sie trotz der Müdigkeit selbst bei Kerzenscheine und als sie das Abendmahl eingenommen hatten, noch nicht zu Bette; und als die Großmutter sich umgekleidet hatte und wieder zu ihnen herein kam, saßen sie um den Tisch und knackten mit ihren drei Nußknackern die Nüsse auf, die sie noch vorrätig hatten, und die ihnen die Großmutter gegeben hatte. Sie erzählten auch von dem Gewitter, und erzählten so, daß man sah, daß sie auch nicht die entfernteste Ahnung von der Gefahr hatten, in der sie geschwebt waren. Sie nahmen die Reisigbündel als etwas an, das sich von selber verstehe, und das so da sei, wie im Winter das warme Haus, daß sie nicht erfrieren.

Als man die Großmutter fragte, ob sie das Gewitter nicht hätte kommen gesehen, antwortete sie: »Ich habe die Wolken nicht für ein Gewitter gehalten, und da es zu regnen anfing, war es zu spät, den Wald zu erreichen.«

Auf die Frage, ob sie die Wolken als Hagelwolken erkannt habe, antwortete sie: »Ich habe wohl eine kleine Vermutung gehabt, daß aus den Wolken Hagel kommen könnte; aber ich habe eine so dichte Haselstaude ausgesucht, daß ein gewöhnlicher Hagel nicht durchgedrungen wäre. Nur das braune Mädchen hat die Reisigbündel herbei getragen.«

»Ich will den Anblick und das Bild dessen, was sich hätte zutragen können, wenn die Bündel früher nach Hause geführt worden wären, in den Hintergrund und in die Ferne rücken,«

sagte der Vater zu der Mutter, »da die Kinder den hohen Nußberg so lieben, da die Großmutter sie gerne dahin begleitet, und da es hart wäre, ihnen diese Freude zu rauben, so werde ich ein Stücken Landes dort kaufen, und werde auf demselben ein winziges kleines Häuschen zum Schutze bauen. Wenn es auch fast gewiß ist, daß die Kinder schon erwachsene Personen, ja vielleicht schon Greise sein werden, ehe sich ein Hagelwetter wiederholt, wie das heutige war, ja wenn auch in mehreren Menschenaltern, wie zu vermuten ist, kein solches mehr kommen wird, so wie in den vergangenen Menschenaltern keines verzeichnet ist, das so entsetzlich gewesen wäre, so würden in deinem und meinem Gemüte doch immer Hagelwolken herauf steigen, so oft die Kinder auf dem hohen Nußberge wären. Bei einer Überraschung finden sie in dem Häuschen Schutz, und wenn sie auf dem Heimwege ein Gewitter sehen, so gibt auch der Wald die notdürftige Unterkunft, und wir dürfen beruhigt sein, wenn sie auf jenem Wege gehen, besonders, wenn man fleißig auf die Wolken und den Himmel blickt.«

»Es ist häufig geblickt worden,« erwiderte die Großmutter, »aber wenn Gott zur Rettung kleiner Engel ein sichtbares Wunder tun will, daß wir uns daran erbauen, so hilft alle menschliche Vorsicht nichts. Ich habe in siebenzig Jahren alle Wolken gesehen, die in diesem Lande sind; aber wenn es heute nicht wie ein Nebel ausgesehen hat, der in dem Herbste blau auf allen fernen Wäldern liegt, an den Rändern weiß funkelt, gegen Abend in die Täler und auf das Land herunter steigt, und morgens doch wieder weg geht und die helle Sonne scheinen läßt: so will ich eine sehr harte Strafe hier und dort erdulden. Und sind in dieser Zeit des Jahres schon öfter Gewitter gewesen? Ein altes Wort sagt: Um das Fest der Geburt der heiligen Jungfrau ziehen die Wetter heim, und heute ist es sechs Wochen nach jenem Feste. Dein alter Vater wird sich in der Ewigkeit wundern, wenn er es weiß, oder wenn ich komme und es ihm sage, daß nach Gallus ein so großes, außerordentliches Gewitter gewesen sei, und daß es die Bäume und die Häuser zerschlagen habe. Es ist ein Wunder, wie Gott in dem Haupte des braunen, wilden Kindes die Gedanken weckte, daß es die Wolken sah, und daß es die Bündel herbei trug.«

»Ihr habt recht, teure Mutter,« antwortete der Vater, »es war das nicht zu erwarten, was gekommen ist. Kein Mensch konnte erraten, was geschehen würde, und es ist ein Glück, daß sich alles so gewendet hat. Wir waren in dem Garten, die Knechte arbeiteten in den nächsten Gemarken, als es donerte. Da die ersten Hagelkörner fielen, konnten die Knechte nur verwundert in die Scheune springen und wir in das Haus, und als es mit Getose nieder ging, die Fenster, die Mauern und das Dach zerschlagen wurde, fiel die Mutter ohnmächtig auf den Teppich des Fußbodens.«

»Der Mensch ist eine Blume,« sagte die Großmutter, »zuerst ist er ein Veilchen, dann eine Rose, dann eine Nelke, bis er eine Zeitlose wird. Und wer eine Zeitlose werden soll, der kann nicht als ein Veilchen zu Grunde gehen, darum war die dunkle Blume da, daß die lichten leben.«

»Nur die Annahme, daß es fast gewiß sei, daß ihr alle den dichten Wald als Schutz gesucht habt und hinter einem dicken Stamme desselben geborgen seid,« sagte der Vater, »konnte der Mutter und mir Trost geben und die Verzweiflung abhalten.«

»Es wäre die dichte Haselstaude hinreichend gewesen,« antwortete die Mutter, »aber weil sie nicht hinreichend war, waren die Bündel da, und es war die Hand schon bestimmt gewesen, welche sie einst schneiden mußte.«

»Als wir euch in dem Walde nicht errufen konnten,« sagte der Vater, »da faßte auch mich das Entsetzen.«

»Ich sage dir ja,« erwiderte die Mutter, »daß die Hand schon bestimmt war, die Bündel zu tragen, so wie einmal der Fuß schon bestimmt war, daß er durch den Wald zwischen Jericho und Jerusalem gehe, damit der verwundete und geschlagene Mann, der dort lag, gepflegt und geheilt werde.«

»Amen, teure Schwiegermutter,« sagte die Frau, »das ist ein trostreicher, herzlindernder Glaube.«

»Gib dich ihm hin, und du wirst dein Leben lang gut fahren«, antwortete die alte Frau.

Die Kinder waren unterdessen in ihrem Geplauder fortgefahren, sie sagten allerlei zu den Erwachsenen und unter sich, und verstanden nichts von dem ernsthaften Gespräche, das ihretwillen stattgefunden hatte.

Als es später geworden war, als doch schon der Sand in die schönen Äuglein zu kommen anfing, wurden sie zu Bette gebracht. Blondköpfchen hatte sein Schlafgemach neben dem der Eltern, Braunköpfchen hatte es auf der entgegensetzten Seite, und Schwarzköpfchen hatte sich noch von der Großmutter nicht trennen können; es schlief in dem Gemache derselben, und entschlummerte, wenn das Auge der alten Frau sein Bett behütete, und erwachte, wenn dasselbe Auge auf seine Lider schaute und ihr Öffnen erwartete. Die zwei ersten Kinder wurden in ihre Schlafkämmerlein geführt, Schwarzköpfchen wurde von der Großmutter auf den Arm genommen, und, nachdem man gute Nacht gesagt hatte, über den Gang in die gemeinschaftliche Schlafstube getragen. Was die beiden Eltern vor dem Bilde des Gekreuzigten gebetet haben, weiß niemand, weil es nur ein eheliches Geheimnis ist, wenn sie ihre Freude oder ihren Schmerz vor Gott ausschütten.

Am andern Morgen war ein kühler Tag. Wolkenhaufen zogen beständig von der Gegend des Sonnenuntergangs nach der des Sonnenaufgangs, und wenn man oft meinte, die Sonne werde jetzt durchbrechen, die Wolken sich zerteilen und dem blauen Himmel Platz machen, so entstanden wieder neue, deckten wieder die früher lichteren Stellen, und zogen wieder gegen Morgen. Es regnete aber nicht. Die ungeheuern Mengen von Schloßen, welche auf die Gegend nieder gefallen waren, verbrauchten Wärme, die Kälte verdichtete daher beständig, die in der Luft befindlichen Dünste und erzeugte die unaufhörlichen Wolken.

Das erste, was der Vater am Morgen vornehmen ließ, war, daß er das Innere der Glashäuser reinigen ließ. Die Schloßen wurden mit Schaufeln auf Karren getan und in eine Grube gefahren, aus der einst Steine gebrochen worden waren, und die der Vater wieder dadurch ausfüllen wollte, daß er alle festen Abfälle des Hauses, wie Geschirrtrümmer, oder des Feldes, wie ausgelesene Steine, in dieselbe werfen ließ. Der Hagel wurde dorthin geführt, weil nirgends ein passender Ort für ihn war. Die Gewächse, von denen man hoffen konnte, daß sie noch zu retten sein könnten, wurden ausgelesen, die übrigen und die Scherben der Töpfe wurden in obbesagte Grube gebracht. Auch wurden Knechte auf den Boden des Hauses geschickt, um den Schaden dort zu untersuchen, und andere mußten in Verbindung mit Mägden das Reisig von den zerschlagenen Obstbäumen aus dem Garten wegräumen. Ein Bote wurde nach dem Glasarbeiter geschickt. Der Vater besah die Bäume, ob manchen aus ihnen noch zu helfen sei. Wenn dieses wäre, so müßte bald dazu geschritten werden, weil sonst der Herbst zu weit vorrückte, und die Kälte die Wiederbelebungskraft der Bäume nicht wirksam werden ließe.

Die Kinder gingen in der Kühle mit der Großmutter in die Luft. Die ungeheuer vielen kleinen Glastäfelchen, die an der Abendseite des Hauses lagen, waren wie die kleinen flimmernden Täfelchen, welche sie gerne aus den Steinen der Sandlehne und aus anderen auslösten. Die Bäume des Gartens erkannten sie aus den Stumpfen nicht, und konnten sich nicht erinnern, was der Stamm einst getragen habe. Im Freien sahen sie, wie die Menschen damit beschäftigt waren, die noch immer hie und da liegenden Schloßenhaufen von den Vertiefungen der Felder weg zu schaffen. An dem Wiesenbache, der zurück getreten war, dessen Wasser sich aber noch immer nicht geklärt hatte, sahen sie, daß die Weidenruten zerschlagen und weggeschwemmt waren, daß sich Schlamm und Steine auf den Wiesenrändern befanden, und daß tote Fische da lagen, die das Weiße des Bauches empor zeigten.

Am Tage zuvor war es wie Sommer gewesen, jetzt war tiefer Herbst eingetreten.
Nachmittags ging der Vater zu dem eine halbe Stunde Wegs entfernten Pfarrer hinüber, dessen Pfarrhaus neben der kleinen Pfarrkirche war, und fragte ihn wegen des braunen Mädchens. Der Pfarrer wußte nichts. Es war kein Ding dieser Art in die Pfarr- oder Schulbücher eingetragen, und war auch nie unter den Pfarrkindern zu sehen gewesen.
Der Vater ging nun zu dem Jäger, der oft durch Felder, Wälder und Fluren strich und alle Dinge derselben kennen mußte. Allein auch dieser wußte nichts.
Es seien Banden gewesen, sagte er, aber sie seien immer in den höheren Wäldern, die gegen Baiern hinüber ziehen, gewesen, und hätten sich längs des Saumes aufgehalten, an dem sie durch die Länder gewandert sind. Sein Nachbar aus den jenseitigen Gegenden wisse auch nichts.
Der Vater kehrte unverrichteter Dinge wieder heim.
Die folgenden Tage waren eben so kalt und unfreundlich wie der vergangene. Immer kamen Wolken, selten waren Sonnenblicke, und der Wind wehte zwar nicht stark, aber rauh. Auf den Dächern waren die Arbeiter und hämmerten die Latten und Schindeln fest, oder setzten die Ziegel ein. Die Glasarbeiter, die anfangs durch die viele Arbeit verhindert waren, kamen endlich doch, und es wurde ihnen zur Herstellung aller Fenster des Hauses und der Gewächshäuser der große Saal eingeräumt. Die Maurer arbeiteten an der Außenseite des Hauses, damit noch alles in vollkommenen Stand gesetzt würde, ehe die kalte Zeit käme und die meisten Hausbewohner fort zögen. Der Vater war mit Beihilfe von Arbeitern beschäftigt, die verwundeten Bäume zu verbinden, oder die Stämme zu überstreichen. Die Mägde mußten die Plätze vor dem Hause reinigen.
Endlich, da lange die Nachwehen des Gewitters angehalten hatten, kamen noch tief im Herbste schönere Tage, die im Verhältnisse zur Jahreszeit sehr warm genannt werden konnten.

Der Vater munterte die Kinder selber auf, auf den hohen Nußberg zu gehen. Er sagte, er werde mitgehen, um etwa das braune Mädchen zu sehen. Er möchte sich ihm gerne dankbar beweisen.
Die Kinder gingen mit der Großmutter wie immer auf den hohen Nußberg. Der Vater begleitete sie.
Sie gingen durch den Saum der Stumpfen hinein, die traurig da standen, und die wohl den ganzen Winter so bleiben würden.
Das braune Mädchen sahen sie nicht.
Sie gingen bis zu dem Gipfel, sie gingen zu der alten, dicken Haselwurzel, sie gingen endlich zur Stelle, wo sie Schutz vor dem Hagel gefunden hatten. Die Reisigbündel lagen noch da.
Der Vater schlug vor, die Bündel mit vereinten Kräften auf den Platz zurück zu tragen, von dem sie genommen worden waren. Er fand den Platz nach einigem Suchen, und man schaffte die Bündel wieder zu denen, von denen sie genommen worden waren. Blondköpfchen konnte ein ganzes tragen, und Schwarzköpfchen und Braunköpfchen trugen eins mit einander, bei dem auch die Großmutter half. Als alles geschehen war, blieb man noch lange auf dem Berge, man ging zu dieser und jener Stelle, und wartete. Aber das braune Mädchen erschien nicht. Da ging man nach Hause.
Der Vater ging ein zweites Mal mit den Kindern auf den hohen Nußberg, er zeigte ihnen die Stelle, wo er das Schutzhäuschen bauen wollte, und wartete; aber das braune Mädchen kam auch dieses Mal nicht.
Und so ging er mehrere Male; aber das braune Mädchen war nicht zu sehen.
Da gingen die Kinder allein auf den hohen Nußberg, und die Großmutter ging mit ihnen.
Die Sonne schien warm, der Himmel war blau, das Haidebächlein war klar, die grauen, flinken Fischlein spielten darin, und da die Kinder zu der Grenze des Geheges kamen, lief das braune Mädchen durch die laub- und zweigelosen Stumpfen der Haseln, Birken und Eschen daher, und gesellte sich zu den

Kindern. Alle schauten sich mit freudigen Augen an, und da die Kinder hingingen und den Arm des Mädchens und seine Bänder berührten, da nahm es Blondköpfchens Haare in die Hände und drückte sie fest, und nahm dann Schwarzköpfchens Locken und hielt sie. Braunköpfchen, das mehr Mut bekommen hatte, weil es von dem braunen Mädchen getragen worden war, nahm dessen Finger und hielt ihn, und das braune Mädchen ließ es geschehen, es nahm dessen Hand, und es ließ es auch geschehen. Es ging mit ihnen auf den hohen Nußberg empor, und sie schauten ins Weite und Breite, und die Großmutter erzählte. Es redete Worte, und die Kinder verstanden sie. Sie gaben ihm Kuchen, Brod, und was sie sonst mit gebracht hatte. Das Mädchen hatte ihnen nichts zu geben, und hielt die leeren Hände hin.

Das braune Mädchen hatte denselben Anzug, den es immer gehabt hatte, aber er war in jenem Gewitter sehr verdorben worden, er war unrein und verknittert.

Die Großmutter erzählte ihnen von den Bäumen, die von dem Berge herab gefallen waren, und doch nicht aufgehört hatten zu leben – dann erzählte sie ihnen von den Königen mit den drei Sesseln – dann von dem Weizen, der nicht hatte blühen können – dann sprach sie von den fernen Ländern, deren hohe Gebirge man gar nicht mehr sehen könne – und endlich von den unbeschlagenen Wägen und Ackerwerkzeugen, mit denen man vor Zeiten die Felder bestellt hatte.

Hierauf traten sie den Rückweg nach Hause an.

Die Sonne schien auch im Herabgehen warm, der Himmel war blau, die Schatten waren lang, weil es schon tief in den Herbst ging, die Gräser wurden gelb, und die grauen, flinken Fischlein in dem klaren Bächlein der Mulde spielten so lustig wie im Sommer.

Das braune Mädchen war mit ihnen gegangen. Es war mit ihnen den hohen Nußberg herab gegangen, es war mit ihnen über das Bächlein der Mulde gegangen, und ging mit ihnen über den grauen Rasen, durch den Wald, durch die Klippen und über die Sandlehne herab. Und da man zu den Glashäusern des Gartens gekommen war, da sagte es anmutige Worte, und lief dann wieder über die Sandlehne empor, und ward nicht mehr gesehen.

Die Kinder erzählten den Eltern, daß das braune Mädchen nun da gewesen, und daß es mit ihnen gegangen sei.

Sie gingen nun, so oft es möglich war, auf den hohen Nußberg, das fremde Mädchen kam immer, und sie spielten und kosten. Sie brachten dem braunen Mädchen schöne Sachen. Das braune Mädchen brachte ihnen auch bunte Steine, es brachte ihnen verspätete Brombeeren, es trug in seinem Wamse Haselnüsse herbei, die es im Sommer gesammelt hatte, oder brachte ihnen die gefleckte Feder eines Geiers oder die schwarze eines Raben.

Wenn die Kinder nach Hause gingen, so ging das braune Mädchen immer mit ihnen bis zu den Glashäusern, man hielt sich bei den Händen und scherzte. Bei den Glashäusern liebkosten sie sich, und das fremde Mädchen lief dann immer über die Sandlehne zurück.

Wenn es Nacht war, und wenn die Kinder an dem Tische mit den Lichtern saßen, da sprachen sie von dem fremden Mädchen, und stritten, wer es lieber habe.

Die Großmutter erzählte den Eltern von dem braunen Mädchen, und Vater und Mutter achteten auf das, was sie sagte, und merkten es sich in ihrem Sinne gar wohl.

Es wurde immer später und später im Jahre. Die Fäden, die auf dem Rasen und zwischen dem Wachholder gesponnen hatten, waren verschwunden, die Beeren der Moore, die in dem Sumpfgrase oder neben der schwarzen Erde so rot und weiß geglänzt hatten, waren vergangen, die späte Preißelbeere, die unter dem Schutze eines Steines oder eines Baumes von dem Hagel verschont worden war, war dahin, ihr Kraut und das kräftige der Heidelbeere war ein dürres Stengelbüschlein, der Wald wurde sehr durchsichtig, die Berge waren rot, an den Morgen lag der weiße Reif auf der Gegend, oder es war der lange Nebel da, und die Sonne, die spät kam, konnte ihn kaum zerstreuen, die Hügelgipfel etwas blicken lassen, und dann untergehen; oder es kamen die frostigen Wolken, schütteten den Regen in kleinen Tröpflein herunter, und wenn sie vergingen, war der hohe, ferne Wald weiß bestäubt.

Da wurde eines Tages der große Wagen heraus geschoben, er wurde gepackt, alles Nötige hinein getan, und, in Mäntel und warme Kleider gehüllt, stiegen der Vater und die Mutter ein, es stiegen die Kinder ein, und fuhren davon.

Die Kinder weinten, als ob ihnen ein tiefer Schmerz und ein tiefer Kummer angetan worden wäre.

Erst als sie schon weit gefahren waren, als sie schon durch Dörfer, Marktflecken und Städte gekommen waren, und Wälder und Flüsse gesehen hatten, milderte sich die Trauer, sie sprachen und redeten unter einander, bis sie in die große Stadt einfuhren, die hohen Häuser mit den glänzenden Fenstern da standen, dicht gedrängt die schön gekleideten Menschen gingen, prächtige Wägen fuhren, und vor den Verkaufsläden die schönen Waren und Kleinodien unter Glastafeln funkelten.

Da die weißen Hüllen über die Berge und Täler vergangen waren, da der Himmel wieder öfter blau lächelte, als er trüb verhüllt war, da die Sonne schon höher stieg und kräftiger nieder leuchtete, kam der Wagen wieder gegen den Hof in dem Hügellande gefahren, und Vater und Mutter und die Kinder stiegen aus.

Es war noch kein Gräslein, es war kein Blättchen, die Felder waren nackt, nur die Wintersaaten, die sich schon regten, legten grüne Tafeln auf die braune Erde, und an manchem Morgen war es noch ein wenig gefroren, daß der Weg zähe war und an dem Rande vom Wässerlein Eisspitzen glänzten: aber die Sonne schien sehr freundlich, sie siegte alle Tage mehr, und füllte alle Tage schöner die Zimmer der Kinder und der Großmutter auf dem ländlichen Hofe mit Licht und Wärme.

Als man die Kleider der Stadt eingepackt hatte, als man die Kleider des Landes aus den Kästen des Hauses hervor getan

hatte, fand sich, daß manches geändert werden mußte. Die Säume der Kleider der Mädchen mußten ausgelassen werden, daß die Kleider tiefer reichten, die Jacken von Braunköpfchen mußten erweitert werden, und die Strohhütchen von Blondköpfchen, von Schwarzköpfchen und Braunköpfchen mußten weggetan, und es mußte um neue geschrieben werden.
Da die Sonne schon sehr warm schien, da man schon begann, die Sommerfrucht in die geeggte Erde zu säen, da es schon trocken war und in der Frühlingssonne die Flimmer der Steine und Felder funkelten, begehrten die Kinder auf den hohen Nußberg. Die Großmutter legte ihnen wärmere Kleider an, als sie sonst im Sommer hatten, tat selbst wärmere Gewänder an, und führte sie auf den hohen Nußberg. Sie hatten ihre Haselruten mit den Haken nicht mit, wie sie dieselben überhaupt nie mit nahmen, als wenn die Nüsse reif waren. Sie trugen nur ihre Körbchen am Arme. Sie gingen über die Sandlehne empor, sie gingen durch die Felsen und den Wald. Als sie über die graue Haide gingen, lief ihnen das braune Mädchen von weitem entgegen. Sie freuten sich, sie jubelten, sie liebkosten sich, und Braunköpfchen schlang seine zwei Ärmlein um den Nacken des braunen Mädchens und hielt ihn fest.
Aber nicht bloß an den Kindern war, während sie abwesend gewesen waren, eine Veränderung vorgegangen, sondern auch das braune Mädchen hatte sich verändert. So wie man bei ihnen die Säume der Kleider hatte auflassen müssen, daß sie ihnen wieder recht wären, so waren dem braunen Mädchen seine grünen Höschen zu kurz geworden; es war größer und schlanker geworden, und ließ seine nackten Arme dicht an seinem Körper hinab hängen. Die vielen schwarzen Haare, die ihm immer abgeschoren waren, trug es jetzt nicht mehr so, sondern es hatte auch Locken bis auf den Nacken hinab, wie sie die Kinder bisher gehabt hatten.
Sie gingen auf den Nußberg, sie gingen weit und breit herum, sie sahen alle Stellen, und sahen auf die Berge des Landes hinaus.

Auf der Erde war noch kein neues Gras, aber sie war trocken; an den zerschlagenen Ästen war kein Laublein, aber die reine Luft war um sie, und die Sonne schien hold auf sie hernieder.
Als die Kinder nach Hause gingen, ging das fremde Mädchen bis zu den Glashäusern mit ihnen, und lief dann zurück.
Die Kinder kamen nun wie immer oft auf den hohen Nußberg, und das fremde Mädchen erschien häufig.
Nach und nach lockte die Sonne die grüne Farbe auf die Erde. Die Wiesen wurden grün, und die Unzahl der gelben, weißen, roten, blauen Blümlein mischte sich darunter. Die Felder wurden grün, weil die junge Saat hervor sproßte und die hellgrüne Farbe zeigte, und weil die Wintersaat weiter wuchs und die dunkelgrüne beigesellte. Der Vater hat viele Pflanzen und Gewächse kommen lassen, und sie standen jetzt neben den noch erhaltenen in den Glashäusern, und es war, als ob nie ein Schaden angerichtet worden wäre. An den verstümmelten Bäumen wuchsen zahlreiche kleine Zweige hervor, die so schön waren und so lebhaft wuchsen, als wäre das Abschlagen der Zweige kein Unglück gewesen, sondern als hätte ein weiser Gärtner dieselben beschnitten, daß sie nur desto besser empor trieben. An den Zweiglein, die der Vater vielen abgeschnittenen Ästen eingepfropft, und die er mit Pflastern verbunden hatte, prangten zwei oder vier große Blätter. Im Walde, im Gestrippe oberhalb der Sandlehne, ja sogar auf der grauen Haidemulde war alles tätig. Die Zweige sproßten, als müßten sie eine Versäumnis einbringen, sie drängten sich und strebten empor. Endlich, da die Erde weithin grün war, da die Zweige sich verlängert hatten, kamen auch Blüten, sie kamen später, und waren weniger als in andern Jahren, aber sie waren da, und waren fast noch zutraulicher und lieblicher als in früheren Zeiten.
Einmal in der Fülle des Frühlings, da alles blühte und duftete, und sich das menschliche Herz erfreute, da die Kinder von dem hohen Nußberge nach Hause gingen, das braune Mädchen sie begleitete, und man bis zu den Glashäusern gekommen war,

hatte Blondköpfchen mit ernsten Augen die Hand des braunen Mädchens gefaßt. Braunköpfchen hatte es am Arme genommen. Blondköpfchen sah dem braunen Mädchen in das Angesicht und sagte: »Komme mit, komme mit.«
Braunköpfchen sagte auch: »Komme mit, komme mit.«
Das braune Mädchen sah die Kinder an, und tat einen Schritt vorwärts.
Braunköpfchen war außerordentlich erfreut, es ging einen Schritt voraus und sagte lockend: »Komme mit, komme mit.«
Das braune Mädchen ging zögernd nach. Es ging von den Glashäusern gegen die Bäume vorwärts, es ging auf dem Kieswege durch das Grün des Gartens, es ging über den Sandplatz vor dem Hause, es ging über die Treppe empor, und stand auf dem Teppiche des Besuchszimmers.
Es war in dem Zimmer niemand zugegen. Die Großmutter ging gleich, da man die Treppe empor gekommen war, in ein anderes Gemach.
Das fremde Mädchen stand, und öffnete seine großen Augen noch mehr, und schaute auf den Spiegel an der Wand, auf die Uhr, auf den Schrein, auf welchem schöne Gefäße standen, auf Tische und Stühle und Sessel und auf den wunderbaren Teppich.
Die Kinder liefen und brachten süße Milch in einer Schale, und brachten feines Weizenbrod und silberne Löfflein. Das fremde Kind trank die Milch aus der Schale, nahm ein Stückchen Brod in die Hand, biß davon ab, und verzehrte es so.
Die Kinder brachten ihre Spielzeuge und zeigten sie. Das braune Kind wußte damit nichts anzufangen. Die Kinder brachten auch ihre Nußknacker, ihre schöneren Kleider und ihre Bänder.
Endlich kam auch die Mutter in einem feinen weißen Anzuge, und trug gezuckerte eingemachte Früchte auf einer Tasse, und bot dem fremden Mädchen davon an.
Das braune Mädchen wich zurück, bis es mit dem Rücken aufrecht an der Wand stand. Es rührte keine Hand, es blickte

die Früchte an, und ließ die Arme an dem Körper herab hängen.
Da wendete sich die Mutter wieder um, und ging, ohne weiter ein Wort zu reden, aus dem Zimmer.
Die Kinder traten zu dem fremden Mädchen, liebkosten es, es gab die Liebkosungen zurück, und nachdem dies ein Weilchen gedauert hatte, nachdem man geredet, nachdem das fremde Kind geantwortet hatte, und da es die Augen immer auf die Tür geheftet hielt, liefen alle zur Tür hinaus, liefen über die Treppe hinab, liefen durch den Garten, und hinter den Glashäusern lief das fremde Mädchen dann allein über die Sandlehne empor.
So wie es an diesem Tage gewesen war, war es wieder einmal an einem andern. Da die Kinder auf dem Nußberge gewesen waren, da das fremde Mädchen zu ihnen gekommen war, da man nach Hause gegangen und bei den Glashäusern angekommen war, hielt Braunköpfchen das fremde Mädchen an dem Arme, zog es nach sich, und bat, daß es mitgehen möchte. Das braune Mädchen ließ sich ziehen, es folgte dem Knaben willig, man ging durch den Garten, man ging über die Treppen, und man ging dieses Mal in das Spielzimmer der Kinder. Dort ließ sich das braune Mädchen gar bewegen, sich nieder zu setzen. Es saß an der Seite des Knaben, es ließ sich von ihm Kuchen, gedörrte Pflaumen, Milch, Butter und Honig geben. Als man gegessen hatte, als man einen Kreisel gezeigt, als man einen Federball versucht und ein Bilderbuch aufgeschlagen hatte, ging man wieder fort, die Kinder begleiteten das braune Mädchen bis an die Glashäuser, küßten und herzten es dort wie immer, nahmen Abschied, und ließen es über die Sandlehne empor gehen.
Indessen war der Sommer vorgerückt. Der hohe Nußberg hatte sich über und über mit grünen Zweigen bedeckt. Wie es in dem Garten des Vaters gewesen war, so geschah es auch hier. Die zerschlagenen Stämme der Haseln, der Birken, der Eschen, der Erlen suchten durch ihren steigenden Saft die

verlorenen Äste zu ersetzen, und trieben Zweige, die schnell wuchsen, dick wurden, und Blätter hatten, deren Größe und dunkle Farbe nie vorher auf dem Nußberge gesehen worden war. Die wenigen Äste, welche von früher übrig geblieben waren, bedeckten sich mit Nüssen, die in dicken Knöpfen und enge geschart an den Zweigen saßen, als müßten diese die Pflicht der verloren gegangenen Äste übernehmen, und so viel Nüsse, als sie nur immer könnten, auf die Welt bringen. Dieselben waren noch grünlich und weißlich, fingen aber bereits an, sich mit einem sanften roten Hauche zu färben.

In dieser Zeit war auch das Schutzhäuschen des Vaters fertig geworden. Er hatte ein Stückchen Landes gekauft, das an der Morgenseite des Berges gelegen war, woher am seltensten ein Gewitter zu kommen pflegte. Er hatte das Häuschen so gebaut, daß es gegen Mittag und Abend ein Fenster mit eisernen Fensterläden hatte, und daß gegen Morgen die Tür war. Im Innern stand an der Mitternachtseite ein Bänklein an der Wand, davor ein Tischlein war. Es befanden sich noch Stühle und Schemel in dem Häuschen.

Die Kinder waren öfter, wenn sie auf dem Nußberge waren, zu der Stelle gegangen, an der man arbeitete, und hatten zugeschaut. Auch das braune Mädchen stand dabei, und betrachtete, was da wurde.

Es war von außen nicht angestrichen oder angeworfen worden, sondern sah so aus, wie die Steine oder die Steinhaufen aussehen, die auf dem Nußberge liegen. Das Dach war mit dunkelbrauner Farbe bemalt. Im Innern hatte es der Vater sehr schön grün machen, und hatte in jeder Ecke ein Sträußlein von wilden Rosen, von Kamillen und Cyanen malen lassen. Da es fertig war, begleitete einmal der Vater die Kinder auf den hohen Nußberg, um das Häuschen einzuweihen. Sie traten hinein. Die Kinder waren außerordentlich erfreut, als sie das nette Zimmerchen und alle die netten Dinge sahen. Die Großmutter hatte in ihrer Tasche eine Flasche mit Milch, Kuchen, in einer Dose Butter und andere Dinge nebst dem Tischgeräte mit gebracht. Sie deckte, wie das wohltätige Weiblein den Knappen Rolands, ein weißes Tuch über das Tischlein, das so glänzte wie die Blüten des Kirschbaumes, sie legte an jedem Sitze ein Tellerchen auf das Tischlein, sie tat auf das Tellerchen ebenfalls ein weißes Tüchlein, und legte ein Löffelchen, Messerlein und Gabel zu jedem Teller. Dann tat sie aus der Flasche Milch in das Milchtöpflein, und legte einen silbernen Schöpfer dazu, dann tat sie den reinen Honig auf die weißen Tassen, daß er wie Gold in denselben stand, dann legte sie Butter auf einen Teller, und gab zu jedem Sitze ein feines weißes Brod. Die Kinder aßen nun in ihrem Hause, und der Vater war ihr Gast. Da gegessen war, wurden die Reste wieder weggeräumt und eingepackt. Die Kinder freuten sich über dieses Vesperbrot sehr. Das braune Mädchen war an diesem Tage nicht gekommen, und der Vater wunderte sich, warum denn das Mädchen immer nicht komme, wenn er auf dem hohen Nußberge sei.

Die Kinder gingen nun dem Häuschen zu lieb auf den Berg. Sie waren immer in demselben, und wenn das braune Mädchen kam, mußte es mit in das Häuschen gehen, auf einem Stühlchen sitzen und mit ihnen tafeln. Es waren in der Zwischenzeit die Erdbeeren gekommen, und wenn die Kinder in ihre Birkenrindentäschchen im Walde, an Rainen und oberhalb der Sandlehne Erdbeeren gelesen hatten, so tat die Großmutter sie im Häuschen auf einen Teller, die in der Tischlade aufbewahrt wurden, und man verzehrte vergnügt das Nachmittagsmahl.

Aber die Freude an dem Häuschen wurde nach und nach geringer. Die Kinder gingen stets weniger hinein, und als eine Zeit vergangen war, schien es gar nicht mehr da zu stehen. Sie saßen wieder an ihrer alten, dicken Haselwurzel, und wenn sie nicht da saßen, so gingen sie herum, waren in den Gebüschen, lasen verschiedene Dinge und Steinchen zusammen, und sprachen mit der Großmutter.

Wenn das braune Mädchen kam, ging man früher als gewöhnlich nach Hause, weil das Mädchen mit ging, weil es mit den

Kindern in ihre Stube ging, und dort bei ihnen war, und aß und sprach, und gegen Abend wieder fort zog.

Die Mutter ging bei solchem Anlasse öfter durch das Zimmer, aber sie näherte sich dem braunen Mädchen nicht, und sprach nicht zu ihm. Sie hatte ein blasses Kleid angetan, wie Schwarzköpfchen eines an hatte, ihre Locken waren in den Nacken gekämmt, wie Schwarzköpfchen hatte, so daß sie ihm in allem glich und ein großes Schwarzköpfchen war. In dieser Weise brachte sie einmal auf einem Teller viele große, schöne Erdbeeren, die in dem Walde und auf der Haide nicht wachsen, sondern die der Vater in eigenen Beeten, auf welche im Frühlinge Glas gelegt wird, zog. Die Mutter hatte früher auf alle Plätze der Kinder an dem Tische Tellerchen legen lassen. Sie ging zu dem Tellerchen Blondköpfchens, tat mit einem Löffel Erdbeeren auf dasselbe, und Blondköpfchen begann zu essen. Sie ging zu dem Tellerchen Schwarzköpfchens, tat Erdbeeren darauf, und Schwarzköfpchen fing an zu essen. Sie ging zu dem Tellerchen Braunköpfchens, tat Erdbeeren darauf, und Braunköpfchen aß sie. Sie ging zu dem Tellerchen des braunen Mädchens, legte Erdbeeren darauf, und das braune Mädchen begann zu essen. Dann ging sie wieder zur Tür hinaus. Ein anderes Mal kam sie wieder, war wieder ein Schwarzköpfchen, brachte allerlei Dinge, und war unter den Kindern. So tat sie nun öfter, bis das braune Mädchen auch mit ihr redete, sich immer mehr an das Haus gewöhnte, mit den Kindern in der Stube spielte, und mit ihnen auch im Garten war. Da bekam es von der Mutter auch ein Kleid, welches wie das frühere war, nur daß es viel schöner war, und daß es Ärmel hatte, die bis zu dem Ellbogen herab gingen.

Der Vater bekümmerte sich jetzt wieder um die Herkunft des braunen Mädchens. Er fragte Nachbarn und Bekannte, sie wußten gar nichts von ihm. Er beschloß nun, die Landleute, die armen Häusler, die Holzhauer, die Pechbrenner, die Waldhüttler zu fragen. Er ging deshalb auf den Berg der Ahorne, der hinter der Grenze seiner Besitztümer empor steigt, und wo eine Hütte mit zwei alten Leuten war, die einen jungen Sohn hatten, der Fässer und Bottiche machte und viel in die Wälder kam. Sie wußten nichts. Er ging an dem Steingehege aufwärts, und fragte bei den Hütten der Steinbrecher. Das Kind wird wohl von weiter oben sein, war die Antwort. Er ging weiter hinauf, und fragte. Das Mädchen könne zu den Haideleuten gehören, sagten sie. Er fragte an der Haide, sie antworteten, das Mädchen komme etwa von den Moorhütten herab. Er fragte an den Mooren. Sie wußten dort nichts. Er kam nun zu den hohen Wäldern. Die Holzhauer und Pechbrenner sagten, es gäbe allerlei Leute. Und wenn er das Mädchen beschrieb, so sagten sie insgesamt, sie hätten es schon gesehen, und wenn sie das Mädchen beschrieben, so beschrieb es der ein so, der andere anders, ein jeder auf seine Weise. Der Vater kehrte wieder nach Hause.

Wenn die Mutter das Mädchen selber leise fragte, so war es still und sagte nichts. Die Kinder fragten nie. So verging die Zeit. Das Mädchen kam jetzt auch zuweilen allein zu dem Hause. Wenn man an einem Morgen die Lehnen der Fenster öffnete, stand es naß in dem betauten Grase des Gartens und wartete. Wenn die Kinder lernen mußten, stand es dabei und sah zu. Plötzlich konnte es einmal die Buchstaben sagen, und konnte dann lesen. Es wurde öfter um das Gelernte gefragt, und zu weiterem Lernen veranlaßt.

Wenn die Großmutter mit den Kinder fort ging, hing es sich so gut an die Schürze derselben wie die anderen Kinder, und ging mit. Einmal über die Nacht in dem Hause zu bleiben und sich in ein Bettlein zu legen, konnte es nicht bewogen werden. Und wie der Sommer immer vorrückte, wie das Getreide reifte und in die Scheunen gesammelt wurde, und wie der Haber goldig da stand, die leichten Fädchen zitterten, und die Hülse den weißen Schnabel aufsperrte, was immer auch die Zeit der Reife der Haselnüsse ist, so gingen die Kinder im Sonnenscheine mit ihren Haselruten auf den hohen Nußberg. Sie gingen nachmittags, wenn sie ihre Aufgaben gelernt und ihre

Schriften geschrieben hatten. Das braune Mädchen hatte einen langen Stab, an dem ein gut gerichteter Haken war. Sie gingen über die Sandlehne empor, sie gingen durch die Felsen, durch das Gestrippe und Geniste, sie gingen durch den Wald, über die graue Haide und durch die grauen Steine, wo wieder das Bächlein so lieb wie immer war, die Fischlein spielten, die Wasserjungfern flogen, und die roten Blumen standen, die ein Samenhaus voll weißer Wolle machen würden, sie gingen über das Steingerölle in das Gehege der Nüsse. Sie mußten heuer sehr mühsam suchen, um die wenigen Stellen zu finden, an denen jetzt Nüsse waren, sie riefen einander, wenn sie sie fanden, und sie langten mit ihren Haken nach den bedeckten Zweigen, und das braune Mädchen schwang sich empor und zog mit seinem Stabe die höchsten Äste herab, daß Braunköpfchen die Nüsse sammeln und in seine lederne Tasche tun konnte. Dann suchte man noch die lieben Stellen des Nußberges, wo allerlei Dinge im Gesteine, im Sande und im Gebüsche waren, und saß dann noch wie gewöhnlich an der alten Wurzel.

Und wie der Haber endlich von den Feldern verschwunden war, wie die Haselstauden sich entfärbten, und die Blätter sich runzelten und rollten, wie auf den Hügeln die weißen Flecke der Stoppeln sich in braune verwandelten, wie auf den Feldern nichts mehr war als die Kartoffeln, der Kohl und die Rüben, wie kein Apfel und keine Birne mehr in den Zweigen der Bäume war, ja wie die Blätter schon von diesen Bäumen abfielen, wie die Blumen, die der Vater vor dem Hause in Töpfen stehen hatte, wieder in die Glashäuser gesammelt wurden, wie die blauen Wachholderbeeren an den Wachholdersträuchen immer blauer wurden, und die grünen schwollen und sich mit einem Taue überzogen, wie wieder der Fadensommer spann, und die Großmutter immer trauriger wurde und immer zärtlicher die Locken aller Kinder streichelte: so wußten sie, daß die Zeit da sei, daß sie bald scheiden mußten, daß der traurige Herbst und die Nebel die Gegend bedecken werden, daß der Schnee und die Kälte kommen werde, und daß sie lange nicht werden beisammen sein können.

Als diese Zeit gekommen, als der letzte Tag vergangen war, an dem sie noch beisammen sein konnten, nahmen sie, da das braune Mädchen fort ging, Abschied, sie umhalseten es, und weinten, und Braunköpfchen schenkte dem fremden Mädchen seine Bilderbücher und seine Trompete.

Und sie fuhren wieder fort, da die Großmutter voll Kümmernis bei dem Wagen stand, da die Knechte und Mägde bei dem Wagen waren, da der Vater noch mit weinenden Augen die faltenreichen Wangen der Großmutter küßte, ihre Hand küßte, wie er auch noch in seinen Mannestagen tat, in den Wagen stieg, und die Pferde die Räder in Bewegung setzten.

Es verging der lange Winter, und das Schneegestöber, das das Haus, den Garten, die Glashäuser, die Sandlehne, den Wald, die Felder, den hohen Nußberg, alle Berge und Wohnungen der Menschen eingehüllt hatte, hörte auf, die Sonne kam wieder, die harten Winde gingen in mildere Lüfte über, und der Vater, die Mutter und die Kinder kehrten wieder in ihr Haus auf dem Lande zurück.

Sie fanden alles, wie sie es verlassen hatten. Die Großmutter war gesund, alle Knechte und Mägde waren gesund, und alle Tiere des Hauses lebten und waren fröhlich.

Das braune Mädchen war wieder größer geworden, und die schönen schwarzen Haare gingen in noch größerer Fülle und noch dichter auf den Nacken hinab. Die Kinder liefen ihm entgegen, als es in das Haus kam, sie begrüßten es, und gaben ihm die vielen Sachen, die sie ihm aus der Stadt mitgebracht hatten.

Es ging nun das Leben auf dem Lande wieder an, sie waren beisammen, sie lernten, sie arbeiteten, und da, wie es im vergangenen Jahre war, die Gräser auf den Wiesen und Rainen sproßten, da die Schwalben kamen, und mit ihren braunen Kehlchen und dem weißen Bauche tief an dem Wege dahin fuhren, und wieder hoch in die Lüfte schossen, da das Rotkehlchen in dem Gebüsche saß, mit dem Vorderleibe nickte, und seine Stimme schmettern ließ, da alle Bäume mit Blüten bedeckt waren, kleine Laubbüschel bekamen, und nichts mehr von dem Unglücke des Hagels zu erblicken war, da die Felder grün waren, und die weißen Wolken darauf nieder leuchteten: da ging man wieder herum, und ergötzte sich, wie man sich in früheren Zeiten ergötzt hatte.

Das braune Mädchen war nun auch nicht scheu, wenn der Vater bei den Kindern war, und es wich vor den Knechten und Mägden nicht zurück, welche im Hause, im Garten und auf den Feldern herum gingen und arbeiteten.

Da auf diese Weise der Sommer sehr weit vorgerückt war, da eines Tages die Sonne schon gegen Untergang neigte, da die Kinder von ihrer Wanderung heimgekehrt waren, ihr Vesperbrot gegessen hatten, das fremde Mädchen schon fortgegangen war, und die Kinder mit der Mutter allein in der Stube gegen den Garten hinaus saßen, weil der Vater verreiset war: geschah es, daß Blondköpfchen wiederholt sagte, es rieche etwas unangenehm, als würden widrige Gegenstände verbrannt. Man sah überall nach. Auf dem Herde war kein Feuer, in den Kaminen war auch keines, da man in der Hitze des hohen Sommers keines brauchte. Auf den Feuerstellen der Dienstmädchen war ebenfalls kein Feuer, an dem sie etwa Eisen zum Glätten gehitzt, oder irgend Wäsche oder dergleichen gesotten hätten. Man schaute aus den Fenstern, alles lag ruhig und freundlich da, und nicht einmal ein Rauch ging aus nahen und fernen Schornsteinen empor.

Die Mutter sprach mit den Kindern über die Sache, und man wunderte sich, wie solche Eindrücke in die Sinne kommen können, Blondköpfchen verteidigte sich, andere griffen es an, und wie man so redete, geschah draußen ein Schrei, es geschahen sogleich mehrere, und wie alle an die Fenster liefen, um zu sehen, was es gäbe, stieg ein dicker, qualmender Rauchknäuel als schwarze, finstere Säule von dem Scheuerdache empor, er wirbelte schnell, und gleich darauf schoß die blitzende Flamme in ihn hinauf, und während die Kinder und die Mutter noch schauten, lief es geschäftig und prasselnd, als ob die Sommerhitze alles vorbereitet hätte, in lichten kleinen Flämmchen von der Scheuer längs des Dachfirstes der Stallungen und Wagenbehälter gegen das Haus hervor, mit eins geschah ein Knall, wie wenn ein auf glühende Kohlen gelegtes Papier plötzlich seiner ganzen Fläche nach Feuer fängt, und das ganze Dach der Ställe und Wagenbehälter stand unter einer einzigen breiten, nach aufwärts gehenden Flamme, das Scheuerdach aber war ein Körper von Glut und von Flamme. Knechte und Mägde rannten unten herum und schrieen, und das Fichtenholz der Sparren und Latten krachte furchtbar unter dem Feuer.

»Kinder! um mich!« schrie die Mutter.

»Mutter, Mutter, Großmutter, Sigismund, Clementia, Emma!« schrieen die Kinder.

Sie schossen in das Zimmer zurück, sie ergriffen Dinge, sie zu retten, und wußten nicht, was sie taten. Sie nahmen eine Puppe, einen Lappen, oder sonst etwas, das ihnen in die Hände kam, ob es Wert hatte oder nicht. Die Mutter hatte schnell einen Schreibtisch geöffnet, der in der Nebenstube stand, hatte ein Kästchen aus demselben genommen, stürzte wieder in die Stube zurück, raffte die Kinder, die mit Verschiedenem beladen waren, zusammen, und führte sie die Vordertreppe, die von dem Feuer weggewendet war, hinunter ins Freie. Da sie die Haustür hinter sich hatten, hörten sie erst recht das Brüllen, Wehen und Krachen der furchtbaren Macht, die hinter ihnen auf der andern Seite des Hauses in ihrem Eigentume herrschte. Die stille Luft drückte den Rauch nieder, der sich an der Abendseite des Hauses lagerte, und durch den die untergehende Sonne wie eine blutige Scheibe schien. Viele Leute, man konnte nicht unterschieden, ob es eigene oder schon herzugelaufene waren, drängten sich wild durch einander.

Die Mutter führte die Kinder nach der Morgenseite des Gartens. Da die Hitze den nach aufwärts strebenden Wind erzeugt hatte, und derselbe die feurigen Lappen, die aus brennenden Schindeln, aus Stroh, Heu oder Linnen und Gewändern der Leute herstammten, wie frevelnde Geister in die Luft hinauf und aus einander schleuderte, so mußte die Mutter die Kinder vor dem fallenden Feuer zu sichern suchen, damit sich ihre Kleidchen nicht entzündeten. Sie führte daher dieselben unter dichten Bäumen und Gebüschen weg. Sie führte sie in die äußerste Laube an der Morgenseite des Gartens, vor der zwei reiche Linden standen, die sogar jeden Funken abhielten, der etwa in dieser Richtung hätte fallen können.

»Kinder, bleibt nun hier, entfernt euch ja nicht,« sagte die Mutter, »was ihr auch hören mögt. Hier geschieht euch nichts, ich muß fort, ich komme aber bald wieder. Bewahrt indessen das Kästchen.«

»Ja,« sagten die Kinder, »wir werden bleiben.«

Nach diesen Worten lief die Mutter aus der Laube, und lief entschlossen in den Hof, und da ihr Gatte nicht anwesend war, übernahm sie seine Stelle, und drang bei den Knechten, die fast den Verstand verloren hatten, darauf, daß sie in den Stall gingen und die Pferde heraus zogen, damit sie nicht etwa ersticken, und daß sie dieselben an Bäume anbanden, daß sie nicht wieder in das Feuer liefen. Ein Teil der Leute hatte es mit dem Rindviehe schon so gemacht. Man rettete aus dem brennenden Stalle ein Pferd nach dem andern, die Mutter leitete das Unternehmen, und gab die Stellen an, wo die Pferde angebunden werden sollten. Den Haushund hatte jemand los gelassen. Er kam in großen Sprüngen auf die Frau zu, strebte an ihr empor, und gab seine Freude zu erkennen, gleichsam als wüßte er, daß eine Gefahr vorhanden gewesen war, und daß die Frau ihr glücklich entronnen sei.

In den Zwischenaugenblicken lief die Frau in den Garten, um nach den Kindern umzusehen, und wenn sie sich überzeugt hatte, daß dieselben in der Laube seien, kehrte sie wieder zu dem Feuer zurück.

Endlich fand sie eine Magd, die sie zu den Kindern senden

konnte, daß sie bei denselben in der Laube bliebe. Die Knechte hatten indessen alle Tiere gerettet.

Die Tauben kreuzten in der Luft, und fielen wie die Mücken, die um ein Licht flattern, mit versengten Flügeln in die Flammen.

Die Wagenbehälter grenzten an die Holzlage, in welcher die großen Vorräte von Winterholz und Kochholz aufgehäuft waren. Wenn dieses Holz Feuer finge, so wären die Wägen samt dem Wagenbehälter verloren. Darum ließ die Frau auch die Wägen aus ihren Behältern ziehen, und ließ sie in dem Garten unter den Bäumen in Sicherheit bringen.

Da die Leute bei dieser Beschäftigung waren, hörte man hoch oben ein neues plötzliches Krachen und Prasseln, und da man hinauf sah, so erblickte man das Dach des Wohnhauses von den Flammen ergriffen. Es war wohl eine Feuerspritze in dem Hause, es war auch Wasservorrat teils im Hause, teils in dem nahen Bache, die Spritze hatte immer auf das Hausdach gespielt, die Hausleute und die Nachbarn, die schnell genug herbei geeilt waren, hatten das Wasser stets in hinreichender Menge heran geschafft: aber die Hitze des Sommers hatte das Holzwerk zu sehr ausgetrocknet, die Gewalt des Feuers auf den angrenzenden Dächern war zu mächtig gewesen, der Wasserstrahl verdünstete fast in der Luft, die Tropfen auf dem Dache waren ohnmächtig, und da das Holzwerk einmal Feuer gefangen hatte, so war das ganze Dach bald ein sausender, krachender, brodelnder Feuerberg. Das Spritzen in die Flamme war nun unnütz, ja es belebte dieselbe nur noch mehr. Die Frau befahl daher, jetzt die Feuerhaken zu gebrauchen, die vielfach in dem Hause vorhanden waren, und die brennenden Sparren von dem Dache soviel als möglich herunter zu reißen. Für die Gemächer fürchtete die Frau nicht viel, weil ihre Decken mit sehr dickem Estrich belegt waren, und weil die Glut, die von dem brennenden Dache auf das Estrich fiel, mittelst der Haken und später durch Schaufeln eher entfernt werden konnte, ehe das Estrich so erhitzt würde, daß die

Tragbalken ergriffen würden, in Brand gerieten und die Decke einstürzen ließen. Daher hatte sie aus den Gemächern nichts heraus räumen lassen, außer was Mägde bereitwillig und aus unbefohlenem Eifer heraus getragen hatten.

Da nun die Feuerhaken angelegt waren, und die Männer an ihnen bereit standen, um die Sparren, sobald sie durch das Feuer ein wenig geledigt wären, herunter zu reißen, so glaubte die Frau einen Augenblick für sich gewinnen zu können, weil nun kein Hausteil mehr war, der von der Flamme ergriffen werden konnte, und sie ging hinweg, um nach ihren Kindern in der Laube zu sehen.

Als sie zur Laube kam, liefen ihr Emma und Clementia entgegen und riefen: »Mutter, wir sind nicht fortgegangen, und haben das Kästchen aufbewahrt.«

»Wo ist Sigismund?« rief die Mutter.

»Er wird bei der Großmutter sein«, sagte Emma.

»War die Großmutter bei euch in der Laube hier?« fragte die Mutter.

»Nein«, sagten die Kinder.

»Ist die Großmutter nicht bei euch hier in der Laube gewesen und hat Sigismund mit sich fortgenommen?« fragte die Mutter noch einmal.

»Mutter, du hast ja Sigismund gar nicht mit uns über die Stiege mit herab genommen«, riefen die beiden Mädchen einstimmig.

»Dann muß er ja bei der Großmutter sein«, sagte die Mutter, und rief in den Garten hinaus: »Großmutter, Großmutter!«

Die Großmutter kam in dem Augenblicke, da sie so gerufen wurde, gegen die Laube herzu, entweder weil sie den Ruf gehört hatte, oder weil sie zu den Kindern gehen wollte.

»Wo ist Sigismund?« rief ihr die Mutter entgegen.

»Ist er nicht bei dir?« antwortete die Großmutter.

»Nein«, sagte die Mutter.

»Ich habe ihn in dem Augenblicke, da Feuer gerufen wurde, gehört,« sagte die Großmutter, »ich habe ihn vor meinem Zimmer Großmutter rufen gehört, und da ich in dem nämlichen Augenblicke auch deine Stimme vernahm, wie du die Kinder zusammen riefst, und da ich dich die vordere Treppe mit ihnen hinunter gehen hörte, so meinte ich, er sei bei dir, sperrte die Tür, die von dem Gange aus dem Kinderzimmer zu meinem Gemache führt, zu, ging durch die andere hinaus, sperrte sie ebenfalls hinter mir zu, und ging über die hintere Treppe herab.«

Die Mutter durchzuckte ein Strahl.

Von dem Kinderzimmer führte eine Tür auf einen Gang, der ganz allein zu dem Zimmer der Großmutter ging. Die Tür von dem Kinderzimmer in den Gang fiel gerne ins Schloß, und dasselbe konnte Sigismund mit seiner schwachen Kraft nicht öffnen. Es war daher wahrscheinlich, daß er von dem Kinderzimmer gegen das Zimmer der Großmutter geeilt war, sie zu warnen, daß hinter ihm das Schloß zugefallen war, daß er das Zimmer der Großmutter verschlossen fand, daß er zurück wollte, nicht mehr ins Kinderzimmer konnte, und nun auf dem Gange eingesperrt sei.

Als diese Gedanken plötzlich durch den Kopf der Mutter liefen, schrie sie: »O du heilige himmlische Barmherzigkeit, dann ist er durch den Gang zu Euch gelaufen, um Euch zu helfen, hat hinter sich die Tür ins Schloß geworfen, konnte in Euer Zimmer nicht hinein, und ist nun auf dem Gange eingeschlossen. Ich habe alle Kinder, wie sie mit ihren Lappen beladen waren, über die Treppe hinabgebracht, ohne zu achten, ob sie zwei oder drei seien. Er kann ersticken, es kann das Estrich einbrennen. Der Schlüssel steckt von innen in der Tür des Kinderzimmers, ich muß hinauf, ihn zu befreien.«

Nachdem sie diese Worte gerufen hatte, lief sie, ohne auf die andern Kinder zu achten, dem brennenden Hause zu. Sie lief gerade durch alle Pflanzen und mitten durch den Funkenregen hindurch. Die Großmutter folgte ihr. Die Magd, die bei den Kindern war, konnte dieselben nicht zurückhalten, sie liefen auch zu dem Feuer, und die Magd lief mit ihnen.

Als die Mutter bei der Feuerstätte angekomen war, war es dort bei weitem nicht so gefahrlos für die Zimmer, als sie gedacht hatte. Der Dachstuhl war beinahe zusammen gebrannt, wenigstens war er schon zusammen gestürzt. Ein furchtbarer Gluthaufen, der die Luft vor Hitze zittern machte, lag auf der Decke der Zimmer. Von dieser Glut trennte nur eine Lage Estrich die Tragbalken, sie konnten sich erhitzen, brennen, und die Decke konnte einstürzen. Die Männer mit den Feuerhaken hatten außerordentlich gearbeitet. Einen großen Teil der Sparren hatten sie herab gerissen, und die Trümmer lagen um das Haus, und brannten und rauchten; aber ein anderer Teil hing noch oben, und konnte aus der Verbindung nicht gerissen werden. Die Nacht war mittlerweile eingebrochen, und in der düstern Finsternis war das Leuchten des Feuers und des Rauches, das Glühen der vorragenden Balken und das Glänzen der umstehenden Bäume doppelt unheimlich.

Die Mutter lief gerades Weges gegen die Türe zu, von welcher die Treppe gegen das Kinderzimmer empor führte. Sie wollte in das Zimmer gelangen, dort an der Tür zu dem Gange den Schlüssel umdrehen, und den Knaben befreien. Aber als sie gegen die Tür kam, lag ein Haufen herabgerissener Balken vor derselben und brannte.

Es war unmöglich durchzukommen.

»Reißt das Holz weg, Sigismund ist in dem Hause«, schrie sie zu den Männern, die da waren.

Die Männer verstanden sie. Sie näherten sich dem Feuerhaufen, schlugen die Haken ein, und suchten die Balken wegzubringen. Aber es war vergeblich. Die Balken waren teils noch in Verbindung, teils hatten sich andere herabgestürzte mit ihnen verschlungen, so daß die angestrengteste Kraft aller Männer nicht hinreichte, das zusammenhängende Gewirr eher hinweg zu bringen, als bis es mehr ausgebrannt wäre und die Verbindungen sich gelöst hätten.

»Das geht nicht,« rief die Mutter, »wir müssen durch die hintere Treppe in Euer Zimmer hinauf, Großmutter, um von demselben in den Gang zu kommen. Wo habt Ihr die Schlüssel?«

»Ich weiß es nicht, ich werde sie in meiner Armtasche haben, die ich vielleicht in den Glashäusern niedergelegt habe,« antwortete die Großmutter, »ich werde sie gleich holen.«
»Um des Himmels willen, warum habt Ihr zugesperrt?« rief die Mutter.
»Der Diebe wegen«, rief die Großmutter, und eilte, von einem Knechte begleitet, davon.
Noch war es Zeit; denn alle Fenster des Hauses waren noch schwarz, zum Zeichen, daß das oberhalb herrschende Feuer noch nirgends in die Zimmer hinein gebrochen war.
Aber es kam der Knecht gelaufen und sagte, daß die Schlüssel der Großmutter nirgends zu finden seien.
Die Mutter änderte ihren Plan. Sie ging um die Ecke des Hauses, und kam zu einer Seite, die mit Weingeländer bepflanzt war, die gegen den Garten sah, und in welcher ein offenes Fenster der Kinderstube war. Sie zeigte gegen das Fenster empor und rief: »Eine Leiter, da kann man in das Kinderzimmer einsteigen.«
Die Knechte liefen nach einer Leiter. Andere schlossen sich an. Die Leitern waren unter einem eichenen Dächlein auf einem eigenen Gestelle angehängt, das in der Nähe des Wagenbehälters war. Dort brannte aber jetzt in einer entsetzensvollen ruhigen Flamme, die majestätisch in die Höhe ging, der gesamte Vorrat des Holzes des Hauses. Es war unmöglich, sich zu nähern. Ein Mann, der, in eine nasse Decke gehüllt, es gewagt hatte, war durch den heißen Atem umgeworfen worden, und man konnte ihn nur mittelst eines Feuerhakens retten, mit dem man ihn aus der heißen Luft zog. Im nächsten Augenblicke hatte auch das Leiterdächlein Feuer gefangen, und dasselbe und die Leitern brannten.
Die Knechte kamen zurück und meldeten es der Mutter.
Da stürzte sie auf die Kniee, breitete die Arme auseinander und schrie: »So rette du ihn, der die Macht und das Vollbringen hat, und der ein unschuldvolles Leben nicht vernichten kann!«
In diesem Augenblicke tönte ein gellender Schrei: »Braunköpfchen, Braunköpfchen!«

Und ehe man sichs versah, huschte eine dunkle Gestalt gegen das Haus und kletterte wie ein Eichhörnchen an dem Weingeländer empor, und war in dem nächsten Augenblicke durch das Fenster verschwunden.
Alle vergaßen ihre Arbeit, oder was sie immer im Herzen hatten, und richteten ihre Augen auf das Fenster.
Es dauerte nicht lange, so kamen zwei Gestalten am Fenster an. Sie waren durch brennende Balken, die oberhalb ihrer über die Mauer des Hauses hervorragten, wie von Fackeln beleuchtet. Es war das braune Mädchen und Sigismund.
Ein Schrei ertönte einstimmig aus dem Munde aller Umstehenden bei diesem Anblicke.
Emma und Clementia kreischten vor Entsetzen und vor Freude.
Aber die Kinder konnten nicht herunter. Das braune Mädchen hätte es gekonnt; allein den Knaben konnte es nicht auf das Weingeländer bringen. Wie ein Nachtbild, das ein Künstler gemalt und mit der äußeren Glut beleuchtet hat, standen sie in dem schwarzen Rahmen des Fensters.
»Leintücher, Leintücher, bindet Leintücher zusammen«, riefen mehrere Stimmem hinauf.
»Da ist eine Leiter,« hörte man unten rufen, »die Leiter wird reichen, sie wird halten, für Kinder hält sie schon.«
In dem Augenblicke drängten sich der Altknecht und der Pferdeknecht durch die hier zusammengepreßten Menschen, und trugen eine Leiter herbei. Sie war von den Wägen, die aus Gottes Vorsicht und mit dem Willen der Frau gerettet worden waren, genommen und aus zwei Leitern eines Erntewagens zusammen gebunden worden.
Sie wurde angelehnt, und reichte.
Das braune Mädchen stieg zuerst aus dem Fenster. Es faßte festen Fuß auf den Sprossen, und half dann dem Knaben auch aus dem Fenster heraus. Die beiden Kinder kletterten nun schnell und geschickt über die Leiter herab.
Als sie auf dem Grase waren, kniete das braune Mädchen vor

dem Knaben nieder, setzte sich auf seine eigenen Fersen, und sah den Knaben mit den schwarzen Augen an.
Man hätte in der dunkeln Nacht und bei dem Scheine des Feuers sehen können, wie diese Augen freudesprühend waren, daß er gerettet sei.
Der Knabe konnte nicht reden, er schwindelte, und es war, als sollte er umfallen.
Da eilte die Mutter herbei, nahm ihn in die Arme, wischte ihm die Stirne ab, und suchte ihn zu trösten.
In diesem Augenblicke kam auch die Großmutter, so schnell sie in ihrem Alter laufen konnte, in von der Hast in Unordnung geratenen Kleidern und mit den Schlüsseln in der Hand herbei. Da sie den Knaben gerettet sah, bemühte sie sich mit der Mutter um ihn. Die anderen Kinder standen dabei, und viele Menschen drängten sich herzu.
Da das Kind noch immer im halben Bewußtsein war, so hoben es die Mutter und Großmutter auf, brachten es zum Brunnen im Garten und benetzten dort mit frischem Wasser seine Stirne und Schläfe.
Da sich der Knabe hierauf erholt hatte, brachten sie ihn in die Laube, in welcher zu Anfang des Feuers die Kinder gewesen waren.
Während dort die Mutter mit dem Knaben beschäftigt war, ihn zu untersuchen, ob er keine Beschädigung erlitten habe, ihn zu befragen und zu besänftigen, sah man die alte Frau an dem Stamme eines Obstbaumes knieen und mit gefalteten Händen beten.
Das Kind ward nach und nach beruhigt. Die Mutter richtete ihm die Kleider zurecht, und streichelte ihm die Wangen und die Haare. Die zwei Schwesterlein streichelten ihm auch Locken und Wangen, und gaben ihm Liebkosungen.
Der Knabe hatte wirklich keine Beschädigung erlitten. Er war in der Tat von der Kinderstube in den Gang geeilt, der zu dem Zimmer der Großmutter führte, um zu ihr zu gehen und ihr zu sagen, daß Feuer in dem Hause sei, und daß sie fortgehen solle.

Er hatte auch, wie es ihm öfter geschah, die Gangtür hinter sich zugeworfen, und der Riegel war in den Haken gesprungen. Da er bei der Tür der Großmutter nicht hinein konnte, als er sie auch nicht zu errufen vermochte, wollte er zurück. Allein da sah er erst zu seinem Schreck, daß er die Tür zugesperrt habe. Er versuchte mit allen Kräften den Riegel aufzuziehen, aber die Feder war zu stark, und er konnte nichts ausrichten. Da klopfte er mit beiden Fäusten bald an die Tür der Kinderstube, bald an die der Großmutter. Er schrie auch aus allen Kräften, damit er gehört würde. Allein da er dies eine Weile getan, und ihn niemand vernommen hatte, setzte er sich in dem Gange auf den Boden nieder, und wartete, ob jemand kommen und ihm öffnen würde.

Er hörte da das Krachen und Sausen des Feuers oberhalb seiner.

Da kam das braune Mädchen, führte ihn fort, und stieg mit ihm die Leiter herab.

Als er sich schon ganz von seiner Angst erholt hatte, übergab ihn die Mutter der Großmutter und den Mägden, die in der Laube waren, und ging wieder fort, um bei dem Feuer nach zu sehen.

Die Männer rissen die letzten Balken herab. Der Gluthaufe, der über den Zimmern des Herrn und der Seinigen stand, würde die Decke durchgebrannt haben, da alles Spritzen mit Wasser nichts fruchtete; allein es war in der Zeit, als die Mutter in der Laube war, der Pfarrer mit den Kirchenleitern gekommen. Sie waren mit ihren eisernen Haken an die Mauerränder des brennenden Hauses gelegt worden, die Männer stiegen hinauf, und begannen mit Schürhaken die Glut hinab zu werfen. Sie wechselten hiebei ab. Da die Glut immer weniger wurde, wurde das hinauf gespritzte Wasser immer wirksamer, indem es zum Teile die Glut dämpfte, zum Teile dem ausgedörrten und geklüfteten Estrich wieder Feuchtigkeit gab, daß es die Hitze nicht so durchlasse und den Tragbalken keinen Schaden zufüge. Auf diese Weise wurden die Zimmer gerettet.

Da man den Gesindezimmern nicht zugleich die nämliche Hilfe zuwenden konnte, brannten wirklich einige ein. Als man aber die Herrenzimmer in Sicherheit wußte, wendete man sich jetzt auch dorthin, und tat dem Weitergreifen des Feuers Einhalt.
Hierauf wurden die Balken und Sparren, die rings um das Haus herum gestreut lagen und brannten, bei Seite gebracht und gelöscht. Und ehe Mitternacht gekommen war, war die Hauptsache vorüber. Nur das vorrätige Brennholz brannte noch mit stiller, aber heftiger Glut und Lohe weiter. Die Spritze vermehrte nur den Brand, da sich das Wasser zersetzte und das Brennen beförderte. Man hätte mit Schaufeln Erde auf das Feuer werfen können; aber die Hitze erlaubte nicht, sich so weit zu nähern, daß man mit Werfen das Feuer hätte erreichen können. Es blieb daher nur übrig, das Feuer zu umstehen, es zusammen brennen zu lassen, und nur zu sorgen, daß es sich nicht neuerdings weiter verbreite. Auch um alle Teile des Hauses wurden Wachen gestellt, daß kein Funke sich neu belebe oder weiter getragen werde. Der in der niedergebrannten Scheune stehende und rauchende Stock von Heu konnte zwar nicht gelöscht werden, wurde aber durch die Spritze in einer Grenze gehalten, daß das Feuer nicht lebhafter werde, und daß es endlich unter seiner Asche ersticke.
Da nun alles so weit gesänftigt und in eine Ordnung gebracht war, dachte die Mutter auch daran, die Kinder zur Ruhe zu bringen. Sie ging in die Laube, nahm ihr Kästchen, nahm die Kinder bei der Hand, und führte dieselben nach rückwärts in die Glashäuser. Weil man den Zustand der verschont gebliebenen Zimmer nicht kannte, hatte die Mutter die Glashäuser gewählt. Da Sommer war, und ein Teil der Blumen im Freien stand, so war in einem der Glashäuser hinreichend Platz. Die Mutter ließ durch die Mägde Betten, Decken und alles Notwendige aus den Zimmern bringen. Sogar Tischchen, Stühle und Schemel wurden herbei geschafft.
Bei dieser Gelegenheit sah man auch nach dem braunen Mäd-

chen. In der Verwirrung und Angst und in der Tätigkeit, die die Mutter noch bei dem Feuer anwenden mußte, hatte man auf das Mädchen nicht gedacht. Jetzt aber war es nirgends zugegen. Man ängstigte sich aber nicht weiter, es werde wieder fortgegangen sein, weil es nie in der Nacht in dem Hause geblieben war.

Es wurden nun die Betten teils auf den Bänken des Glashauses, teils auf der Erde gemacht, und als die Kinder gebetet hatten, wurde jedes unter sein Decklein gebracht, und sie sahen noch, wie das Feuer des Holzstoßes in den Tafeln des Glashauses glänzte, und entschlummerten dann sanft und beruhigt.

Auch die Mutter und Großmutter suchten auf kurze Zeit die Ruhe.

Mit der Morgenröte stand das braune Mädchen im Garten, und wartete. Die Kinder gingen zu ihm hinaus, und auch die Großmutter und die Mutter gesellten sich dazu. Man ging an alle Stellen. Der Garten war ein Viehstall; denn an den Bäumen waren Pferde, Ochsen, Kühe und Kälber angebunden und hatten Heu vor sich; denn es waren schon vor Tages Anbruch Nachbarn und andere Leute mit Wägen gekommen, und hatten Heu, Stroh und Lebensmittel gebracht; erschreckte Hühner liefen unter den Blumen und Gebüschen herum, und Schweine zerwühlten den Rasen. Die Mauern des Hauses waren schwarz und beschmutzt, der Sandplatz und der Rasen vor dem Hause waren schwarz wie ein Kohlenmeiler, die Stätte des Brennholzes war ein Haufen nasser Kohlen und Asche, und aus dem Heu stieg noch schwacher Rauch mit widrigem Geruche empor.

Als die Kinder alles gesehen hatten, ging die Mutter mit ihnen auf die Wiese hinaus, wo die Wägen standen, welche eine Beisteuer gebracht hatten, und bei denen noch die Leute waren, welche die Wägen hergeführt hatten. Die Mutter bedankte sich recht herzlich bei allen.

Dann machte sie bei ihren Leuten und bei denen, die bereitwillig zu helfen gekommen waren, Anstalten, was getan werden sollte.

Die Kinder hatten ihre Wohnung im Glashause, in welches man noch mehrere Sachen brachte, die gestern nicht notwendig gewesen waren.

Am Nachmittage kam der Vater. Er hatte in der Nacht die Feuerröte am Himmel gesehen. Er hatte gedacht, daß es bei ihm sein könnte, er gab seine Geschäfte einem Bevollmächtigten, und reiste ab. In der Nähe hatte er erfahren, daß sein Hof abgebrannt sei, und er mietete ein Pferd zum Reiten, daß er auf Fußwegen und näheren Feldwegen schneller nach Hause kommen könnte.

Als er seine Mutter, die Gattin und die Kinder gesehen hatte, als er erfahren hatte, daß kein Mensch bei dem Brande verunglückt sei, war er sehr freudig, und fragte nicht, was er noch weiter verloren habe.

Er schritt nun zur Ausbesserung des Schadens.

Zuerst mußten die Decken der Zimmer untersucht werden. Da sich die Tragbalken als gut auswiesen, und da sich gezeigt hatte, daß sie durch die Hitze und durch das zerklüftete Estrich nicht schadhaft geworden waren, noch auch durch Nässe gelitten hatten, zogen die Mutter, die Kinder und die Großmutter wieder in ihre Zimmer ein. Am anderen Tage wurde zur einstweiligen Abhilfe ein Notdach aus Brettern über das Haus gemacht.

Dann wurden alle Plätze vor dem Hause gereinigt, damit das Bild des Schmutzes und der Unordnung nicht mehr sichtbar wäre. Die Tiere wurden, da ihre wohlgewölbten und erhaltenen Ställe nun durch Lüftung vom Rauche und Gestanke befreit waren, wieder in dieselben getan. Das Heu ließ er vollkommen löschen, und dann in einem abgelegenen Orte auf einen Haufen tun, damit es sich zum Dünger verwandle. Er ließ auch die gebrochenen Fensterscheiben sogleich einschneiden, und dem Gesinde ersetzte er seinen Verlust reichlich, weil es sich so sehr zur Rettung seiner Wohnung hatte verwenden lassen.

Nachdem alles dieses geschehen war, fing man zu bauen an. Auf dem Hause wurden Sparren aufgezogen, und auf demselben waren Zimmerleute und hämmerten die Latten an, und waren Ziegeldecker und hingen die Ziegel ein. Der Vater ließ die Scheune völlig einwölben und die Zugfenster und Öffnungen mit eisernen Türen versehen, daß im Falle eines Feuers diese und die Tore geschlossen und das Feuer erstickt werden könne. Die Außenmauern wurden gereinigt, frisch angeworfen und getüncht. Das Weingelände, welches der Vater schon oft, weil die Reben in diesen Gegenden keine Trauben tragen, und die Ausschmückung des Hauses durch Weinlaub auch nicht so schön ist wie in anderen Ländern, hatte wegtun wollen, wurde jetzt nicht weggetan, sondern noch fester und schöner gemacht, und der Vorsatz gefaßt, die Reben recht zu pflegen. Das Schloß an der Tür der Kinderstube, welche auf den Gang geht, wurde mit einem neuen vertauscht, dessen Riegel nicht mehr vorspringen konnte. Die Holzlage wurde ebenfalls ein Gewölbe, das von allen Seiten mit eisernen Türen und Fensterladen zu schließen war. Das Leiterhäuschen wurde an einer sehr zugänglichen Stelle in dem Garten aufgerichtet, sein Dächlein wurde rot angestrichen, und unter ihm hingen die neuen Leitern wagerecht in allen Abstufungen der Länge. Der ganze Sommer verging mit Bauen, und als der Herbst gekommen war, stand das Haus schöner und stattlicher da, als es je gewesen war.

Wie das Feuer entstanden war, konnte nicht ergründet werden. Wahrscheinlich war irgend eine Unvorsichtigkeit schuld, da es in der Scheune ausgebrochen war.

Sie gingen heuer früher als gewöhnlich in die Stadt, weil mehreres zu besorgen war, und gingen unruhiger dahin als zu anderen Zeiten.

Aber keine Unruhe ging in Erfüllung. Als die Lenzlüfte wehten, kam man wieder zurück, und traf alles gut und wohlbehalten an.

Die Mutter hatte dem braunen Mädchen Stoffe gebracht, um

es recht schön zu kleiden, und gab ihm dieselben, indem sie es mit liebevollen und zärtlichen Augen ansah.

Der Vater und die Mutter hatten beschlossen, das braune Mädchen zu erziehen, und es demjenigen Glücke zuzuführen, dessen es nur immer fähig wäre. Man war sehr vorsichtig, daß man es nicht verscheuche, und man ließ es nur selbst gewähren, daß es immer mehr Zutrauen gewinne.

Es kam recht oft mit den Kindern, es kam von selber, und da es die neuen Kleider hatte, die dem Schnitte nach wie die alten gemacht waren, blieb es auch manchmal über Nacht da, wozu man ihm ein eigenes Bettchen hergerichtet hatte.

Von den Eltern des Mädchens vermutete man keinen Widerstand, weil man sah, daß sie sich so wenig um dasselbe kümmerten, weil sie es so in der Gegend herum gehen ließen, weil sie sich nie meldeten, da sie doch wissen mußten, daß das Kind oft in dem Hause sei, und da sie die neuen Kleider sehen mußten, die man ihm gegeben hatte.

An das Haus hoffte man es zu binden, indem man wie bisher die sanften Fäden der Liebe und Nachsicht walten ließ, bis sein Herz von selber in dem Hause sein würde, bis es nicht mehr fort ginge, und sein Gemüt ohne Rückhalt hingäbe.

Das Mädchen hatte früher schon vieles mit den Kindern gelernt, und man hatte es gefragt und es in das Gespräch gezogen, ohne daß es eine Absicht merkte, und hatte das Gelernte geordnet und erweitert. Jetzt traf man die Einrichtung, daß der junge Priester, der den Religionsunterricht der Kinder besorgte, zwei Mal in der Woche von der Pfarre herüber kam, um das Mädchen Gott und die Gebräuche unserer heiligen Religion kennen zu lehren. Die Mutter wiederholte die Lehre, und erzählte dem Kinde von heiligen Dingen.

Das Mädchen lernte sehr feurig, und so wie es den Kindern in körperlicher Fertigkeit und Gewandtheit voraus war, und sie es nachahmten, besonders Sigismund, so lernte es von ihnen wieder andere Dinge, wenn sie in den Zimmern beschäftigt waren, oder wenn sie sich bei der Mutter befanden, oder wenn

sie bei der Großmutter waren, oder mit ihr in der Gegend herum gingen.
So verflossen mehrere Jahre. Das braune Mädchen gewöhnte sich immer mehr an das Haus, es blieb immer da, und ging schier gar nicht mehr fort. Es lernte allerlei Arbeiten, wie sie die andern Mädchen machten, und verrichtete solche Dinge wie sie.
In die Stadt mit zu gehen, konnte es nicht bewogen werden. Es blieb im Winter immer bei der Großmutter.
Endlich brachte man es auch dahin, daß es weibliche Kleider trug. Die Mutter hatte die Stoffe dazu gekauft, diese wurden zu Kleidern verarbeitet und mit Bändern nach dem Gebrauche verziert.
Da es weibliche Kleider trug, war es scheuer, und machte kürzere Schritte.
Nach und nach wuchsen die Kinder heran, daß sie so groß wie die Eltern waren. Es waren nun drei Schwarzköpfchen. Da die Mutter ihre dunkeln Haare noch immer schön und glänzend bewahrt hatte, war sie das eine, Clementia war das zweite und das braune Mädchen das dritte. Blondköpfchen waren der Vater und Emma. Braunköpfchen war Sigismund allein. Auch ein Weißköpfchen war unter den Kindern vorhanden – die Großmutter. Ihre Haare, die grau waren, waren endlich so weiß geworden, daß, wenn eine Locke neben der Krause der weißen Haare zufällig hervor schaute, sie von derselben nicht zu unterscheiden war.
Emma war eine schöne Jungfrau geworden, die ernsthaft blickte, blaue Augen im stillen Haupte trug, die Fülle der blonden Haare auf den Nacken gehen ließ, und wie ein altdeutsches Bild war. Clementia war rosig und zart, und das süße Feuer der schwarzen Augen schaute unter den schwarzen Haaren aus der Tiefe der Seele. Sigismund war mutig, heiter und frei, er war wirklich ein Mund des Sieges; denn wenn seine Rede tönte, flogen ihm die Herzen zu.
Es kamen aus der Nachbarschaft Leute, Jünglinge und Mäd-

chen, selbst aus der fernen Hauptstadt kamen Bekannte, die Bewohner des abgelegenen Hofes zu besuchen. Alle waren fröhlich, nur das braune Mädchen nicht. Seine Wangen waren, wie wenn es krank wäre, und sein Blick war traurig. Wenn alle freudig waren, saß es im Garten, und schaute mit den einsamen Augen um sich.

Eines Sommers an einem sehr schönen Tage, da Fremde da waren, da man in dem großen Saale des Hauses Tanz, Klavierspiel, Pfänderspiele und städtische Vergnügen trieb, gingen Vater und Mutter gegen die Sandlehne zurück. Dort lag auf einem Sandhaufen in seinen schönen Kleidern das braune Mädchen und schaute mit den verweinten Augen gegen die Erde. Die Mutter näherte sich und fragte: »Was ist dir denn?« Das Mädchen erhob sich ein wenig, und da Vater und Mutter sich auf ein Bänkchen neben dem Sandhaufen nieder gelassen hatten, saß es ihnen gleichsam zu Füßen.

»Liebes, teures Mädchen,« sagte die Mutter, »betrübe dich nicht, alles wird gut werden, wir lieben dich, wir geben dir alles, was dein Herz begehrt. Du bist ja unser Kind, unser liebes Kind. Oder hast du noch Vater und Mutter, so zeige es uns an, daß wir auch für sie tun, was wir können.«

»Sture Mure ist tot, und der hohe Felsen ist tot«, sagte das Mädchen.

»So bleibe bei uns,« fuhr die Mutter fort, »hier ist deine Mutter, hier ist dein Vater, wir teilen alles mit dir, was wir haben, wir teilen unser Herz mit dir.«

Bei diesen Worten brach das Mädchen in ein Schluchzen aus, das so heftig war, daß es dasselbe erschütterte, und daß es schien, als müsse es ihm das Herz zerstoßen. Es fiel plötzlich mit dem Angesichte gegen den Sand nieder, es drückte mit den Händen ein Teilchen von dem Saume des Gewandes der Frau in einen Knauf zusammen, und preßte diesen Knauf an seine Lippen. Da es nach einem Weilchen die Hand der Frau auf seinen dichten, dunkeln, schönen Locken spürte, die dort ruhte und freundlich drückte, sprang es auf, hob die Arme, die nun nicht mehr so voll und glänzend waren, auf, schlang sie fest um den Nacken der Frau, küßte sie auf die Wange, als müßte es Lippen und Zähne in dieselbe eindrücken, und weinte fort, daß die Tränen über die Wange der Frau herab flossen und ihr Kleid benetzten. Als sich dieses nach und nach löste, als das Mädchen das Haupt zurück bog und nach dem Vater sah, als es merkte, daß es dieser bei der Hand halte, daß er aber nicht sprechen könne, weil seine Augen im Wasser schwammen: da konnte es auch nicht mehr sprechen, seine Lippen bebten, sein Herz hob sich krampfhaft in kurzen Stößen, und so ging es hinter die Glashäuser zurück.

Der Vater und die Mutter wollten dem Mädchen nicht folgen, damit es sich einsam beruhigen könnte. Sie dachten, es werde sich geben.

Aber es gab sich nicht. Sie sahen das Mädchen über die Sandlehne empor gehen, und sahen es seitdem nie wieder.

Da eine Zeit vergangen war, ohne daß das braune Mädchen erschien, meinten die Eltern und Kinder, es sei nur fort gegangen, und bleibe länger aus, als man jetzt glauben sollte; aber als das Ausbleiben bedenklicher wurde, stellte der Vater Nachforschungen an, und da das Mädchen immer nicht kam, wurden diese Nachforschungen mit allen Mitteln, die es nur gab, betrieben. Aber sie waren wie die früheren ohne Erfolg. In der Nähe kannte man das Mädchen als ein solches, das immer zu den Kindern auf den Hof kam, und betrachtete es fast als ein Mitglied der Familie; in der Ferne wußte man gar nichts von ihm. Alle Bewohner des Hauses, Vater, Mutter, Kinder, Großmutter, waren betrübt, und die Wunde wurde immer heißer.

Aber als Monate und Jahre vergangen waren, milderte sich der Schmerz, und die Erscheinung sank wie andere immer tiefer in das Reich der Vergangenheit zurück.

Aber vergessen konnte man das Mädchen nie. Immer redeten alle, besonders die Kinder, von ihm, und als schon viele Jahre vergangen waren, als die Großmutter schon gestorben war, als der Vater schon gestorben war, als die Mutter eine Großmutter war, als die Schwestern Gattinnen in fernen Gegenden waren: war es Sigismund, wenn er auf den Anhöhen stand, wo jetzt das Bächlein mit den grauen Fischlein recht klein geworden war, wo der hohe Nußberg recht klein geworden war, als husche der Schatten des braunen Mädchens an ihm vorüber, er fühlte ein tiefes Weh im Herzen, und dachte: wie oft mußte es herüber gekommen sein, wie oft mußte es einsam gewartet haben, ob seine Gespielen kämen, und wie hat es seinen Schmerz, den es sich in der neuen Welt geholt hatte, in seine alte zurück getragen. Er dachte: wenn dem Mädchen nur recht, recht viel Gutes in der Welt beschieden wäre.

BERGMILCH

In unserem Vaterlande steht ein Schloß, wie man in manchen Gegenden sehr viele findet, das mit einem breiten Wassergraben umgeben ist, so zwar, daß es eigentlich aussieht, als stünde es auf der Insel eines Teiches. Von solchen Verteidigungsmitteln sind gewöhnlich diejenigen Schlösser umgeben, die auf Flächen liegen, also das Verteidigungsmittel des Wassers haben, aber dafür desjenigen entbehren, das ihre stolzen Schwestern auf hohen Bergen und schroffen Felsen besitzen. Sie müssen die geringere Sicherheit, die ein Wassergraben gibt, noch mit feuchter Luft, mit Fröschequaken und Fliegenungeziefer erkaufen, während ihre erhabenen Schwestern zu dem größeren Schutz der hohen Felsen noch die reine Luft und die Aussicht als Zugabe erhalten. Dafür können die ersten sich gegen Winterstürme in ein ganzes Bett von Bäumen verhüllen, während die letzten dem Anfalle der Winde so hingegeben sind, wie ein Kiesel im Flusse dem ewigen Glätten durch Wasser. Seit aber unsere Mitmenschen nach und nach den Harnisch abgelegt haben, seit das Pulver erfunden worden ist, gegen welches ein Wassergraben und ein hoher Fels nichts nützt, ziehen sich die Mächtigeren von den Bergen und aus den Teichen heraus, und lassen die Trümmer wie ein abgelegtes zerrissenes Kleid auf ihrem früheren Platze stehen. Wer aber nicht so mächtig und reich ist, der muß sein früheres Haus bewohnen, und sich gegen die schlechten Einflüsse so gut als möglich zu sichern suchen. So sieht man noch manches bewohnte Schloß in seinem Teiche wie einen Fehler der Zeitrechnung stehen, und manches mit verwahrten Fenstern und Fensterläden von einem Felsen hernieder schauen. In dem einen versumpft das Wasser immer mehr, in dem andern wird die Wetterseite preis gegeben, und die Zimmer ziehen sich tiefer zurück.

Unser zu Anfang dieser Zeilen erwähntes Wasserschloß heißt Ax. Es ist von den Besitzern in neuerer Zeit etwas getan worden, um die Lage zu erleichtern. Es ist statt der früheren Bogenbrücke, die immer ausgebessert werden mußte, und die an dem Schloßtore gar in eine Zugbrücke endete, an welcher es stets Anstände gab, ein großer, fester Steindamm gebaut worden, auf dem eine mit runden Kieseln gepflasterte und mit Mauern eingefaßte Straße läuft, auf welcher man in geräumigen Wägen oder zu Pferde lustig in gerader Richtung von dem Schlosse weg sprengen kann, während es früher not tat, daß man sogar mit einem Schubkarren sehr sachte fuhr, daß Zug- und Bogenbrücke nicht beschädigt würde. Der Großvater des letzten Besitzers hat sogar mit vielen Tausenden von Fuhren von Steinen und Erde aus seinem Anteile im Axwalde den Teich hinter dem Hause ausfüllen lassen, hat Erde aufgeführt, hat Bäume gepflanzt, und hat so den Garten seiner Wohnung unmittelbar an das Gebäude angestoßen. Er hat dadurch der Festigkeit des Schlosses, wenn es einer bedürfen sollte, nichts genommen; denn der Garten ist mit einer sehr hohen, sehr alten, sehr dicken und aus Steinen gebauten Mauer umgeben, die ein Gittertor aus starkem Eisen hat, das auf das Feld hinaus führt.

Der Nachfolger hatte nichts getan, und der letzte Besitzer, der ein Junggeselle geblieben ist und gar keine Verwandten hatte, so daß er nicht einmal wußte, wem er sein Gut vermachen sollte, hat gar keine Neigung verspürt, das Erbe seiner Ahnen irgendwie zu verändern. Und so stand das Gebäude noch da, wie es zu Großvaters Zeiten gewesen ist, es hatte vor den Fenstern noch das Wasser aus den Ritterzeiten und aus dem Bauernkriege, und atmete noch die Sumpfluft, und erlitt noch das Froschgequaker und das Mückenstechen, wie es die Ritter und Bauern gelitten hatten, die hier gehaust und gekämpft hatten.

Das Schloß hat allerlei Rundungen, Brustwehren, dicke Mauern, kleine Schießlöcher und Dinge, die wir heute nicht mehr begreifen, die aber ein solches Gebäude einst sehr fest machten, und heute, namentlich in den Augen junger Leute, ihm ein sehr geheimnisvolles und merkwürdiges Ansehen geben, besonders wenn noch eine Armschiene oder ein Helm in irgend einem Winkel des Hauses gefunden wird. Was aber unserm Schlosse ein besonders auffallendes Ansehen gibt, ist ein runder, sehr dicker und sehr hoher Turm, der gar kein Fenster und also im Innern nur finstere Räume hat, der statt eines Daches mit Steinen gepflastert ist, die das Regenwasser in einer Rinne an einer Stelle ablaufen lassen, und die mit einer vier bis fünf Fuß hohen Mauer als Brustwehre umgeben sind. Der Turm hat wahrscheinlich, weil das Schloß in der Ebene liegt, als Warte, als Lug ins Land und bei Belagerungen als Verteidigungsmittel gedient. Jetzt sind in seinen inneren Räumen, die wegen der Dicke der Steinmauern sehr kühl sind, alle Gattungen von Grünwaren, Gemüsen, Kartoffeln, Rüben, selbst Wein und Bier aufbewahrt, denen man an kühlen Tagen Luft durch geöffnete Zuglöcher zulassen kann. Die Höhe des Turmes dient jetzt bloß mehr zur Aussicht, welche aber leider nur in eine große, fruchtbare Ebene geht.

Der letzte Besitzer hat, wie wir sagten, nie geheiratet. Er war der einzige Sohn seines Vaters, von der Mutter etwas verzogen und von der Natur widersprechend ausgestattet. Während er nämlich ein wunderschönes Angesicht und einen sehr wohlgebildeten Kopf hatte, war der übrige Körper zu klein geblieben, als gehörte er jemand anderem an. Er hieß im Hause seines Vaters der Kleine, obwohl es einen größeren nicht gab, da er der einzige war. Er fuhr aber auch fort, der Kleine zu heißen, da er schon dreißig Jahre alt war, und man nicht mehr daran denken konnte, daß er noch wachse. Er hieß auch auf der lateinischen Schule und auf der Universität der Kleine. Mit diesem Widerspruche der Körperteile war noch einer der Geistesvermögen verbunden. Er hatte ein so reines Herz, im Alter fast noch knabenhaft rein, daß er die Liebe und Verehrung der Edelsten erworben hätte, er hatte einen klaren, sicheren Verstand, der mit Schärfe das Richtige traf und den Tüchtigsten Achtung eingeflößt hätte: aber er hatte auch eine so bewegliche, lebhafte und über seine anderen Geisteskräfte hinaus ragende Einbildungskraft, daß sie immer die Äußerungen seiner andern Geistestätigkeiten zu Schanden und sich in struppigen, wirren und zackigen Dingen Luft machte. Wäre sie bildend gewesen, so wäre er ein Künstler geworden; aber sie blieb nur abschweifend, zerbrochen und herumspringend, so daß er Dinge sagte, die niemand verstand, daß er witzig war, daß er lächerlich wurde, und vor lauter Plänen zu keinem rechten Tun kam. Daraus folgte, daß in seinem Leben nur Anfänge ohne Fortsetzung und Fortsetzungen ohne Anfänge waren.

Er wurde einmal, da sein Vater und seine Mutter schon tot waren, der Gegenstand großer Zuneigung eines Mädchens. Er liebte das Mädchen so sehr, daß kein Wesen auf der Erde war, dem er eine gleiche oder nur annähernde Neigung hätte schenken können. Es schienen also alle Bedingungen zu einer glücklichen Vereinigung vorhanden zu sein. Aber einmal machte er sich in Gesellschaft vieler Menschen durch seine Reden und Wortsprünge so lächerlich, daß das Mädchen mit Glut und Scham übergossen da saß. Er schrieb des andern Tages an seine Braut, daß er ihrer unwürdig wäre, und daß er sie nicht unglücklich machen könne. Alle Zuredungen seiner Freunde waren umsonst, das Mädchen bereute bitter seine Empfindung und beweinte den Tag: aber es war vergebens, und die Verbindung blieb getrennt.

So kam er nicht dazu, seine Gaben, besonders sein Herz zu verwerten, und lebte vereinzelt dem Alter entgegen.

Da er einmal entschlossen war, sich nicht mehr zu verehlichen, machte er es sich zur Aufgabe, sich seinen künftigen Erben zu suchen. Das Gut, das außer dem Schlosse in liegenden Gründen, besonders Wäldern, bestand, und die landesüblichen Bezüge hatte, war einst ein landesfürstliches Lehen gewesen, war aber in Folge großer Verdienste eines Ahnherrn mit Abfindung entfernter Anwärter in wirkliches Eigentum übergegangen. Der Schloßherr, wie sie ihn in der ganzen Gegend nannten, konnte also mittelst Testament über das Gut verfügen. Er wollte aber der gesetzlichen Erbfolge zugetan bleiben, wollte dem, der ihm, wenn er ohne Testament stürbe, gesetzlich folgen würde, auch testamentlich seine Nachlassenschaft zuwenden, nur wollte er den Erben vorher kennen lernen, ob er der Erbschaft auch würdig wäre.

Er schlug also das Ahnenbuch auf. Abkömmlinge von ihm waren natürlich nicht da. Also zu Geschwistern. Die waren ebenfalls nicht da. Also zu den Vorfahren. Vater und Mutter waren tot, beide hatten keine Geschwister. Also zu den Großeltern. Der einzige Großvater väterlicherseits hatte einen einzigen Bruder, dessen nachkommende Linie aber erloschen war. Also zu den Urgroßeltern. Alle von ihnen abwärts gehenden Linien, die er in dem Buche verzeichnet fand und in den Ländern erforschte, reichten nicht in die Gegenwart. Ihr Erlöschen war ämtlich belegt. Er ging eine Stufe höher, die Sache wurde immer schwieriger. Aber alle Linien, die von allen Stufen, sie mögen wie hoch immer sein, hinab liefen, rissen ab, ihr Abriß war beurkundet, und er kam endlich dort an, wo nichts mehr zu wissen ist, und wo keine Abstammung mehr erhellt oder erweislich ist. Nachdem er so viele Reisen gemacht, nachdem er einen Teil seins Lebens damit zugebracht, nachdem er sogar in den Zeitungen einen Aufruf hatte ergehen lassen, wer mit ihm verwandt sei, möge sich melden, und nachdem manche gekommen waren, aber keinen Beweis hatten beibringen können, gelangte er zu der traurigen Entdeckung, daß er ganz und gar keinen Erben besitze.

Er wollte daher wenigstens für den Fall sorgen, wenn er schnell und unversehens von der Erde genommen würde, und setzte aus Vaterlandsliebe den Kaiser zum Erben ein. Er tat das Testament in die Lade seines Schreibtisches.

Wenn er es auch aufgegeben hatte, sein Herz noch an eine Frau zu hängen, so war dies nicht auch mit Freunden der Fall. Er hatte solche immer gehabt, und da er alt wurde, bekam er derselben noch mehr. Ja sogar die Frauen wurden ihm wieder zugetaner, freilich nicht in dem Sinne, daß sie ihn hätten ehlichen wollen; denn da er älter wurde, stachen seine Wunderlichkeiten, obwohl sie noch größer geworden waren, nicht mehr so hervor, ja sie wurden, da sie von Witz und Einbildungskraft unterstützt wurden, zur Lebhaftigkeit, die einen alten Mann ganz besonders ziert, und er wurde überall liebenswürdig geheißen. Auch seine körperliche Nichtstimmung verschwand, da man Schönheit und Übereinstimmung bei einem Alten nicht suchte.

Unter seinen Freunden war der erste und geliebteste sein eigener Verwalter. Schon in früher Jugend – und er ist sehr früh zum Besitze seines Vermögens gelangt – sah er ein, daß er durch seine Einbildungskraft sich zu Versuchen, stetten Abänderungen, ja zu Vernachlässigungen seines Anwesens hinreißen lasse, die namentlich im Landbaue stets von schlechten Erfolgen begleitet sind. Daher sah er sich nach einem jungen Manne um, der ihm sein Vermögen verwalten könnte, und weil er mit seinem Verstande sehr gut die Eigenschaften anderer Menschen abzuschätzen wußte, so gelang es ihm auch, einen sehr tüchtigen zu finden. Er erwarb ihn als Vorstand seiner Güter mit einem sehr anständigen Gehalte und mit der Bedingung, daß er sich von niemanden etwas einreden lasse, am allerwenigsten von ihm selber. Der Vertrag wurde unterzeichnet, und die Männer fuhren recht gut mit einander. Der Verwalter verstand seine Sachen trefflich, machte das Gut nach und nach immer besser, verliebte sich in dasselbe, betrachtete es und behandelte es zuletzt wie sein eigenes, und gewöhnte sich, zu seinem Herrn zu sagen, er solle sich nicht in fremde Sachen mischen; nur daß sie Geld und Geldsachen in einer eigenen Truhe behandelten, zu der jeder einen Schlüssel hatte, daß sie das Geld wie das eines Dritten ansahen, und sich ihre Bezüge davon auszahlten. Der Verwalter hatte auch seine Wunderlichkeiten, und ging namentlich in die Bücher und politischen Ansichten seines Herrn ein, so daß sie sich liebten, daß der Schloßherr immer auf seinem Schlosse blieb, und daß der Verwalter keine bessere Stelle verlangte. Beide schienen dasselbe Los des nicht verehlichten Lebens gezogen zu haben.

Aber wie die Schicksale der Menschen wandelbar sind, der Verwalter geriet noch in seinen vorgerückteren Jahren in die Fallstricke eines Mädchens, und heiratete es.

Nun kam ein ganz seltsames Verhältnis über den Schloßherrn. So wie der Verwalter sich als Eigentümer des Gutes betrachtete und selbes so behandelte, so betrachtete sich der Schloßherr als verheiratet. Wenn sein Verwalter immer auf den Feldern, Wiesen, in den Wäldern war und sagte: mein Haber, meine Bäume, mein Holz, mein neugekauftes Feld; so war der andere immer in dem Schlosse und sagte: unser Kasten, unsere Aussicht, unsere neuen Geräte, unsere Kinder.

So wie der Verwalter und der Schloßherr früher immer an demselben Tische gespeist hatten, so blieb es auch jetzt, und der Schloßherr speiste mit der Familie des Verwalters. Da einmal Kinder kamen, da zeigte es sich recht, wie sehr der Schloßherr zu dem Familienleben geeignet gewesen wäre; denn er war ein Kinderfreund, und die Kinder merkten das sehr bald, und es kam die Tatsache zum Vorscheine, daß alle viere zu dem Schloßherrn du sagten, es war ihnen mit aller Strenge nicht abzugewöhnen, er war froh darüber, und wäre betrübt geworden, wenn es ihnen abzugewöhnen gewesen wäre. Die Schloßbewohner wohnten alle in demselben Flügel, und wenn ein Fremder gekommen wäre, der die Verhältnisse nicht gekannt hätte, so würde er geglaubt haben, der Schloßherr sei ein alter Verwandter, der unter seinen Angehörigen seine letzten Tage zubringe.

Das erste Kind, welches dem Verwalter geboren wurde, war ein Mädchen. Es bekam den Namen Ludmilla. Der Schloßherr wollte es nicht so nennen, er nannte es nur immer abgekürzt Lulu.

Das zweite Kind war ein Knabe, Alfred, das dritte ein Mädchen, Clara, und das vierte ein Knabe, Julius.
Damit war die Reihe abgeschlossen, es erschienen keine mehr. Lulu wuchs heran. Sie bekam die verständigen, ruhigen braunen Augen ihres Vaters und den lieblichen Mund der Mutter. Und wie sie waren alle Kinder das eine oder andere Gemisch ihrer Eltern.
Sie begannen heran zu wachsen, der Schloßherr führte sie aller Orten herum, hatte seinen Stolz über sie, nahm stets immer ihre Partei gegen die Eltern und hätte sie, wären nicht andere treffliche Eigenschaften und Umstände ins Mittel getreten, vollständig verzogen.
Einer dieser Umstände war die Mutter selbst. Sie war eine gelassene, vernünftige Hausfrau mit einem wohlwollenden Herzen. Sie waltete in Reinlichkeit, Ordnung und Sittsamkeit im Hause, und diese Eigenschaften verstand sie in einem gewissen Grade auch ihrem Gesinde einzupflanzen und daher auch den Kindern. Sie zankte nie, war aber unermüdlich, dieselbe Sache so oft zu befehlen und tun zu lassen, bis sie dem damit Beauftragten zur Geläufigkeit und Gewohnheit war. Durch die Gleichheit und Heiterkeit ihres Wesens kam Gleichheit und Heiterkeit in die Kinder, durch Abwesenheit jedes Harten, Rohen und Unziemlichen wurden sie fein und anständig, und besonders war es die Scham, etwas Unrechtes zu tun, was ihnen ein Beistand war, und das Erröten war eine harte Strafe, weil die Mutter selbst mit großem Ernste allem aus dem Wege ging, was sich nicht schickte.
Ein zweiter Umstand war der Vater. Die größte Rechtlichkeit und Biederkeit in seinem Wesen verfehlte nicht, auf die Kinder, selbst da sie noch sehr klein waren, einen großen Eindruck zu machen. Er war ihnen das Bild der Vollkommenheit und des Wissens, und als ihnen von dem Vater im Himmel erzählt wurde, dachten sie sich denselben so wie ihren Vater auf Erden, nur älter. Sie hatten vor dem freundlichen Vater, der nie einen Verweis, sondern höchstens einen Rat gab, mehr

Furcht und Scheu als vor der oft rügenden und ermahnenden Mutter.

Der dritte Umstand war der Lehrer der Kinder. So wie der Schloßherr sich mit Umsicht einen Verwalter ausgesucht hatte, so suchte sich der Verwalter mit Umsicht einen Lehrer aus. Er brachte einen Mann in das Haus, der in den Jahren schon etwas vorgerückt, ruhig und ernst war, und von dem der Verwalter wußte, daß er die Kinder bald sehr lieben würde. Er hatte einen kleinen Gehalt von einer frühern Erziehung her, von dem er, da er unverehlicht war, hätte leben können; aber das Erziehen war ihm so zur Natur geworden, daß es ihm eine große Freude gewährte, daß ihm der Verwalter den Antrag machte, und daß er die Last wie ein Geschenk hinnahm.

Der Mann stimmte zu den beiden anderen Männern in Gutem und Törichtem so, daß die Leute halb im Ernste, halb im Scherze sagten: »Nun, der hat ihnen noch gefehlt.«

Er sagte nach kurzer Zeit gleichfalls wie die zwei andern Männer: »Mein Hauswesen, meine Kinder.«

Die Kinder liebten ihn sehr, aber sie neckten ihn nie, was sie mit dem Schloßherrn öfter taten. In verschiedenen Abstufungen hatten alle drei Männer etwas Sonderbares, was die Kinder aber nur bei dem ausgezeichnetsten, bei dem Schloßherrn merkten. Die Mutter allein war die immer klare und einfache.

Als Lulu heran wuchs, als sie sehr schön und lieb zu werden versprach, als sie die großen Augen demütig niederschlug, die Wimpern darüber hinab zielten und nicht mehr so oft wie früher sich vorlaut erhoben, als endlich auch noch das Letzte eintrat, nämlich ein oftmaliges heißes Erröten ohne Grund und Ursache: da schlich sich der Schloßherr einmal leise auf sein Zimmer, riegelte hinter sich die Tür zu, ging heimlich zu der Lade seines Schreibtisches, tat sie auf, nahm das Testament heraus, in welchem er den Kaiser zum Erben eingesetzt hatte, und durchstrich es ganz und gar. Dann schrieb er emsig ein neues, und setzte Lulus Namen hinein. Er warf den andern drei Kindern Vermächtnisse aus, die Lulu auszuzahlen hatte, wodurch sie Lulu zwar näher kamen, aber sie doch nicht erreichten. Als er das getan hatte, ging er mit einem glänzenden Angesichte in den Garten, als hätte er einen Schabernack verübt und freue sich auf dessen Bekanntwerden. Um gar kein Aufhebens zu machen und keine Vermutungen und kein Gerede zu veranlassen, ließ er keine Zeugen unterfertigen, sondern tat unserm Gesetze, das er gut kannte, damit Genüge, daß er am Eingange schrieb: ›Mit meiner eigenhändigen Schrift und Unterschrift.‹

Dennoch hätte Lulu einmal seine Gunst und wahrscheinlich auch die Erbschaft, von der sie nichts wußte, vom Grunde aus verscherzt, hätte sie ihn nicht ohne ihr Wissen bereits so unterjocht gehabt, daß er sich nicht mehr aus der Sklaverei zu befreien vermochte.

Es waren jene traurigen Tage eingetreten, in denen ein auswärtiger Feind den Boden unsers Vaterlandes betrat, lange und wiederholt da verweilte und durch Schlachten ihn verwüstete, bis er durch jene ruhmwürdigen Anstrengungen großer Männer, an denen unser Vaterland einen glänzenden Anteil nahm, aus allen Fluren, wo man die deutsche Sprache spricht, wieder verjagt wurde.

Schon bei dem Beginne der französischen Kriege kamen die drei Männer in die größte Aufregung. Sie waren insgesamt sehr eifrige Vaterlandsfreunde, ließen an den Franzosen nichts Gutes gelten, wünschten sie nur bald geschlagen, aufgerieben, vernichtet und zu Grunde gerichtet. Am weitesten ging hierin der Schloßherr, der in dem Angriffe gegen unser Land geradezu die unverzeihlichste Schandtat erblickte, was sich schon aus seiner Anhänglichkeit an den väterlichen Boden und aus der Tatsache erklären ließ, daß er, ehe ihn sein Herz anders verleitete, für seine Erbschaft keinen würdigeren Erben zu finden gewußt hatte als den Kaiser. Er meinte, die Franzosen seien bloß Räuber und Mörder, man müsse sie ausrotten wie Ungeziefer, und jeden und alle, wo sie sich blicken ließen, erschlagen, wie man einen Wolf erschlage, wenn er durch die

Felder in den Hof herein gerannt komme. Nicht einmal in dem Himmel gab er ihnen einen Platz, sondern jeder mußte in die Hölle. Ob er mit dem Erschlagen, wenn es dazu gekommen wäre, rechten Ernst gemacht hätte, weiß man nicht, da bisher keine Gelegenheit war, sein Wesen bis zu tätigem Ingrimme empor zu steigern.

Als die Franzosen Fortschritte machten, wurde es noch ärger, die Männer redeten von nichts als Zeitungen, Nachrichten und dergleichen, und führten grausame Worte in dem Munde. Die Kinder wußten von nichts, sie hatten damals nur die Obliegenheit zu wachsen, und waren die einzigen, die von den Ereignissen unberührt blieben.

Die Mutter war in einer schmerzlichen Lage. Sie konnte jene hohe Freude nicht teilen, die die Männer über jeden Vorteil hatten, den die Unsrigen errangen, sie fühlte nur die Wunden, die geschlagen wurden, ob sie auch dem Feinde galten, und wenn sie auch wünschte, daß Friede würde, und unsere Fluren von dem Feinde befreit wären, so wünschte sie das nicht durch Erschlagen aller Feinde, sondern nur durch ihr Vertreiben, und sie konnte es sich nicht verhehlen, daß es ihr sehr widrig sei, daß vernünftige Wesen ihren Streit nicht in Vernunft und nach Gerechtigkeit austragen können, sondern daß sie sich gegenseitig dabei töten, und sie schalt die Wildheit der drei Männer, welche auch nicht mehr die Tatsachen rechts und links sähen, sondern nur den Feind im Auge hätten, auf den sie blind los rennen wollten.

So waren die Sachen endlich zu jenem Stande gediehen, da unsere Truppen, auf unserem Boden geschlagen, sich nach Norden zogen, um dort noch tiefere und schmerzlichere Wunden zu empfangen, bis das Maß voll war, bis das Gericht eintrat, und der Übermut und die Willkür wieder in ihre Grenzen zurück geworfen, ja dort hart gestraft werden sollte. Als unsere Truppen sich damals vor dem Sieger zurückzogen, geschah es zum ersten Male, daß auch eine Abteilung unserer Kriegsmacht, und zwar eine Hauptabteilung, in die Gegend kam, in welcher das Schloß lag. Den ganzen Tag waren Truppen gezogen, Richter, Geschworne, Gemeindemänner hatten zu tun, Vorspann und Wegezeigung mußte geleistet werden, und jedes Haus gab, was es vermochte. Die Bewohner der Umgegend hatten herbeigebracht, was sie konnten, und hatten es auf dem Platze des Dorfes aufgehäuft.

Gegen Abend kam eine Abteilung Russen. Sie schienen nicht mehr weiter gehen, sondern hier Nachtruhe halten zu wollen. Sie schienen aber ihrer Sache nicht sehr gewiß zu sein, und schickten sich an, große Vorsichtsmaßregeln zu treffen. Sie zerstreuten sich nicht, wurden nicht in die Häuser verlegt, und brachen ihre kriegerisch eingeteilten Glieder nicht ab. Von der Umgegend mußte Stroh herbeigebracht werden, das an jener Stelle zum Bette diente, an welcher der Schlummernde aufspringen und sogleich auf seinem Platze stehen konnte. Die Wachenden waren zur Übersicht und Warnung versendet und ausgestellt. Manche Abteilungen lagen weiter zurück in den Feldern, und alle waren nach gewissen Anordnungen verteilt. Die Bewohner mußten Lebensmittel, Brennbedarf und andere Dinge herbeischaffen und an bestimmte Stellen abliefern. Sie durften aber nicht zwischen den Gliedern herum gehen, sich nicht in die kriegerischen Anordnungen eindrängen und etwa da Unordnung anrichten. Sie hatten Befehl, wenn die Dämmerung eingetreten wäre, ihre Wohnungen nicht mehr zu verlassen.

Daß das alles die größte Aufregung unter den Bewohnern hervorbrachte, läßt sich denken. Sie gaben ihre Beiträge gerne, sie hätten alles gegeben, wenn sie den Sieg hätten auf unsere Seite bringen können; aber sie waren unruhig, was die Nacht, was der kommende Tag bringen könnte. Daß kein einziger an Ruhe dachte, ist begreiflich.

Der Schloßherr hatte seine Vorratskammer, seine Speicher, seine Küche und seinen Keller geöffnet, er gab mehr, als gefordert wurde, und er sandte unter Tags Knechte mit Wägen an entfernte Stellen seines Gutes, wo er Scheunen und Ge-

treideböden hatte, um Vorrat herbei zu führen, wenn etwa der folgende Tag noch etwas in Anspruch nehmen sollte.
So war die Nacht herein gebrochen. Sie war dunkel, weil es später Herbst war, und weil tiefe Wolken den Himmel bedeckten.
In den Häusern des Dorfes waren Lichter, weil die Leute nicht schlafen gingen. Es war stille, nur daß ein gedämpfter Ruf der Wachen oder das Klirren und der Stoß einer Waffe die Ruhe zuweilen unterbrach.
Die ganze Familie des Schlosses, selbst Gesinde eingerechnet, war in der sogenannten Gartenhalle untergebracht. Die Gartenhalle ist ein großes Gemach und heißt deshalb so, weil es rückwärts gegen den Garten liegt. Es ist gewölbt, hat sehr starke, dicke Steinmauern, die Fenster sind mit eisernen Stäben versehen, und die Geräte sind sehr alt und sehr stark. Man kam gerne im Sommer dahin, weil das Gemach kühl war, und weil die grünen Zweige sehr anmutig an den Fenstern spielten. Im Winter war es häufig an den langen Abenden der Aufenthalt der Mägde, die da spannen oder andere Arbeiten verrichteten, weil es sich gut heizen ließ, und nicht selten geschah es, daß die Verwalterfamilie, der Schloßherr und der Lehrer herab kamen, man versammelte sich um den Ofen, und geriet öfter in das Erzählen von Märchen und Geschichten.
Daß man gerade heute dieses Gemach zum Aufenthalte gewählt hatte, war das Werk des Vaters. Wenn es doch zu etwas kommen sollte, und Kugeln fliegen würden, war man hier für die ersten Augenblicke am sichersten. Gegen das Dorf und den Teich hin war man durch die ganze Dicke des Schlosses gedeckt, gegen die Seiten schützte die halbe Schloßlänge, weil das Gemach in der Mitte lag, und gegen den Garten der Garten, der sehr lang war, und daher den Lauf einer Kugel schwächte, und der in der Nähe der Fenster des Gemaches seine dicksten und dichtstehendsten Bäume hatte, die sie auffangen konnten. Man hatte beschlossen, die ganze Nacht da zuzubringen. In keinem anderen Teile des Schlosses war ein

Licht. Nur ein paar Knechte, die in dem Meierhofe waren, hatten eins in ihrer Stube, das aber bald erlosch, da sie schlafen gingen. Die Mägde aber waren alle in der Gartenhalle und spannen.

Als man sich in die Lage gesetzt hatte, die jedem zusagte, als die zwei kleineren Kinder eingeschlafen waren, die zwei größeren in der Nähe der Mutter bei dem Ofen sich zusammen gekauert hatten, und die Spinnräder schnurrten, kam man wieder ins Erzählen, aber heute mit Eifer in das der Kriegsereignisse, und zwar noch dazu in die Färbung, wie sie der Leidenschaft eines jeden zusagte.

Als der Lehrer eine vergleichende Tatsache aus der alten Geschichte erzählt hatte, sagte der Schloßherr: »Da machten es die Tiroler noch besser und heißer; als die Franzmänner durch das Tal der Gleres herunter zogen, war kein Mensch in dem Dorfe. Die Männer waren mit ihren Stutzen in die Steine hinauf gegangen, die zu beiden Seiten der Straße empor ragen, und die Weiber und Kinder waren noch viel höher in den Wald und gar bis gegen den Schnee hinan gebracht worden. Nur ein achtzigjähriger Zimmermann, der keinen Freund und keinen Feind hatte, war im Dorfe zurückgeblieben. Er stand hinter seiner Scheuer, und hatte den Stutzen geladen. Als die schneeweißen Mäntel kamen – denn die Reiterei der Franzosen hatte weiße Mäntel, und war in der Vorhut – hielt er den Atem an, und gebrauchte die Augen. Der beste Federbusch, der in der Mitte wehte, schien dem Vornehmsten anzugehören, weil die andern ihm Ehrfurcht erwiesen. Der Zimmermann sprang hinter der Scheuer hervor, legte an, ein Rauch – ein Blitz – ein Krach – der Federbusch war verschwunden, und der Reiter lag tot unter dem Pferde. Sie hieben im nächsten Augenblicke den Zimmermann zusammen, er lachte in sich und ließ es geschehen. Jetzt sprengten sie in das Dorf, durchsuchten alles, fanden keinen Menschen, fanden keine Schätze, und da ihre Kameraden, die Fußgänger, nachgekommen waren, zündeten sie das Dorf an allen Ecken an, und zogen weiter. Es ging ganz gut, sie zogen in der Stille der Berge fort, bis das Tal enger wurde, und die Gleres an der Straße rann. Da wurden die Klippen lebendig, lauter Rauch und lauter Blitzen und Krachen, und auf jeden Schuß fiel ein Mann, und es wurde immer geladen, und es krachte immer wieder, als ob ihrer viele Tausende oben wären; und wenn die Soldaten hinauf schossen, so trafen sie niemand, weil sie niemand sahen, und wenn sie hinauf wollten, so konnten sie nicht, weil die Felsen zu steil waren, und weil sie erschossen wurden. Und als sie sich beeilten und im Laufe fort wollten, um aus dem entsetzlichen Wege zu kommen, und als sie gegen den Ausgang gelangten, wo die Straße durch die engsten Schluchten läuft, da sprangen unzählige Felsstücke von den Bergen nieder, aufgehängte Bäume rollten herab, schmetterten alles nieder, machten in der Enge einen Verhau, die Franzosen konnten nicht vor, sie mußten zurück, sie flogen, sie rannten – da hatten sie aber das brennende Dorf, das sie selbst angezündet hatten, unter den Füßen, die hölzernen Häuser waren alle in Glut, daß man nicht zwischen ihnen durch konnte. Da waren sie in der Not, da war mancher schneeweiße Mantel ein roter, mancher schwamm in der Gleres, mancher lag auf der Decke des Pferdes, ohne daß der Reiter dabei war, viele Männer lagen auf der Straße, viele verbrannten, und wenige kamen auf einsamen Pfaden nur durch, um draußen zu sagen, was ihnen begegnet sei, oder um auf ihren Irrwegen von den Landleuten gefangen und erschlagen zu werden.«

Da es nach dieser Erzählung eine Weile still war, sagte er: »So sollten wir es auch machen, wir haben zwar keine Berge und keine engen Täler, in denen wir auf sie warten könnten, wie die Tiroler; aber wir sollten uns zusammen tun wie sie, wir sollten Waffen tragen, uns üben, uns verabreden, Kundschaft einziehen, und wenn wir erfahren, daß ein Trupp, dem wir gewachsen sind, durch einen Wald oder Busch oder Hohlweg zieht, sollten wir ihm auflauern, und alle, die er enthält, erschießen. In den obern Ländern sind in ein Seitendorf, ich weiß nur seinen Namen nicht zu nennen, ich habe mir die Sache erzählen lassen, zwölf französische Reiter gekommen, um zu plündern. Die Bauern verstanden aber die Sache schlecht, und überfielen sie, da sie in einem einsamen Wirtshause zechten, und schlugen sie bei einem einzigen tot. Die Pferde, welche im Hofe angebunden waren, trieben sie weit nach Ungarn und verkauften sie, die Sättel, die Kleider, die weißen Mäntel und die Waffen verbrannten sie im Feuer. So mögen manche Feinde von ihrer Hauptabteilung weg gekommen, nicht mehr zurück gelangt sein, und niemand weiß, wohin sie geraten sind.«

»Aber,« sagte die Mutter, »wenn es schon unter den Völkern festgesetzt ist, daß die Kriege durch die Armeen ausgefochten werden, so sollten die Bevölkerungen sich ruhig verhalten, und die Sache in die Hände des Heeres legen. Einen einzelnen Feind, der sich harmlos nähert, zu erschlagen, scheint mir ein sündlicher Mord zu sein.«

»Sie nahen sich aber nicht harmlos,« sagte der Schloßherr, »wie haben sie nur in ihrem eigenen Lande gewirtschaftet, sie haben ihre Landsleute erwürgt, ersäuft, erschossen, enthauptet, weil sie ihnen verdächtig waren, oder den König liebten, und dann sind sie heraus gegangen, und wollten es bei uns auch so machen. Wir sollten gegen einander sein und das Land in Zerwürfnis bringen, daraus es kaum entrinnen könnte. Darum sollen wir sie verfolgen, ausrotten, vertilgen, wie wir nur können; und wenn sie darüber zornig werden und wüten, so ist es nur desto besser, damit die Menschen es nicht mehr ertragen können, sich zusammen zu tun und sie aus dem Lande jagen, daß kein Huf und kein Helmbusch von ihnen mehr bei uns ist. Wenn morgen die Franzosen nachkommen, können Dinge geschehen – wer weiß, was geschieht.«

Während er so sprach, hörten die Dienstleute zu, die Mägde hatten das Spinnrad still stehen lassen, die Knechte, die da waren, sahen ihn an, und der Verwalter und der Lehrer blickten vor sich. Es war mittlerweile so finster geworden, daß es schien, als wären die Fenster des Gemaches nur schwarze

Tafeln, von draußen hörte man nicht das geringste herein, und nur die Uhr pickte eintönig an der Wand. Die zwei jüngsten Kinder schliefen fest, Alfred kauerte neben der Mutter und fürchtete sich, Lulu stand neben ihm und half fürchten.

In diesem Augenblicke regte sich ein leises Geräusch an der Klinke der Tür, die Tür öffnete sich, und es trat ein Mann herein, der einen glänzenden Helm auf hatte und in einen langen weißen Mantel gewickelt war.

Alle schauten auf ihn.

»Ich habe Licht durch diese Fenster scheinen gesehen,« sagte er in guter deutscher Sprache, »und bin herein gekommen, eine Bitte vorzubringen.«

»Und welche?« fragten der Verwalter und der Schloßherr zugleich.

»Sie werden mir gefälligst auf die Spitze des dicken Turmes folgen«, sagte der Fremde, indem er auf den Verwalter zeigte. Er hatte hiebei den einen Arm erhoben, den Mantel gelüftet, und man sah, daß er in der Hand des anderen Armes eine doppelläufige Pistole habe.

»Wer kann das fordern, ich bin hier der Gebieter«, rief der Schloßherr.

»So? Sie sind der Gebieter?« sagte der fremde Mann, »Sie gehen auch mit hinauf.«

Hiebei griff er mit der freien Hand auf die Pistole, und spannte beide Hähne, daß man sie knacken hörte.

»Sie werden eine Laterne auf die Treppe mit nehmen und vor mir gehen,« fuhr er fort, »es wird keinem ein Haar gekrümmt, so lange alles ruhig ausgeführt wird. Wenn ich aber Verrat merke, muß ich von den Waffen Gebrauch machen, es geschehe dann, was wolle. Bleibt hier ruhig sitzen, ihr andern, bis sie wieder zurückkehren.«

Er war mit dem Rücken gegen den Türpfosten stehen geblieben, hatte die Pistole in der Hand, und sah alle an.

»Es ist nichts, seid nur ruhig, und Ihr folgt uns,« sagte der Verwalter, indem er den Schloßherrn bei der Hand nahm,

»und ihr verlaßt keines das Gemach, bis wir wieder kommen.«
Er langte bei diesen Worten mit der Hand nach der Laterne, die neben dem Weihbrunnenkessel hing, machte sie auf, zündete das Stümpfchen Kerze in derselben an, schloß sie wieder gut zu, schritt in die Stube vor und sagte: »Wenn es gefällig ist.«
Der fremde Mann ließ, indem er sich seitwärts stellte, den Verwalter und Schloßherrn bei der Tür hinaus, und folgte ihnen dann, mit dem Körper seitwärts gewendet, daß er die in der Stube und die Vorangehenden zugleich überblicken konnte.
Die Zurückgebliebenen hatten kein Wort gesagt, die Sache war eines Teils so schnell vor sich gegangen, und die Ruhe des Verwalters hatte ihnen anderen Teils Vertrauen eingeflößt.
Die zwei Männer gingen mit der Laterne den Gang entlang, der zu dem Turme führte, der Fremde folgte ihnen, daß sie die Sporne, die er an den Füßen hatte, stets hinter sich klirren hörten.
Sie kamen an die Treppe, und stiegen hinan. Als der Fremde merkte, daß sie bald oben seien, befahl er ihnen, stille zu stehen, die Laterne auf eine Stufe zu stellen, zu öffnen, und mehrere Stufen aufwärts zu gehen.
Als sie das getan hatten, näherte er sich der Laterne, zog aus einer Manteltasche ein sehr kleines Laternchen heraus, zündete ein fast unscheinbares Lichtchen in demselben an, ließ die andere Laterne auf der Treppe stehen, stieg gegen die Männer, die indessen gewartet hatten, hinan, und befahl ihnen, weiter zu gehen.
Als man auf das Steinpflaster des Turmes hinaus gekommen war, welches, wie oben gesagt wurde, die Stelle des Daches vertritt, hieß er die Männer an einem Platze der Brustwehre, wo er sie sehen konnte, stehen bleiben, er selber ging an eine andere Stelle der Brustwehr, stellte sein sehr kleines Laternchen darauf, legte die Pistole daneben, zog eine Brieftasche

heraus, und fing an, bei dem Scheine seines Lichtchens in dieselbe zu schreiben oder zu zeichnen. Die Nacht war so finster, daß man von der Gegend nichts sah als einen einzigen schwarzen Raum, in welchem die Lichter und Wachfeuer wie rote Sternchen sich zeichneten. Von dem Dorfe sah man nichts als den Umriß mancher Dächer und der Kirche. Von dem Platze war ein Teil durch die Feuer der Truppen beleuchtet.

Als der Fremde eine Weile gezeichnet oder geschrieben hatte, steckte er seine Brieftasche wieder ein, nahm sein Laternchen in die eine, seine Pistole in die andere Hand, und hieß die Männer vor sich hinab gehen.

Als man zu der Stelle gekommen war, wo die Laterne stand, mußten sie dieselbe nehmen und den Mann in der Weise, wie man herauf gekommen war, wieder zurück führen.

Da man an der Tür der Gartenhalle angekommen war, sagte der Fremde, daß ihn nun die zwei Männer auch durch den Garten bis zu dem Gitter, das auf das Feld hinaus führt, begleiten müßten. Wenn er außerhalb des Gitters wäre, könnten sie zurück kehren. Die Laterne müßten sie in dem Torwege, der an der Halle vorbei führt, stehen lassen.

Der Schloßherr und der Verwalter gingen also in dem finstern Garten vor dem Fremden her.

Nicht weit von dem Schlosse fand man ein Pferd an einem Baume angebunden. Der Fremde löste es los, schlang den Zügel um den Arm, und führte es hinter sich her. Er führte es nicht auf dem Gartenwege, auf dem die zwei Wegweiser gingen, sondern auf dem Rasen daneben, damit die Hufschläge nicht gehört würden.

Als man in die Nähe des Gitters kam, zeigten sich dunkle Gestalten an demselben. Der Fremde näherte sich den beiden Vorgängern plötzlich und flüsterte ihnen zu: »Halt.«

Dann schaute er sehr lange und, wie es schien, anstrengend auf die Gestalten.

Endlich sagte er sehr leise, sie sollten ihn wieder zu der Halle zurück führen.

Sie taten es, er zog sein Pferd hinter sich her.
Da sie bei der Halle angekommen waren, befahl er ihnen, das Tor, welches den an der Halle vorbeiführenden Torweg schloß, und überhaupt das Haupttor des Schlosses war, zu öffnen.
Der Verwalter ging um den Schlüssel, während der Schloßherr in der Gewalt des Fremden bleiben mußte, und da der Verwalter aus der Gartenhalle, in welcher sich der Schlüssel befunden hatte, heraus trat, folgten ihm auch neugierig die Leute, die in der Halle gewesen waren. Der Fremde hielt sich an sein Pferd, hatte den Schloßherrn immer im Auge, und die Pistole in der Hand. Der Verwalter und ein Knecht sperrten das Tor auf, taten im Laternenscheine den großen eichenen Querbalken weg, öffneten die beiden Flügel, daß man in den schwarzen Raum hinaus sah.
»Tut die Laterne zurück«, sagte der Fremde.
Als man das getan hatte, schaute er eine Weile scharf bei dem Tore hinaus, den Blick aber jeden Augenblick kurz auf den Schloßherrn richtend, daß derselbe sich nicht entfernen konnte. Dann, soweit man bei dem Scheine der Laterne beurteilen konnte, richtete er etwas an dem Pferde, prüfte anderes, und da es gut befunden war, schwang er sich hinauf. Da er einmal oben saß, war es nur ein Augenblick, in welchem er sich gleichsam fest zu setzen suchte, dann gab er die Sporen, tat einen Ruf, und mit einer so fürchterlichen Schnelligkeit, daß man kaum mit den Augen blicken konnte, daß die Funken in Schwärmen sprühten, flog er über den Steindamm hinaus. Als er jenseits war, wie man aus dem schwächeren Hufschlage schließen konnte, schoß er rechts und links einen Pistolenschuß ab, worauf sogleich Blitze hinter ihm sichtbar wurden, Schüsse krachten, Geschrei sich erhob, und sich ferner zog.
»Das ist ein Mann«, rief Lulu jubelnd.
»Du Scheusal, du kleine Ausgeburt,« schrie der Schloßherr, »du fällst in Bewunderung unsern Feinden zu.«

»Er ist ja kein Franzose,« antwortete Lulu, »er spricht so schön Deutsch.«
»Um so schlechter, um so tausendmal schlechter ist er,« sagte der Schloßherr, »als ein Deutscher sollte er lieber in die fernsten Gegenden ziehen und betteln, ehe er mit dem Erzfeinde sich verbindet, ja er sollte lieber den Tod leiden. So aber nimmt er von unserem Turme die Stellung der Verbündeten auf, verrät sie, und wir werden es morgen früh schon sehen, wenn sie ihn nicht nieder geschossen oder erwischt haben.«
»Er rennt mit seinem Pferde an ein Haus an, und zerschmettert sich und das Tier«, sagte eine Magd.
»Der rennt nicht an,« erwiderte ein Knecht, »er sieht sich die Sache gut zusammen, und versteht sein Ding.«
»Er ist doch ein Mann, wenn er auch ein Feind ist«, sagte Lulu.
»Warum hast du ihn denn nicht umgebracht, da er einen weißen Mantel hat?« fragte Alfred den Schloßherrn.
Dieser schaute den Fragenden an, und antwortete nicht.
»Kinder, Leute, wir werden hier bald ein anderes Schauspiel haben,« sagte der Verwalter, »dieser kühne Mann mag nun umgekommen sein oder nicht, er ist ein Feind, wie sich aus seinem Tun gezeigt hat, er ist aus unserem Schlosse in unsere Verbündeten gesprengt, bald werden sie da sein, und werden Rechenschaft fordern. Sehe jeder, daß er sich genau merke, wie die Sache, bei der er war, hergegangen ist, damit er die Wahrheit bekennen könne, daß sich keine Widersprüche finden, die uns arge Dinge bereiten könnten. Die Soldaten im Dorfe draußen sind auf dem Rückzuge begriffen, und sind erbittert. Laßt uns das Tor wieder schließen, aber bei dem ersten Stoße an dasselbe es gerne und schnell öffnen. Bis dahin gehen wir wieder in die Gartenhalle.«
Die Knechte schlossen das Tor, taten den Eichenbalken vor, gaben dem Verwalter den Schlüssel, und man ging mit der Laterne wieder in die Halle.
Man war noch nicht lange dort, als sich Schläge an das Tor vernehmen ließen.

Die Mutter tat einen schwachen Schrei, und bewegte sich gegen den Vater hin. Dieser beruhigte sie, ließ das Tor öffnen, und ging selber den Eintretenden mit einem Lichte entgegen. Es waren zwei Vorgesetzte mit Begleitung von Soldaten. Der Steindamm war mit Soldaten bedeckt.
»Sind noch mehrere Feinde hier?« fragte einer der Vorgesetzten in ziemlich verständlicher deutscher Sprache.
»Es war der einzige, der eben hinaus geritten ist«, antwortete der Verwalter.
Sofort ließ der Krieger alle Aufgänge, alle Türen und die Ausgänge in den Garten mit Mannschaft besetzen. Die Schloßleute wurden in der Halle bewacht, und der Schloßherr und der Verwalter mußten unter Bedeckung von Soldaten in alle Räume des Schlosses gehen, daß man dieselben untersuchte. Der Schloßherr war viel geselliger, gesprächiger und freundlicher gegen die jetzigen vielen bewaffneten Soldaten, die ihn begleiteten, als er es früher gegen den einzigen gewesen war. Als man nirgends etwas Verdächtiges fand, kehrte man zu der Gartenhalle zurück. Den Garten untersuchte man nicht, nur wurden die Ausgänge aus dem Schlosse zu ihm sehr verrammelt, daß ein Feind, wenn einer im Garten wäre, schon dadurch gefangen war.
Dann schritt man zum Verhöre. Der Verwalter erzählte die Sache, wie sie sich begeben hatte. Er stellte die Vermutung auf, daß der Fremde durch den Garten gekommen sein müsse, weil das Tor gegen das Dorf geschlossen gewesen sei, und in dem Dorfe sich ja die Verbündeten befunden hätten. Wenigstens habe der Fremde durch den Garten fort gewollt, dies werde sich sehr deutlich in den Fußstapfen und namentlich in den Hufspuren im Grase zeigen, wenn man sie morgen bei Tag untersuchen wolle.
»Man wird die Sache untersuchen«, sagte der Krieger.
Hierauf wurde der Schloßherr abgesondert vernommen, und dann alle andern, selbst die Kinder.
Als dieses vorüber war, wurden die Männer in ein Gewölbe

des Turmes abgeführt, dort eingesperrt und bewacht. Die Weiber und die Kinder wurden in der Gartenhalle gelassen, wurden aber dort ebenfalls eingesperrt und bewacht.
Von da an verging die Zeit, die Ängstlichkeit und die Besorgnis abgerechnet, ruhig. Nicht ein Laut war zu vernehmen als zuweilen der Schritt einer Wache vor der Tür, das Rasseln eines Gewehres oder ein Kolbenstoß. An dem Himmel war kein Lüftchen, die Wolken schienen unbeweglich dort zu stehen, und die Wipfel der Bäume im Garten regten sich nicht. Unter diesen Betrachtungen brachten die Gefangenen der Gartenhalle die Nacht zu. Daß kein Schlaf in ihre Augen kam, ist begreiflich. Wohin man die Männer gebracht hatte, wußten sie nicht.
Als endlich das Morgengrauen anbrach, hörte man verworrenes Getöse, wie Fahren, Reiten, Gehen, Rufen, man hörte endlich Hörnerklänge, Trompeten und Trommeln, aber alles gedämpft, da es von der entgegengesetzen Seite des Schlosses herkam. Sehen konnte man nichts, da die Tür verschlossen war, und vor den Fenstern nur die Bäume des Gartens standen, deren dunkle Wipfel sich immer deutlicher gegen den grauen, lichter werdenden Himmel zeichneten.
Endlich geschah ein dumpfer, ferner Schlag, der aber so schwer war, daß die Luft beinahe erzitterte. Gleich darauf ein zweiter. Sie folgten nun schneller, und es war beinahe wie ein entfernter Donner, der so tief ging, daß manchmal die Fenster leise klirrten. Die Trompetenklänge, das Blasen der Hörner, das Wirbeln der Trommeln nahm in der Nähe zu.
Der Tag wuchs immer mehr dem Morgen entgegen.
Das Rollen des Donners kam näher, es ging in ein Krachen über, und hinter den Gipfeln der Bäume stieg ein weißer Rauch auf. Endlich krachte es auch ganz nahe an dem Schlosse, man konnte nicht erkennen, woher es kam, bald war es rechts, bald links, bald vorn, bald hinten, bald mehr, bald weniger, aber furchtbar war es, daß das Gemach sich zu rühren schien; und wenn der kleinste Zwischenraum eintrat, so hörte man einen

Ton, wie wenn unzählige Hölzlein an einander geschlagen würden, es waren die Schüsse der kleinen Gewehre. Sogar die Trommeln konnte man zuweilen vernehmen.
Der Rauch war endlich so in den Garten gedrungen, daß er wie ein Nebel in den Bäumen war. Er vermehrte und verdichtete sich stets, daß kaum die nächsten Stämme zu sehen waren. Im Zimmer entstand übler Geruch.
Als dieses lange gedauert hatte, zog sich der Donner auf der entgegen gesetzten Seite in die Ferne, das Rollen wurde dumpfer, einzelne Schläge waren in der Nähe noch zu vernehmen, aber man hörte Geschrei, Brausen und verworrenes Getöse. Zuletzt wurde auch das immer schwächer, man hörte nichts mehr, der Rauch zog sich langsam aus den Bäumen, die Wolken waren auch gleichsam durch den Schall verjagt worden, und die Sonne, die anfangs als eine rote Scheibe in dem Rauche gestanden war, glänzte endlich freundlich auf den Garten hinunter.
Die Frauen in der Halle warteten lange. Als aber gar kein Ton sich vernehmen ließ, als sie auch gar kein Geräusch von der Wache vernahmen, die außer der Tür war, so riefen sie auf dieselbe. Sie erhielten keine Antwort. Sie riefen noch einmal und stärker, aber erhielten wieder keine Antwort. Da versuchten sie an der Tür und an dem Schlosse zu rütteln. Von außen erfolgte kein Zeichen und kein Widerstand. Nun rissen sie wirklich mittelst Beilen und Stemmeisen, die in der Gartenhalle als brauchbare Werkzeuge immer vorrätig waren, das Schloß herunter und öffneten die Tür. Kein Mensch war vor derselben. Die Torflügel standen weit offen. Im Dorfe rauchte noch kohlendes Stroh, und von einer entfernten Hütte, die brannte, ging Rauch auf. Sonst sah man keine Beschädigung, aber man sah auch keinen Menschen im Dorfe. Unter dem Schwibbogen des Tores lag eine eiserne Kugel, und eine andere stak in der Mauer des Schlosses.
Als man noch so schaute, hörte man plötzlich Gerassel und Getrappe rennender Pferde, und in dem Augenblicke kam um

eine Ecke der Häuser ein Schwarm weißer Reiter, bog gegen das Schloß, und ritt über den Steindamm herein. Lulu rief beinahe vor Freude auf, als sie an ihrer Spitze den Mann im weißen Mantel erblickte, der in der Nacht im Schlosse gewesen war. Man hoffte, daß man wenigstens von der Ungewißheit, vielleicht auch von der Angst und Bangigkeit befreit werden würde.

Der Mann ritt auf die Versammlten zu. Bei der Beleuchtung des Tages sahen sie erst jetzt, daß er noch sehr jung sei und ein blühendes Angesicht habe. Er stieg sogleich von dem Pferde und sagte: »Ich habe nur kurze Zeit, ich mußte Ihnen gestern Schrecken und Gewalt antun, damit wir heute die Früchte ernten. Wir haben sie geerntet, und sind im Vorrücken begriffen. Ich aber bin auf einen Augenblick gekommen, um mir Verzeihung einzuholen, daß ich von einer harten Kriegsregel Gebrauch gemacht habe, und ich bin auch gekommen, um die Bewohner allenfalls von einer Unannehmlichkeit, die ihnen mein Verfahren könnte zugezogen haben, zu befreien. Wo sind die Männer?«

»Wir wissen es nicht, wir haben uns in diesem Augenblicke aus unserem Gefängnisse in der Gartenhalle befreit, sie sind in der Nacht gefangen abgeführt worden«, sagte die Mutter.

»So müssen wir sie suchen,« erwiderte der Fremde, »vielleicht sind sie im Hause.«

Er nahm aus Vorsicht mehrere bewaffnete Reiter mit, und aus Kenntnis der Kriegsgebräuche schlug er gleich den Weg zu dem Turme ein. Alle Frauen folgten ihm. Der Schlüssel stak an der Tür des Gewölbes, in welchem sich die Männer befanden. Man drehte ihn um, traf da die Gefangenen, und ließ sie heraus. Als die Angehörigen sich gegenseitig überzeugt hatten, daß keines einen Schaden genommen habe, und als sich die Unruhe von Fragen und Antworten ein wenig gelegt hatte, trat der Fremde gegen die Männer heran und sagte: »Wir haben, und ich hege die Hoffnung, nicht ganz ohne Zutun meiner gestrigen Beobachtungen, den Sieg errungen. Ich bin gekommen, verehrte Herrn, um den Augenblick, der mir gegönnt ist, zu benützen, Sie um Verzeihung wegen meines Verfahrens gegen Sie in dieser Nacht zu bitten. Hier ist eine Karte mit meinem Namen und Stande, Sie können an meiner Person und meinem Vermögen Genugtuung fordern, wenn Sie eine zu fordern für gut befinden sollten.«

Bei diesen Worten reichte er dem Schloßherrn ein Blatt Papier.

»Den Frauen«, fuhr er fort, »kann ich freilich keine Genugtuung für die Angst und den Schrecken geben, um so inniger bedarf ich ihrer Verzeihung, und um so mehr bitte ich sie darum.«

»Die beste Genugtuung würde sein,« sagte der Schloßherr, »wenn Sie nicht auf jener Seite ständen, auf der Sie stehen.«

»Mein Herr,« erwiderte der Fremde, »wenn Sie diese Ansicht bei meinem Könige durchsetzen können, so werde ich eine Tat wie die von heute nacht mit leichterem Herzen verrichten, als ich sie heute verrichtet habe. Aber bei dem Krieger heißt es gehorchen. Nun lebt wohl, meine Zeit ist sehr gemessen.«

Er reichte dem Schloßherrn die Hand, der sie nahm.

»Haben Sie doch keine Verletzung erlitten?« fragte der Verwalter.

»Keine einzige«, antwortete der junge Mann.

»Nun, so leben Sie wohl,« sagte der Verwalter, »und mögen Ihre Taten bald von leichten Gefühlen begleitet sein.«

»Amen«, sagte der junge Mann.

Er verbeugte sich vor den Männern, aber noch tiefer vor den Frauen, selbst vor den Mägden, seine Begleiter schwenkten sich, und er ging mit ihnen davon.

Man sah ihnen nach, sah sie unter dem Torbogen zu Pferde sitzen und über den Steindamm hinaus reiten.

Jetzt war nichts mehr von Kriegern zu sehen.

Nachdem der Verwalter und der Schloßherr die Unordnung im eigenen Hause, so weit es möglich war, besichtiget hatten, wobei einige schöne, von Kugeln arg verletzte Gartenbäume zu bedauern waren, verfügten sie sich in das Dorf, um dort und in der Umgegend den Bewohnern in den Maßregeln beizustehen, die in Folge des stattgehabten Gefechtes notwendig geworden waren. Unterbringung der noch aufgefundenen oder nach und nach eintreffenden Verwundeten von Freund und Feind war das Erste. Der Arzt richtete im Schlosse ein Hospital ein, und die Verwalterin kochte für Freunde und Feinde. Das Zweite war die Beerdigung der Toten. Endlich ging man an das Einsammeln und Aufbewahren von Waffen und Kriegsgeräten und an das allmählige Ausbessern der Verletzungen an eigenen Häusern und Gebäuden.

Es pflegte in diesen Tagen mancher Verwundete seinen Nachbar, der noch ärger verwundet war. Mancher trug einen Feind zur Verpflegung herbei, und am dritten Tage verbreitete sich die Nachricht, daß ein Pferd regungslos bei seinem toten Reiter in den Kohlgärten auf der Anhöhe stehe, und daß ein Spitz nicht von dem Grabe seines Herrn weg zu bringen sei.

Anfangs zogen noch viele feindliche Abteilungen den Fliehenden nach, dann aber hörte dies auf, es kam nichts mehr, und Schloß und Dorf hat bis zum Frieden weder feindliche noch freundliche Krieger mehr gesehen. – – –

Es waren Jahre nach diesem Ereignisse vergangen. Die Feinde, die damals gesiegt hatten, waren nun vollkommen geschlagen, ihre Hauptstadt erobert, ihr weltberühmter Führer auf Elba und endlich nach seinem Hervorbruche gar auf St. Helena verbannt, und der Friede ruhte segnend auf allen Ländern, die so lange verwüstet worden waren. Die Menschen, welche den Krieg noch gesehen hatten, erkannten vollkommen dessen Entsetzliches, und daß ein solcher, der ihn mutwillig entzündet, wie sehr ihn später verblendete Zeiten auch als Helden und Halbgott verehren, doch ein verabscheuungswürdiger Mörder und Verfolger der Menschheit ist, und sie meinten, daß nun die Zeiten aus seien, wo man solches beginne, weil man zur Einsicht gekommen: aber sie bedachten nicht, daß andere Zeiten und andere Menschen kommen würden, die den Krieg nicht kennen, die ihre Leidenschaften walten lassen, und im Übermute wieder das Ding, das so entsetzlich ist, hervor rufen würden.

Es war in unserem Schlosse abermals der Herbst gekommen, aber ein so lieblicher, daß man die meiste Zeit im Freien zubringen konnte, und daß die Bewohner des Schlosses täglich große Spaziergänge machten, um noch das letzte ruhige Lächeln der Natur vor den Stürmen und Frösten zu genießen.

So saßen sie auch einmal alle an einem Nachmittage auf einem Hügel, der in dem Garten nahe an dem Gittertore, das auf das Feld führt, entstanden war. Alfred und Julius hatten nämlich alle Ferien aller ihrer Studienjahre dazu verwendet, mit eigenen Händen und kleinen Schubkarren einen Hügel aufzuführen und darauf ein Säulenhäuschen aufzurichten, in dem die ganze Bewohnerschaft des Schlosses Platz hatte. Der Schloßherr und der Verwalter hatten die Knaben walten lassen, weil sie es für besser hielten, daß sie da bauten, wenn auch etwas so Ungeschlachtes als einen Hügel, als daß sie durch Vogelfangen oder Jagen zerstörten. Weil die Sonne gar so lieblich schien, wollte man in dem Säulenhäuschen den Nachmittagkaffee verzehren. Man hatte die ganze Gerätschaft auf dem Tische, wollte aufgießen, und spielte mit den gelben Blättern, die herum lagen, oder mit den Herbstfäden, die heuer besonders reichlich flogen und an den Säulen des Häuschens und an den Gewändern der Gesellschaft hingen.

Plötzlich tat Lulu, die eine erwachsene und, wir müssen es sagen, sehr schöne Jungfrau geworden war, einen Schrei.

»Hat dich eine Spinne geschreckt?« fragte man.

»Nein, ein weißer Mantel«, antwortete sie, und zeigte nach der Stelle, nach welcher sie bei Ausstoßung ihres Schreies geblickt hatte.

Alle schauten hin.

Außerhalb des Gitters stand auf dem Feldwege, der um den Garten ging, ein Wagen, in demselben saß ein einzelner Mann, der einen weißen Mantel um die Schultern hängen hatte und unverwandt auf die Gesellschaft hinein sah.

»Lauf, Julius,« sagte dear Vater, »und frage, ob er etwas wünscht.«

Der Knabe lief hin, redete mit dem Manne, kam zurück und sagte: »Eingelassen wünscht er zu werden, er sagt, er sei nicht ganz fremd.«

Der Knabe erhielt den Schlüssel, den man zur Bequemlichkeit bei Spaziergängen immer mit sich führte, er schloß das Tor auf, der Fremde ging herein, stieg den Hügel hinan, und stellte sich der Gesellschaft vor.

Man erkannte ihn augenblicklich. Es war der junge Mann aus jener schrecklichen Kriegesnacht. Aber er war nun kein Jüngling mehr, sondern ein freundlicher Mann, der so gütig blickte, daß man unmöglich hätte glauben können, daß er derselbe sei, der damals das fürchterliche Spiel auf Leben und Sterben getrieben habe.

»Verzeihen Sie, meine Herrn und Frauen,« sagte er, »daß ich zu Ihnen komme, ich bin Ihnen nicht fremd, Sie haben nicht Ursache, mir irgend gut zu sein; aber Sie werden mich doch auch nicht hassen, was ich daraus schließen muß, daß seit den vielen Jahren her keine Genugtuung von mir wegen jener Nacht gefordert worden ist.«

»Nein, nein, es wird auch keine mehr gefordert werden«, rief man, und nötigte ihn zum Sitzen.

Er tat es, und sagte: »Lassen Sie mich nur noch einen Augenblick fortfahren. Jeder Mensch hat einen Punkt der Sehnsucht in seinem Leben, nach dem es ihn immer hinzieht, und den er erreichen muß, wenn er ruhig sein will. Meine Sehnsucht ist jenes Gitter dort. Seit ich damals in der Nacht sein Schloß erbrach, um auf den Turm zu gehen und die Lichterstellung des Feindes zu zeichnen, seit jenem Augenblicke, wo ich es, da ich zurückkehrte, von dem Feinde besetzt fand, und nun nur noch die Aussicht vor mir hatte, entweder als Spion gefangen und schimpflich aufgehängt zu werden, oder durch einen tollkühnen Ritt von vorne heraus in die überraschten Feinde zu sprengen, um entweder ehrlich zu fallen, oder eben durch die

Unglaublichkeit des Wagstückes durchzukommen – nach rückwärts hätte ich wegen des geackerten Bodens und der andern Hindernisse nicht hinaus sprengen können – seit jenem Augenblicke zog es mich immer zu dem Gitter, und ich dachte, ich müssse es doch noch einmal sehen. Darum kam ich her, und fuhr auf dem Feldwege um den Garten zu dem Gitter. Und lassen Sie mich es offenherzig sagen, einen nicht minderen Anteil an meinem Kommen hat der Gedanke, Sie alle zu sehen, mir wegen des Übels, das ich Ihnen zufügte, und das mir immer Unruhe machte, Ihre vollkommene Verzeihung zu holen und Ihre Achtung zu erwerben; denn ich habe seither in vielen Schlachten mit jenem leichten Herzen gekämpft, das mir dieser Herr damals gewünscht hat.«

Er zeigte bei diesen Worten auf den Verwalter.

»So gefallen Sie mir viel besser, junger Mann, als in jener Nacht«, sagte der mit rotem Angesichte und schneeweißen Haaren prangende Schloßherr.

»Ja, lieber Herr,« erwiderte der Fremde, »ich kenne kein fröhlicheres Gefühl, als mit entlasteter Brust an der Seite seiner Stammes- und Sprachgenossen einem übermütigen und anmaßenden Feinde des schönen Vaterlandes entgegen zu reiten. Mir ist dies Gefühl zu Teil geworden, ich habe gesucht, die Scharte, die meine Dienstpflicht in jener Nacht der gemeinschaftlichen Sache vielleicht geschlagen hat, wieder gut zu machen, und mögen alle Himmel geben, daß das so tief fühlende, denkende, edelherzige Volk der Deutschen nie wieder in seinen altersgrauen Fehler zurückfalle und gegen sich selber kämpfe.«

»Ja, gebe es Gott, gebe es Gott«, sagten die Männer.

Es war indessen der Kaffee eingeschenkt worden, und die Hausfrau gab dem Fremden die erste Tasse. Der Verwalter ließ den Wagen um die Gartenmauer herum in das Schloß bringen, und der Schloßherr und alle luden den Fremden ein, nun in Ruhe und Muße in dem Schlosse zu bleiben, um das Gartengitter so oft anzuschauen, als er wolle.

Die Einladung wurde angenommen.
Der Fremde blieb nun in dem Schlosse. Er konnte das Gitter, den Turm, den Garten und die Gegend betrachten, so viel er nur immer wollte. Aber das Schicksal hatte auch noch ganz andere Zwecke mit seiner Reise verbunden. Alle gewannen ihn sehr lieb. Zwischen Lulu und ihm hatte sich das Verhältnis vollständig umgekehrt. So wie sie ihn in jener Nacht bewundert hatte, so konnte nun er von seiner Seite aus nicht aufhören und kein Ziel finden, das Mädchen zu bewundern. Und da er es dem Kinde schon in jener Nacht angetan hatte, und da er jetzt gar so gut und freundlich war, so konnte es nicht fehlen, daß auch ihn die Jungfrau bald außerordentlich liebte, und die Verehrung eine vollkommen gegenseitige war.
Da er wegen des guten Verhältnisses, das sich mit allen angeknüpft hatte, und wegen des Wunsches aller immer länger im Schlosse blieb, da er sich über Stand und Vermögen auswies, ja sogar endlich ein benachbartes feil gewordenes Gut kaufte, um in der Gegend ansässig zu werden, so stand einem Bündnisse nichts entgegen, und die zwei Leutchen wurden in der Pfarrkirche des Dorfes ehelich eingesegnet.
Und von nun an begann ein ruhiges, friedliches und glückliches Leben. Oft, wenn die Ehegatten in der Zukunft allein bei einander saßen, wenn er Lulu seine Freude und sein höchstes Glück auf dieser Welt nannte, sagte sie: »Wie hast du durch dein Herz die schönste Genugtuung gegeben, die du geben konntest.«
»Es ist doch gut, daß ich ihn damals nicht erschlagen habe«, sagte noch lange und öfter der uralte, gleichsam immer kleiner werdende Schloßherr.
Lulu lächelte jedes Mal bei dieser Rede, später lächelten auch Alfred und Julius und endlich alle, selbst der graue Lehrer, obgleich er der Schach- und Spaziergenosse des Schloßherrn geworden war.
Die weißen Mäntel spielten noch lange eine Rolle in der Familie. Nicht nur trugen Alfred und Julius, die in dem kaiserli-

chen Heere dienten, weiße Mäntel, sondern auch der kleinere Alfred und der kleinere Julius, die Buben Lulus, hatten im Winter, wenn sie im Schlitten über die Ebene gefahren wurden, weiße Mäntel an, die aus jenem weißen Mantel entstanden waren, den der Vater angehabt hatte, als er auf seinem Zuge begriffen war, das alte eiserne Gitter zu suchen. Der Vater hatte mit den Waffen die weißen Mäntel abgelegt, und trug jetzt im Winter dunkle und ausgezeichnete Pelze.

INHALT